De familia asturiana, JOAQUÍN M. BARRERO nace en Madrid ya iniciada la Guerra Civil. Analista químico, fue emigrante en Venezuela antes de sentirse captado por el mundo del comercio internacional, lo que le llevó a viajar por gran parte del mundo, impregnándose del horizonte cultural que ve en esos periplos. Desde temprana edad ha cultivado todo tipo de lecturas con incidencia en la literatura de viajes, el thriller y la historia, en especial la de España. De su voracidad por el conocimiento representa una prueba su biblioteca, de más de seis mil títulos. *El tiempo escondido* fue su primera novela publicada, a la que siguieron *La niebla herida* y, ahora, *Una mañana de marzo.*

EDICIÓN **ZETA** LIMITADA
TAPA DURA

1.ª edición: mayo 2010

© Joaquín M. Barrero, 2009
© Ediciones B, S. A., 2010
   para el sello Zeta Bolsillo
   Consell de Cent, 425-427 - 08009 Barcelona (España)
   www.edicionesb.com

Printed in Spain
ISBN: 978-84-9872-370-0
Depósito legal: B. 9.422-2010

Impreso por LIBERDÚPLEX, S.L.U.
Ctra. BV 2249 Km 7,4 Polígono Torrentfondo
08791 - Sant Llorenç d'Hortons (Barcelona)

Una mañana de marzo

JOAQUÍN M. BARRERO

TAPA DURA

EDICIÓN **ZETA** LIMITADA

Cuando llegamos miramos atrás
y no supimos dónde estábamos,
miramos al cielo y no había estrellas,
o eran otras estrellas u otro cielo,
y dentro de nosotros todo estaba vacío.

JOSÉ ELGARRESTA

Uno

Enero 2003

La lluvia había lavado la atmósfera y a través de la ventanilla del avión se veían con toda nitidez las expectantes casas de Paracuellos del Jarama encaramadas en la colina.

Lo primero que hice al descender en Barajas fue llegarme al Hospital Clínico San Carlos. David estaba en la UCI cubierto de vendas y conectado a tubos. Tenía daños en el cráneo, con incidencia en la masa encefálica, y permanecía en coma no irreversible. Verle en ese estado, su juventud aplastada, sus ilusiones interrumpidas, me produjo una reacción extraña. No la ira caliente y expresiva, sino la fría aceptación de una agresión inmerecida y sin duda innecesaria. Abracé a sus padres y a Laura ante la absorta mirada de Sara. El doctor no hizo abandono de la cautela habitual en su profesión.

—Hemos hecho lo necesario y ahora hay que esperar. Cualquier desenlace es posible.

—Fue una suerte para mí —dijo Sara más tarde en el taxi que nos llevaba a la oficina, sojuzgada aún por la impresión—. Si no hubiera ido al médico ayer, ahora estaría como David o vete a saber.

—— 11 ——

Los hechos habían ocurrido en la mañana del día anterior. Cuando Sara llegó al despacho, vio en el suelo el cuerpo ensangrentado de David. Nos llamó a mí y a Emergencias y siguió mi consejo de no tocar nada, dejándolo todo como estaba.

—¿Tienes sospechas sobre lo que buscaban?

—No. Creo que se llevaron todos los archivos. Los archivadores y armarios estaban abiertos. No me dio tiempo a verificarlo. El Samur llegó en seguida y yo acompañé a David en la ambulancia.

Entramos en la agencia, abrí la ventana del despacho de David y lo examiné. Luego fui al mío y repetí la acción. Sólo faltaban los archivos, todos, tanto los expedientes impresos en papel como los ficheros en soportes informáticos y fotográficos. Habían roto las cerraduras de las mesas, armarios y archivadores y vaciado sus contenidos. Eran expertos, ningún destrozo inútil. Los ordenadores estaban sin los discos duros. No habían dejado nada, seguramente tampoco huellas. Pero fue una acción inane porque en mi casa y en la de David guardábamos copias completas, incluidas las grabaciones orales, de todos los casos desde que abrimos la agencia, tanto de los rechazados como de los aceptados, resueltos o en curso. Era una de las características de mi forma de trabajar.

Llamaron a la puerta. Abrió Sara. Asomaron tres personas, gente de las oficinas de la misma planta.

—Hola, Corazón. ¿Cómo está David? —dijo uno de ellos.

—No muy bien —contestó Sara en mi lugar.

—Creo que vi a los cabrones —señaló Andrés, el de la agencia de viajes—. Salí del ascensor y los vi parados delante de vuestra puerta. Eran tres y parecían clientes normales. Cómo sospechar entonces. Yo avisé a la policía.

—¿Qué hizo la policía?

—Les abrí la puerta con la llave que me dejó Sara. Estuvieron husmeando y haciendo fotos. Uno de los inspectores me dio este papel para ti. Me han citado a declarar.

—¿Cómo eran los tipos?

—Jóvenes, en los treinta y tantos, buena presencia. Quién iba a suponer que...

En la comisaría de la calle de Leganitos, que atiende la zona Centro, el inspector Rodolfo Ramírez nos ofreció sendas sillas frente a su mesa, a un lado de la sala común de los oficiales. Mantenía la colección de granos en su rostro inflado donde la juventud desaparecía de visita en visita. Con él estaba el siempre cabreado subinspector Ángel Martínez, rostro piriforme, cuerpo de dos metros exprimido de carnes sobre dos piernas de rodillas juntas y tobillos distanciados que formaban un triángulo isósceles al andar. Ya habíamos coincidido en varios casos y sabía de qué pinrel cojeaba no sólo respecto a su característica pernil sino a la propensión al desprecio que mantenía hacia los «basureros de prensa» y, especialmente, a los «patéticos detectives privados», apelativos que exponía sin cautela. Le motejábamos El Costra, lo que definía acertadamente su condición de plasta. Ramírez es algo mayor que yo y dice estar a régimen alimenticio, lo que significa que miente o que no come lo adecuado porque su masa aumenta de una visita a otra.

Resopló, incrustado en su sillón, y buscó un gesto acorde con lo ocurrido.

—Siento lo de David. Espero que salga de ésta —dijo, y supe que no mentía. Es hombre apaciguado y goza de buen predicamento en el cuerpo.

—El meter el hocico en todo trae estas consecuencias —espetó Martínez sin quitar la mirada de los pechos de Sara y dejando que las palabras bajaran en cascada.

—¿En qué lío estáis metidos? —preguntó el inspector.

—Nada fuera de lo normal.

—O sea, lo anormal —apostilló el subinspector—. Siempre en el límite. A ver si aprendes de una vez y dejas de usurpar nuestras funciones.

—Está claro que a alguien no le gusta que le investiguéis —opinó Ramírez—. ¿Alguna idea?

—No.

—Nos tomamos la molestia de mirar —condescendió Martínez—. Os aliviaron los archivos.

Ni le miré. Sabía que eso le producía ecos en la próstata.

—Supongo que tendrás copias —observó Ramírez.

—Sólo de los casos antiguos —mentí—; no de los actuales.

—¿Qué vas a hacer?

—Miraremos algunos apuntes y veremos qué sacamos.

—¿Nos dirás algo?

—Claro, lo que pueda.

—Todo lo que averigües —exigió el baloncestista frustrado sin lograr encontrar mis ojos—. No olvides que si tu ayudante muere concernirá a la policía y entonces tendrás que dar muchas explicaciones.

—Haz la denuncia y déjala abajo —dijo Ramírez—. Tú también, Sara.

Se levantó y nos dio la mano. El Costra esquivó el saludo y retrocedió moviendo los pies pero no las rodillas, consiguiendo un triángulo perfecto. Sus ojos permanecían fijos en el trasero de Sara.

Dos

¡Qué tiempo aquel de alegres armonías...!
¡Qué albos rayos de sol...!
¡Qué tibias noches de susurros llenas,
qué horas de bendición!

ROSALÍA DE CASTRO

Octubre 1934

Él entró en la habitación alquilada e introdujo el frío del exterior y del largo pasillo de la vivienda compartida. Ella lo vio coger la pistola y guardarla en un bolsillo.

—¿Qué piensas hacer con eso?

—Debo reunirme con mi compañía de milicias.

—¿Por qué tanta prisa?

—El PSOE y la UGT han cursado la huelga general en toda España. Puede que tengamos problemas con las fuerzas fascistas.

—¿A qué fuerzas fascistas te refieres?

—Los guardias de asalto, la Guardia Civil...

—Ésas son fuerzas del orden de la República, la que tú tanto querías. ¿Por qué deseas luchar contra ella ahora?

—No es contra la República sino contra el Gobierno burgués y retrógrado que ha formado Lerroux.

—Sea el que sea, deberías aceptarlo porque es legal y

conforme a las reglas democráticas. Él está autorizado para formar Gobierno.

—Católicos, reaccionarios... Gil Robles ha logrado colocar a tres ministros. Es un desafío y una afrenta al sentimiento proletario de la mayor parte del espectro político. Estamos como siempre. Es un Gobierno de derechas.

—Es un Gobierno de centro, como Lerroux. Tres ministros no hacen un Gobierno. Además, tú no eres proletario. Eres universitario, escribes en un periódico.

—Soy solidario con las ideas renovadoras que exige una sociedad moderna, necesarias para sacar a España del hambre secular.

—No me hables como si fuera una ignorante. Soy maestra. Tu discurso enmascara la realidad, la consecución de un régimen soviético.

—¿Tenemos que discutirlo ahora?

—Sí. Tengo miedo por el arma que llevas. Y por nosotros.

Él la miró. Pelo moreno largo, ojos profundos y negros que le secuestraban la cara. Jugaban desde niños en el mismo barrio de Chamberí y el primer hijo les vino en 1928 cuando ella tenía diecisiete años y él dieciocho, para escándalo del entorno y preocupación de las familias. Entonces ella era más promesa que certeza. Seis años después era una mujer en plenitud, como un cuadro no necesitado de retoques. Completa, equilibrada, perfecta, con un sentido crítico fuera de lo normal. Dejó que su mano, al acariciar su rostro, mostrara lo vulnerado de amor que estaba por ella.

—Mira cómo vivimos, María. Cuatro en una habitación en la que apenas cabemos. Una ventana a un patio sucio, turno para guisar y para evacuar, oír los ronquidos de los otros... Si hacemos la revolución viviremos mejor y habrá un reparto equitativo de los bienes y de los sistemas productivos.

—Revolución. Al fin sale a la luz el objetivo. Es eso lo que hay detrás de las huelgas, ¿verdad?

—No. Pero si se alcanza será para bien.

—Nos llevará al desastre. Quienes la preconizan se dejan llevar por sus emociones.

—Todas las izquierdas comparten el mismo sentimiento.

—No todas. Sólo los anarquistas y comunistas; unos proclamando colectivización y otros la desobediencia al Gobierno. Lo de la CNT es una quimera de algunos alucinados, porque para eso hace falta dinero. ¿Qué tiene el sindicato por más que supere el millón de afiliados? Sólo las pobres cuotas, impagadas muchas veces. Pero los comunistas son otra cosa. Poseen todo el poder económico y organizativo del Estado soviético. —Él la miró y ella no encontró en sus ojos propuestas de diálogo, sólo una firme determinación—. Si esa revolución triunfa se acabó la propiedad privada.

—Naturalmente. La propiedad privada es la que produce la sociedad injusta que tenemos: pocos ricos explotando a muchos pobres.

—Varias familias metidas en una habitación. Peor que ahora. Todos juntos, sin intimidad. El reparto de la miseria.

—Qué cosas dices. No será así. Se construirán miles de viviendas para que todos tengamos nuestro propio espacio.

—Palabras. Es la mística de una esperanza permanente. Sueños. Ahora tenemos una realidad: la República por la que luchamos. No la destruyamos. ¿Te parecen pocos los avances conseguidos? Tantos derechos para los ciudadanos, la libertad de enseñanza y de reunión, el que las mujeres podamos votar... En nuestro caso pudimos legalizar nuestra unión, casarnos por lo civil, algo que nadie quiso hacer durante las dictaduras de Primo y de Berenguer.

—Precisamente la revolución es para salvar la República.

—¡Qué ingenuo eres! Hablas de mezclar agua con aceite. —Movió la cabeza y se acercó a la cama turca donde dormían juntos los hijos de ambos, el niño de seis años y la niña de cinco, y los contempló con dolor. Hacía una temperatura agradable debido al brasero de cisco situado debajo de la mesa. Se sentó en la otra cama turca y habló sin mirar al hombre—. ¿Quién dirige tu compañía de milicianos?

—Manuel Tagüeña, ya sabes. Es un buen dirigente. Lleva cuatro años de jefe de grupo de milicias.

—Un radical de las Juventudes Comunistas. ¿Por qué te dejas arrastrar? Tú eres de las Juventudes Socialistas y tienes un trabajo. Él es un revolucionario sin empleo, soltero, con la cabeza llena de consignas. Un agitador.

—No. Es un estudiante aventajado de Física y un teórico con ganas de pasar a la acción. Cuando entró en la FUE empezó a darse de hostias con los estudiantes de derechas y monárquicos, mostrando ejemplo de combatividad. Es un valiente. Llegará lejos.

—Es un iluminado. Arrastrará a muchos a la muerte. No quiero que te arrastre a ti. No le sigas, Jaime. Ni tampoco a Largo. Quédate en la estela de Besteiro. Tienes tres responsabilidades que dependemos de ti.

Él se acercó y la besó. No había lágrimas en los ojos hermosos de ella sino angustia. Luego y durante un rato observó la placidez de los niños, sus caras sobresaliendo apenas de la manta.

—Debo hacerlo. Por ti, por ellos.

—La revolución no triunfará nunca en España.

—Triunfó en Francia, en México y en Rusia.

—En Francia sólo hubo un cambio institucional. Sustituyeron una monarquía por una burguesía alta y media. México acabó con el Porfiriato a costa de la destrucción del país pero no consiguió elevar el nivel cultural y de vida de la mayoría de los mexicanos. Y en Rusia quitaron un sistema feudal pero instalaron una dictadura. ¿Sabes qué? —Los ojos obsesivos del hombre la interrogaron—. Algo tienen en común las revoluciones que citas: todas ellas produjeron miles de muertos.

—Para que un árbol crezca sano hay que cortar algunas ramas.

—Eso mismo dicen quienes defienden las monarquías absolutistas y las dictaduras.

—La razón y la justicia están del lado de los oprimidos.

—Eso es un eslogan. No se trata de justicia sino de cómo conseguirla. Hablas de Rusia. ¿Qué sabemos lo que ocurre allí en realidad si todo está cubierto por la propaganda? En cualquier caso, la historia de España nada tiene que ver con la de Rusia.

—Allí sucedieron las mismas cosas que ocurren aquí. Una clase llena de privilegios oprimiendo al pueblo hambriento, analfabeto en su mayoría; una Iglesia dictando las normas de vida. Todo eso saltó por los aires. Aquí también saltará.

—Será imposible erradicar la religión en nuestro pueblo. Mi padre y mis tíos se cagan en Dios a cada momento, como casi todos los hombres en Asturias. ¿Sabes por qué? Porque en el fondo creen en Él. No se caga nadie en algo que no existe.

—Es sorprendente oírte hablar así cuando deseas el laicismo en la educación. Eres una mujer admirable y contradictoria.

—¿Por qué contradictoria? ¿Qué tiene que ver la enseñanza con la religión? Ninguna religión debe menoscabar el poder civil. Pero el poder civil deja de existir cuando se imponen filosofías materialistas excluyentes como las que vienen de Moscú. —Le miró—. Te diré algo. A veces me sorprendo rezando. Puede que crea en Dios sin saberlo o que sea un atavismo, la herencia de la tierra cristiana. En todo caso es un sentimiento, algo que nace de la libertad íntima, e imponerlo en clase es adoctrinamiento. Y soy contraria a todas las doctrinas. A todas —reiteró con convicción.

—Yo sí tengo las ideas claras y puedo afirmar que no

creo en dioses ni santos. Además, es hora de tomar partido. Se acabó el permanente desear. Hay que conseguir.

—La realidad nos abruma y nos superará. Siempre habrá deseos inalcanzables.

Él se calzó la gorra y se ajustó el chaquetón, tenaz en su determinación.

—Volveré pronto.

Se hurtó de sus ojos, abrió la puerta y salió rápidamente. Permaneció un momento inmóvil mirando la madera, sopesando. Finalmente anduvo hacia la salida. Era una tarde fría y no se veían apenas mujeres ni niños por las calles. De la de Alburquerque caminó a la glorieta de Quevedo. Había ya muchos hombres allí, gesticulando. Se acercó a Tagüeña y miró sus gafas redondas.

—La huelga está triunfando en toda España —dijo Manuel—. Es la hora, Jaime. Al fin llegó.

A una orden de Tagüeña, los hombres interceptaron varios taxis a punta de pistola y obligaron a sus conductores a que los llevaran hasta el Círculo Socialista de Prosperidad, por López de Hoyos. Había ya mucha gente en el local, milicianos de otras compañías. Se repartieron armas, la mayoría cortas, aunque no había para todos. Lerroux había proclamado el estado de guerra en todo el territorio nacional, por lo que ellos estaban fuera de la ley. Horas después Jaime se dirigió a Tagüeña.

—¿Qué hacemos aquí, emboscados?

—¿Qué deberíamos hacer?

—¿Y lo preguntas? La revolución que proclamas. Tomar la Telefónica, Correos, algún cuartel, el parque automovilístico, una emisora de radio... Algo así.

—No te creía tan aguerrido —habló Tagüeña, mirándole—. Esperamos órdenes.

—Es absurdo estar aquí sin hacer nada, llamando la atención para que nos localice la policía. Para eso me hubiera quedado en casa con María y los niños.

Manuel estableció un largo silencio. Luego dijo:

—Tienes una mujer muy valiosa. Te envidio. Quizá sea mejor que te vayas. No sabemos cuánto tiempo pasaremos aquí ni la misión que nos reservan.

—Cumpliré hasta el final, contigo.

Pasada la medianoche vieron acercarse un camión con guardias de asalto, que procedieron a rodear el edificio y exigieron la salida de todos los rebeldes con las manos en alto. Los milicianos iniciaron un nutrido fuego de ametralladora, que fue respondido por la fusilería de los uniformados. Las balas penetraban por las ventanas, desmochando los débiles tabiques. Los hombres desarmados se refugiaron en la sala, bajo los asientos y el escenario, esquivando los proyectiles que rebotaban en algunas paredes. Tiempo después muchos empezaron a pedir la rendición. Tagüeña se volvió a su amigo.

—Tendremos que entregar las armas...

Se interrumpió. Desde el suelo Jaime le miraba con tres ojos. El del centro, en la frente, era un agujero pequeño y redondo creado por una bala. Parecía preguntarle por qué su vida había huido en plena juventud a cambio de nada.

Tres

La plaza de España estallaba de ruidos y las obras de ampliación de los andenes del metro añadían más estrépito. Allá, en el centro, Don Quijote seguía señalando el oeste a los numerosos turistas. En la oficina, Sara y yo nos pusimos a estudiar los archivos robados que ella había reproducido de mis copias. Unos días después, y tras detalladas lecturas, aislamos tres que podían sugerir la acción violenta habida con David y el robo de la documentación.

Caso uno: mujer desaparecida.

Conocía los detalles porque desde el principio mi ayudante tuvo la convicción de que era un asunto que nos obligaba a implicarnos en su resolución y lo asumió interviniendo personalmente en las actuaciones realizadas.

Veinte días atrás un industrial madrileño de treinta años, soltero, llamado Mariano García Cuéllar, había estado en la agencia. Tiempo antes, de regreso nocturno a Madrid paró en El Éxtasis, un club de alterne en la antigua carretera de Albacete. No llevaba la intención de ligar pero al rato de estar allí se fijó en una chica. «Era preciosa, muy parecida a Nastassja Kinski en *París-Texas*, aquella película de Wenders, incluso el escenario era similar. Y no fumaba ni ensayaba gestos, como hacía la mayoría.» No pudo resistir la atracción y subió con ella a un cuarto.

Durante el encuentro, ella le susurró al oído en un español raro: «Estoy secuestrada. Me obligan a esto. La mayoría estamos así. Por humanidad haz algo por mí. Denúncialo, por favor, por favor, pero ten cuidado. Hay cámaras por todos lados que nos vigilan.» Conmovido presentó denuncia y el local fue intervenido por la Guardia Civil. Ni rastro de la chica. Los dueños dijeron que se había marchado sin decir adónde porque las mujeres eran libres. Todas negaron estar allí contra su voluntad a pesar de que los agentes notaban que mentían, tan terrible era la amenaza que pesaría sobre ellas. La Guardia Civil nada pudo hacer. Mariano volvió otra noche conocedor del resultado negativo de la intervención policial. Insistió en buscar a la chica y tuvo suerte de escapar indemne cuando varios empleados fueron a por él. Supuso que la tendrían retenida o muerta. Él había quedado tan impresionado por la joven que no podía dejar de pensar en ella. Nos pedía que indagáramos su paradero. Era rubia natural, pelo corto, delgada, veinte años, metro sesenta y cinco de estatura aproximadamente, se llamaba Tonia y procedía de Alemania. No pudo obtener más datos en aquella única ocasión en que estuvo a su lado. No se echó atrás cuando David le presentó la provisión de gastos. La actuación de David consistió en ir tres noches al local y mezclarse en el ambiente.

En la tercera noche decidió preguntar por la chica alemana a una de las mujeres, y consiguió que hablara. Le dijo que la habían traído a Madrid, no sabía adónde. Había un nombre: Mendoza. ¿Un club? Y era verdad que todas estaban esclavizadas y algunas habían desaparecido como Tonia, por lo que entre ellas circulaba el temor de que las hubieran matado. David presentó denuncia y en esta ocasión las mujeres hablaron. La Guardia Civil detuvo a la banda, compuesta por españoles y albano-kosovares. El local fue precintado. De Tonia no se obtuvieron pistas. Los jefes de la organización insistieron en que ella se marchó libremente con su pasaporte. Noches después David volvió al lugar con Mariano. El local había abierto otra vez: los mismos camareros, chicas nuevas. Tuvieron que salir pitando. Ahí se detenía la historia.

—Mariano me pareció un hombre normal —dijo Sara—, de los que no te llaman la atención si te los cruzas por la calle. Pero recuerdo la angustia en sus ojos. Creo que se ha enamorado de esa chica.

El hombre vivía en Colmenar Viejo, en una urbanización llamada Sierra Norte compuesta por grandes chalés unifamiliares de variados estilos y de aparente buena construcción, con jardines generosos en la parte delantera y trasera. Me abrió una mujer de edad mediada después de examinarme por la ventanilla del portón, pedirme el nombre y el documento acreditativo y sujetar a un pastor alemán de aspecto fiero, por ese orden. Era la madre de Mariano y vivía allí con él, el marido y una hija, también soltera. Al joven lo habían agredido una semana antes unos atracadores que entraron a robar por la noche. Tuvo que ser ingresado en el hospital y llevaba en casa dos días. Yacía en la cama con la cabeza y un ojo vendados. Las huellas de la agresión estaban también en su rostro tumefacto y en un brazo escayolado. La habitación era grande y soleada, y a través de la ventana se veían los Siete Picos de la sierra de Guadarrama.

—Estoy mejor —dijo con dificultad, mirándome con el ojo útil—. Esos tres tíos estaban esperando a que llegara. Mientras la cancela se abría aparecieron por detrás del coche, entraron y uno de ellos me encañonó con una pistola. Pasamos al aparcamiento y me indicaron que atara al perro. Subimos al salón y allí nos juntaron a todos los que estábamos en la casa. Fue entonces cuando me preguntaron si era Mariano García. Cuando les dije que sí, dos de ellos comenzaron a pegarme mientras el tercero inmovilizaba a mis padres y a la asistenta. Afortunadamente no estaba mi hermana. No sé qué le hubieran hecho.

—¿Qué aspecto tenían?

—Fornidos, bien vestidos, buenos calzados. Eran blancos, españoles; gente adiestrada. Se te helaba la sangre cuando miraban.

—¿Se llevaron algo?

—El dinero y joyas que había en la caja fuerte, cuya combinación hube de darles. Al irse, uno de ellos se agachó y me dijo al oído: «¿Me oyes, cerdo? Escucha bien. La curiosidad mató al gato. No metas las narices donde no te llaman. La próxima vez será peor.»

—¿En qué sitio metiste las narices?

—En ninguno salvo en lo de El Éxtasis.

—¿Se lo dijiste a la policía?

—Sí, pero no tengo pistas ni puedo aportar pruebas o testimonios. No estoy seguro de que creyeran mi versión. Puede que pensaran que eran simples ladrones o antiguos empleados agraviados. Los industriales cargamos con esa sospecha cuando ocurren cosas así.

Me preguntó por David. No pareció muy sorprendido al saber lo que le había ocurrido, habida cuenta de su propia experiencia. Al despedirme se incorporó con esfuerzo.

—Oiga, señor Rodríguez... —habló con voz estremecida—. Encuéntrela. Por favor, debe encontrarla.

Miré su ojo desbordado de sentimientos.

—Lo intentaré.

La mirada de ese hombre desconocido no se alejó de mi mente durante la conducción de vuelta. No había que ser el más listo de clase para concluir que el atraco no había sido tal sino una tapadera. Pocas dudas podían existir de que los atacantes eran los mismos que agredieron a David, lo que significaba que el motivo del robo de los archivos era el impedir la búsqueda de Tonia. Ahí estaba la razón de tanto estropicio. O eso parecía. De ser así sólo contaba con el nombre de Mendoza, poco equipaje para intentar sacar de la oscuridad a una chica de la que únicamente sabía su nombre de pila, que era alemana y que tenía veinte años.

Cuatro

Cuando sea tan grande como la hormiga
Construiré una casa con mi pena
Tendré mi campo y mi hierba
Y lluvia de mi sudor y de mis manos

ANDJELKO VULETIC

Octubre 1935

Los tenues calores del verano se habían prorrogado en el Concejo de Allande, pero el invierno, quizá para compensar, acudió con urgencia dejando un otoño menguado y sin colores. Ya el frío tenía intención de aposentarse y había traído las primeras nieves para dejar constancia. Las irreconciliables posiciones políticas mantenidas secularmente habían destruido la convivencia el año anterior hasta culminar en los terribles hechos de octubre y el aborto de una revolución imposible que produjo cientos de muertos y destrucción, y ahondó más en la herida de las incompatibilidades. Durante el sañudo y largo enfrentamiento, primero mediático y dialéctico y luego guerrero, miles de horas de trabajo se perdieron en las minas y en las industrias y se descuidaron las labores en las huertas y en la ganadería, lo que dejó un saldo de escasez alimenticia en una región donde el hambre nunca se ausentaba. Como consecuencia se intensificó la caza, y los corzos, jabalíes, rebecos y urogallos casi se extinguieron. Así que ese año la recogida de castañas, nueces y avellanas empezó antes y con más intensidad si cabe que en los años previos, puesto que los frutos arbóreos constituían un alimento básico, en muchos casos único, para las maltrechas despensas. En un santiamén todos los castañales, noguerales y avellanales cercanos quedaron limpios y hubo que buscar en parajes más lejanos.

Ramiro Vega siguió a su padre por trochas desconocidas acompañados por *Cuito,* el bravo mastín crecido a la par de él y llamado así por su color pardo-negruzco y porque al poco de nacer cayó en una acumulación de bostas y sólo su movimiento lo distinguió de la masa de estiércol. Cruzaron los ríos del Oro y de la Cereza y ascendieron por el lado occidental de la sierra de los Lagos. Su progenitor buscaba zonas menos acosadas, no importaba el esfuerzo y dando por hecho que él a sus ocho años ya debía aportar su trabajo. Ramiro admiró la tenacidad y constancia de su padre. Quería ser como él pero dudaba que pudiera igualar nunca a ese hombre enorme y de tan permanente actividad sosegada al que nunca vio reír desde la muerte de su madre. A la mitad de la montaña se detuvieron, abrumados por el pico del Mosqueiru. Habían caminado mucho y se hallaban lejos de casa. Mediaba el día, y el paisaje, a pesar de las amenazantes nubes, era de una belleza que le emocionó. Enfrente, las cúspides del cordal de Berducedo; en medio, abajo, la cuenca por donde el río del Oro, invisible ahora, se deslizaba hacia el Navia. Todo estaba pintado de blanco y verde, y nadie alteraba su soledad. Miró a su padre, que había llegado al castañal bravo buscado y ya vareaba las ramas con la vara de avellano de seis metros. Las gordas castañas empezaron a caer, y Ramiro se apresuró a cargar el saco grande. No hacían falta palabras, nunca prodigadas. Su padre no le había hablado en todo el camino, algo a lo que él estaba acostumbrado porque la gente de esos lugares era de vocabulario menguado y renuente a la comunicación verbal. De pronto su padre se aquietó y observó el cielo, como hace el corzo cuando ventea el peligro. *Cuito* se había detenido también y miraba con fijeza hacia un lado.

—Démonos prisa, carga tu saco.

La nieve empezó a caer de súbito, sin sonido, secuestrando el paisaje con millones de copos. La sensación de frío aumentó y traspasó sus tabardos. Su padre cogió el pesado saco y las varas, indicándole con la mirada que cargara el suyo, más pequeño, sin ayudarle y sin renegar de su gesto serio. Luego echó cuesta abajo apoyado en el bastón, sin pausa pero con precaución para evitar resbalar. No miraba para atrás y Ramiro le seguía procurando pisar donde él y no distanciarse. Los árboles se desperdigaban y la montaña mostró lienzos desnudos. Por encima de los copos el cielo se ennegrecía a gran velocidad. Avanzaban pero no tanto como la noche, que reclamaba un horario que no era el suyo. De repente Ramiro notó que el vello se le erizaba. Miró a su padre, que se había detenido, expectante. El mastín estaba convertido en estatua, los ojos inmóviles, enhiestas las orejas. Su padre oteó alrededor y se dirigió al espolón de una montaña, donde encontró una oquedad. Su calma habitual había desaparecido.

—Rápido, coge todas las ramas que puedas y tráelas aquí —dijo, liberándose de la carga.

En un momento apilaron contra la roca una considerable cantidad de leña. Su padre hizo varios montones en semicírculo, ellos dentro; luego sacó su mechero de yesca y formó la brasa. Prendió un papel y con habilidad fue encendiendo los montones de leña. Instantes después, las llamas crepitaban porfiando con los copos y manteniendo a raya la oscuridad. Más allá del resplandor Ramiro vio numerosos brillos moviéndose, rondando. Poco a poco fueron acercándose. Las siluetas aparecieron primero fugazmente y luego completas. En silencio iban de izquierda a derecha y viceversa con sus fauces anhelantes calculando el momento de atacar.

—¿Qué son, padre? ¿Raposos?

—*Chobos,* los amos de la nieve.

—¿Qué va a pasar, padre?

—Nada mientras tengamos fuego. No te acerques mucho, lo justo para echar leña. Mantén sujeto a *Cuito,* que tien ganas de lucha. Son muchos. Pueden lo matar.

Eso era casi un discurso. Lo vio vaciar el saco grande y amontonar las castañas junto a la leña. De entre varias ramas escogió las más gruesas. Las sopesó meditabundo y colocó una de ellas verticalmente en la boca del saco para mantenerlo abierto. Luego prendió los extremos de otras dos transformándolas en antorchas.

—Mantenla encendida —dijo, tendiéndole una y sin dejar de vigilar—. Prende otra antes que se gaste.

—¿Por qué están así de fieros?

—Tien fame, como nosotros. Matemos su caza y nos quieren a cambio. Están desesperados. Ponte tras de mí.

El tiempo fue pasando. Los animales no cejaban en su agobio, aullando y arañando el suelo, disputando al rozarse. De pronto uno saltó por un hueco entre las hogueras, la boca babeante. El hombre lo golpeó fuertemente con la estaca encendida, que se partió. No eran ramas fuertes, como había sospechado. El lobo cayó y se revolvió. *Cuito* se zafó de Ramiro y, esquivando las dentelladas de la fiera, se lanzó sobre su cuello zarandeándolo hasta matarla. En el mismo instante el hombre se apercibió de que otro lobo iniciaba el salto. Cogió el saco preparado, calculó la trayectoria del animal y lo recibió con él abierto. El lobo se zambulló en el costal, moviéndose fieramente. A una velocidad insospechada para Ramiro, su padre pateó la cabeza de la presa, la agarró de las patas traseras y la volteó estrellándola con fuerza contra la roca. El animal dejó de agitarse. Con presteza el hombre retiró del saco al lobo ensangrentado y lo envió al otro lado. El mastín levantó sus fauces ávidas.

—¡No, *Cuito*! —gritó Ramiro.

Pero ya el perro saltaba como una flecha sobre el círculo de fuego. Hubo una disputa tremenda apenas vislumbrada, los animales enzarzados. Luego los ruidos fueron desplazándose hacia la total oscuridad. El hombre estuvo un rato mirando. Cogió el lobo matado por *Cuito* y lo arrojó afuera.

—Echa más leña. Si falta, también las castañas.

—¿Qué está ocurriendo, padre?

El hombre no respondió. A lo lejos se oían gañidos pero no se veía nada más allá de las fogatas, la noche llena de negrura. Luego los gruñidos se extinguieron y mucho más tarde dejó de nevar.

—¿Por qué no vuelve *Cuito*?

El círculo de calor mitigaba el frío intenso y la nieve caída dentro se había licuado y escurrido afuera por la leve pendiente. Su padre sacó el reloj de bolsillo, lo miró, lo guardó y con parsimonia lio un cigarrillo. Se lo puso en la boca invisible y lo encendió. Toda sensación de urgencia se había esfumado.

—Ye medianoche —dijo sin mirarle, su rostro lleno de luces y sombras del resplandor tembloroso—. Deja la rama. Túmbate contra la roca y duerme.

Las hogueras languidecían cuando llegaron las primeras claridades. Apenas quedaban castañas. El espacio estaba despejado y no había rastro de la manada en todo lo que abarcaba la vista; ni siquiera huellas, como si hubiera sido un sueño. Semejando rocas pardas, tres lobos muertos, casi sepultados, resaltaban de la blancura. Su padre miró hacia un hayedo, que se arracimaba no muy lejos. Le mandó ayudarle a apagar los rescoldos. Luego recogió las varas y los talegos casi vacíos y se encaminó hacia el bosquecillo. Ramiro le siguió. Al cruzar la primera fila de hayas se detuvo. La negra cabeza de *Cuito*, sin ojos, sobresalía de la albura como un tronco requemado. Tenía la boca abierta pero sus poderosas armas nunca volverían a ayudarles. Ramiro fue quitando la nieve de alrededor, con suavidad, como si no quisiera dañarle. Apareció la piel rasgada e incompleta, casi vacía de carne y evadida de patas. El niño, de rodillas, apretó la cabeza del mastín contra sí y la meció durante un largo tiempo. *Cuito*, su compañero de juegos, más que un perro, ya nunca estaría con él. *Cuito*, que dormía siempre a su lado y tanto le protegió en cientos de noches del Cuélebre, la serpiente gigante con alas membranosas... Elevó sus ojos sufrientes hacia su padre, que miraba paciente y en silencio cómo el valle iba abriéndose al día.

—Comiéronlo, padre; comieron a *Cuito*.

—Sí, comiéronlo —dijo el hombre sin volver el rostro.

—Me dijera que lo trabara. No pude lo hacer, padre.

—Las cosas acontecen. No ye la tu culpa.

—¿Puedo lo llevar a la nuestra huerta? Quiero lo enterrar allí.

—Puedes.

Ramiro introdujo los restos del animal, tiesos como una tabla de lavar, en uno de los sacos. No se lo echó a la espalda. Lo cogió en brazos, como si fuera un cachorro vivo. Luego reemprendieron el regreso evitando los ventisqueros.

Cinco

Yasunari Ishimi es maestro Shitokai y tiene sesenta años, aunque su aspecto es de cuarenta. Ni siquiera alberga canas en su cabeza sólida como un yunque. Con su expresión enigmática acentuada al sonreír y enfundado en su uniforme blanco, rojo cinto de noveno dan, me invitó a tomar asiento en un cubículo lleno de folletos, carpetas y papeles donde con dificultad y apretadas pueden caber tres personas de pie. Una columna de carga hace de interlocutor allí donde una mesa con fichas apiladas y tres cómodas sillas se apropian de la mayor parte del espacio.

—No sé cómo te las apañas para mantener esto tan limpio y ordenado, siendo tan pequeño —pregunté mientras recogía unos CD que habían caído al suelo e intentaba colocar mis piernas por cualquier lado—. ¿No has pensado nunca en ampliar la oficina?

—Orden es primero de todo. Y no hace falta más grande —dijo, usando un español trabajoso a despecho de los cuarenta años que lleva en España—. Todo necesito para salas de ejercicios.

No le faltaba razón. El gimnasio de trescientos cincuenta metros está en la calle de Alonso Cano, céntrico, en la llamada zona A, y hay muchos alumnos de ambos sexos que se ejercitan no sólo para mantener el cuerpo sino para aplicarse en la autodefensa. Toman clases de kinesia, pilates, aeróbic, musculación y otras argucias. Tienen bicicletas, cintas de correr y demás aparatos. Cuando se traspasa la puerta corredera de la calle, el runrún de la gente entrenando le atrapa a uno como una melodía. Sentí una punzada de nostalgia al aspirar el olor mezclado de linimento y esfuerzo procedente de la sala grande.

—Te veo muy bien —afirmó, dándome una mano dura y áspera como rama recién cortada.

—Tantos años en Madrid y sigues hablando como un piel roja de los *westerns* americanos.

—Tengo pocas palabras. Me gusta escuchar, sólo hablar lo necesario. —Entrecerró los ojos y me fue imposible ver su mirada—. ¿Cuánto tiempo?

—Desde la boda de mi hijo, tres años.

—No vienes entrenar. —Era su forma de preguntar el motivo de mi visita.

—Lo hago en casa. Tengo un pequeño cuarto donde practico.

—Fuiste mi mejor alumno y el mejor profesor ayudante.

—Tuve el maestro más grande.

—No vienes sólo a verme. Te vales tú mismo. Algo serio debe ser —dijo, sin ceder en su sonrisa invitadora y dando la impresión de que los problemas no existen.

—Lo es, y tu experiencia me ayudará.

—Venga —animó.

—Es sobre las mafias que prostituyen a las mujeres, ese mundo. —Seguía con su gesto de piedra pero sus ojos se habían esquinado—. Busco a una chica alemana, veinte años, esclavizada. La policía no logra localizar su rastro.

—¿Te metes en ese lío? Olvida el caso. No es positivo. Un mundo tenebroso, sin solución, peor que droga.

—No busco los casos. Llegan a mí y los acepto o no. Y éste no quiero dejarlo.

Manejó un silencio y luego dijo:

—Ahora no tengo tiempo. Hablaremos domingo, en sierra. Nos veremos en este restaurante —añadió dándome un papel.

Al salir miré hacia dentro, a una de las salas. Ya le estaban esperando sus alumnos, todos profesores y profesionales de las artes marciales, cinturones negros y rojiblancos, ninguno por debajo del sexto dan. Al verme, algunos se acercaron a saludarme con alegría. Compañeros de horas de entrenamiento: policías, guardaespaldas, agentes de seguridad, bomberos, viajantes de joyería...

—Te olvidaste de tus amigos —dijo uno—. Ni siquiera vienes a tomar un vino.

—Puede que venga pronto a pediros algo más que un vino.

Seis

Quiero que miren tus ojos
como miraron en tiempos,
quiero que rían tus labios
como antaño se rieron...

RANCHERO
Revista *La Ametralladora.* Año I

Noviembre 1935

El paseo de Ronda, sugerido por las pocas casuchas laterales que lo unían a la glorieta de Cuatro Caminos, era una vía ancha de tierra sin aceras que atravesaba campos, huertas, granjas y lavaderos y bajaba hacia el Hipódromo, más de un kilómetro allá abajo, donde había comenzado la prolongación de la Castellana y la construcción de los Nuevos Ministerios. El Hospital de Jornaleros San Francisco de Paula, enorme edificio construido por los arquitectos Palacios y Otamendi en el año 1916, era, junto a la Cruz Roja de la avenida de la Reina Victoria, el único centro médico de la zona y a él se dirigió María Marrón con sus hijos Jaime y Teresa. Hacía mucho frío y llegaron arrecidos después de la larga caminata desde casa. Numerosos carros tirados por mulas y borricos esperaban delante de la larga fachada, algunos bloqueando la puerta de acceso situada en la calle de Maudes, al otro lado. Las lluvias habían enfangado las calles, y la gente intentaba limpiarse el calzado, mayoritariamente alpargatas y botas, en los limpiabarros de hierro anclados en el suelo a la entrada. En el embarrado piso de los largos pasillos y salas de espera había escupideras desbordadas de esputos y colillas. Mucha gente resignada, con predominio de niños estilizados por la desnutrición, aguardaba en las abarrotadas salas llenas de humo esperando ser atendida.

María se vio reflejada en otras tantas madres angustiadas. Por consideración de Manuel Tagüeña, miembro de las Milicias Antifascistas Obreras y Campesinas, colaboraba en el periódico comunista *Juventud Roja,* a cuya redacción él pertenecía. Tagüeña se creía responsable en cierto modo de la muerte de su compañero, ocurrida en octubre del año anterior, que la dejó sin brújula, con dos hijos huérfanos de padre y con hermosas promesas desvanecidas. Lo que ganaba no le alcanzaba para cubrir las necesidades. El administrador del chiscón donde vivía, en la calle de San Raimundo, le había amenazado con el desalojo si no pagaba las mensualidades atrasadas. Se le habían acumulado cinco recibos y debía setenta y cinco pesetas, cifra que no sabía cómo podría saldar. Tendría que mudarse a otra habitación más barata. Retroceder de nuevo, salir de Madrid. Buscaría en el municipio de Tetuán de las Victorias, más al norte, donde decían que podría encontrar un alojamiento de bajo alquiler. Toda España se hallaba en convulsión, con largas filas de desempleados ante las fábricas esperando que los sindicatos lograran acuerdos con los patronos y empresarios. Cada vez había más pedigüeños pululando por las calles en procura de una atención que nadie les prestaba.

—¿Quién te ha enviado aquí? —preguntó el médico.

María le mostró una carta, firmada por Gabriela Abad Miró, dirigente de las Juventudes Socialistas Unificadas.

—Aquí dice que eres miembro de la Unión de Mujeres

Antifascistas. Eso es del Partido Comunista. Su presidenta es Dolores Ibárruri.

—Bueno, fue creada por la Internacional Comunista, pero es una organización que integra a mujeres de todas las tendencias. Por si no lo sabe le diré que...

—Sé lo que es esa Unión de Mujeres.

—Entonces sabrá que muchas somos mujeres humildes que apenas podemos atender las cuotas.

—¿Pagáis cuota?

—Sin dinero no pueden desarrollarse las organizaciones.

—La Komintern tiene dinero de sobra. No creo que sean necesarias vuestras aportaciones.

—No necesitan nuestros pobres dineros para mantener la asociación, es cierto. Habría cerrado ya, porque una gran parte tenemos cuotas impagadas. Creo que se estableció para que la sintamos como nuestra y poder hacer una defensa consciente de ella. Cuando algo es gratis no se valora tanto.

La miró. Era mujer de mediana estatura, desalojada de carnes y no especialmente bella, o acaso así lo sugería lo ajado de su rostro. Pero tenía unos ojos negros enormes que se desparramaban por toda la cara e impedían sustraerse al hechizo que desprendían. Se concentró en los niños y, tras examinarlos de forma minuciosa, dictaminó:

—Me harían falta los análisis de sangre para confirmar, pero creo que el chico está bien; no así la niña. Tiene anemia. Necesita alimentación especial.

Le recetó un fármaco. Ella miró al médico al tenderle la receta.

—No sé cómo voy a alimentar a mis hijos adecuadamente. Ni siquiera podré pagar la medicina. Soy maestra de escuela en cesantía obligada.

El hombre la observó de nuevo y luego a los niños. El trío le cautivó pero no le conmovió. El chico tenía culeras en sus pantalones incoloros y su cazadora de tela estaba fuera de arreglo, como sus recosidas alpargatas. La niña le recordó los cantos de colegio:

Mañana domingo
se casa Perico con una mujer
que tiene las piernas como un alfiler.

Las de ella no eran de alfiler pero sí palillos de tambor, como la mujer de Popeye. Apenas pesarían setenta kilos entre los tres. La imagen repetida de la indefensión y el desamparo. Pero captó algo diferente: los hipnotizantes ojos de la mujer no se mostraban plañideros sino acusadores. Y se supo parte de la acusación. Al fin él tenía trabajo y comía a diario.

María sostuvo la mirada del hombre. Aunque la República había traído nuevos modos de trato todavía quedaban restos del pasado. Uno de ellos era el respeto, a veces reverencial, de los pacientes hacia los médicos. No era fácil llamar camarada a aquel en cuyas manos estaba el peso de la Medicina y la facultad de curar, por mucho que hubieran cambiado los tiempos. Del mismo modo, los médicos en general no sabían sustraerse a esa superioridad que les daba su profesión. Sin embargo, ninguno de los dos tenía herencia del pasado. María estaba erguida y miraba al ser humano, no sólo al médico. El hombre, por su edad, habría hecho la carrera durante la fenecida monarquía de Alfonso XIII y quién sabe en qué partido militaría. Pero su mirada, fuera lo que fuese, no había claudicado aún ante la indiferencia hacia el mal ajeno que da el estar inmerso en un mundo de dolor y enfermedades.

—¿Estás casada?... Bueno, si tienes compañero.

—Fue matado justo hace un año. Me quedé sola con los niños. Estaba con Manuel Tagüeña.

—Tagüeña. Entonces, tu compañero era del *pecé*.

—Muestra usted obsesión por los comunistas.

—No me gustan. Ellos y los anarquistas, cada uno por su lado, nos llevarán a la tragedia.

María guardó silencio. No era momento de iniciar un debate con el hombre al que había ido a pedir ayuda.

—Mi compañero era de las Juventudes Socialistas.

El médico buscó en un botiquín, cogió un frasco y se lo tendió.

—Dale una cucharadita de esto a la niña una vez al día. ¿Conoces el Socorro Rojo Internacional?

—Sí, también está bajo la égida del Partido Comunista. Sé que aquí hay médicos de esa organización.

—Los hay. Pero no sólo socorren a los comunistas sino a quienes lo necesitan. —Tomó un nuevo papel y garabateó unas líneas. Luego lo metió en un sobre en el que escribió un nombre—. En la calle de Velázquez están el Comité Provincial y los comedores. Pregunta por este hombre. Os darán de comer todos los días mientras esta situación continúe.

Ella tomó el sobre y dudó.

—Discúlpeme. Creí que no tenía ningún trato con los comunistas.

—Suscribo lo que hacen en el orden social pero repruebo el uso político que dan a todas sus acciones. Socorro Rojo está organizada por Juan *Modesto,* que es también el responsable de las Milicias Antifascistas Obreras y Campesinas, organización comunista obviamente. Cara y cruz. Pan y balas. ¿Para qué esas milicias? Iniciativas como ésa suponen un desafío a los poderes legales del Estado.

—Disculpe otra vez, pero creo que fue en el seno de las Fuerzas Armadas donde se creó la Unión Militar Española, de signo reaccionario. Una clara agresión a la República.

—Es lo que han conseguido los agitadores, que todo el mundo se politice. ¿No lo ves? Tú y yo hablando de política sin quererlo, contaminados de ese fenómeno. —Movió la cabeza mirando a los niños—. En el Comité de Velázquez también se encargan de algo que puede ser beneficioso para tus hijos: tienen colonias infantiles en el Mediterráneo. En seis meses estarían como deseas, sanos y fuertes, algo que aquí no conseguirás. Es difícil lograr plazas, hay muchos niños apuntados. Pero si las consigues, no las desaproveches.

—No quiero desprenderme de mis hijos.

—Es algo que debes valorar en beneficio de ellos. Son tu responsabilidad. Tienes que elegir lo mejor para los niños, no para ti. El amor de madre suele ser egoísta sin quererlo.

María había aprendido a domeñar sus emociones. Quería erradicar de sí la imagen llorosa como signo de identificación de lo femenino. En la sociedad que intentaban poner en marcha, la mujer se equipararía al hombre tanto en funciones como en decisiones. Sin sumisión. Iguales. Por tanto había que olvidar las armas de seducción, siempre ventajistas y propias de su condición, tales como la insinuación sensual o el desvalimiento, según conviniera.

—Somos muchas en el mismo estado de indefensión. No creo posible que pueda prestar esta ayuda a todas. ¿Por qué hace esto por mí?

—No lo sé. No hay una razón concreta. Como no la hay para que estemos manteniendo esta conversación sin conocernos. Quizá tu mirada...

—Gracias —dijo, frenando la carga de emoción que sentía. Buscó el auxilio de su propia angustia—. ¿Tiene tiempo para otra pregunta?

—Adelante.

—¿Cuándo y cómo cree usted que acabará esta situación?

El médico se levantó y miró hacia el campo que se extendía sin límites hacia el noreste hasta Chamartín de la Rosa. Quizás algún día todo eso se llenaría de casas, y no sólo como consecuencia del crecimiento natural de la población, sino para dar vivienda al sobrepasado millón de habitantes que tenía la capital en esas fechas y cuya mayoría carecía de un hogar digno, muchos ni de hogar siquiera.

—Una pregunta recurrente en todo el país. Pocos ignoran lo que está ocurriendo y quizá nadie sepa darle solución. La política ha invadido la vida de los españoles y, dentro de ella, los feroces radicalismos. Nadie quiere ceder. Son posiciones irreconciliables. Antes que defensor de mis ideas soy demócrata convencido. El voto de la población debe respetarse aunque los resultados electorales no nos gusten. Creo que si la CEDA ganó limpiamente las elecciones se le debería dejar gobernar. Lejos de ello ahí está el lastre de las huelgas, los atentados, las luchas callejeras, los asesinatos... ¿Qué aportó a la tranquilidad ciudadana el mitin de Azaña el mes pasado en el Campo de Comillas en el que ante casi medio millón de personas atacó a la CEDA y calificó de «bienio negro» a los dos años de Gobierno legal sólo porque no había miembros de izquierdas? Estas turbulencias sólo sirven para exacerbar las pasiones e impiden una gestión razonada de la economía del país. Los periodistas sacan tajada de torpes declaraciones y edifican supuestos de intenciones malvadas que no son tales. O puede que sí. Lo que quiero decir es que no hay freno, todo vale. Y mientras, sigue sin lograrse lo que honradamente creo que todos los gobernantes quieren: elevar el nivel de vida y educación de los españoles, acabar con el hambre, hacer una nación moderna.

—¿Lo cree realmente? ¿Cree que las derechas quieren una sociedad sin clases? Le diré una cosa. Hay un cuarenta y cinco por ciento de analfabetismo en el país. Eso quiere decir que hay más de once millones de analfabetos totales, dando al resto rango de alfabetizados aunque de ellos muchos sólo saben leer y escribir con dificultad, lo que les sitúa en analfabetos de hecho. Los latifundios ocupan casi la totalidad del centro y sur de España, las dos terceras partes del país. Y en el norte el proletariado rural, la agricultura parcelaria, está empobrecido en extremo. El salario medio es de cuatro pesetas al día para los que tienen empleo, no para los tres cuartos del millón de parados que no tenemos nada. Y ahora el presidente Chapaprieta reduce las pensiones mientras que su ministro de Trabajo deja sin destino a muchos educadores, sobre todo a los adscritos a la Institución Libre de Enseñanza, como es mi caso, cuando la Educación es la verdadera riqueza del país. Incluso se ha cancelado el Plan de Misiones Pedagógicas de Fernando de los Ríos, tan importante para la nación. Pronto veremos que Federico Salmón hará lo mismo con Sanidad y Justicia, las otras dos responsabilidades de su cartera. Eso sí, no tardaron en devolver sus bienes a los jesuitas.

—Si eran suyos, ¿por qué no iban a devolvérselos? El error fue quitárselos. —Ella lo miró, sin saber qué debía responder—. No sé qué decirte, mujer. Creo que tienes cierta confusión, lo que es normal en estos tiempos. Porque hablas de Federico Salmón y de Chapaprieta. Ambos intentan actuar en la misma línea pero la falta de dinero se impone. Salmón lucha por reducir el paro usando los fondos públicos pero Chapaprieta, que también es ministro de Hacienda como sabes, está empeñado en depurar las finanzas estatales y quiere la contención del gasto, por eso ha empezado a despedir funcionarios. Y no sólo eso. Quiere que las grandes propiedades rurales paguen impuestos y que suban los que se aplican a las actas sucesorias. No es el Gobierno el culpable de la situación.

—Puedo entender lo que dice. Es claro que la economía subiría si los que tienen el dinero trabajaran por el país y no para ellos. Es difícil comprender la cerrazón de los patronos en no conceder mejoras salariales que, en realidad, son meras peticiones de los sindicatos para que el hambre deje de ser crónica.

—Es cierto. Pero a ello opondría que las huelgas están politizadas porque en el fondo los organizadores no van a la defensa del trabajador, que es el que pierde siempre, sino a medrar en la consecución de sus objetivos de partido. ¿Beneficio a alguien la tremenda huelga general de mayo del año pasado?

Ella estaba temperamentada para continuar en la porfía. Pero comprendió que no sería justo seguir abusando del tiempo de hombre tan ecuánime.

—Necesito la esperanza para mis hijos, aunque lo prioritario ahora sea su alimentación. Dígame que hay una salida.

—¿Quién soy yo para ejercer de Dios? No puedo darte esa satisfacción. El horizonte está muy negro. Hay una tradición golpista en el Ejército. Los militares siempre son una opción para los añorantes de un orden, no importa si conculcan las libertades. Pero tenemos un Estado que todos hemos de proteger.

María se acercó y le besó en la mejilla dejando un punto de confusión en el hombre.

—Gracias, doctor.

No había nadie en la sala cuando salieron. Eran los últimos. Volvieron a atravesar por el centro de la muy transitada glorieta de Cuatro Caminos, como todo el mundo, bordeando la gran fuente circular de esmirriado surtidor y soslayando la lenta marcha de los carros y esporádicos automóviles. Cruzaron la ancha carretera de Francia, que se diluía hacia el norte entre quejumbrosas casuchas. Al pasar por delante de la vaquería de la calle de Juan Pantoja, la niña se paró.

—Déjame ver las vacas —pidió.

La vaquería era un espacio abierto en el fondo del cual un establo albergaba seis vacas. Los niños se apoyaron en la cerca de madera donde, a despecho del tiempo inclemente, otros niños miraban a los animales. Un paso no exento de excrementos llevaba a una casucha adyacente donde la gente entraba a comprar leche. Dos muchachos salieron con cántaras de cinc al hombro.

—¿Adónde van?

—A vender por las casas.

—Quiero leche —dijo Teresa.

María no disponía de los sesenta céntimos que costaba el litro. Luchó contra la flaqueza que intentaba vencerla.

—Vamos, hijos. Luego. Ahora no es el momento.

Pero Teresa opuso voluntad de permanecer mirando, subyugada por la necesidad. Jaime le cogió la mano.

—Mamá tiene razón. No es el momento. Luego, en casa.

—¿De verdad?

—Sí —dijo él, recompensado con la mirada de agradecimiento de su madre.

Llegaron al barrio. Unas niñas jugaban en corro chocando sus manos mientras cantaban:

> *En el Barranco del Lobo*
> *hay una fuente que mana*
> *sangre de los españoles*
> *que murieron por España.*
> *Pobrecitas madres, cuánto llorarán...*

María se estremeció. Era una canción infantil, repetida cientos de veces junto a otras. Las niñas ni siquiera sabían lo que significaba, pero ella sí. Miró el cielo. Negros nubarrones se cernían presagiando tormenta. En ese momento tuvo la premonición de que un gran desastre se avecinaba.

Más tarde, ya en el incompleto hogar, de una cajita sacó sus pequeños tesoros, grandes para ella como la buena salud: su carné de la CNT, a la que se adhirió al escuchar a Federica Montseny; el de Mujeres Antifascistas, el de las Juventudes Socialistas que enorgullecía a Jaime, su rostro apenas entre soldados en la foto de su mili en la Guardia del Rey, otras fotos. Y los dos anillos de plata de cuando el mundo estaba naciendo y todo era joven y libre y la maldad no tenía cabida. Balbucientes promesas de unión eterna, ya invalidadas por la ausencia del compañero. Era lo único de valor que le quedaba, tanto tiempo demorando su inevitable destino. Algo de todo, algo de nada. Iría a empeñarlos para que la vida continuara.

Siete

Enero 2003

John Fisher salió en la estación Ciudad Universitaria del metro de Madrid, situada en la plaza central, un gran espacio donde asoman las fachadas de las facultades de Farmacia, Medicina y Odontología. En el centro ajardinado de la misma contempló el grupo escultórico *La Antorcha*, que no parecía interesar a ninguno de los estudiantes que circulaban. Quizá sabían y habían olvidado lo que una placa indica en el pedestal: que el bello monumento fue creado por la artista norteamericana Anna Hyatt Huntington. Pero quizá pocos tenían conocimiento de que hay uno gemelo en la ciudad de La Habana donados ambos a las dos ciudades en 1956 por su marido, el hispanista y filántropo Archer Milton Huntington, consecuente con su admiración por el legado cultural español. John se detuvo y miró la escultura, pintada de un feo color gris en contraposición con el verde bronce que luce la situada en la capital cubana, que él había contemplado meses atrás. Y mientras que la habanera presentaba buen cuido, la madrileña servía de percha a telas y pancartas reivindicativas. Movió la cabeza, siempre en desacuerdo con ese tipo de agresión perpetrada por una minoría contra edificios y monumentos. Sabía que en tiempos no tan lejanos todo era diferente. Como los estudiantes. Había ahora más mujeres que hombres, todas con pantalones, muchas de

ellas echando humo como si tuvieran complejo de locomotora.

Un sol húmedo le acompañó en su caminar por la avenida Complutense. Preguntó por la facultad de Filosofía y
Letras y le dijeron que había tres edificios diferenciados.
Finalmente le remitieron al A, un edificio de cuatro plantas
situado en un altozano, fachada de ladrillo visto y amplios
ventanales, construido exactamente igual, fiel a los planos,
que el erigido en 1934 y destruido durante la guerra civil.
Ascendió por entre la densa arboleda, subió las escalinatas y,
tras seguir las indicaciones, anduvo a la derecha por el largo
pasillo. Empujó una pequeña puerta y accedió a una sala rectangular, luminosa, de unos cincuenta metros por veinte con
doble fila de blancas y delgadas columnas. Estaba en la biblioteca de Filología, que fue la de Filosofía antes de que años
atrás la cambiaran. En los alargados bancos los estudiantes trabajaban en silencio. Caminó hacia la pared sur notando
que su alta figura y su aspecto de extranjero atraían algunas miradas. Se aproximó a los ventanales y miró. Los abetos, pinos y
otras especies, como una barrera verde, impedían ver más allá.
Pero ése era el sitio. No tuvo dudas. Permaneció allí inmóvil y en
silencio, sin que nadie le interpelara, impasible ante el tiempo de-
rrochado, viendo el diferente paisaje que otros ojos contempla-
ron setenta años antes cuando el mundo se deshacía y los vientos traían y se llevaban las esperanzas.

Más tarde ascendió por las calles en pendiente buscando
el distrito de Tetuán. El estadio Metropolitano había sido
sustituido por altos y modernos edificios. En el puente
acueducto de Amaniel una vieja placa de piedra llena de
heridas decía que la obra se construyó bajo el reinado de
Isabel II. Siguiendo el plano dibujado en su memoria llegó
a la calle buscada, que domina un parque frondoso. Se detuvo para admirar el paisaje. Es una zona moderna, urbaniza-
da, con casas de reciente construcción. Allá, a lo lejos, la sierra de Guadarrama tranquiliza los ojos de los madrileños.

Miró abajo. Una parte de la roja estructura del acueducto emergía de entre dos lomas y parecía un largo vagón del ferrocarril descansando en un apartadero. Se volvió y preguntó en varios portales, enseñando una borrosa fotografía. Toda la gente era nueva y nadie pudo darle pistas de la mujer que buscaba.

Ocho

Niños, ¡qué edad la de las sienes cóncavas!
¡Qué temprano en el sol lo que os decía!
¡Qué pronto en vuestro pecho el ruido anciano!

CÉSAR VALLEJO

Marzo 1937

El mar Negro estaba calmado y sus aguas no se mostraban tan oscuras como su nombre indica. Pero era tan grande que no se veían las orillas al navegar por el centro. El vapor *Cabo de Palos* se aproximó a una costa montañosa que se iba destacando en el norte como una muralla gigantesca. Ya les habían contado adónde iban y les mostraron planos y fotografías para aproximarles al país en que vivirían durante los años que durara la guerra. Por eso sabían que llegaban a la península de Crimea, en realidad una isla porque el istmo de Pecekop es tan estrecho que, mirando el plano, parecía un cordón sujetando un medallón. El buque señaló su presencia con pitidos al aproximarse a Yalta, protegido por enormes montes. Les dijeron que era la cabeza de la costa sur de la península y un gran centro climático. Numerosos yates frecuentaban su amplio puerto porque toda la ribera meridional florecía de balnearios, sanatorios, casas de reposo, casas-museo y lugares para el veraneo, justificando el nombre de «La Riviera Rusa» con que se la conocía. El tiempo era tan primaveral como el dejado en España, siete días antes. Había el natural movimiento portuario y en el muelle estaba esperándoles un grupo de gente perteneciente al Narkompros, el organismo soviético que se ocupaba de la gestión de las Casas de Niños españoles.

Teresa Reneses tenía su mano atrapada por la fuerte de su hermano Jaime. Todavía albergaba mucho llanto dentro. Tanto, que temía que disolviera sus ojos si lo dejaba salir. Junto a ellos Jesús Fuentes, un chico toledano, huérfano, delgado como una cortina y con enternecidos ojos azules. Ellos formaban parte de la expedición de setenta y dos niños procedentes de una colonia de vacaciones de Valencia. La mayoría eran madrileños que llegaron cuando los bombardeos de la Legión Cóndor se intensificaron sobre Madrid el anterior mes de octubre. Sus madres, María entre ellas, decidieron su evacuación al seguro Mediterráneo, lo que se realizó en camiones del Socorro Rojo Internacional. La mayor parte de los familiares eran viudas atenazadas de miedo y dolor y cuando los camiones desaparecieron calle Pacífico abajo ellas siguieron agitando sus pañuelos como si aún estuvieran viendo a sus hijos. Desde entonces su madre los visitaba dos veces cada mes, además de haber pasado con ellos las tristes Navidades del 36. Y siempre les llevaba pastas y galletas que iban a la despensa común porque, aunque en la colonia la alimentación era variada y suficiente, nunca estaban de más esas golosinas.

Los dos hermanos no entendían ese viaje tan largo a aquel país lejano sin que su madre lo hubiera autorizado. Y lo peor era su falta de noticias. Llevaban dos meses sin verla porque en su última carta les decía que había enfermado. Los profesores, médicos y otros acompañantes habían extremado sus ya excelentes atenciones manifestadas en la colonia, siempre con la palabra amable. Pero una noche oyó que muchos de los niños del centro habían quedado definitivamente huérfanos y, por lo que sugerían las miradas de conmiseración de los cuidadores, a Jaime le pareció que a él y a Teresa les habían colocado en esa consideración, lo que significaba algo terrible. De ser así, habían quedado solos en el mundo. Miró a su hermana, tan guapa, tan frágil, tan indefensa, totalmente ignorante de sus temores. Él la cuidaría porque se sentía un hombre. En los cinco meses transcurridos desde su salida de Madrid, su cuerpo había experimentado un cambio positivo. Estaba más fuerte, más alto y no tenía miedo. Con los golfillos que había en la colonia él demostró su liderazgo en un par de duros enfrentamientos al inicio, cuando nadie se conocía y los instintos estaban sueltos. Aquello quedó en el pasado. La mano conciliadora y educadora de los profesores se había hecho sentir al imbuirles del sentimiento de solidaridad y de la responsabilidad de ser dignos ciudadanos para el futuro de España.

—Vuestros padres están luchando juntos, codo con codo. Y los que han muerto estaban hermanados también contra el enemigo común. No busquéis pendencias entre vosotros. Sed dignos de ellos. Formáis parte del gran proyecto de sociedad igualitaria y sin odios.

El contingente fue recibido con flores y regalos. Luego los llevaron en autobuses a Artek, más al sur y cerca de Alupka pero en la misma costa del mar Negro. Desde Foros, en la punta sur de la península, hasta Feodosija en el noreste, todo el litoral este era acosado por la imponente cordillera. Más de ciento cincuenta kilómetros de montañas encimadas sobre las aguas. Ese muro natural permitía su celebrado clima, la vegetación subtropical y el aire curativo. Delimitando la estrecha carretera, zonas de palmerales, magnolias, mandarinos y arbustos de té hacían guardia a las playas y residencias veraniegas que se enlazaban unas con otras.

Artek era un balneario infantil y campamento nacional de «pioneros». Estaba al pie de una alta montaña llamada

Ayu-Dag y permanecía abierto todo el año. Disponía de una casa principal y grandes zonas para juegos estirándose entre el mar y los montes. Jaime apreció gran similitud con la colonia española respecto al clima pero quedó abrumado ante la enorme diferencia existente en cuanto al paisaje y las instalaciones. El pobre litoral español no podía competir con ese nivel de lujo y bienestar.

—¿Cuánto tiempo estaremos aquí? —preguntó Teresa a su hermano, siempre con su mano refugiada en la de él.

—Creo que hasta agosto. Y luego iremos a Moscú, donde están habilitando un hogar para nosotros. Aquí estaremos bien atendidos.

—Digo que cuándo volveremos a casa.

—Pronto, no te preocupes —contestó mirándose en Jesús y volviendo luego la cabeza hacia otro lado.

Nueve

Enero 2003

Segundo caso. El informe decía:

John Fisher, treinta y seis años, inglés y con estereotipo de tal, entre rubio y pelirrojo, alto, delgado. Habla perfectamente el español, aprendido en Chile. Traje completo, corbata azul oscuro con una pequeña mancha roja como de tomate. Mira de lleno, con intensidad, ojos claros. Dice ser titulado en Ingeniería y Geología por Cambridge. Tiene el aspecto que se le supone a un británico de clase alta. Lleva una semana en Madrid, hospedado en el hotel Bretón. Manifiesta su interés en conocer el paradero o rastros de una mujer sin nombre. Dice que el hermano de su abuelo, Charles Sunshine, la conoció en noviembre del 36 en Madrid al ser herido y que ella era la enfermera que le cuidó. Ambos hombres eran brigadistas de la XI Brigada Internacional y estuvieron en el frente de la Ciudad Universitaria de Madrid. Charles Sunshine murió y, antes de expirar, encargó a su hermano John la protección de esa mujer. Pero John, el abuelo, tuvo sus propios problemas. Perdió la pierna y un ojo por la explosión de un obús en la facultad de Filosofía y Letras el mismo día en que mataron al hermano. Fue evacuado y hubo de guardar esa historia durante los años siguientes, consciente de su incapacidad física para asumir él mismo la investigación además de que las circunstancias políticas en España durante la vida de Franco no eran propicias para una averiguación como la encomendada. Cuando llegó la democracia a España, sus tres hijos —uno de ellos la madre del compareciente— ya habían superado las edades en que la sangre clama por aventuras en países exóticos, concepto que todavía entonces tenían de España la mayoría de los ingleses. La promesa quedó incumplida hasta que John Fisher decidió encargarse de ello y ahora intenta cumplirlo. De la mujer no tiene más que la foto aneja y una dirección: calle de Luis Portones, en el barrio de Tetuán de las Victorias, por entonces municipio independiente del de Madrid. Estuvo allí. Todas las casas son nuevas, ninguna queda de la época de la guerra y nadie pudo informarle. La copia de la foto no refleja rasgos genuinos. Más que verse la cara intenta adivinarse. Ha sido retocada, casi pintada. No es fiable la imagen. Quizá lo que veamos no es el rostro real de aquella mujer sino una invención de la misma. Se lo hice ver y me dijo que no había otra.

—Éste sí es de los hombres que una se vuelve a mirar por la calle. —Sara sonrió.

—Vamos, qué dirá Javier.

—A él también le miran por la calle.

—¿Qué dijo David?

—Que era un caso pintiparado para ti. Los que más te gustan.

—El pasado que vuelve a llamar a la puerta.

Retorné a la foto. La idealización ofrece una mujer de atractivas facciones, no las toscas que generalmente reflejan las viejas fotografías. Desprendía un especial encanto en su sonrisa tenue, apenas iniciada, como la de la Mona Lisa. No era bella pero algo la singularizaba. Miré la hora y marqué el número del hotel.

—Bretón, ¿diga? —dijo la voz rutinaria de una señorita.

—Desearía hablar con John Fisher, habitación 310.

Hubo un silencio. Y luego:

—Ese señor no está.

—¿Puedes dejarle un mensaje?

—No es posible. Canceló su estancia en el hotel.

—¿Se fue? —Me sorprendí—. ¿Dejó alguna dirección?

—Espere un momento, por favor.

Dos minutos después, el teléfono cambió de voz.

—Soy la directora. ¿Quién pregunta por él?

—Es lo de menos. Lo que quiero es contactar con él.

—¿Es usted familiar?

—No entiendo ese interés por saber quién soy.

—Tengo mis razones y si no me dice su relación con el señor Fisher tendré que interrumpir la conversación.

—Soy detective privado y he sido contratado por él.

—¿Por lo de la otra noche?

—¿Qué ocurrió la otra noche? No sé de qué me hablas.

—Si no es por ello, ¿para qué le busca?

—Tu comportamiento es muy extraño. ¿Puedes decirme qué ocurre?

—Estaré a su disposición en mi oficina —dijo y colgó.

El hotel está en la calle Bretón de los Herreros, es de tres estrellas y ocupa todo el edificio de cinco plantas. A la entrada, a la derecha y tras la doble puerta deslizante, está el bar; al fondo la recepción. La joven que atendía abrió mucho los ojos al decirle mi nombre. Habló por el teléfono interior. Un momento después tenía delante a la directora, que me miró sospechosamente, el mostrador por medio.

—¿Dice que se llama Corazón Rodríguez?

—Sí.

—El otro día alguien vino a visitar al señor Fisher en nombre de usted.

La miré.

—No es posible. No le conozco y he sabido que estaba en este hotel hace sólo unas horas, cuando leí el informe que hizo mi ayudante.

Me pidió la acreditación y noté que me creía.

—Es un asunto muy raro —dijo—. En realidad, no sé cómo actuar. ¿Para qué le contrató?

—Nos hizo el encargo de encontrar a una persona.

—Pues a él sí le encontraron. Y de qué forma. Hace cuatro días, sobre las diez de la noche se presentaron tres hombres preguntando por él. Uno de ellos dio su nombre de usted. Dijo que venían de su parte.

—¿Dieron mi nombre? —Ella asintió—. ¿Qué ocurrió?

—Me contaron que un huésped llamó a recepción diciendo que en la habitación de al lado se oían ruidos como de pelea. Cuando el personal iba a subir, los tres hombres bajaron atropelladamente con signos de violencia en sus rostros y ropas, cruzaron rápido hasta la salida y se marcharon en un coche estacionado delante. Un camarero y el conserje subieron. Encontraron al inglés restañando sus heridas, su ropa rasgada. La habitación estaba revuelta, lo que indicaba que la lucha había sido dura. Mis empleados le prestaron ayuda y le acompañaron a Urgencias del ambulatorio que hay aquí cerca, en la calle de Espronceda. Cojeaba. Le apreciaron heridas y traumatismos varios, pero no parecía muy afectado, como si le estuviera ocurriendo a otro y no a él. Alcancé a verle pues vine rápido. Tenía la cara hinchada... —Dudó—. He visto a mucha gente en mi vida pero puedo decirle que los ojos del señor Fisher transmitían una serenidad fuera de lo común. Me impresionó.

—¿Qué ocurrió luego?

—Hizo la maleta, canceló la cuenta y se marchó en un taxi. —Movió la cabeza—. Lo sucedido es insólito. Nunca en este hotel ocurrió algo semejante. Aunque el médico le dio un informe, no creo que haya hecho denuncia en comisaría porque habrían venido a indagar, lo que no hubiera sido bueno para los intereses del establecimiento. No lo puse en conocimiento de la policía porque el atentado no fue contra el hotel ni contra su personal y los daños en el mobiliario no han sido costosos. Pero no sé si tomé una buena decisión, porque ese hombre quizá necesite ayuda y puede que no tenga recursos.

—Creo que sí los tiene. Según dices escacharró a los tipos. En cuanto al hotel, hiciste bien. La denuncia os hubiera causado molestias innecesarias. Un favor: ¿podrías indicarme la dirección habitual del señor Fisher?

—Se la daré pero no le servirá. Es de Santiago de Chile.

Ya en la calle, cuando caminaba hacia la de Santa Engracia, un hombre tocó mi espalda. Me volví. Grueso, con media vida cumplida. Recordé haberle visto en el bar al entrar.

—Disculpe. Soy huésped del hotel. Estoy al tanto de lo que ocurrió. —Me tendió un papel—. Es la matrícula del coche donde escaparon los agresores.

—¿Se la dio a la directora?

—No.

—¿Y al huésped inglés?

—Tampoco. La verdad es que fue un acto reflejo. La apunté sin más. No pensaba utilizarla. Pero he oído la conversación de ustedes.

Diez

Un joven Apolo de pelo dorado,
allí soñando la víspera de la lucha
magníficamente no preparado
para la larga pequeñez de su vida.

FRANCES CORNFORD

Marzo 1937

Charles Sunshine, tumbado junto a la ametralladora Lewis 1914 de 7,7 milímetros, miró a través de los prismáticos desde su observatorio de la biblioteca de la parcialmente destruida facultad de Filosofía y Letras de la Ciudad Universitaria, por entre el parapeto de libros y cascotes formado en la ventana rota. La Lewis era un arma magnífica que habían traído consigo los brigadistas y había supuesto un importante factor en la defensa de ese frente, que antes sólo contaba con los viejos fusiles Mauser 1893. Pesaba doce kilos, se apoyaba en un bípode, tenía un cargador de plato de cuarenta y siete cartuchos y hacía cuatrocientos cincuenta disparos por minuto. Del edificio sólo quedaba en pie esa gran sala, un excelente mirador que dominaba un espacio amplio desde el Clínico hasta la carretera de La Coruña y todo el frente de la Casa de Campo. Los dos pisos superiores, que albergaron aulas, cátedras y despachos, estaban totalmente desmoronados. Salvo en los veranos siempre hacía mucho frío en esa parte de la ciudad, como si alguien hubiera dejado abierta una puerta imaginaria por la que entraban los vientos gélidos procedentes de la cercana sierra de Guadarrama. Pero ahora la biblioteca parecía un frigorífico, con la interminable corriente de aire helado cruzando por la gran sala sin cristales. Más allá de la desmoronada Casa de Velázquez y de la carretera a Galicia y Asturias, sobre el mar de árboles que bajaban hasta el río Manzanares intentando unirse a los de la Casa de Campo, vio el movimiento de los rebeldes tras las trincheras y las alambradas. Luego giró los binoculares hacia el sur. Ahí mismo, a este lado del río, estaba la cuña que los nacionales habían introducido en el área universitaria. Alcanzó a ver a algunos de los legionarios del general Varela que defendían el Hospital Clínico, impresionante mole a pesar de su parcial destrucción y donde los brigadistas de la XI y XII Internacional sostuvieron atroces combates cuerpo a cuerpo contra los moros y legionarios por cada planta, pasillo y habitación hasta la extenuación. El frente estaba detenido desde el 23 de noviembre, fecha en que Franco decidió ceder en su ofensiva. Hasta entonces los dos bandos habían peleado fieramente, con grandes pérdidas de hombres, y ambos ejércitos hubieran deseado disponer de los dos edificios predominantes, lo que les hubiera permitido tener el control de la zona y ampliar sus posiciones. Cada ejército había aprovechado la pausa para mejorar sus defensas. No faltaban las intentonas de infiltración a la ciudad por grupos decididos de rebeldes, la mayoría moros de Regulares, con la intención no tanto de adentrar el frente como de obtener el botín autorizado por sus mandos. Miró el Cerro de Garabitas contra el reflejo de un pálido sol declinante. Nubes de humo definían los disparos permanentes de las unidades artilleras alemanas allí instaladas desde su toma en noviembre por el coronel Asensio. Habían dejado de cañonear sobre el centro universitario, donde todavía quedaba en pie alguna facultad, para concentrar sus disparos en las zonas de Gran Vía y Argüelles. Pero, de vez en cuando, a algún mando legionario le daba por seguir gastando obuses en la ahora llamada «Ciudad de los Escombros».

Dejó los binoculares, apretó la manta contra su delgado cuerpo y miró a su hermano John, integrado también como todos los británicos en el batallón franco-belga Commune de Paris, que, al mando del coronel francés Jules Dumont, había llegado apresuradamente el día 7 de noviembre para consolidar el frente del Manzanares. Allí vieron que no había frente alguno sino una situación crítica, con grupos de milicianos desorganizados tratando de detener la ofensiva triunfante de un enemigo decidido. Formaba parte, junto a los batallones Edgar André y Dombrowsky, de la XI Brigada Internacional, la primera llegada a Madrid desde su base de Albacete tras una breve instrucción. Su hermano poseía una madurez envidiable a pesar de tener sólo veintitrés años, uno más que él, quizá por haberse licenciado en Filosofía en el Trinity College de la Universidad de Cambridge. Contemplaba la vida de forma distinta, inmune a los acontecimientos cercanos, que calificaba de anécdotas inevitables de la historia. Era un tipo largo como él, con el cabello de fuego, rapado. Hablaba poco pero, cuando lo hacía, largaba grandes parrafadas salpicadas de pensamientos filosóficos y naturalistas, analizando los hechos en perspectivas de largo alcance. Cuando el grueso de la XI Brigada se trasladó a otros frentes ya integrada en la XV Internacional, a ellos les ordenaron quedarse para fortalecer la posición tan duramente mantenida, ahora defendida por el Batallón 7.º de Milicias Confederales de la 39 Brigada Mixta, toda de españoles. Había además tres brigadistas alemanes del Thäelmann, dos yugoslavos del Dombrowsky y tres belgas de su batallón, todos resguardados ahora en parapetos hechos también con libros y apenas confortados con pequeñas hogueras. Arrojado en el sufrido suelo y arrebujado en una manta, su hermano leía, como de continuo. Junto a él, su inseparable Michael Goodman, otro británico desgajado de su batallón y también licenciado en Letras por la misma institución. De edad pareja, con gruesas lentes de lector egoísta cabalgando sobre una fina nariz, leía tranquilamente a pesar de la declinante luz como si se encontrara en el salón de su casa.

—¿Qué tal si vigilas un poco y justificas la paga?

John Sunshine levantó sus ojos azules, una mirada que toda la familia definía como su inclinación natural a estar en las musarañas.

—Tengo la ligera sospecha de que cuestionas mis capacidades guerreras —dijo, como volviendo de la luna.

—No las pongo en duda, aunque creo que, como éste —señaló a Michael—, sólo las manifiestas cuando llegan situaciones de emergencia.

—¿Y bien?

—Que esas situaciones surgen en cualquier momento. Por eso hay que estar siempre vigilantes.

—Sabré hacerme cargo cuando me toque vigilar. Mientras, aprovecho el tiempo.

—Lo mismo digo —señaló Michael sin levantar los ojos del libro.

—¿Nunca os cansáis de leer?

—¿Cansarnos? ¿Sabes lo que dices? Esto es un milagro, un centro del Saber. —John movió la cabeza y recorrió con la vista las destrozadas estanterías con libros deshojados, rotos, quemados, llenos de agujeros de balas, entre cascotes. Pocos quedaban a salvo de tanta violencia—. Esta biblioteca habla de los hombres que la construyeron, de su amor a la cultura. Coleccionar estos volúmenes en tantas lenguas es una prueba de la gran sensibilidad humanística de este pueblo, lo que es una sorpresa para el concepto que tenemos de los españoles. Es un gozo poder leer a todos los filósofos y pensadores, vivos en estos libros, que la metralla y las bombas intentan destrozar.

—Y el fuego.

John miró las pequeñas hogueras que intentaban hacer frente a los escarchones.

—Siento que traiciono a mi propio ser profundo al consentir que se utilicen los libros como parapeto y combustible. Pero reconozco que hay gente poco predispuesta al frío. No son como nosotros.

—Esto es la guerra, John; es todo o nada. Estos hombres tienen necesidades concretas. La primera es no morir, sobrevivir. No luchan por los altos valores culturales que predicas sino por sus vidas y las de los suyos. Y luego, para comer todos los días y tener un trabajo. Y por eso hemos venido a luchar, para ayudarles a conseguirlo.

—Me opongo a aceptar esa generalización.

—¿Por qué vuelves al debate? Para mí no hay duda de que todos los brigadistas hemos venido a la llamada de solidaridad con este pueblo oprimido.

—Quizá los franceses, alemanes y centroeuropeos tengan esos sentimientos; pero no nosotros, los ingleses. ¿Qué tenemos que ver con los rusos y con los polacos?

—Tenemos que ver con la raza humana, no importa la nacionalidad. Todos somos voluntarios, en el más puro sentido. Nadie nos obligó a venir ni nos engañó. Hay en nosotros, en mayor o menor grado, una disposición especial a sacrificar nuestras ambiciones personales en aras de un ideal colectivo. No somos mercenarios. No vinimos por dinero. ¿Quién sacrificaría su vida por las seis pesetas que nos dan al día? Si así fuera estaríamos al otro lado percibiendo los quinientos marcos que se embolsan los alemanes.

—Puede que la mayoría hayamos actuado así, pero no todos. Tengo entendido que los pilotos americanos cobran un buen dinero.

—De los nuestros, todos los que cayeron lo hicieron en defensa de la libertad —insistió Charles.

—Eso queda bien para un epitafio, pero no para el autoengaño. ¿Te recuerdo que más de la tercera parte fueron abatidos sólo en los primeros días de combates? ¿Tengo que mencionarte los brigadistas que faltan desde entonces? Creo que si esos cientos de compañeros muertos pudieran hablar y elegir tomarían otras alternativas para sus vidas. Morir es la peor opción. Vamos, Charles, ¿qué hacemos aquí? Supongo que no ignoras que ahora mismo, en nuestro país, hay gente que vive muy mal, sin trabajo, incluso pasando hambre. ¿No recuerdas las colas permanentes ante las oficinas de empleo? ¿Qué dices de los dos millones de parados que hay en nuestro país? ¿Te olvidas de la Marcha del Hambre del año 32 en Londres? Hay otra Inglaterra que sufre muchas necesidades. ¿Y qué hace Chamberlain al respecto?

—Cuando los jóvenes podamos tomar el mando cambiaremos las cosas allá.

—¿Por qué esperar? ¿Por qué intentarlo aquí y no allí? ¿Qué tienes en común con España y los españoles?

—Eso mismo digo yo —se adhirió Michael, las gafas apuntando al libro.

—Es una pregunta estúpida. Allí no hay conflicto bélico. Cada cosa a su tiempo.

—¿Piensas que podremos lograr una Inglaterra socialista a estilo de la Unión Soviética? ¿Eso es lo que os aseguran en el Partido Comunista?

—¿Por qué no? Es el progreso. Si no optamos por esa nueva sociedad caeremos bajo el fanatismo de los nazis y el fascismo. ¿Qué prefieres?

—¿Crees que es tan fácil? Es cierto que las dictaduras derechistas están desarrollando una gran industria militar. Y si lo hacen es para usarla. Y puede que sea cierto que esta guerra es un ensayo. Pero las democracias tienen argumentos para neutralizar esos esfuerzos sin caer en el comunismo, que, por más que lo justifiques, es una dictadura.

—Quisiera que tuvieras las cosas claras de una vez. Creí que habíamos superado la etapa de buscar argumentos a las cosas. ¿Por qué estás aquí, John?

—Encuentro odioso que Franco quiera imponer el cristianismo con los moros, contra los que durante siglos lucharon los españoles. Pero te recuerdo que nuestras raíces son cristianas. No me hacen feliz las noticias que hablan de fusilamientos de sacerdotes, quema de iglesias y profanación de signos.

—Es el resultado de la incultura de las masas, que la propia Iglesia de Roma procuró durante toda la historia.

—Toda la Iglesia, no sólo la católica. La nuestra tampoco se ha distinguido por dar educación a las clases bajas. Pero el nivel de odios y venganzas alcanzado aquí es una barbaridad.

—No es por la religión por lo que dejaste tu tranquilo mundo para venir a este infierno —acusó Charles, sentándose junto a sus paisanos.

A la luz declinante de la tarde, John se arrebujó en la manta y miró a su hermano a los ojos.

—En casa y luego en Newhaven hice promesa a mamá de cuidar de ti. Estoy cumpliendo, si no te desmandas en esas peligrosas aventuras nocturnas.

Charles recordó su partida de la estación Victoria, su salida del puerto, la llegada a Dieppe en Francia, el recorrido en bus a París. Luego el viaje camuflado en camiones agrícolas hasta los Pirineos, la feroz escalada hasta llegar al lado español. Nunca antes había contemplado tan impresionante paisaje. España se abría ante sus ojos con todo su exotismo. A la izquierda el ilimitado paisaje del Mediterráneo refulgiendo en la distancia. A la derecha la tierra seca disimulada de olivos y de viñas. ¡Qué lejos quedaba ahora todo aquello! En el grupo había belgas, alemanes, polacos. Todos llegaron a Albacete, aquella Babel desconcertante donde apenas recibieron ropas e instrucción. Y, sin pausa, el urgente bautismo de fuego en el frente del Manzanares. Nunca volvió a ver a los de aquel grupo ilusionado. Luego su herida, ella...

—Agradezco tu compañía y protección, pero es una verdad a medias.

—Sí. Inglaterra es el país más clasista de Europa. En el continente no existe la enorme diferencia que hay allí entre las clases altas y el pueblo llano. Es una herencia que está ahí y que costará cambiar. En España luchan ahora ingleses proletarios. Pero otros como nosotros no pueden negar su nivel. Entendemos esta guerra con un fondo de aventura, el deseo de participar en algo. Lo mismo te ocurre a ti, aunque lo has adornado con la mística de la solidaridad. Somos un pueblo aventurero y viajero, con una historia colmada de grandes hechos. Ya no quedan ocasiones donde conseguir un hueco en jornadas de gloria y conocimiento directo. Esta guerra es una de ellas.

—Totalmente de acuerdo —rezongó Michael.

—Me conmueve tu sinceridad. Es claro que no estás involucrado totalmente en esta guerra. Un simple dato: sigues fumando Lucky Strike mientras yo uso los Imperiales e Ideales de aquí.

—Yo no fumo —dijo Michael sin lograr que Charles le mirara.

—Asumes un riesgo añadido fumando ese tabaco tan áspero y crudo. Te recuerdo que los propios españoles los llaman «mataquintos». Si no te mata una bala lo harán esos cigarros.

—Los españoles los fuman y ahí los tienes.

—Ellos son diferentes.

Oyeron el silbido de un obús y la explosión del mismo. El proyectil había caído cerca, sobre el techo, y una nube de polvo se desprendió a un lado de la sala. No se inmutaron.

El polvo desapareció rápido en la intensa corriente de aire. Michael escribió a toda prisa algo en su cuaderno.

—¿Qué escribes?

—¿No has oído a ese hombre jurar? —Charles negó con la cabeza—. Los españoles se cagan en todo lo habido y por haber, con los tacos más rotundos y floridos del mundo, ¿no te has fijado? Los colecciono así como las blasfemias, que indudablemente son las más explícitas y completas que puedan existir. —Le mostró lo que había escrito: «¡Me cago en Dios y en su puta madre!»—. ¿Eh, qué te parece? Y mira este otro: «Me cago en la madre que parió al padre, al hijo y al Espíritu Santo.» ¿Escuchaste algo igual alguna vez? —Charles reconoció que no—. Cuando vuelva a casa haré un libro con estas expresiones y me haré rico —concluyó, y sus amigos entendieron que era sólo una baladronada desactivada de lucro.

—Convendrás conmigo, hermano —dijo John—, en que son harto limitadas las posibilidades de que consigamos salir con bien de este entrenamiento para nuestra revolución en Inglaterra.

—Amén —subrayó Michael.

—Reconozco que nos metimos en un buen lío, que no imaginaba. Ésta es una guerra dura, con un enemigo despiadado. Tenemos un ejército patibulario, con mucha moral pero sin medios ni entrenamientos y el Gobierno fuera de la capital, en clara señal de rendición. Pero no me arrepiento. Mientras se organizan, estaremos aquí. Nos necesitan.

—Ganará quien tenga mejor armamento. Y parece que los rebeldes lo tienen, al menos por ahora —opinó Michael.

—Saldremos de ésta, hermano —aseguró Charles visionando la imagen de la mujer que ocupaba su mente. Tendría que sobrevivir. No podría caer existiendo la posibilidad de un futuro con ella.

—¿Sabes? —dijo John, leyéndole el pensamiento—. Puede que en realidad no te hayan conmovido tanto las gentes que dices como esa misteriosa mujer. Tienes que hablarme de ella.

—Anochece —afirmó Charles al tiempo que se incorporaba—. Debo salir.

—Te juegas la vida en esas escapadas. Por ahí patrulla gente armada, todos con el gatillo fácil. Eso sin contar con que algún mando averigüe tu constante abandono de la posición. Pueden fusilarte.

—Y a vosotros también por ese lío que os traéis con los libros.

—Debemos hacerlo. Es un legado que debe salvaguardarse.

—No comprendo vuestras razones ni vosotros las mías. Amo a esa mujer, no sabes de qué forma.

John le miró con intensidad y luego se incorporó y le dio la mano.

—Ve con cuidado. Yo vigilaré tu puesto. Que no se te haga muy tarde.

Contempló a su hermano cambiar la manta por una guerrera caqui. Lo vio caminar hacia la salida, seguro de sí mismo, sin atisbos de imperfección en su alta figura, evidenciando su capacidad para encarar situaciones que precisaban de enormes dosis de atrevimiento. Se preguntó una vez más si él ofrecía la misma imagen de firmeza y confianza. Luego miró a Michael.

—Dentro de un rato, a lo nuestro.

—Sí —dijo su amigo tranquilamente.

Charles salió de las ruinas, desarmado. Cruzó el paraninfo de la universidad y caminó en la oscura noche por el campo enorme pinchado de árboles sufridos esquivando los espacios vigilados y las partidas armadas, nunca amistosas, aunque estaba en la zona gubernamental y llevaba su carné militar de brigadista internacional. También lucía en su gorra la estrella roja de tres puntas, emblema de las Brigadas Internacionales. Era un distintivo parecido al de la marca de coches Mercedes Benz, por lo que muchos hacían bromas sobre si en realidad el diseñador del símbolo del proletariado en lucha era en el fondo un capitalista frustrado. El aire trajo los ecos de unos cantos nostálgicos, comunes para todos los combatientes.

Si me quieres escribir
ya sabes mi paradero,
en el frente de Madrid,
primera línea de fuego.

Esquivó el estadio de fútbol Metropolitano por la izquierda y anduvo entre los edificios destruidos evitando la plaza de Cuatro Caminos, situada a la derecha. No había ninguna luz pero él sabía manejarse con el brillo de las estrellas. Pasó junto a los arcos del acueducto del Canal, que traía el agua a Madrid desde la sierra, y siguió el trazado del mismo. La obra de canalización, enterrada y en superficie alternativamente, parecía un gigantesco gusano descansando. Subió la loma. A la izquierda todo era campo, huertas y grandes chatarrerías al aire libre, mientras que por la derecha avanzaban las casuchas del barrio de Bellas Vistas. Se adentró en el municipio de Tetuán de las Victorias, plantado en medio del campo como cualquier pueblo de la Mancha. No se veía un alma pero extremó su precaución porque la cercana plaza de toros se había transformado en un cuartel de milicias y los anarquistas hacían batidas por la zona. El pueblo también había sufrido los bombardeos, y sus efectos se mostraban en las despanzurradas viviendas. En la calle de Luis Portones llamó con una señal convenida a la puerta de un tabuco de una planta, que se abrió en la oscuridad. Ya dentro, una llama surgió de un farol y su luz contorneó la figura de una mujer. Su abrazo fue tembloroso y apasionado, no por la luz tambaleante sino por sus esperanzas.

Once

Enero 2003

Becerril es un pueblo situado al pie de la madrileña sierra de Guadarrama, un paisaje abierto y grandioso como los que Ishimi busca ávidamente cuando sus clases y charlas le dejan libre. Desde los grandes ventanales del restaurante se divisan las montañas esquivadas de construcciones. Era un mediodía festivo y las campanadas de la iglesia se disipaban con lentitud en la atmósfera limpia. El lugar no es para comensales vocingleros, por lo que las conversaciones se arropan de murmullos.

—¿Qué te parece lugar? —dijo, como si todo el paisaje fuera suyo.

—No cambias nunca, físicamente —hablé, soslayando la pregunta—. Los años pasan por tu lado sin rozarte.

—No creas. Empiezan a dolerme huesos. Tiempo viene para todos y tengo muchas cicatrices en cuerpo, que tapan ropas.

—Vivirás más de cien años, como tu maestro, y siempre estarás igual en la foto.

—Dios dice siempre última palabra.

Ordenamos al camarero. Él pidió tabla de ibéricos y solomillo de ternera; yo, mi dieta de berzas y pescado. Aceptamos un vino de reserva.

—Hablas de Dios pero sigues siendo sintoísta.

—Sí.

—Te comes a seres que el sintoísmo establece como iguales al hombre. Eso, además de contradicción, puede interpretarse como antropofagia.

Rio abiertamente, los ojos dos invisibles rayas.

—¿Qué sabes de sintoísmo?

—No mucho, lo esencial que me explicaste. Que el concepto viene de *Shin,* que significa «espíritu», y *to,* que vale por «camino». No cree en un dios monoteísta sino que adora a espíritus o seres sobrenaturales llamados *Kami* cuyo poder es superior a los del hombre normal y que se materializan o encuentran en objetos y seres vivos como las montañas, los árboles o los animales. Es decir, el hombre es un organismo no superior a ningún otro de la naturaleza. Por eso no se puede comer a los animales, que son *Kami.*

—¿Como vacas en India? —ironizó.

—Más o menos. Los animales son sagrados, especie de *Kami.* Imposible comerse un *Kami.*

—No lograrás que deje el jamón y filete pedidos. —Rio y me uní a él—. Verás. Sintoísmo es la religión oficial del Estado japonés. No hay pecado en comer algunos animales. Hablas de sintoísmo antiguo, cuando era concepto filosófico y se imploraba a los *Kami* con ofrendas arroz y sake, procesiones y luchas rituales. Pero esa igualdad de criaturas vivas se basaba en pureza ritual y física, no moral. Luego llega sintoísmo imperial o *shogun* que pasa a religión y que, influenciado por taoísmo, establece superioridad del pueblo japonés sobre todos los demás. *Shogunado* se extingue y aparece *kohitsu shinto,* supremacía dinastía imperial de Japón. La vinculación de religión con política produjo el nacionalismo nipón. Entonces emperador es *Kami* supremo. ¿Sabías que al emperador Japón no se podía mirar el rostro hasta derrota por americanos en 1945? Él era mismo Dios que desciende del Cielo. Ahora sintoísmo no es puro. Budismo y taoísmo influenciaron mucho y después también cristianismo. Es sincretista. Cualquiera de otras religiones pueden adherirse sin desvirtuar propia.

—No entiendo lo de amontonar religiones o doctrinas. Ahí tenemos el budismo, una doctrina moral y atea pues niega la existencia de una Providencia porque la misericordia de un Creador omnipotente es incompatible con la existencia de un mundo lleno de maldad y dolor y con el castigo eterno impuesto a los pecadores. Sin embargo dices que muchos sintoístas son budistas, algo que puedo comprender. Pero es difícil de entender que también admitan el cristianismo. No se puede creer en Dios y no creer en él a la vez.

—Todo es Dios. ¿Quieres que hablemos de estas cosas? —dijo, con gesto de profesor.

—Por qué no. Tenemos tiempo.

—A Sakyamuni Gautama, seis siglos antes Cristo y después siete años de penitencia, se le reveló Verdad tras noche profunda meditación. Alcanzó Iluminación o Nirvana, momento que se consigue la salvación por eliminación de dolor. Fue primer Buda y creó budismo, que asegura no hay nada perpetuo, no almas perennes, no Dios uno eterno. Tú dices bien. En tiempo de confusión entre épocas cambiantes prosperidad y decaimiento, budas aparecen para iluminar hombres.

—Parece que de forma automática todas las acciones buenas son premiadas mientras que las malas se castigan merced a una ley de compensación que regula el mundo. Es decir, una ley natural, según el budismo. Por tanto, ¿para qué sirven los budas?

—Ellos deben explicar funcionamiento. Universo es continuo movimiento cósmico sin límites de espacio y tiempo. En esa vorágine infinita mundos desaparecen constantemente pero suma de Karmas hace renacer mundos y seres. Es reencarnación como recompensa de todas las acciones.

—Define Karma.

—Fundamento teoría reencarnación. Órgano compensatorio para acciones individuales y su proyección escatológica.

—Es decir, un premio que afecta al destino último del hombre en conjunción con el del universo.

—Sí.

—¿Cómo puedes creer conscientemente que pueda reencarnarse algo que perdió el ser, la mente y la carne y quedó reducido a polvo?

—Cuando hombre muere su materia y espíritu disuelven pero Karma hace que impulso de vida consciente continúe más allá y permite creación de nuevo ser diferente pero continuación de muerto.

—La reencarnación permanente; o sea, como el cristianismo.

—Exacto, porque aunque budismo niega existencia Dios, no intolerante con otras religiones, igual que sintoísmo. Pero analiza: ¿qué es Karma sino, al final, un dios; qué un buda sino un mesías? Sucede como en sintoísmo con *Kami*. Y también con Tao. Y ya metidos harina te hablaré de similitudes.

Cedió la iniciativa a un silencio, que me esforcé en respetar.

—Taoísmo empieza como sistema filosófico y naturalista antes pasar a religión. Se funda en doctrina Tao, ser indeterminado e indescriptible, principio impersonal y supremo orden y unidad de universo. De Tao todo viene y a él todo regresa automáticamente. Aquí parecido a budismo. Principio ético es no-querer, no-acción, y principal objetivo es conducir fieles a inmortalidad considerada como estado de incorruptibilidad para cuerpo. ¿Hay diferencia entre inmortalidad y reencarnación? Ambas predican no-muerte. ¿Ves analogía con budismo y cristianismo? Y Tao, ¿qué es sino Dios? —Masticó concienzudamente durante un rato, bebió un trago de vino y prosiguió—: ¿Qué es *Kami*, qué es Karma? Dios. O sea, taoísmo, budismo y sintoísmo es lo mismo. Suena teoría pero tiene verdad.

—Está claro que el taoísmo no debería ir contigo porque la no-acción no es para ti. En cualquier caso todo es confusionismo.

—No. Confucionismo otra cosa.

Me eché a reír.

—Digo confusionismo, no confundas. —Él también rio—. Pero ya que lo mencionas podrías meter a Confucio en este guiso.

—Confucionismo no es exactamente religión pero doctrina filosófica.

—Tengo noticias de que en China es una de las tres religiones que subyacen junto al taoísmo y al budismo, a despecho del régimen ateo. Y si lo es en China lo será también en buena parte de Oriente.

—Funciona como humanismo práctico basado en regla «no hagas a otros lo que no quieras a ti». Dice que fundamento de Estado duradero debe ser pacifismo, no tiranía. Propone organizar nación en forma piramidal, sociedad jerárquica con emperador en vértice.

—Entonces y sea lo que sea tiene similar estructura al sintoísmo: el jefe supremo, Dios.

—Más o menos.

—Me has hablado de casi toda la colección. ¿Crees en esas cosas?

—Creo en espíritu individual, en fuerza mental. —Me miró—. No es broma. No malo creer. Peor tú, agnóstico.

—No, ateo. Agnosticismo no niega a Dios sino que considera absurdo tratar ese tema porque lo absoluto es inaccesible para el entendimiento humano. Ateísmo rechaza la existencia de Dios. Es lo ajustado a razón, la facultad de discurrir.

—¿Crees que no ateos no pensamos? Me siento triste por ti. Quizás algún día Dios se te aparece, como a mí hace años.

—Brindaremos por ello. Pero Dios no va a salvar a esa chica, sino algo más terrenal y contundente.

—Dios guía a través de mente. Si mente es toda como cerebro lado derecho, cuerpo actúa bien y problemas se resuelven bien.

—Un momento, ¿qué es eso del lado derecho?

Se echó atrás en la silla, mirándome.

—Ahora hago Chikun. Me levanto cinco madrugada y practico.

—Vale —dije tras buscar el auxilio de una pausa—. Define Chikun.

—Búsqueda de energía interna, parecido taichi. —Era consciente de que me rondaba la impaciencia, pero siguió en sus trece—. Práctica es moverse con lentitud buscando hermanamiento entre cuerpo y mente. Sabes que alimentos van a cerebro través de sangre, llenándonos energía. Ahora hay que hacer que mente actúe para que energía inunde cada parte nuestro cuerpo, cerebro principalmente. Cerebro humano es dos partes. Izquierda reacciona a impulsos materialistas. Energía manifiesta en deseo progresar en sociedad, hacer dinero, triunfar en vida según valores de mercado y sistema. Parte derecha mira hacia interior y busca armonía con naturaleza, creatividad sin lucro, sentimientos, bondad, amor, ninguna ambición. Poca gente usa lado derecho. Chikun busca que todo cerebro actúe como lado derecho intentando que individuos hermanen con amor porque todos somos uno y nadie puede vivir a cuenta de otros. Mayoría de gente tiene cerebro todo como lado izquierdo. Así va mundo.

—O sea, hay pocos con la totalidad del cerebro como el lado derecho.

—No conozco ninguno. Difícil encontrar.

—Bueno, ahí están los monjes con su humildad y frugalidad. Muchos están en clausura, apartados de lo mundano y no codician bienes terrenales.

—No suficiente. Asunto no así. Religiosos no son libres, tienen orgullo de tales y son ideólogos porque religión es idea, camino obligado. Para tener todo cerebro como lado derecho es necesario que persona viva en mundo real, participe de vida activa, sienta tentaciones, enfrente pruebas duras pero conserve la pureza.

Pensé en Rosa *Xana*, en Manín y en Pedrín.*

—He conocido a personas así.

—Eres afortunado. Encontraste gente con mente liberada. —Hizo una pausa pétrea—. ¡Ah, la mente! Malo que la gente no cuide. Si mente se destruye, ¿para qué sirve el cuerpo?

—En eso estoy de acuerdo. No hay remedio si la razón falla.

—No así. Cuando falla hay que intentar con maestros como Akira Takarada.

—¿Quién es ése?

—¿No te dije de él? Claro, hace mucho que no hablamos. Akira es cirujano de mente.

Le miré.

—¿Del cerebro?

—No, de mente. Hace cirugía en mentes.

—Es la primera vez que oigo tal cosa.

—Por descreído ignoras mucho. Sabemos que hombre es cuerpo y mente, se mueve en estructura física pero quien hace caminar es lo que está dentro de cerebro. Igual que hay cirujanos de cuerpo también hay cirujanos de mente. ¿Acaso ignoras que la gente sufre temores, preocupaciones, soledades? ¿Qué es depresión, terror a oscuridad, angustia abrir ojos cada día y levantarse para enfrentar lo que venga?

—Te refieres entonces a los psiquiatras y psicólogos.

—No, ésos no curan grandes males, sólo intentan aliviar mentes enfermas, normalmente ensayando fármacos, drogas realmente, pero no siempre consiguen. Digo maestros que curan heridas de pensamiento y sanan el alma.

—¿Qué especialidad tiene tu profesor?

* Véase *El tiempo escondido*, del mismo autor y editorial.

—Neuropsiquiatría, pero él define como neurocirujano.

—¿Cómo hace su trabajo? ¿Qué utensilios emplea?

—Tiene técnicas, no usa aparatos. Pero ten seguro que sana gente.

—Entonces no es cirugía.

—Sí, porque mal queda extirpado.

—Si así fuera, ¿por qué sigue habiendo enfermos mentales?

—Porque no posible curar a todos. ¿Acaso curan todas las enfermedades físicas? ¿Qué ocurre con cáncer, infarto? ¿No hay cojos, ciegos, sordos? ¿Te hago lista? Con la mente pasa lo mismo. Hay quien sana al completo. Incluso Takarada, si coge a tiempo, evita Alzheimer y Parkinson iniciales, enfermedades de mente también, tú sabes.

—Profesor, me hablas de muchas cosas y ahora incluyes medicina etérea. No imagino cómo podría ayudarme a buscar a esa chica secuestrada.

—Chikun, busca dentro de ti —siguió erre que erre— y abre caminos que nunca sospecharías. Cuando Chikun entra, tu yo es como si transformara en vapor. Cuerpo queda abandonado y el tiempo no existe. Mente viaja a sitios lejanos pero sientes como si hiciera el cuerpo entero. No hay barreras. Entonces puedes ver y hablar a seres muertos. Yo hablo siempre con mis padres aunque hace mucho murieron. Cuando vuelves parece que vienes de tiempos y lugares remotos. —Volvió a apuntarme con las rayas—. Tú tienes bien mente derecha, pero te falta más concentración. Trabaja Chikun. Te abrirá caminos.

—Mis casos necesitan solución urgente. ¿No puedes mostrarme alguno de esos caminos que conoces?

—Puedo pero después que lo intentes.

—¿Y si no lo consigo?

—Usa instinto.

—Un momento. ¿Eso es todo? Puedo aceptar que juegues con todos los ases en eso de la metafísica. Incluso puedo dejarme sobornar aceptando un inédito armisticio entre religión y raciocinio. Pero sugerir el instinto después de tu apología sobre la mente como impulsora del pensamiento me deja en cueros. No hay nada más contrario a la mente que el instinto; nada más lejos de la idea de Dios que la teoría de la evolución.

—Instinto está siempre en nosotros. Cuando nacemos chupamos teta de madre por instinto.

—Pequeño saltamontes. No tengo tiempo para Chikun ni para tanta filosofía. Dame algo material. Luego yo pondré la mente, el instinto y lo que sea.

—Ahora tú impaciente, mucha adrenalina en tu organismo. Eso es malo.

—Sí necesitaría descargar algo.

—Descargar es bueno porque adrenalina mala. Mejor endorfina.

—Ambas cosas son imposibles de crear a voluntad.

—Sabemos cómo llega adrenalina. Tú necesitas endorfina y sabes cómo conseguir.

—No en este momento.

Movió la cabeza como si estuviera sopesando diversas soluciones.

—Sólo puedo aconsejarte, potenciar tu capacidad reflexiva. Ahora no estoy activo para esas cosas que necesitas.

—Lo estuviste.

—No en ese entramado, no especialmente.

—Siempre existió la trata de blancas.

—Nunca como ahora. No había droga, gran diferencia. Droga trastocó. Prostitución entonces era actividad controlada, limpia, dentro de sucio submundo.

—Aun controlada habría casos delictivos. Recuerdo que algo dijiste de cuando acompañabas a la policía.

—En alguna ocasión, sí.

—¿Cómo era tu relación con la policía de Franco?

—Igual que con la ahora. Buena. Yo respeto ley y ellos a quienes respetan.

—¿De qué forma entraste a colaborar con ellos?

—Cuando llegué a España no era fácil conseguir permiso para montar gimnasio de marciales. Muchas dificultades porque no gimnasia normal entonces. No daban licencia. Había que informar a policía barrio. Al inspector Prada le gustó proyecto. Era buen gimnasta. Él consiguió eliminar trabas administrativas y fue mi primer cliente. Luego trajo amigos, todos policías.

—Parecería entonces que era un gimnasio para fuerzas del orden del Régimen.

—Al principio. Pero hice publicidad y poco a poco vino gente variada.

—Puede decirse que en cierto modo eras un protegido de la policía.

—Nunca lo fui, pero daban trabajo y seguridad. Policía amiga en aquellos tiempos era cosa muy buena.

—¿Tuviste que pagar réditos por la ayuda del inspector?

—Nunca político. Siempre dejé clara independencia sobre esto. Pidieron mi intervención sólo para asuntos comunes y únicamente de asesor y traductor. Ayudé lo que pude.

—¿Qué eran esos asuntos comunes?

—Ladrones, estafadores, contrabandistas, asesinos.

—Y prostitución.

—Sí, pero no escuchas que digo. Nunca buscamos chicas secuestradas.

—Vamos, intenta recordar algo al respecto.

—Bueno. Una vez en primavera 68 acompañé a Casa Campo. Entonces no circulaban mujeres como ahora, a vista de todos, porque vigilancia grande. Existían agentes especiales de Moral paseando por los parques separando parejas. Mujeres trabajaban en zonas especiales. Era de noche, luna creciente, cerca carretera Boadilla, campo y árboles. Había cuatro coches parados y gente hablando. Policías dieron alto. Ellos comenzaron a disparar. No era normal porque delincuentes siempre huían, nunca enfrentaban. Balas silbaban y un policía fue herido. Escaparon en tres coches, uno quedó inservible por disparos. Dentro, un herido. Eran traficantes de armas en plena faena.

—¿Traficantes de armas? ¿En aquella época? Sería para organizaciones políticas. ¿Qué pasó?

—El hombre habló allí mismo. Nada de ir a cuartel y esos requisitos de ahora. Fuimos dirección indicada, Carabanchel. Cabecillas habían escapado. Hubo tiroteo hasta que rindieron. Dentro había arsenal armas cortas.

—¿Qué pintabas tú en ese lío?

—Había un japonés. Tuve que traducir interrogatorio allí y en comisaría.

—¿Qué fue de las mujeres? Porque habría alguna, ¿no?

—Casa era palacio antiguo, grande, abandonado, en terreno enorme de calle General Ricardos, cerca plaza toros. Había mujeres bellas. Pero no presas sino a voluntad.

—¿Por qué me has contado esa historia? No me sirve.

—Insistes que cuente alguna experiencia. Y tú ya sin adrenalina. —Nos miramos un buen rato, él con la permanente expresión de felicidad. Tenía razón. Mi ansiedad había desaparecido. Añadió—: No decaigas. Usa imaginación.

—Eso sólo no vale. Necesito buscar pistas.

—Te daré dos nombres, policías antiguos. Hace siglos que no veo. Puede que ya muertos. Estaban en asuntos parecidos a este tuyo.

Doce

Recorrer los senderos alfombrados
con el juvenil entusiasmo sin cautela;
caminar por terrenos de costumbre
que los años hicieron olvidados.

J. M. B.

Marzo 1937

Jesús Hernández Tomás, miembro del Buró Político del PCE y director del diario *Mundo Obrero,* era un hombre joven, como la mayoría de los políticos surgidos del radicalismo revolucionario. Tenía treinta años y ocupaba desde septiembre del año anterior la cartera de Instrucción Pública y Bellas Artes. Él y Vicente Uribe en Agricultura eran los dos únicos comunistas en el Gabinete de Largo Caballero. De mediana estatura, medido de carnes, rostro vertical y cabello largo, sus movimientos eran rápidos, como los de un ratón en descubierta. Dejó el teléfono y a través de los redondos cristales de las gafas posó su estrabismo sobre la mujer sentada al otro lado de su mesa.

—Confirmado. Tus hijos están entre los niños que salieron el día 21 a Rusia. Se evacuó a todos los de la colonia, salvo unos pocos que están enfermos.

María Marrón miró al hombre con intensidad.

—¿Qué piensas hacer al respecto?

—No me mires así. No soy responsable de lo sucedido.

—Tú has sido el impulsor, junto con José Díaz y tus amigos de la Komintern, de enviar niños a la Unión Soviética.

—Es una idea de enorme calado social. No es sólo el salvar vidas de niños, alimentarlos y educarlos sino darles un porvenir. Cientos de personas creen en ello y están realizando grandes esfuerzos personales dando lo mejor de sí mismos.

—Pero tú eres el responsable último.

—Te equivocas. Es un proyecto en marcha, ya fuera de mi control personal. Los que manejan las evacuaciones son directores de colegios, maestros, médicos.

—Politizados.

Él la miró. Ambos sabían que era un feroz ideólogo comunista y que gozaba de gran influencia política merced al poder que le otorgaba la dirección del órgano de prensa de su partido.

—No necesariamente, aunque no es malo que haya politización. Estamos en guerra. Pero, por encima de todo, esas personas son competentes y cumplen con su trabajo, como de ellos se espera.

—Ya veo cómo lo hicieron. Disponiendo de las vidas de niños ajenos, sin contar con los padres. A eso se le llama rapto.

—Escribieron a todos los padres y familiares para dar cuenta de la evacuación. Dieron plazos e instrucciones. No recibieron respuesta tuya.

—No me llegó ninguna carta. ¿Debo seguir repitiéndolo?

—Ellos lo ignoraban. Creían que habías muerto. Saben de los bombardeos fascistas, que tantas víctimas producen. Numerosos niños evacuados son huérfanos. Algunos de ellos no lo eran hace una semana. El director de la colonia lamenta lo ocurrido. Ya no hay remedio.

—¡Busca el remedio! ¡Quiero a mis hijos conmigo! ¡Quiero que me los devuelvan!

Él vio la desesperación batallar en los ojos de la notable mujer.

—¿Tienes idea de lo que pides? Es imposible. No hay forma de que ningún niño regrese, por ahora. —Hizo una medida pausa—. Pero ¿por qué ese sufrimiento? Tus niños están bien. Han sido vacunados y examinados por los médicos de la Consejería de Sanidad, como todos los demás. Su régimen de comidas era bueno en la colonia pero allí será mucho mejor, algo que aquí no tendrían. Van al mejor de los lugares, lejos de este horror, del peligro, del hambre. Estarán en casas habilitadas especialmente para los niños españoles, donde les cuidarán médicos, enfermeras, maestros y personal adecuado. Es el ideal para...

—¿Cómo hablas con esa convicción? ¿A cuántos habéis enviado antes?

—Todas las experiencias son positivas. En Francia, en Bélgica...

—¿Cuántos a la Unión Soviética?

—En Inglaterra...

—¡Cuántos! —gritó María.

Él volvió a admirarse de la falta de artificios en la mujer.

—Es la primera expedición que parte hacia allá.

—Es decir, usáis a los niños como cobayas. No importa si ellos sufren. Importa el experimento.

—En todos los sitios los recibieron con cariño y les dieron lo mejor. Allí no tiene por qué ser diferente. Al contrario.

—Me hablas de países libres, democráticos, con instituciones arraigadas. Y eso no es la Unión Soviética, un país asiático en su mayoría, incluso bárbaro, con un régimen tiránico.

—No sabes lo que dices. Es el modelo de Estado igualitario, lo que la sociedad humana necesita, la cuna del socialismo, el ejemplo de lo que aquí queremos ser. En España estamos luchando por la misma idea de sociedad.

—Palabras rimbombantes. Las mismas de siempre. Las vengo oyendo desde el 34. Muy bonitas pero sin contenido para las madres. —Incendió más sus ojos—. Quiero que mis hijos se críen conmigo, aquí.

—Será así cuando acabemos con el fascismo. Dentro de unos meses los tendrás de vuelta y felices, bien alimentados, bien instruidos. Un poco de paciencia. De todas maneras ya llevas un tiempo sin ellos.

—No tiene nada que ver. Estaban en España, a mi alcance, disfrutando en el Mediterráneo en una de las colonias propiciadas por el Comité de Refugiados creado por tu jefe de Gabinete. Iba a ser una separación corta. Aún recuerdo aquella mañana en el hotel Palace, la primera concentración, todas las familias angustiadas pero felices. Era una evacuación dolorosa pero necesaria para las que no teníamos a nadie con quien dejar a nuestros hijos.

—Por otro decreto del Ministerio de Sanidad, ese comité se llama ahora Oficina Central de Evacuación y Asistencia al Refugiado.

—Me dan igual vuestros cambios. Eso no debe suponer más dolor para la población. Esos traslados a la Unión Soviética son forzados.

—Estás equivocada. Todos los familiares de los niños dieron su aceptación, algunos con entusiasmo. Aunque es innegable que sus padres sufren por la separación, todos saben que es mejor ese alejamiento. Además de que van a lugares mejores, se quitan las preocupaciones sobre su bienestar y desaparecen los pesos muertos que impiden la dedicación total para ganar una guerra. Los niños y ancianos, lejos, son más útiles que en zonas de conflicto. Al fin de esta guerra surgirá un futuro mejor para esos niños.

—El mismo discurso de ese falangista, Onésimo Redondo. Que no haya esposas, ni madres, ni hijos en esta lucha; sólo la Patria.

—Hay una diferencia. Nosotros no bombardeamos sus ciudades ni matamos a su población civil.

Se estableció un silencio, que ella rompió.

—¿A qué lugar de la Unión Soviética van?

—En principio a Crimea, en el mar Caspio, al sur de Rusia.

—¿Cuándo llegarán?

—Se tarda siete u ocho días, si no hay contratiempos. Estarán allí —miró un calendario— en tres o cuatro días. Pero no te preocupes. Será una travesía tranquila por mares calmos. Cruzarán el Egeo, el de Mármara, pasarán los Dardanelos...

—¿Es una lección de geografía? Ya sé que tienen que cruzar esos mares y pasar el Bósforo. Sé dónde está Crimea, que no es de Rusia sino de Ucrania.

—Quise decir la URSS. En la práctica es lo mismo. Y lo será siempre.

—Te cuesta decir Unión Soviética, como si temieras que su mención espantara a algunas personas.

—Tonterías. La Unión Soviética es más de lo que era Rusia, tanto en territorialidad como en labor social. Ahora todos los ciudadanos son iguales. Todos se alimentan, tienen trabajo, atención médica y escuelas; antes no. El hambre y el analfabetismo quedarán erradicados allí en esta generación.

—¿Y las libertades?

Jesús Hernández no contestó. Ella lo miró y movió la cabeza.

—Si no me traes a mis hijos, iré a ver al presidente Azaña.

—Te creo capaz de llegar hasta él, como lo has sido para conseguir que te recibiera...

—A pesar de todos los impedimentos administrativos que ponéis. Una vez que alcanzáis el poder os protegéis con las mismas barreras distanciadoras que había en la Monarquía.

—No podemos tener la puerta abierta a todos los que quieren entrar. Estamos trabajando duro y hay poco margen para recibir visitas.

—Dímelo a mí. Apenas tengo tiempo libre. Cada vez más heridos.

—¿Lo ves? Con tus hijos no podrías desarrollar tu trabajo, tan necesario.

—¿Qué sabes de mí y de mi trabajo?

—Lo que dice tu expediente. Eres maestra titulada pero estás de enfermera en el Hospital de Sangre del hotel Palace. Una luchadora, sin familia. Tu marido murió en el 34. Estaba con mi compañero de partido, Tagüeña.

—¿Es así como funciona la cosa? ¿La NKVD que queréis establecer aquí?

—No te escandalices. Si queremos algo grande, necesitaremos los mayores controles sobre la ciudadanía. Sabes lo de la Quinta Columna. Por tu insistencia en que te recibiera, tenía que saber de ti.

—Un anticipo de la dictadura del proletariado por la que abogáis.

—No es tan malo como suena en tus labios. Ahí tenemos el ejemplo de la Unión Soviética. No hay otro país que haya conseguido tanto para sus ciudadanos en tan poco tiempo. Es la sociedad perfecta.

—Veré a Azaña.

—Aunque pudieras llegar hasta él, nada conseguirás. El presidente tiene sus poderes limitados por las circunstancias, igual que el jefe de Gobierno y que todos nosotros. La cuestión de las evacuaciones depende de mi Ministerio. Y yo nada puedo hacer. Estamos en guerra, te repito.

Ella se sentó y apoyó la barbilla en una mano. La cabellera cayó como una catarata ocultándole el rostro.

—Me habéis quitado a mis hijos —dijo con apenas voz, como si estuviera durmiendo a un bebé—. Os los confié pero los habéis mandado lejos. Quizá nunca vuelva a verlos.

Jesús Hernández sintió que la desolación de la mujer anulaba su pragmatismo. Una desazón lo poseyó. ¿Estaban haciendo lo correcto con los niños?

—Mujer, anímate. Ganaremos la guerra y los verás.

—¿Y si no la ganamos?

—La ganaremos.

—¿Y si la perdemos?

El hombre dio unos pasos por la habitación. Esa mujer...

—Si eso sucede, que Dios nos coja confesados.

—¿Dios? ¿Un furibundo comunista recurriendo a Dios?

—Es una frase hecha que nada tiene que ver con su significado.

—Claro.

María se levantó y salió sin decir nada. Todavía conservaba plano su vientre, pero las náuseas le llegaban cada vez con más frecuencia. Caminando luego por las calles atemorizadas, sobre escombros y ruidos, se mortificó una vez más. Si no hubiera enviado a los niños a la colonia... Pero ¿cómo imaginar algo así? Los envió antes de estallar la contienda por iniciativa de Socorro Rojo Internacional para que tuvieran la alimentación adecuada que ella no podía darles. Cuando estalló la guerra se felicitó de aquella decisión porque allí estaban lejos de las bombas además de que no hubiera tenido con quién dejarlos cuando estuviera en el Hospital de Sangre. Los heridos procedentes de los frentes se amontonaban y ella permanecía allí muchas horas, por lo que no hubiera sido justo seguir abusando de la ayuda de su vecina Eloísa.

El ruido de los aviones, los silbidos de las bombas y las cercanas explosiones la sacaron de sus pensamientos, pero no se alarmó. Tenía la culpa metida en su corazón. Apretó unas lágrimas dentro de sus ojos y siguió su camino. Llegó al hotel Palace y se integró en lo que parecía una interminable tarea, a la vista de tantos heridos como llegaban. Las horas fueron pasando y el cielo se invadió de sombras. Su turno culminó. Salió a la plaza de Neptuno, sólo iluminada por las luces de las ambulancias. Subió por la carrera de San Jerónimo, esquivando los cráteres dejados por las bombas. La gente había puesto tiras de papel pegadas en los cristales para evitar su rotura por la onda expansiva de los obuses, y los comercios habían guarnecido sus puertas con sacos de tierra como protección. Vio a varias personas arrancando madera de los inmuebles destruidos para usarla como combustible: pilares, escaleras, vigas... todo desaparecía como tragado por termitas gigantes en aquel invierno de frío y metralla. Tomó el metro en Sevilla. Los andenes estaban abarrotados de gente tumbada en el suelo entre mantas y bultos. El frío allí estaba mitigado por los cuerpos encimados. Cuando los trenes pasaban, las personas cercanas a las vías retiraban sus pies desganadamente.

Salió en Cuatro Caminos y caminó con diligencia por la carretera de Francia. Los bares habían cerrado a las ocho de la noche por orden gubernativa y las calles estaban sin luz, totalmente a oscuras como en el principio de los tiempos. Con precaución para no tropezar con los cascotes de las casas desmoronadas, caminó por la acera de los impares, donde los edificios impedirían que la alcanzaran los ocasionales obuses nocturnos que siempre llegaban desde el oeste. Los faros de los coches abrían boquetes en la oscuridad y permitían entrever a la poca gente que circulaba a trompicones, con la urgencia y la angustia por llegar a sus hogares. De vez en cuando se oían sonidos secos de disparos. Dos hombres armados, fusiles en ristre, surgieron ante ella. Milicianos. O quién sabe. Su aspecto patibulario, chaquetones de paño sobre el mono azul, correajes con cartucheras, botas cortas de cordones, gorrillos isabelinos con distintivos borrosos y sin borlas, caras desdibujadas. El foco de una linterna estalló en sus ojos.

—Tú, ¿no sabes que hay toque de queda hasta las seis?

Ella les enseñó su credencial de enfermera y su pase a todo horario con el sello azul de la Junta. Los hombres manosearon los papeles a la luz de la linterna y luego volvieron a enfocarla, examinándola de arriba abajo. Vieron la bata blanca asomar bajo el abrigo de paño. Y sus ojos. Se miraron entre ellos y luego la dejaron marchar con gesto de frustración. Ella tuvo la desagradable impresión de que su carné de enfermera le había permitido salir indemne.

Agotada llegó a su casa, una chabola del pueblo de Tetuán de las Victorias. Preparó achicoria y luego se sentó en penumbra pensando en la que se le venía encima mientras a lo lejos sonaban de vez en cuando las explosiones de los obuses cayendo machaconamente sobre la Universitaria. Dijo el gerifalte que era una luchadora. En realidad era una mujer débil, necesitada de amor.

Tiempo después llamaron a la puerta. Era él. Abrió. Contempló su alta y distinguida figura, su cabello color trigo, su mirada amorosa. Se había prendado de él cuatro meses atrás cuando le llevaron lleno de heridas y casi vacío de vida al hospital desde el frente de la Universitaria, con otros brigadistas heridos. Cuando curó habían caído en sus mutuos hechizos, como si hubieran estado buscándose siempre. Y en esa vorágine él puso la semilla que germinaba en su cuerpo. Cerró los ojos y se entregó al abrazo necesitado. Desesperadamente.

Trece

Tercer caso. El informe de David era el siguiente:

Recibo la apabullante presencia de Olga Melgar, treinta y cuatro años, echando humo como una chimenea. Expone que su abuelo Ignacio Melgar, coronel del Ejército, desapareció en febrero de 1956 a los cincuenta y tres años. Cree que le habían encomendado una misión especial en Melilla. Parece que al día siguiente, ya cumplido el encargo, le vieron subir al barco de regreso a España. Los testimonios de los funcionarios de la Aduana de Málaga no constituían prueba. Ninguno recordaba haberle visto ni lo contrario. Eran muchos los militares de alta y media graduación que cruzaban diariamente y nunca se les verificaba en atención a su rango.

A continuación se transcribe la conversación que mantuvimos y que grabé:

—¿Por qué crees que su viaje obedecía a una misión oficial? O lo era o no lo era.

—Porque el caso fue investigado por las policías de las Brigadas Social y Criminal y por el Servicio Secreto del Ejército, sin resultado. Incluso, más tarde, por la Interpol, lo que significaba que el asunto era gordo y que buscaban algo más. A pesar del secretismo algo se filtró sobre la falta de un montón de dinero. Estuvieron en la casa y en su despacho del Ministerio varios días registrando muebles, armarios y se llevaron todos sus documentos, se supone que en busca de testimonios sobre la finalidad del viaje y del paradero del supuesto dinero o de algún dato que les dijera dónde hallarlos a él y al coronel. Ninguna pista. En un principio dijeron que, a falta de hipótesis plausibles, podrían haberlo secuestrado, lo que se descartó al no recibirse petición de rescate. Idea absurda, porque el coronel no era rico. Luego apuntaron que pudo haberse fugado de España y estaría viviendo con nombre falso en cualquier país sudamericano, lo que implicaba la creencia en la apropiación de ese hipotético dinero; idea tan absurda como la primera, dada su fama de hombre recto, cabal y coherente con su realidad familiar. Después de mucho tiempo de investigación rigurosa e intensidad decreciente, y ante la pertinaz ausencia de pistas, prevaleció la sospecha de que podía estar muerto. Las autoridades nunca dijeron a la familia por qué lo buscaban con tanta vehemencia al principio. Sospecharon que esa posible misión de alto secreto, por más que intentaran manipularla, fue una orden del Gobierno, no sólo del Ejército. De ahí la vinculación de todas esas instituciones en las investigaciones posteriores. El caso nunca salió a la luz en los medios, no sólo por la censura general sino por secreto militar. El coronel nunca apareció.

—¿Cuáles fueron las conclusiones finales de las investigaciones oficiales sobre la muerte de tu abuelo?

—A los cinco años señalaron en el informe castrense que probablemente se habría ahogado durante la travesía. A los diez años repitieron las mismas conclusiones pero quitaron lo de «probablemente».

—¿Qué hay sobre el presunto dinero?

—Nada. No se menciona en ningún documento.

—¿Y sobre el motivo del viaje?

—Sólo una escueta referencia indicando que volvía de una visita particular a Melilla, algo de celebrar efémerides con antiguos compañeros del Tercio. Nada de misión oficial. Nunca se modificó esa versión.

—Puede que esa versión oficial correspondiera con la realidad de lo que ocurrió. ¿Por qué no lo crees?

—¿No lo ves absurdo? No habrían estado investigando todas las policías del Estado por un accidente ocurrido a una persona que volvía de ver a unos amigos, por muy coronel que fuera. Por fuerza tuvo que ser un asunto de gran envergadura.

—El caso parece serio y lo presentas como pleno de connotaciones políticas, no sólo militares. Comprendo que diera lugar a dudas familiares en su momento. ¿Las expresaron en su día, intervinieron en busca de pruebas, investigaron, se opusieron?

—No.

—¿Porque finalmente aceptaron las tesis oficiales o por amenazas o consejos de que debían apartar las narices del asunto?

—Debió de ser un poco de todo, y algo por cansancio. Enfrentarse al Ejército y a la Policía es arduo en la actualidad pero en aquellos años era temerario, si no una locura. Yo no había nacido. Mi padre dijo que durante algún tiempo unos hombres grandes entraban y salían, mirando por todos los sitios y haciendo preguntas. Agradecieron que acabara el acoso y poder vivir con normalidad. Pero todo eso ha estado siempre ahí en medio y en cierto modo, si bien distante, ha sido como una sombra en la intimidad familiar.

—¿Por qué ahora decides hacer lo nunca intentado?

—Porque el momento no se elige, llega cuando llega.

—¿Qué te hizo creer que había llegado ahora?

—La recepción de una carta, cuya lectura sugiere la necesidad de investigar lo que en ella se expresa.

—¿Cómo recibiste esa carta?

—La trajo un mensajero a mi oficina. Sin remite. El emisario no dejó ningún recibo. No era de agencia oficial.

—¿La has traído?

—Sí. No la verás mientras no me digas que aceptáis el caso.

—Es al revés. Sin conocer los datos esenciales no podemos decidir. —Me miró. Finalmente accedió viendo que sus armas no prevalecerían. La leí. Le hice la pregunta obvia—: ¿Informaste a alguien de esta carta y de este deseo de investigación?

—No.

—¿Seguro?

—Bueno... Supongo...

—Vamos, ¿a quién?

—Necesitaba apoyarme en alguien. Es una bomba. Lo comenté con mi padre pero me prometió guardar el secreto.

—¿Qué quieres que investiguemos? ¿La muerte de tu abuelo o la misión secreta que crees que desarrolló?

—Ambas cosas.

Conclusión. Creo que el asunto podría ser de interés para investigarlo. La carta sugiere que el desaparecido pudo no haber muerto de forma accidental. Ella dijo que no importaba el dinero y quiere que lo indaguemos nosotros.

Ahí terminaba el informe. David, como siempre, había hecho sus deberes. Me extrañó sin embargo el tiempo que dedicó a los preliminares del caso, en contraposición al breve concedido a los otros dos. La carta, escrita en ordenador, decía:

El tiempo se acaba y muchas cosas deben ser aclaradas. Creo que usted es la única de entre sus familiares que tiene carácter para creerse lo que aquí se afirma y para actuar con la diligencia, la discreción y el interés necesarios. Por eso la he escogido. Lo sé todo acerca del coronel Ignacio Melgar. También por qué su abuela perdió la memoria. No hable con nadie. Si está de acuerdo, ponga un anuncio en *ABC,* en la sección de Varios, indicando que busca compañero para un viaje a Tombuctú. Recibirá otra carta con el lugar de la cita y le contaré todo.

—¿Qué impresión tienes de esta mujer? —Miré a Sara.

—Creo que David se queda corto. La verdad es que su presencia causa sensación.

—¿Y del caso?

—El pasado, que vuelve a llamar a la puerta —dijo con los ojos chispeantes.

Estuve un rato dándole vueltas. Había una dirección y un teléfono móvil. Llamé. Una voz de mujer contestó, identificándose como Olga. Después de presentarme, y tras unos inocuos comentarios, le pregunté:

—¿Te encuentras bien?

—¿A qué te refieres?

—¿Has recibido amenazas o intentos de agresión? ¿Has notado si alguien te seguía?

—No, ¿por qué?

—Creo que no vamos a poder atender tu caso, al menos por ahora. Lo siento. Buenos días —dije, y colgué.

Catorce

... dame la escopeta, padre.
—Non, neñín, que te asesinan,
cuando cumplas quince años
ya saldrás de cacería.

ANÓNIMO
Romance de Villafría

Septiembre 1937

Ramiro contempló el apretado paisaje de casas arracimadas, acostadas en la ladera que subía a los prados. Todavía no habían llegado los fríos que transformarían el rocío del verdor en escarcha. Al otro lado del valle, más allá, las montañas que huían hacia León estaban difuminadas por la neblina. Su padre le había dicho que allá, a lo lejos, estaba Madrid, la ciudad leyenda donde la gente moría por los bombardeos y el hambre pero que resistiría. Su viejo profesor le había hablado de resonantes sitios del pasado, como Sagunto, Numancia y Masada, donde las poblaciones resistieron hasta la muerte, como estaba ocurriendo ahora en aquel Madrid desconocido y épico. Bajó la vista a la dolorosa realidad y se despidió de los pocos vecinos que, aunque contrarios a las ideas políticas de su padre, mostraron hacia él un sentimiento mezclado de pena y conmiseración por su soledad. Sólo su amigo Maxi, el de la otra familia republicana y de su misma edad, haría con él el peregrinaje. Cruzaron por las pendientes de guijos y yerba hacia la casa de postas. Al poco llegó el autobús, fletado por el Gobierno sólo para esa misión. Venía mediado de niños y familiares recogidos de otros pueblos y estaba atendido por un maestro y una joven uniformada de blanco. Ramiro, Maxi y su madre, que les acompañaría hasta el barco, fueron recibidos con muestras de afecto. La madre de Maxi era muy joven y guapa y había sido muy amiga de la suya. Se llamaba Preciosa, un nombre raro pero que le hacía plena justicia. Tenía otros dos hijos más pequeños, que dejó con los abuelos. Vestía de luto por la reciente muerte de su marido en el frente y tenía el rostro concentrado. Ramiro no entendía por qué mandaba a su hijo tan lejos teniéndola a ella. Se lo preguntó.

—Era el deseo de su padre. Tengo que lo respetar.

—No quiero ir, madre —intervino Maxi, presente en la conversación—. Déjeme con usted.

—Debes cumplir la promesa a tu padre.

—No hiciera ninguna promesa.

—La hiciera yo. ¿Crees que no me cuesta? Pero vas con Ramiro. Él tampoco quiere ir, pero obedece.

—No ye lo mismo. Él no tien quien lo quedar. Yo la tengo a usted, a los abuelos y a los mis hermanos. ¿Por qué ellos no marchan conmigo?

—Son cativos. Tú ya te vales.

—Me quita de su lado como el que echa la mixina —dijo, sus celestes ojos llenos de oscuridad.

—Qué cosas dices, mío fiu; qué cosas...

Una hora después llegaron a Pola de Allande, la capital del Concejo. Frente al Ayuntamiento vieron a otros niños y padres esperando. Había pocos hombres jóvenes. Era temprano y el mundo se deshacía. Ya en marcha el vehículo, Ramiro giró la cabeza hacia atrás y vio desaparecer las casas entre las innumerables curvas de la carretera, una línea terrosa atemorizada por los tremendos montes verdosos.

Tres horas más tarde, tras parar en algunas localidades para recoger más niños y acompañantes, llegaron al puerto de El Musel, en las afueras de Gijón, que estaba lleno de tinglados nunca vistos: grúas enormes, galpones y depósitos cilíndricos. Unos barcos de carga se encontraban fondeados y había mucha gente deambulando, la mayoría portando sacos y bultos en carretillas o a hombros. Ramiro y los demás bajaron de su autobús viendo cómo otros se vaciaban también de niños y acompañantes. Unos hombres y mujeres pasaron lista y los integraron en colas formadas por otros cientos de niños delante de una nave grande habilitada como centro de recepción. Procedían con amabilidad y simpatía y eso calmaba a los niños y a sus familiares. Ramiro observó los extraños pájaros que graznaban y revoloteaban. «Gaviotas», le dijeron. Las siguió con la vista y su mirada se escapó al oscuro mar, más allá de los buques atracados. La línea del horizonte marino estaba nítida como si hubiera sido trazada por un delineante. Un grupo de médicos reconoció a los niños y más tarde les dieron de cenar en una sala grande llena de mesas. A los no residentes en Gijón los instalaron con sus acompañantes en diversas dependencias, donde permanecerían hasta la llegada del barco que había de llevarles.

A los dos días, exactamente el 23, un barco se despegó del horizonte y se acercó al muelle. Todos los niños, tanto los que durmieron en sus casas como los que lo hicieron en las fondas habilitadas, fueron agrupados por turnos. Ramiro buscó a su padre entre la gente. No estaba. Había mujeres jóvenes, voluntarias para acompañar a los niños en el viaje. Iban de blanco, sus cofias almidonadas, y estaban llenas de sonrisas animosas y confiables. Algunas eran maestras y otras sólo tenían su entusiasmo y disposición por ayudar en lo que estimaban como la ocasión más grande que pudiera ocurrir en sus vidas. Todas ellas tenían la convicción de que la Unión Soviética era la tierra prometida.

Los preparativos se llevaron velozmente las horas diurnas. Cuando la noche se desplomó, en el malecón antes inundado de gente fueron quedando sólo los familiares, todavía una muchedumbre borrosa a las escasas y macilentas luces de un puerto objetivo de acción de guerra. Algunos chigres estaban abiertos para atender en la larga despedida. Ramiro observó el buque, del que escapaban chorros blancos por sus chimeneas. Apenas se veía el contorno, disuelto en la oscuridad. Retemblaba y se oían apagadamente los motores de sus entrañas. Le pareció enorme, diferente a como lo viera de día. Ahora semejaba uno de esos monstruos que rondaban por los montes oscuros durante los inviernos y que, según aseguraba su abuelo en las noches atemorizadas de viento, devoraban a los hombres que sorprendían en horas altas fuera de sus casas; los monstruos de los que su inolvidable *Cuito* le protegió. Muchos niños llevaban bolsos o cajas de zapatos atadas con cuerdas, donde guardaban sus pequeños tesoros. Los más pequeños iban sin bultos, sus cosas en custodia de sus hermanos mayores o cuidadoras. Ramiro sólo portaba una pequeña caja. Dentro, su enciclopedia, cuaderno, lápiz y la foto de sus padres, todavía no arruinada de manoseos. Era el día 24 y la orden de embarque les llegó a las dos de la madrugada. Ramiro siguió su turno y ocupó su sitio en el muelle. Notó en su hombro la mano fuerte. Su padre. Se volvió a mirarle y los brillos de sus ojos se prendieron. Era un hombre recio y alto como un roble. Aunque sólo estaba en la treintena, a él le pareció muy mayor esa noche. Tenía las manos y las botas grandes. Llevaba chaqueta de uniforme sin correspondencia con el pantalón. En su cabeza, la gorra blanda Thäelmann con la divisa de sargento: estrella de cinco puntas bordada en rojo y tira horizontal del mismo color. Sus botas de cordones no estaban manchadas de la tierra de las huertas sino del polvo de porfías guerreras. Un ejemplar del semanario comunista *Milicias* le sobresalía de un bolsillo. Había llegado de permiso desde el frente, justo para despedirle.

—¿Cómo tas? —dijo, sus ojos reforzados de ojeras.

—Bien —contestó, sin dejar de mirarle.

Su padre abrazó a la madre de Maxi y ella apoyó la frente sobre su pecho. Ramiro bajó la cabeza. No hablaba mucho con él porque cuando salía de la mina iba al sindicato, de donde llegaba en las noches cerradas. Y cuando faenaba en la huerta y en el campo tampoco usaba de muchas palabras. En realidad, desde que muriera su madre, hacía ya cinco años, el silencio se había apoderado de la casa. Los abuelos se volvieron parcos y un día aparecieron muertos los dos, en la cama, cogidos de la mano, como cuando iban a la iglesia. No eran muy viejos pero habían muerto sin enfermedad causante, no como su madre, sucumbida por la tuberculosis muy joven, lo que impidió que pudiera darle algún hermano. Desde entonces, él y su padre solos en la casa, los mutismos de su progenitor se convirtieron en norma. Lo mismo ocurrió cuando marchó al frente al estallar la guerra, catorce meses atrás. No le dijo muchas cosas. Sólo que debía ir a luchar y que él quedaría solo cuidando de la huerta y las gallinas. Había vendido las vacas hacía tiempo, como si presintiera que tendría que dejarle solo, ya sin *Cuito,* y no quisiera abrumarle de trabajo. Lo trataba como un adulto ya desde pequeño, haciéndole trabajar en la huerta y con las vacas, nunca con dureza pero tampoco con ternura, lo que no le extrañaba porque los hombres de las otras casas eran igual de adustos con sus *neñus.* Sólo las visitas del maestro a la aldea, tres días por semana, permitían que él y los otros guajes tuvieran una corriente de diálogo y conocimiento. Aquel día recogió la maleta de cartón duro, le abrazó, se colgó una manta del cuello y luego, junto con el padre de Maxi, echó a caminar cuesta abajo hacia la guerra. Fue la única vez que se sintió desguarnecido de afectos. Pero los días vinieron inmisericordes y supo que debía sobreponerse. Se apañó como siempre, afanoso. Y cuando desfallecía en los recuerdos, la familia de Maxi siempre acudía para echar una mano.

Y un día, un mes antes, su padre regresó con su amigo. Los vio hablar con la madre y abuelos de Maxi, los cinco mirándose y moviendo las cabezas como si alguien cercano hubiera fallecido. Más tarde en la casa, el caldero humanizando la cocina, él le habló.

—Vas a hacer un largo viaje.

—¿Adónde? ¿A Madrid?

—No. A Rusia.

—¿Dónde está Rusia?

—Muy lejos de España.

—¿Y por qué tengo que ir?

Su padre le miró de frente, como siempre hacía, sus ojos llenos del color de los prados.

—Ye necesario. Estás solo y no quiero te dejar desamparado, si pasame algo. Aquí hay peligros y necesidades. —Siguió mirándole—. Allá te cuidarán y estarás a salvo de la guerra. Comerás bien y te educarán. Los comisarios de la mi brigada dicen que en Rusia están ansiosos por os recibir. Ye el país del futuro.

—¿Por qué ye el país del futuro?

—Porque ye un Gobierno de obreros que ha eliminado las diferencias. No hay pobres ni ricos, todos lo mismo. Todos comen a diario y todos estudian. Aquí sólo estudian y comen los ricos. Algún día los demás países serán así, pero ahora ye el único que existe. En España será lo mismo cuando ganemos la guerra.

Nunca había oído a su padre hablar tanto y con tanta convicción.

—¿Qué pasará cuando ganemos la guerra?

—Entonces regresarás, fuerte y con estudios. Y serás uno de los que enseñarán a otros rapaces lo que el socialismo colectivo hace por los pueblos.

—¿Cómo ye Rusia?

—Me han dicho que ye el país más grande del mundo, mucho más grande que España, como veinte veces más; el más rico, con grandes fábricas que dan trabajo a todos y con unos campos agrícolas inmensos donde producen alimentos de todo tipo.

Él le creyó porque su padre nunca mentía. Intentaba entender el mensaje pero no aquilataba lo referido a la extensión porque nunca había salido del Concejo y las dimensiones de España le eran incomprensibles.

Y ahora había llegado el momento de la separación, del viaje a lo desconocido y lejano. Y notó que la mano fuerte de su padre atrapaba la suya como queriendo transmitirle algo. Era una presión distinta, bullente, como si fuera una ardilla queriendo escapar. Se volvió a mirarle. Él tenía diez años, era alto y desgarbado y todos decían que llegaría a ser como su progenitor. Nunca fue tan adulto como en ese momento y, sin embargo, sintió que su padre lo miraba como al niño que nunca fue para él. Algo en el rostro duro del hombre se había descompuesto y le permitió descubrir cosas que nunca viera antes.

—No me aleje de la nuestra tierra, padre. Lléveme a luchar con usted. No soy un guaje. Puedo empuñar un fusil o ayudarle en esas cosas de la guerra.

—Sí eres un guaje, aunque nuestra vida dura te haya quitado el disfrute de la neñez. —Miró las aguas mansas, como ajeno al ruido de la gente en despedida—. El frente norte está cercado por los fascistas. Si se derrumba, se lanzarán sobre Santander. Oviedo sigue en poder de los traidores. Les llegaron refuerzos, moros, batallones de la Legión y columnas de soldados desde Galicia. Si el Gobierno no envía una fuerza, Gijón y el resto de Asturias caerá.

—Si todo ye tan malo, ¿por qué no viene conmigo?

—Sería desertar. Además, todavía no hemos perdido. Y si ocurre, quedará el monte. Resistiremos hasta la victoria final. —Se volvió a la algarabía. Los niños estaban subiendo al barco—. Me escribirás contándome cosas. Cuando vuelvas haremos un libro donde poner todo lo que allí vieres —dijo, echando las palabras para un lado.

Y en ese momento él supo que nunca volvería a verle. Algo dentro de sí rompió la norma y le impulsó hacia su padre, abrazándole. Sintió sus grandes manos acariciándole el crespo cabello y oyó su voz extrañamente enronquecida:

—Venga, muchacho. Demostremos quiénes somos. Que nunca te vean vacilar.

Se separaron y él notó el golpeteo de su pecho. Buscó en sí mismo el valor que necesitaba. Caminó hacia la fila seguido por Maxi, subió por la escalerilla del mercante francés y forcejeó fieramente por el mejor acomodo en cubierta, ensordecido por el clamor general y los llantos de tantos niños. Allá abajo distinguió a su padre junto a la madre de su amigo. Cuando más tarde el buque se alejaba del muelle y los perfiles de las gentes se diluyeron, un silencio salpicado de lloros apagados descendió sobre los niños que se agolpaban tras la barandilla como aves enjauladas. Maxi se había transformado en una sombra muda, los ojos secos, la mirada incrédula. Era muy de madrugada y el puerto estaba remiso de iluminación. Pero Ramiro aún veía o creía ver a aquel hombre taciturno entre la multitud agitada y distante. Su padre. Las aguas, como la noche, eran muy negras y en ellas cayeron sus primeras lágrimas desde el entierro de su madre.

Quince

La puerta se abrió y una mujer sobresaliente en atractivo se enmarcó en el hueco y entró con decisión. Por detrás, el rostro apesadumbrado de Sara expresaba la contrariedad por no haber impedido la intromisión.

—Soy Olga Melgar y supongo que hablo con Corazón Rodríguez.

—Debiste haber permitido que mi secretaria te dijera que no estoy. ¿Es que no ves las películas? —dije.

—Lo dijo. Y en las películas tampoco se les hace caso —matizó, caminando hasta el sillón situado frente a mi mesa y sentándose tangencialmente a ella. La abierta gabardina me permitió ver que llevaba una falda oscura. Al sentarse, el borde se colocó en la mitad de los muslos e hizo posible que el estudiado cruce de piernas resultara espectacular.

—Pasa y siéntate; ponte cómoda —invité ante el hecho consumado. Miré a mi secretaria—. Está bien, Sara. Me hago cargo.

Olga sacó una cajetilla Chesterfield.

—¿Puedo fumar?

—No.

Eligió un cigarrillo, lo encendió y se envolvió en una nube de humo. Miró en derredor, evaluando el despacho. Luego habló, sin mirarme.

—Quiero que aceptes trabajar en mi caso. Tu negativa telefónica no tiene consistencia. Necesito mejores argumentos. ¿Cuánto dinero quieres?

—Tus... Tu forma de actuar no ayuda a tomar otra decisión que la simple negativa.

—¿Mis modales? —Se volvió y me inundó con su mirada—. ¿Porque estoy fumando sin tu permiso? Olvídalo. No hay nada personal. Soy hipertensa y el médico me recomienda el tabaco como terapia. En cualquier caso lo que importa es el asunto, no mi comportamiento. Y creo que tiene ingredientes para captar el interés de un buen detective, como me han dicho que eres.

—Apaga el cigarrillo. Ahora.

Me miró fijamente y luego buscó un cenicero. No lo encontró.

—¿Dónde...?

—Dame —dije, moviendo una mano hacia el humo.

Se inclinó para pasarme la colilla y hubo un nuevo despliegue avasallador de piernas y escote. Eché el cigarrillo en una papelera; luego nos miramos, conscientes ambos de que ella estaba apostando con su belleza. Entendí el largo tiempo que empleó David en la primera visita. Era difícil no desear la contemplación prolongada de mujer tan atractiva.

—Olvida mi comportamiento. Dame una razón plausible para no aceptar mi caso.

—Tengo otros de mayor urgencia que reclaman todo mi tiempo.

—Tu ayudante me dijo que el asunto podía entrar de lleno en vuestras preferencias. Deja que él se encargue, si tú no puedes.

—Mi ayudante no puede atender nada por el momento. Está en coma.

Ella abrió la boca y la puso al tamaño de sus ojos.

—¿Puedo saber qué le ocurrió?

Decidí contarle cómo estaban las cosas. Al terminar, su boca seguía empatando con los ojos.

—¿Hay esperanzas de...?

Me miró fijamente un momento y luego desvió la mirada, como si ella hubiera sido la culpable de la agresión o, simplemente, porque veía en mis ojos demasiada tormenta.

—¿Crees que fue por mi caso?

—No.

—¿Por qué me preguntaste si había recibido agresiones o amenazas?

Sopesé el darle alguna explicación. Decidí que no podía simplemente insistir en mi negativa.

—Los que agredieron a mi ayudante y se llevaron los archivos buscaban interrumpir la investigación del caso que les afecta. De todos los que hay en curso o en inicio sólo tres inducían a considerar que fueron las causas de la agresión y el robo, el tuyo entre ellos. A los otros dos clientes les han agredido posteriormente con la misma dureza que a David. A ti no. Por tanto, es lógico creer que los culpables están comprometidos con uno de los otros dos casos, no con el tuyo. Comprenderás ahora que debo mi dedicación exclusiva a ellos. Tengo que encontrar a esos matones. Nada hay más importante ahora para mí.

—Es decir, deberían haberme dado una paliza para que mi caso motivara tu atención.

—Así es.

Descruzó y cruzó las piernas como la Stone en *Instinto básico*. No entré en el detalle de averiguar si llevaba ropa interior, además de que no pareció una pose sino un acto reflejo.

—¿Qué posibilidades hay de que cambies de criterio? Al fin, todavía pueden darme una paliza.

—¿A qué te dedicas, Olga?

—Soy diseñadora de moda. Trabajo para grandes firmas: Mango, Boss, Zara, El Corte...

—Veo que estás acostumbrada a rendir al adversario.

—No exactamente. Me gano bien la vida. Y cuando quiero algo, que nunca son caprichos, lucho por ello. Y entiendo que quienes colaboran conmigo tengan asegurada una buena minuta. —Siguió mirándome turbadoramente—. ¿Y bien?

—Estoy solo. Carezco de tiempo físico para iniciar ningún otro caso. Sin embargo, soy hombre agradecido y tu generosidad me da para hacer contigo unas reflexiones que pueden serte útiles.

—¿Generosidad? ¿A qué te refieres?

—Tus piernas. No sé cuánto hay de intento de seducción. Pero agradezco la contemplación directa de tanta maravilla.

—¿No afectan a tu serenidad?

—Tengo bien cubierto ese capítulo. No soy hombre de mojar en muchos platos.

—Me asombras. El primero que veo que no hace gala de donjuanismo.

—Que tú provocas. Pero veamos. ¿Por qué eres la receptora de tan importante mensaje? ¿No hay nadie en tu familia con igual o más capacidad? ¿Por qué tú?

—No lo sé. Quizá porque soy quien más adora a mi abuela, aparte de mi tío Carlos.

—Cuando hablas de tu abuela te refieres a la mujer del desaparecido.

—Sí. No tengo más abuelos que ella.

—¿Marido?

—Divorciada, un hijo. Mi vida sentimental es un desastre.

—Puede que sea por tu disposición a la agresividad, el componente machista del feminismo; la seguridad de que haces gala.

—¿Psicoanalista también?

—No. ¿Hermanos?

—Dos varones, a su bola.

—¿Ellos no quieren a tu abuela?

Se rebulló y sus piernas volvieron a refulgir.

—Sí, claro, pero... Bueno, es diferente. Soy la única niña de mis padres, su única nieta. Fui muy mimada por todos, en primer lugar por ella. Yo estoy más implicada en su vida. La disfruté más.

—¿Qué edad tiene la abuela?

—Cumplirá noventa y dos este año.

—Informaste a David que a tu abuelo se le dio oficialmente por ahogado y que el viaje obedeció a un encuentro particular con sus antiguos colegas. Pero no te crees esas versiones aunque nada aportas ni sugieres con relación a ambos hechos. Sólo tu escepticismo.

—¿Cómo sugerir algo? No hay un solo documento al respecto. Nadie de la familia lo hemos sabido nunca, ni tenemos idea. Al menos, eso es lo que dicen. Pero está la carta. Ella aporta algo más que sugerencias.

—¿Has recibido alguna otra?

—No.

—¿Seguiste las instrucciones?

—Sí.

—Es posible que el misterioso remitente se haya arrepentido. Habría que considerar quién puede saber algo de un hecho tan lejano. Me imagino que sería algo tremendo.

—Conmovió a toda la familia en su día, y a sus descendientes, en diferente medida. En concreto ha gravitado veladamente siempre sobre mí, posiblemente por mi mayor vinculación emocional con la abuela. Lo que dice la carta, eligiéndome como depositaria del dolor familiar, tiene sentido. Soy quien más deseó conocer qué ocurrió con mi pobre abuelo y si la rumorología ha magnificado o minimizado los hechos.

—Normalmente los hechos se agrandan y se desbordan, disociándose de la realidad.

—Es lo que quiero averiguar.

—Salvo que el misterioso remitente haya encontrado

documentos explicatorios, lo que no cuadra con la lógica porque este tipo de tramas rara vez se reflejan en escritos, tendremos que pensar que esa persona informante vivió o fue contemporánea de esos hechos. Y lo que es más: que te conoce bien. Eso reduce la búsqueda.

Ella me miró y noté que asimilaba mi razonamiento.

—¿Sois muchos de familia?

—Mi abuela, mi padre, su hermano Carlos, mis dos hermanos con sus mujeres e hijos, y yo. Y por la otra...

—Un momento, ¿qué otra?

—Bueno, no es fácil de explicar. Como una segunda familia. La componen Blas, que es primo de mi abuelo, y sus hijos Jesús, Fernando y Rafael, mellizos estos últimos. Sus mujeres e hijos también, por supuesto.

—¿Quiénes viven de aquella etapa, hace casi cincuenta años? ¿Amigos?

—Mi padre, mi tío, Blas y sus tres hijos. Puede que algún viejo amigo por ahí. Y, bueno, la abuela, aunque en ese sentido es como si no existiera.

Levanté la vista del papel donde tomaba notas. Había percibido un quiebro en su habla.

—¿Por qué? ¿Qué le pasó?

Se levantó y caminó hasta el ventanal. Seguía siendo una mujer de bandera pero había perdido su aire provocativo.

—Según dijeron tuvo un desmayo —dijo con voz lamentada, de espaldas a mí—. Cuando se recobró vieron que miraba con extrañeza su habitación y luego a ellos mismos. Había perdido la memoria.

—¿Quiénes eran ellos?

—Mi abuelo el coronel y Leonor, la mujer de Blas. Ya no vive.

—¿En qué fecha ocurrió?

—En febrero del 56.

—El mismo mes en que desapareció el coronel —señalé.

—Sí, pero lo de ella fue antes. Cuando el coronel faltó la abuela ya estaba amnésica.

—Supongo que alguien habrá establecido una relación entre ambos hechos.

—No me ha llegado tal sugerencia. Y la nota misteriosa tampoco lo establece.

—¿Tu abuela no recobró nada de memoria en tanto tiempo?

—Vivió con normalidad a partir de aquello. No volvió a tener olvidos pero nunca se recobró de la amnesia. Fue como si hubiera nacido ese día.

Su voz volvió a mostrar cicatrices. A pesar de mi experiencia en el trato humano, siempre me sorprenden algunas personas. Empecé a ver a Olga como una mujer normal, su debilidad, eliminada su capa de triunfadora. Dejé que se prolongara una pausa.

—Estás aquí por tu abuelo pero es tu abuela quien te conmueve.

—A él no le conocí. Nací trece años después de que ella olvidara su vida anterior. Para mí fue más que una madre porque desde pequeña me cuidó, en ausencia de la que me trajo al mundo, llenando mi niñez con sus juegos y su presencia. Una persona distinta a todas, que no hablaba de su pasado pero que vivía el presente con una alegría desbordante. ¿Qué misterio habría en su vida primera? Cuando crecí era yo quien le hacía reír y la cuidaba. Bueno, también estaba Leonor, su mejor amiga, que se desvivía por atenderla. Fue doloroso sacarla de casa y enviarla a la residencia. Pero no hubo más remedio. De todas maneras ella no está presa, puede salir adonde quiera aunque, en verdad, allí se encuentra mejor que en cualquier otro lugar.

—¿En qué residencia está?

—En una llamada Horizontes.

—Disculpa la observación. Conozco ese centro y, según mis informes, su tarifa es de unos tres mil euros al mes. Seis millones de pesetas al año. Hay residencias más baratas. Me congratula conocer a una familia de tantos posibles.

—No lo somos. Lo pagan entre Blas y su hijo mayor, Jesús. Ellos son ricos.

—Cuéntame eso.

Se despegó de la ventana y volvió a sentarse. Hice un esfuerzo para no mirar sus piernas.

—Cuando mi abuelo desapareció, su primo se hizo cargo de mi abuela y de mi padre, un niño entonces. Mi tío Carlos era oficial del Ejército y estaba destinado en Ceuta.

—¿Hubo alguna imposición testamentaria?

—Ninguna. Mi abuelo carecía de bienes, sólo tenía su sueldo. Blas lo hizo por propia iniciativa, sin que nadie ni nada le obligara. Más tarde Jesús se sumó a esa causa. Desde entonces corren con todos los gastos. En ese sentido han sido, son, unos ángeles para la abuela.

—Lo que cuentas es extraordinario. Supongo que les tendrás en gran consideración.

—A fuer de sincera he de admitir que no, y no sé bien por qué. Quizás es su exceso de religiosidad. Cumplen con todos los preceptos que impone la religión católica.

—En general la gente religiosa no es peor que la que no lo es. Si es por sus actos, ellos están en el lado de los buenos.

—Sí. Lo que ocurre es que entre la Iglesia y yo hay un gran desencuentro. Y es posible que no sea ecuánime en mis juicios.

—En el informe consta que tu abuelo era militar. ¿Qué era su primo?

—Militar, también.

—Los militares no ganan tanto como para mantener a dos familias, salvo que hagan uso de trapacerías.

—El viejo Blas fue muy emprendedor. Tenías que verle incluso ahora, a los noventa y cinco años. Está pachucho pero menuda mente tiene el tío. Dejó el Ejército un año después de la desaparición de su primo. Se hizo socio de un alto cargo del

Ministerio de Comercio, amigo suyo. Entonces, en aquellos años, lo que se importaba, que era casi todo, se hacía bajo licencias de importación, extremadamente difíciles de conseguir. Ellos lograron acaparar muchas: para maquinaria, automóviles, motores... Hicieron gran capital, con el que se introdujeron en el sector de la construcción creando inmobiliarias, algunas del mayor renombre hoy en el mercado. Ahí entró ya Jesús, que es arquitecto. Se hicieron ricos en pocos años.

Estuve reflexionando un rato, consciente de su mirada expectante.

—Dices que Blas empezó a subir económicamente a partir de la desaparición de tu abuelo y de que llegaran los policías a rebuscar, parece que tras el teórico dinero o pistas. ¿Ese dinero no apareció?

—No lo sé, ni siquiera sé si lo hubo y sólo fueron conjeturas ante el secretismo.

—Si todas esas fuerzas policiales estuvieron investigando, es de lógica considerar que buscaban algo más que documentos. Yo diría que el dinero existió.

—¿Crees que ahí podría estar el origen de la riqueza de Blas? —dijo, lanzándome una rápida mirada.

—Es una pregunta capciosa. Significa que subsiste en vosotros una sospecha en tal sentido.

—Para ser exactos, sólo yo albergo esa sospecha. Mi padre y mi tío nunca han sugerido tal cosa porque no hay ninguna evidencia, y los policías, en el supuesto de que barruntaran lo mismo, debieron de descartarlo después de las pertinentes investigaciones. Pero aún sigue en mí esa sensación, tal vez injusta, quizá porque no es normal que las personas se hagan ricas trabajando.

—Si Blas tuvo a su cuidado a tu abuela y a tu padre, también de esa riqueza deberíais haber participado aunque de forma colateral.

—Una cosa es vivir bien y otra es hacerlo en la riqueza. Los negocios de Blas y Jesús han sido para ellos. Mi padre es ingeniero de Montes y mi tío se hizo periodista. Hemos vivido con cierta holgura, pero nada más.

—Has dicho que tu tío era oficial y que estuvo en África.

—Sí, en aquellas fechas. Abandonó el Ejército un año después de la desaparición del coronel.

—Como Blas.

—Sí, más o menos. —Me miró—. ¿Alguna duda?

—Curioso que ambos dejaran la milicia a la vez.

—Fue una coincidencia, sin relación. Cada uno llevó un camino distinto.

—Siempre dices Blas y su hijo Jesús. No mencionas a los mellizos, también sus hijos.

—Por causas nunca aclaradas, tanto Blas como Jesús dejaron de tener trato con ellos hace muchos años.

Estuve considerando el hecho. Se me ocurrían muchas preguntas, pero no era el momento adecuado.

—¿Tu abuela no estuvo con otro hombre después de la desaparición de tu abuelo?

—No. Nunca hubo más hombres.

—Al margen de la coincidencia en la atención a la abuela, debo entender que mantenéis buena relación entre las familias.

—Nos centramos en nuestros asuntos, salvo en ocasionales circunstancias. Ya sabes cómo es la vida. Además, no es conveniente rondar a los ricos. Siempre creen que hay un interés egoísta. —Sonrió sin alegría.

—Mucho debió de querer Blas a su primo para proteger a tu abuela y su entorno durante tantos años. A no ser que estuviera enamorado de ella secretamente.

Olga me hizo blanco de otra rápida mirada.

—No creo en ese amor aunque era muy atractiva. No hubiera sido lógico porque su mujer, Leonor, era bellísima y un corazón de oro. Esas mujeres de antes.

—En todas las épocas hubo mujeres bellas, tú eres un ejemplo.

—Gracias por el desmelene, pero no dije que la abuela fuera bella sino atractiva. La bella era Leonor. Una hermosura. Hay fotos que lo corroboran. Además, tenía el empaque de la gente adinerada porque procedía de buena familia. Era más cautivadora que mi abuela no tanto por su juventud, sólo dos años menos, sino por su temperamento y despreocupación. Decían que siempre estaba riendo.

—¿Cómo era Blas de joven?

—No muy favorecido, la verdad. No sé qué vería Leonor en él para casarse. Se parecía poco a mi abuelo, según indican las fotos. El abuelo sí era un tipazo.

—Háblame de tu abuelo.

—Mi padre y mi tío han sido poco explícitos en lo familiar. La verdad es que apenas vivieron con él porque estaban internos. Blas le pondera en el aspecto militar. En las dos guerras en las que participó, en la de África como teniente y en la de España como capitán, se distinguió por su arrojo y valentía. Iba siempre a la cabeza de sus hombres en los asaltos, indiferente al peligro, despectivo con las balas. Por naturaleza estaba inmunizado contra el miedo. Aunque fue herido muchas veces y le dieron la Medalla Militar individual y la Cruz de Guerra, nunca mantuvo diálogos con la muerte. Es un orgullo para la familia.

—Volviendo a Blas y Leonor. ¿Cómo se llevaban?

—Hasta la muerte de ella vivían en la misma casa.

—Eso no es decir nada.

Se removió en la silla.

—La verdad es que... ella apenas hablaba a su marido.

—Querrás decir que no se hablaban entre ellos.

—No, entendiste bien. Leonor es la que no le hablaba. Él siempre estuvo obsequioso con ella, buscando su atención.

—Dijiste antes que era la mejor amiga de tu abuela.

Me miró fijamente y luego desvió la mirada, cubriéndola con un punto de añoranza.

—Nunca vi a una mujer querer tanto a otra. Congeniaron de maravilla, como buenas hermanas. Debo recordarte que, aunque mi abuela tiene borrados de su memoria los primeros pasajes de su vida, es una persona totalmente normal. Cuando la ingresaron en la residencia, Leonor iba todos los días a cuidarla. Fue algo admirable, insólito incluso, teniendo en cuenta que ni siquiera eran cuñadas. Tenías que ver la dulzura con que la trataba, lo pendiente que estaba de ella.

—¿Cómo fue tu relación con esa mujer tan sorprendente?

—Muy buena. Nos veíamos mucho y, ya en la residencia de mi abuela, a diario. Era una mujer muy tierna de gestos, de grandes silencios. Como si una pena muy grande le rondara. Pasaba más tiempo en el centro que en su propia casa.

—Has dicho que reía siempre.

—En su juventud, contaban. A veces creí que se referían a otra persona porque nunca la vi alegre ni reír. Y las pocas sonrisas que mostraba eran apenas amagos que nacían de las expresiones de mi abuela.

—¿Cuándo murió?

—Hace dos meses. El corazón. Le había fallado anteriormente. Estaba convencida de que no superaría un nuevo ataque.

Algo se me enganchó de repente en la cabeza, como cuando tomamos un helado con rapidez y el frío nos sube como una cuchillada por un ojo hasta el cerebro. Repasé las notas que había ido tomando. Luego busqué en el expediente la carta que Olga había recibido. Se la puse delante de los ojos. Ella me miró con extrañeza.

—Mírala bien, con atención. ¿No reconoces la forma de escribir, algo que te suene en la redacción?

—Bueno... No... —dijo ella, tras un rato de observación—. ¿Qué es lo que...?

—Tráeme toda la documentación que tengas. Puede que acepte el caso.

—¿Qué te ha hecho cambiar de idea?

—Una pista, una corazonada. De todos los testigos que estuvieron en las dos tragedias, una acaba de faltar. —Miré sus ojos alertados—. Creo que quien escribió la carta fue esa mujer. Leonor. Su muerte impidió su confesión.

Dieciséis

Niño
de lejanos ecos,
¿qué viento
puso distancia a tu niñez sabida?,
¿por qué hicieron renuncia
de tu reír acostumbrado?

J. M. B.

Octubre 1937

El oleaje del mar Cantábrico era intenso y bamboleaba el buque. Los tripulantes no permitieron que ningún niño se quedase en cubierta para evitar que alguno cayera al agua y la feroz noche se lo tragara. Fueron alojados en las bodegas y hubieron de tumbarse hacinados sobre el suelo. Les habían explicado que iban a un puerto francés llamado Burdeos, donde llegarían al día siguiente. No fue así porque, según dijeron, una flota franquista intentaba interceptarlos; incluso decían que tratarían de hundirles, lo que trascendió y llenó de temor a los niños. Ramiro no podía creer que algo así fuera posible. Pero ¿acaso no bombardeaban las ciudades y mataban mujeres y niños? El vapor navegó buscando las aguas internacionales. Amaneció y llegó la segunda noche, y luego otro día y otra noche. Los alimentos y el agua se acabaron a las pocas horas, ya que la previsión era de un viaje corto. En todo momento las enfermeras y maestras acompañantes se esforzaron en consolar a los niños, olvidándose de sus propias necesidades. En la cuarta noche, atosigados de hambre, sed, heces y vómitos, ateridos a pesar del hacinamiento, notaron que el barco fondeaba en alta mar. Estaban exhaustos y hasta los más pequeños se habían cansado de llorar. A lo lejos, en la costa, se veían resplandores. Alguien dijo que era Saint Nazaire, una ciudad de Francia situada al norte. Tiempo después vieron aproximarse unas luces y, detrás, dos sombras gigantescas. Eran dos buques rusos. El mar estaba calmado y los niños fueron divididos y trasladados a ellos. Ramiro leyó el nombre del barco al que le asignaron: *Kooperatsija*. Todo se hizo de forma ordenada. Ramiro se admiró al ver con cuánta destreza organizaron esos hombres a tanto niño. Merced a ello pudieron asearse, tomar una cena espléndida con pan blanco y dormir en colchones blandos. Ramiro observó que el esmero y el cariño que desplegaban esos hombres extraños, diferentes al trato de los tripulantes franceses, tuvieron la virtud de eliminar el miedo, la tristeza y la nostalgia de los niños. En los días posteriores, la mayoría reía. El barco era grande y ya podían pasear y jugar.

Tiempo después pasaron al mar del Norte y de allí al Báltico. Unas nubes aceradas se relevaban en el cielo, y la brisa acudía fría. Más tarde el buque penetró en el golfo de Finlandia. Las aguas estaban dormidas, pero no los seiscientos niños, en pie desde que amaneció a las cinco de la mañana e inquietos ante la inminencia de la llegada a Leningrado. Ramiro se acomodó en la barandilla, Maxi siempre a su lado.

—¿Sabes? Ya estaba harto de mareos y vomitonas —dijo su amigo—. El mar no es para mí.

Maxi tenía el cuerpo fuerte y espigado, la tez blanca y socarrones ojos azules, siempre la burla presta y la sonrisa dispuesta, aunque no escondía su escepticismo habitual hacia lo aparentemente lógico. Ramiro se preguntaba en ocasiones cómo de tierra tan dura como la astur había podido salir rapaz tan alegre y que, además, buscara tanto su amistad a despecho de su habitual gravedad. Tan diferentes eran. Su profesor hablaba de leyes naturales compensatorias; no entendía lo que significaban, pero agradecía que existieran tales misterios porque él necesitaba de un amigo así.

Era el 4 de octubre. El invierno estaba agazapado pero las nieves no habían acampado aún. Un sol luminoso se esforzaba en esquivar las nubes para garantizar que el acto tuviera calor y color. El barco embocó el delta del río Neva. Al acercarse, todavía a lo lejos, una masa de tierra se aproximó: la isla Vasilevski. Un hormiguero de gente estaba en el muelle, delante de grandes edificaciones de colores. El vapor lanzó un mugido repetido, que fue contestado por las sirenas de otros barcos atracados. En el malecón cientos de personas gesticulantes gritaban y agitaban banderas, manos y pañuelos. El *Kooperatsija* atracó en medio de exclamaciones de júbilo. Ramiro no entendía aquel tumulto, los cánticos, la charanga, los tambores. ¿Quiénes eran ellos para tal recibimiento? Sólo niños desplazados, aún temerosos y desvalidos. No tenía sentido ese clamor. Pero allí estaba la gente. Y en primera fila, con ramos de flores y bolsitas de caramelos, una hilera de niñas y niños bien alimentados que reían y saludaban felices. La mayoría eran rubios y blancos como ellos, otros con rostros asiáticos y ojos esquinados; todos con camisas blancas y pañuelos rojos al cuello. Los niños evacuados miraban con asombro el espectáculo y luego lo hacían entre ellos extasiados, olvidadas las penas y las añoranzas. Sus padres tuvieron razón al enviarlos allí: habían llegado al mundo feliz prometido. ¿Acaso no era una prueba esa multitud riente y alegre, luciendo cuerpos y ropas limpias con el fondo de los armónicos e impresionantes edificios de piedra y de mármol blanco? ¿Cómo comparar el mísero El Musel de mezquinas casas, allá en España; la gente empobrecida y desesperanzada, sus rostros húmedos y frugales, con el esplendoroso espectáculo de música y alegría que se abría a sus ojos?

Fueron bajando por la pasarela entre una doble fila de marineros, impecables en sus uniformes blancos, como si les rindieran guardia. En el muelle los recogían enfermeras y personas desconocidas, que les daban flores y golosinas y les conducían a los autobuses que habían de llevarles a las Casas de Niños. Ésa era la tercera expedición de niños españoles y los comités de recepción soviéticos habían adquirido gran práctica. Ramiro supo en ese momento dos cosas: que ese recibimiento increíble no era por ellos sino por sus padres, quienes en ese momento luchaban contra el fascismo dando un ejemplo de abnegación al mundo; y que para la mayoría de los niños ése fue el mejor día que jamás tuvieron y que nunca lo olvidarían.

Bajó la rampa como si no fuera él. Miró el malecón antes de pisarlo y por un agónico instante la alegre multitud y la promesa de felicidad desaparecieron. Sólo vio una lágrima, gorda como una uña, descender por la hirsuta mejilla de su padre.

Diecisiete

Enero 2003

El restaurante se halla en la estrecha, no muy larga pero renombrada calle de la Ballesta, actualmente vacía de comercios y de actividad. La mayor parte de las viviendas está abandonada y no existe el sustrato vecinal necesario para desarrollar la vida comunitaria. Las fachadas están desconchadas y llenas de mensajes y pintarrajos sugiriendo que tras ellas casi todo está desmoronado. Pocos viandantes circulan a pesar de estar detrás de la Gran Vía. Unas esforzadas prostitutas, escasas de ropas, vagan en busca del sustento. Casa Perico es un oasis entre tanto abandono y cutrez. Al abrir la puerta todo cambia: aparece un restaurante bien equipado, con solera certificada, cocina tradicional especializada en menús de cuchara y la huella impalpable de miles de comensales flotando desde el pasado. El dueño, atento, simpático y bien estructurado, me dedicó una sonrisa y me señaló una mesa en una salita al fondo donde tres hombres parloteaban apuntándose con los cigarrillos.

—¿Se permite fumar aquí?

—Tenemos dos espacios para fumadores. Pero no se nota. Hay un extractor que elimina el humo.

Dos días antes estuve allí mismo preguntando por quienes Ishimi me aconsejó.

—El tal Adolfo la palmó hace tiempo —me informó—.

El otro es cliente habitual. Viene los lunes y los miércoles. Le privan nuestros menús. Véngase uno de esos días.

El viejo policía me recordó a Oliver Hardy. Su cabeza era una esfera con asas donde unas docenas de pelos se afanaban por impedir su destierro. El deshilachado bigote sostenía una diminuta nariz acosada por los despiadados carrillos. Estaría en la sesentena larga y mantenía su cuerpo a distancia de la mesa por imperativo de su desmesurado vientre.

—¿Severiano Barriga? —Alzó la cabeza y me analizó. Supongo que me veía a pesar de que el equipo formado por sus gruesos párpados y abultadas bolsas impedía distinguir sus ojos—. Desearía hablar contigo; cuando termines, naturalmente.

—¿Quién coño eres tú? ¿No ves que estoy hablando?

—Me llamo Corazón Rodríguez. Ishimi te manda sus saludos. Me dijo que podría encontrarte aquí.

—¿Ishimi? ¿El karateka? ¿Para qué te envía?

—Necesito una información que quizá puedas darme.

—¿Quién cojones eres para tutearme? —Sus palabras transmitían suspicacia y malestar.

—Un ex policía como tú.

Su desconfianza se diluyó.

—¿Colega? Tómate algo en la barra. Déjame quince minutos.

No fue molesto esperar porque el local, aunque con decoración al día, atesora esencia de años. El camarero era sobrino del dueño y estaba lleno de agradable palique. Me informó de cómo era de animado y próspero el barrio, de cómo se había ido degradando y la esperanza en la promesa del alcalde de que el Ayuntamiento iba a modernizarlo a su cargo y dotarlo de atractivos para que volvieran vecinos como los de antes. A los diez minutos vi levantarse a los acompañantes de mi personaje y darse la mano. Hizo una seña al camarero para que retirara los platos y me miró. Me senté frente a él con mi poleo menta y mantuvimos un cauteloso preámbulo mientras él chupeteaba su cigarrillo.

—Me pillaste en pleno negocio. Espero que merezca la pena. Eres tan inoportuno como un calambre en una pierna en el momento de estar cagando.

—¿De veras?

—Puedes jurarlo —dijo, sembrando humo entre los dos como para mantener las distancias—. Conque ex policía, ¿eh? ¿Te largaron?

—No, me salí. Ahora soy detective privado.

—Ah, muy bueno. Mejor. Ahora es una mierda ser policía, con tantas leyes que protegen a los sinvergüenzas. En mis tiempos ser policía era otra cosa. Le pateabas los huevos a un tío y no protestaba ni él. Ésos eran tiempos.

—Según algunos todo es una mierda ahora, no sólo ser poli. Me alegra que se te diera bien.

—Entonces yo era legal con mi cuerpo, no tenía este cojín aquí delante. Nuestro grupo estaba bien preparado por Ishimi. Éramos una escuadra de karatekas, la polla. Cuando cogíamos a un cabrón nos entrenábamos con él en la comisaría.

—¿Entrenar? ¿Qué entrenamiento?

—Coño, qué va a ser: le poníamos a luchar contra uno de nosotros.

—Vaya milonga. ¿Me estás diciendo que él respondía?

—¿Responder? Era un puto preso, ¿cómo iba a responder? Lo más que podía hacer era protegerse lo mejor que sabía.

—Debo expresar mi admiración. Erais un grupo de valientes. Menudo riesgo corríais.

—Eh, eh, un momento, enterado. Te diré una cosa. Al principio, un día trincamos a un vago, un maleante. Uno de los nuestros le dijo que lucharían de igual a igual, mucha camaradería y tal, sin trampa, que si resultaba vencedor sería felicitado, al margen del motivo de la detención. El nuestro empezó con sus golpes de pie y puños, pero el otro esquivaba como una ardilla. De repente el tiparraco soltó su puño y dejó seco al compañero. Joder, qué hostia le dio. Quedó grogui, varios dientes rotos. El tipo había hecho boxeo y conocía las técnicas.

—Os costaría felicitarle.

—¿Felicitarle, qué dices? Le molimos a hostias y le pateamos las jodidas pelotas. Se le acabó la chulería. Quedó para el arrastre. Estuvo en el trullo un montón de tiempo por agresión a un policía. Desde entonces a nadie se le ocurrió dar cancha a ninguno de esos mamones.

—Me alegro de que superaras esas tremendas pruebas.

Se inventó una sonrisa y su cara semejó una sandía abierta en dos mitades. Luego miró en torno y buscó el ceremonial de una confidencia, la voz refrenada.

—En ocasiones algún gilipollas con poco aguante la cascaba. Era indignante la poca disposición que tenían a colaborar en el juego. Porque ése es el juego aceptado de la vida: unos dan hostias y otros las reciben. Hay que ajustarse a esas reglas, no cagarla. ¿No te parece? —Se echó a reír y su abdomen movió la mesa propiciando que las copas empezaran a bailar como si hubiera acontecido un movimiento sísmico—. ¿A quién coño le importaban esos mierdas? Menos peligro en las calles.

—Ya veo. Eres un auténtico superviviente.

—Tú lo has dicho. Pero no me quejo. Tengo mi pensión y algunos ahorrillos. Fueron buenos años. ¿Y a ese japonés, cómo le va?

—Tiene menos tiempo que tú. Sigue en la faena.

—¿En qué crees que te puedo ayudar?

—Una chica de un prostíbulo. Veinte años. Desaparecida. Alemana. Prisionera en una red. Quisiera saber por dónde empezar.

—¿Me preguntas eso? ¿No eres detective?

—Necesito la sabiduría de quien anduvo en ese mundo.

Necesito tu experiencia. Ishimi dice que fuiste uno de los mejores —mentí.

Trajeron para él un café y una copa de brandy Magno. Prendió otro cigarrillo con un encendedor dorado.

—¿Te va un coñac? —invitó. Negué—. Ah, el coñac. Antes todo el mundo lo bebía, había cantidad de marcas, ninguna mala. Ahora les da por el güisqui y los cubatas y todas esas pollas. El coñac es de hombres. Ahí tienes al toro de Osborne. Ningún otro anuncio en el mundo puede igualársele. El símbolo de nuestra raza. ¿Sabes que antes, no hace tanto, en las bodas, bautizos y aniversarios, en todas las fiestas y banquetes, sólo se bebían dos tipos de licores? Anís para las mujeres y coñac para los tíos. ¡Ah, qué tiempos! Consumíamos productos del país. Ahora casi todo es de importación, la estupidez congénita de quienes están por lo moderno. ¿Crees que a un español con sentido común le pueden gustar el vodka, el tequila, el sake o el su puta madre? Una polla en vinagre. Y es que se ha perdido el sentido del ridículo. Eso es lo que ocurre. Es como esa mierda que bebes, esas infusiones. Antes se tomaba manzanilla sólo después de las borracheras o del dolor de estómago. Nadie con buena salud tomaba esa agua teñida. Y es que... Ya te digo.

—No es manzanilla, es poleo.

—No me jodas. —Me miró y movió la cabeza—. Esa chica, ¿es algo tuyo?

—No.

—Hay miles por ahí igual que ella. ¿Qué tiene de especial?

—Nada. Salvo que es especial en sí misma y para los suyos, como esas miles que mencionaste. Todas iguales pero especiales.

—Mi tiempo pasó. Tengo setenta castañas. No estoy en la lucha para este tipo de asuntos.

—Sólo dime la forma de conectar con esas redes.

—Cuéntame a ver.

Le dije todo lo que sabía. Estuvo callado un buen rato.

—En uno de esos sitios por Albacete conozco a alguien. ¿Hay alguna pasta que compartir?

—Claro.

—Vente por aquí el lunes. Hay cocido madrileño.

Dieciocho

Vienen igual que fantasmas,
saltando entre la neblina,
reculan como raposas
y avanzan como las fuinas;
no dejan granero, madre,
¡ni honra por donde caminan!

ANÓNIMO
Romance de Villafría

Junio 1939

El sargento condujo por la empinada calzada de tierra de la calle Jaspe, en el barrio de Usera, flanqueada por solares y casuchas de una planta, muchas de ellas destruidas. Esquivó los escombros y salió al campo arrasado. Toda la zona estaba desierta de casas, árboles y vegetación. Una alambrada con pinchos serpeaba a lo largo del antiguo frente y varios carteles indicaban: *Zona militar. Prohibido el paso.* Al acercarse vieron a varios niños y mujeres salir corriendo de los búnkeres, atravesar los huecos entre los alambres y dispersarse por las chabolas cercanas. El sargento detuvo el coche militar y se apresuró para abrir la puerta trasera, por la que descendieron el capitán Ignacio Melgar y el teniente Vázquez, pertenecientes a la 57 compañía de fusileros de la

XIV Bandera de la Legión. Luego quitó las cuerdas que unían una de las partes rotas de la barrera. El capitán caminó hacia el cercano borde seguido por sus hombres. Se detuvo y miró allá abajo, hacia el sur, al inmenso espacio baldío en el que habían estado frenados desde finales del 36. Ahora estaban justo donde los rojos se habían atrincherado, impidiéndoles penetrar a la ciudad por ese punto. Aquellos cabrones se batieron bien, oponiendo heroísmo a la eficacia de tropas profesionales bien entrenadas y armadas. Con la ayuda de las Brigadas Internacionales evitaron que la guerra acabara antes, y con ello el sufrimiento, lo que fue absurdo y criminal, ya que prolongaron un conflicto que sólo los nacionales estaban llamados a ganar porque luchaban por España y contra el terror comunista.

El sol del atardecer parecía tener intenciones de no abandonar su posición. El capitán cogió los prismáticos checos, excelentes como casi todo el material recogido a los mandos comunistas, y miró el paisaje lunar, lleno de zanjas y cráteres, todavía tendida la doble y larga hilera de alambre. Observó soldados moros de Regulares deambular a lo lejos por la tierra antes de nadie y ya del ejército vencedor. A la derecha, al oeste, la escasa circulación de la carretera de Toledo ponía vida a ese páramo. Detrás de la vía, más al oeste, el campo desnudo conectaba con los Carabancheles. A la izquierda, muy alejada, estaba la carretera de Andalucía. Entre ambas carreteras, al frente, se perfilaban las lejanas casas del pueblo de Villaverde con el campanario de la iglesia destacando.

—Ningún centinela —exclamó el teniente—. ¿Cómo es posible?

—Supongo que debería bastar con el temor que inspira la palabra «militar».

—Pues ya ve que no, mi capitán.

Echaron a andar por el promontorio hacia el oeste. El borde estaba desmochado y negro por efecto de las bombas y los lanzallamas. Las últimas casuchas de Usera no quedaban lejos, ahora a su derecha. Cerca había una zona llena de detritus, usada como letrina por los soldados durante la guerra y donde los habitantes de las chabolas cercanas vaciaban sus orinales. Era un espacio grande en pendiente, asentado de años para esa función, donde pululaban millones de felices moscas de todos los colores y tamaños. El hedor y el zumbido de los insectos desaconsejaban acercarse. Apenas se veían personas caminar. Grupos de niños, alejados, seguían sus movimientos. Los militares habían llegado para inspeccionar la red de búnkeres de los rojos que, partiendo desde el sur del río Manzanares, se alineaban hasta la Casa de Campo. La mayoría de los parapetos era de los «sepultados», con el techo más bajo que el nivel del suelo. Se accedía a ellos descendiendo una rampa hasta el pequeño vano, al otro lado de las troneras para las armas defensivas. Fueron inspeccionando, tomando notas y progresando lentamente. De pronto oyeron gritos ahogados de mujer. Los entrecortados lamentos salían de un búnker cercano. Se miraron.

—Mira a ver —indicó el capitán al suboficial.

El sargento bajó a la casamata. Un momento después salió moviendo la cabeza y con un trazo de sonrisa en la boca.

—Nada importante, mi capitán. Dos moros están follando a una puta.

Los gritos, más débiles, seguían sonando.

—Si es una puta, ¿por qué grita pidiendo ayuda?

—Bueno... —dudó el sargento y se echó a temblar al mirar los ojos del superior—. En realidad dijeron que era una roja, una puta roja...

El capitán tenía treinta y seis años, cuerpo atlético y estatura mediana. Llevaba con bizarría su uniforme: pantalón de sarga verde; camisa del mismo color, manga corta y cuello abierto; botas relucientes de media caña y el verde *cha-*

piri de dos picos con borla roja y barboquejo negro ladeado sobre la cabeza de rapados cabellos oscuros. La pistola reglamentaria colgaba del lado izquierdo de su cintura. No tenía bigote y sus fibrosos brazos lucían diminutos tatuajes. Se agachó y entró en el búnker. La mujer, tendida en el suelo boca arriba, se debatía bajo el cuerpo de uno de los soldados mientras que el otro, de rodillas, le sujetaba los brazos por encima de la cabeza. La mirada de la mujer le atrapó. Quiso zafarse de ella pero no pudo. Por primera vez en muchos años, él sintió un desasosiego. Era algo más que una mirada. Sintió una llamada a lo íntimo de su ser primero, cuando todo era sencillo y las cosas tenían valores fijos.

—¡En pie!

Los hombres se movieron lentamente al principio. Luego, al ver las tres refulgentes estrellas, se irguieron con rapidez y se abotonaron los zaragüelles mientras la mujer trataba de taparse con las ropas desgarradas.

—¿Qué es esto?

—Ser una puta.

—No es verdad —dijo la mujer—. Intentan violarme.

El capitán miró a los soldados.

—Bueno —masculló uno—, ser una roja, ser lo mismo.

—La guerra terminó hace cuatro meses. Ya no hay rojas ni azules. No hay enemigos ni botín que cobrar. —Los miró con dureza y se volvió al teniente, agachado en el hueco de entrada—. Esto es insubordinación. Tómales la filiación completa. Esperadme fuera todos.

Se acercó a la mujer y le brindó su mano, que ella rehuyó.

—No temas. No te haremos daño.

La mujer se levantó, cubriéndose lo mejor que pudo con la leve bata negra. El oficial se enfrentó a una mirada llena de acusaciones, sufrimiento y asco. Pero había algo más; algo que le había fascinado y que no supo discernir. Tragó saliva.

—Ven conmigo. Te acompañaré a casa.

Ella no contestó. Salió a la superficie y echó a caminar. Él se colocó a su lado y respetó su silencio. Llegaron a una línea de casas bajas situadas alrededor de un espacioso patio abierto; se trataba de chabolas, levantadas a trompicones con materiales de desecho en temerosos afanes nocturnos. Varias personas estaban mirando y rápidamente se guarecieron en sus tabucos. La mujer volvió la vista hacia el oficial.

—Necesito lavarme. Tengo ganas de vomitar.

—Me alegro de haber llegado a tiempo. ¿Cómo te cogieron esos hombres?

—¿Hombres, dice?

—Bueno...

—Buscaba chatarra de obuses. Pagan bien el hierro. Éramos varios; todos salieron corriendo al verlos llegar con las armas y, aunque yo también corrí, me acorralaron y me metieron en el búnker.

—Aquello es zona militar. ¿Por qué entraste?

—La necesidad obliga. Nunca creí que el castigo sería tan repugnante.

—Podía haber sido peor.

—¿Peor? ¿Tiene idea de lo que es una violación para una mujer?

Él intentó mantener su firmeza.

—Quiero decir que podían haberte dado un tiro o haber sido llevada al calabozo.

—Por coger chatarra... Mujeres y niños pueden ser matados por eso...

—Sí, lamentablemente. Son disposiciones militares. Lo siento.

—¿Por qué lo siente? Usted no fue el agresor.

—Entiendo tu alteración.

—Entonces lo siente por pertenecer a un ejército con mentalidad medieval que permite los saqueos, las vejaciones y los fusilamientos sumarios. Esos bestias que me atacaron estaban recogiendo todavía parte del botín autorizado por sus mandos.

—Ya sólo hay un Ejército, el de todos.

—¿Lo cree? ¿Cree que su Ejército está para defender a todos los españoles? —dijo ella, con una luz de amargura en su mirada.

—Siento que paguen inocentes. Lo que han hecho contigo no tiene justificación hoy.

—Hoy no, ¿y ayer?

El capitán era un hombre duro, insensible. Una luz de ira refulgió en sus ojos. ¿Quién se creía esa mujer para hablarle de esa manera? ¿Y por qué se lo consentía?

—Hubo cosas muy malas —dijo con suavidad—. Pero aquello acabó. Si durante la guerra se hizo, hoy, que no hay guerra, esas prácticas son delictivas y merecen el correspondiente castigo. Se ha restablecido el orden.

—¿Qué orden?

—Dame tu nombre y número de identificación —dijo él como si no hubiera oído la pregunta.

—¿Para qué lo quiere?

—Dame lo que te pido. —Su tono hacía estéril cualquier intento de oposición.

María Marrón miró las tres estrellas destacando de su gorra y en el lado izquierdo de la camisa, y supo que debía obedecer.

—¿Necesita alguna cosa más? —dijo después, tratando de dominar su impotencia.

—No. ¿Puedo hacer algo por ti?

—No. Quiero que se olvide de lo que pasó. Y de mí.

Él la observó sin contestar. La vio entrar en la casa y estuvo un rato mirando la puerta cerrada.

Diecinueve

Enero 2003

Su tío Jesús, en realidad hijo del primo de su abuelo, estaba atendiendo a unos contratistas, por lo que invitaron a Olga a pasar a la sala de visitas. Paneles de madera en todas las paredes; retratos enmarcados de Lorenzo, ya fallecido, de Jesús y de su padre, fundadores de la inmobiliaria; sillones Chester; fotografías de edificios singulares erigidos por la empresa en varios países, y a un lado una mesa con botellines de agua y bolsitas de frutos secos. Destacaba en la pared un gran cartel enmarcado que rezaba:

> Alguaciles de la justicia, por orden del Santo Oficio, impondrán severo y ejemplar castigo de cepo o picota a todo aquel campesino, menesteroso o caballero que fuese sorprendido inhalando o expeliendo humos de la planta conocida por *Nicotiana Tabacum* malhallada en el Nuevo Mundo.
>
> Que así sea y se cumpla.

Olga sacó un cigarrillo, lo encendió, se acercó al amplio ventanal y apartó los estores. Miró la enorme bandera de España flamear en el centro de la plaza del Descubrimiento y a la gente que paseaba o dejaba que el tiempo les escurriera sosegadamente sentados en los bancos. Se apartó y observó una vitrina donde se exhibían fotografías y trofeos de Jesús cuando en su juventud participó en los campeonatos federados de lucha grecorromana. Convino consigo misma que estaba como un queso. A pesar de las continuas invitaciones, nunca había estado en esas oficinas. En la entrevista que tuvo con el detective Corazón mencionó su falta de estima hacia Blas, pero omitió que Jesús tampoco le caía bien a pesar del cariño con que la trataron siempre y de sus regalos desde que era pequeña en todos los aniversarios y por otros motivos. Sin saber exactamente la razón, no lograba conectar con lo que parecía una auténtica sinceridad en la disposición al afecto que ambos presentaban hacia ella. Algo había en la desmesura de ese cariño. No le pasaba lo mismo con Fernando y Rafael, los hijos mellizos de Blas, distanciados de su hermano y de su padre desde hacía años por razones que quizá jamás sabría; le caían muy bien esos hijos alejados, no sólo debido al trato sencillo y algo cohibido que expresaban cuando se veían sino porque no eran tan tremendamente ricos y ostentosos como los otros, por lo que su relación con ellos era agradable.

Se sintió atraída por una foto grande en la que Jesús lucía un impresionante torso junto a otro luchador que le llegaba al hombro. Ambos miraban a la cámara sonriendo y el bajito tenía una copa en las manos. En ese momento se abrió una puerta lateral y apareció Jesús con una sonrisa inundando su rostro esférico.

—¡Olga, qué sorpresa y alegría!

Era un hombrón de dos metros y sobre los ciento veinte kilos. No podía imaginarle delgado y atlético, como mostraban las fotos de su juventud. La recibió en mangas de camisa y los anchos tirantes trataban de que los pantalones se ajustaran al dilatado vientre. Se acercó balanceándose como si estuviera en un barco y la besó en ambas mejillas. Parecía realmente contento. Ella señaló la foto.

—¿Significa que él te ganó a pesar de tu tamaño?

—Ése es Vicente Robledo, un buen amigo que entrenaba conmigo en el Gimnasio Moscardó. Ese día consiguió el campeonato de Europa. Era un caso especial: por su envergadura debería haber militado en la cuarta categoría sénior, pero su poco peso le permitía estar en la séptima y allí no tenía rival. Con mis ochenta y seis kilos de entonces yo competía en la tercera categoría. Sólo conseguí algunos campeonatos nacionales.

Le indicó el despacho. Al entrar se quedó extasiada, no por el abrumador mobiliario, las estanterías repletas de trofeos de golf y la mesa auxiliar llena de legajos sino por el gran ventanal en ele que ocupaba dos lados de la habitación y la inundaba de luz. Se acercó. Los cristales estaban tan limpios que parecían no existir, por lo que tuvo una punzada de temor al vacío sugerido, catorce plantas hasta el lejano suelo.

—Impresiona la vista, ¿eh? —dijo el hombre colocándose a su lado. Ella no contestó, aún sobrecogida. No era lo mismo a ras de suelo que desde la altura—. Esta plaza de Colón nada tiene que ver con la que conocí, no hace tantos años. El espacio donde ves la bandera y la cascada, la manzana entera hasta Serrano, estaba ocupado por la antigua Casa de la Moneda, un notable conjunto cuya fachada la formaban dos edificios gemelos llamados Los Jareños, por el nombre del arquitecto autor. Sobre los setenta, el entonces alcalde destruyó esa obra y en su lugar tenemos ahora esa plaza.

Respetó el silencio de la mujer y trató de distanciarse de la curiosidad que le acuciaba por conocer los motivos de su visita. Señaló a la izquierda.

—Ésas son las Torres de Colón, construidas en 1976 a iniciativa de Ruiz Mateos, cuyo *holding* empresarial, no sé si recordarás, fue expropiado por Felipe González. Ahí había unas bellas casas, no tanto palacios, que pertenecieron a Benito Pérez Galdós y a la marquesa de Esquilache. —Se subrogó en una nueva pausa, antes de continuar—: Y aquí, donde estamos, en el Centro Colón, hubo un hermoso y gran palacio, muy estilo francés, perteneciente a los duques de Medinaceli, gente de muy alta alcurnia entonces. Lo derribaron y en 1970 se construyó este edificio. Una pena. Hay fotos de ese palacio. Hoy nadie lo tiraría.

—No me digas que eso te afecta. ¿Cuántos edificios bellos no habréis destruido para levantar adefesios como éste?

—Los promotores inmobiliarios no otorgamos las licencias de construcción. Son los Ayuntamientos y el Estado quienes tienen esas prerrogativas.

—Pero vosotros, los poderosos del ladrillo, presionáis para cambiar las ordenanzas y seguir haciendo y deshaciendo, no importa el sitio ni el dinero. ¿Fuiste tú o fue tu padre quien mencionó un proyecto para adquirir el Ministerio del Ejército, en la misma plaza de la Cibeles, y construir allí un rascacielos como la Torre de Valencia?

—Bah. Eso se habló precisamente cuando se construyó esa torre. Pero no hay que tomar en serio todo lo que se dice. En cualquier caso, si hay desaguisados urbanísticos la culpa es de los políticos. Somos constructores. Es nuestro oficio y en todo el mundo es así. Te diré algo. Conoces Manhattan. Allí no hay suelo. ¿Qué crees que van a hacer los contratistas neoyorquinos? ¿Van a dejar su oficio? Se quiera o no seguirán tirando edificios para hacer nuevos, salvo los emblemáticos, en una espiral imparable. Y también en Brooklyn, Queens, en el Bronx y hasta en la isla Roosevelt. En todos los sitios, hasta que el mundo reviente. ¿Sabes que todo el estado de Nueva York era una selva? Mira ahora esas ciudades, Rochester, Buffalo... Apenas unos domados jardines rodeando el ladrillo, la naturaleza destruida.

Olga terminó su cigarrillo y buscó un cenicero.

—Trae acá —dijo él, y luego la miró—. Estás arrebatadora, como siempre. Es la primera vez que vienes a este despacho; debe de ser algo muy importante. Me sentiría feliz de saber que puedo serte útil.

Ella se sentó y le miró a los ojos.

—Voy a sacar a la abuela de la residencia. Me la llevaré a otra, fuera de Madrid.

Él abrió la boca evidenciando la magnitud de su sorpresa. Luego entornó los ojos.

—¿Qué es eso de que vas a sacarla?

—Ni más ni menos lo que oyes.

—¿A quién se le ha ocurrido tamaño disparate?

—A mí. Y no es un disparate.

—Sí lo es. Es muy mayor. Puede tener un choque.

—Lo he hablado con el doctor Blanco. Un cambio de aires le sentará muy bien.

—¿Lo has hablado con él?

—Claro. Es su médico de cabecera en la residencia. Necesitaba su parecer.

—¿Es que no está bien donde está?

—Sí, y seguirá allí. Es sólo durante unas semanas. Una amiga me ha ofrecido un lugar tan bueno como el de ahora, pero con paisaje diferente.

—¿Dónde?

—En Asturias.

—¿En Asturias? Eso está donde Cristo dio las tres voces. ¿No crees que deberíamos consensuarlo antes?

—No, porque nos extenderíamos en argumentaciones. Cada uno porfiaría por sus razones.

—¿Qué crees que dirá tu padre?

—Está de acuerdo.

—Y a Carlos, ¿se lo has dicho?

—Claro, y lo aprueba.

—¿Lo sabe Blas?

—No. Cuento con tu ayuda para informarle.

—O sea, que lo has hablado con todos menos con nosotros.

—Lo estoy haciendo ahora.

—Sí, pero como un hecho consumado. —La miró y a sus ojos asomó el brillo de su insatisfacción—. Dices que no quieres consenso pero ya lo tuviste con media familia.

—A ellos les informé, como a ti ahora. No les pedí su opinión. Sólo al doctor.

—¿Es que la nuestra no vale? Creo que somos los más indicados para decidir lo que conviene hacer con la abuela.

—El que sufraguéis los gastos no significa que tengáis los derechos sobre su vida.

—Espera un momento, jovencita. Antes de que tú nacieras, cuando tu padre era un crío y tu tío Carlos apenas tenía mayoría de edad, mi padre se hizo cargo de toda la familia justo desde el momento en que desapareció tu abuelo. ¿Y por qué? No por obligación sino por cariño. Y ese cariño lo volcó sobre la viuda y los huérfanos desvalidos. Así que háblame de amor y no de derechos.

Ella no contestó y se limitó a mirarle.

—¿Qué razones hay para una decisión tan repentina? —dijo él.

—No es el momento de hablar de ello. Pero las hay.

—Muy poderosas deben de ser para intentar algo tan innecesario como peligroso.

—¿Por qué peligroso?

—Romperá su equilibrio. La trastornará.

—¿Qué temes, en realidad?

—Temo por ella. Y por mi padre —dijo, inmóvil como una figura de Buda pero sin sonrisa. A contraluz sus ojos fulguraban como si dentro hubiera descargas eléctricas.

—Ella no tiene mucha vida.

—Ni Blas. —Se levantó y dio unos pasos con las manos a la espalda, intentando enlazarlas, pero sólo consiguió tocarse las puntas de los dedos. Desistió de ese esfuerzo ante la oposición de tanta carne—. Precisamente porque no tienen tanta vida es un disparate el interferir en su tranquilidad. ¿Ves infeliz a la abuela?

—No.

—Entonces, abandona ese capricho.

—No es un capricho. Está decidido.

—Me opongo a ese traslado. Hablaré con tu padre.

—Él ha firmado ya la autorización.

—¿Que ha...?

Nunca ella vio a nadie tan contrariado. Quiso entenderlo. Quizá debió haber sido menos agresiva en sus formas.

—Yo... Bueno. Quisiera que comprendieras mis razones.

—No las has expuesto. Te has limitado a ordenar, como si estuvieras en el Ejército. La herencia del coronel. —Olga no pudo evitar un ligero sobresalto, que él captó—. El coronel. —La miró con intensidad—. ¿No estarás enredando con ese hombre?

Ella trató de zafarse del azoramiento repentino.

—Ese hombre era mi abuelo.

—Vale. Pero ¿qué tiene que ver con interrumpir lo que ahora disfruta la abuela?

Olga se levantó y dio unos pasos hacia el ventanal, ocultando su rostro.

—Hay un médico japonés que cura casos de amnesia.

—¿Qué? —exclamó el hombre a sus espaldas—. No estarás hablando en serio.

—Totalmente en serio.

—¿Pretendes hacerme creer que alguien va a curar a María a estas alturas, tantos años después? Eso no es posible. ¿Quién te ha timado? ¡Y mírame!

Ella se volvió y le encaró.

—La trasladamos esta semana.

—Por Dios, vaya unas prisas. ¿Quién la va a atender allí, tan lejos?

—Ya te he dicho que serán unas semanas. Yo estaré con ella. Así que ayúdame y díselo a tu padre.

Él suspiró y el ruido sonó como un eructo.

—No será fácil convencerle. Se llevará un fuerte disgusto, aunque parece que te importa un bledo. —Hubo un choque de miradas y voluntades—. En última instancia, él podría estar con ella durante ese tiempo, ¿no?

—No. Una vez allí, nadie de su entorno puede estar con ella. Su mente estaría enlazada con lo conocido y eso es contrario a los fundamentos de la operación, según el doctor. Todo tiene que ser nuevo para ella, nada que la relacione con su mundo actual. Yo sólo estaré a su lado en los momentos que diagnostique el médico.

—¿Por qué crees tener más derechos a decidir aunque sea un desacierto? —No levantó la voz pero su tono le produjo un escalofrío—. Que seas su nieta no basta. Por una esperanza estúpida, pura verborrea, vais a separar a dos ancianos que están acostumbrados a verse a diario y que se quieren.

—¿Se quieren?

—¡Cómo lo dudas, mujer! —exclamó, desprendiendo una sensación tan intimidatoria que ella se notó atemorizada—. Lo pones muy difícil.

—Colabora para que no sea así —dijo, levantándose. Fue consciente de que buscó la salida con demasiada presteza.

Veinte

Doquiera vuelvo los nublados ojos
nada miro, nada hallo que me cause
sino dolor agudo o tedio amargo.

MELÉNDEZ VALDÉS

Septiembre 1939

Miró el campo manso allende los cristales, no tanto antes pleno de bravura ciega y prohibiciones. Seguía extrañada del silencio regresado, huido con los meses que se rompieron; el silencio secuestrador de otros sonidos que siempre tuvo en su mocedad: el trinar de los pájaros. Porque ya no había pájaros, ni tampoco los hubo en los otros sitios cuando él todavía estaba. Pero entonces su sonrisa suplía esa ausencia y la llenaba de luces y esperanzas. ¿Adónde se fueron las aves en los años desmedidos? ¿Dónde estaban ahora, en los años indefensos? Los abandonaron, como la lógica, como la justicia. ¿Qué le quedaba a su vida deshilvanada? Mucho. Su hijo, sus hijos.

El sol del atardecer ponía tonalidades increíbles en el cielo seco. María fue a la chabola de Amalia, a unos metros de la suya, y entró. Su amiga estaba sentada en una banqueta no muy distanciada de la sola cama. Miraba a su hijo único de siete años exangüe entre unas sábanas nuevas y blanquísimas, que destacaban incongruentemente de la miseria reinante en el entorno, como si fueran las ropas del Dios pregonado. El niño mantenía los ojos cerrados, invadido por las fiebres paratíficas. La ventana, desafiando el frescor avecinado, estaba abierta de par en par por consejo del médico para que hubiera la máxima ventilación. María se sentó en otra banqueta y tomó la mano de la mujer, que no se movió. Del exterior llegaba el silencio seco, extraño, como si nadie habitara en el mundo.

—Dicen que hay una medicina llamada penicilina que cura las enfermedades infecciosas —dijo quedamente, sabiendo que eso no aportaba ninguna esperanza a su amiga, que lo evidenció.

—Es como si no existiera. Hay que traerla del extranjero a precios de locura porque aquí no ha llegado. Y cuando llegue, ¿quién podrá comprarla? Sólo los ricos. Tardará años en llegar a los pobres. —Abrió la boca en demanda de aire—. Como lo del Seguro de Enfermedad obligatorio que dicen van a crear. Darán cartilla sólo a quienes trabajan, a los que tengan nómina. ¿Qué trabajo tengo, qué tenemos? La chatarra. Sobrevivimos de milagro, creyendo que esto cambiará algún día. Y mientras, mi Pedrito se muere, blanco de sulfamidas, ardiendo de fiebre, sin cuerpo casi. ¿Sabes una cosa? —Clavó en ella sus ojos hundidos donde el dolor había escamoteado el verde de su iris—. Rezo a Dios, sí, sí. —Movió la cabeza enérgicamente—. Que mi Pedro me perdone allí donde esté. Lo hago porque así me lo ha pedido don Mariano, el párroco que tanto me ayuda. Él trajo al médico, me consigue gratis las medicinas y me regaló las sábanas. Es bueno, un cura obrero. Y si Dios es como él, salvará a mi hijo. Me comprendes, ¿verdad?

María asintió con la cabeza porque no supo qué decirle. Sobraban las palabras, sobraba todo. La miró. Se habían hecho amigas nada más verse en el poblado. Congeniaron no sólo por tener la misma edad y carácter sino por ese algo indefinido y misterioso que hace que unas personas se caigan bien y otras no. Ambas tenían los maridos matados. Al de Amalia lo fusilaron en la cárcel de Porlier a poco de concluir la guerra. Era uno de los muchos comunistas que el golpe del coronel Casado contra la República llevó a prisión, donde los hallaron inermes las tropas de Franco cuando entraron en Madrid, para su gozo y venganza.

Tiempo después volvió a su chabola y abrazó a Carlitos, su hijo, que dormía. Lo besó y acarició repetidas veces, el alma estremecida de temor ante el enemigo silencioso que a tantos niños mataba. Llamaron a la puerta. Dejó al niño bien acurrucado y abrió.

—¿Te acuerdas de mí? —El capitán de la Legión llevaba ropa de paisano, camisa de manga corta, pero su aspecto seguía siendo marcial.

—Sí.

—¿Puedo pasar?

—¿Qué desea?

—Necesito hablar contigo, no aquí, en la calle. Será un momento. No tienes nada que temer.

Ella accedió pero dejó la puerta abierta. El hombre entró y de un vistazo examinó el espacio único, una pieza de unos dieciocho metros cuadrados con una pequeña mesa cuadrada y tres banquetas a un lado. En un rincón, una cama turca donde dormía un niño intensamente rubio y de unos dos años. Al fondo, bajo un ventanuco, el fogón y un apoyo de piedra con dos barreños encima. No había agua corriente ni luz eléctrica ni evacuatorio para las necesidades. En otro lado, una estantería pequeña ocupada por libros, lo que sorprendió al visitante. Miró a la mujer. Llevaba una bata oscura abotonada por delante y el pelo sujeto con una cinta por la nuca. Las negras hondas le caían por detrás hacia la espalda. Su delgadez y juventud parecieron conmover al oficial.

—Aquellos violadores han sido castigados. Por eso pedí tus datos, necesarios para hacer mi informe.

—¿Sólo ha venido a decirme eso? Ya le dije que no me importa.

—No sólo. He pensado en ti. Me preocupa lo que te pasó.

—¿Por qué? He superado cosas peores.

—¿Tienes marido, familia?

—Sólo tengo a mi hijo. —Caminó hacia el niño en un gesto instintivo de protección. Luego miró fríamente al militar—. A mi hombre lo mataron en la guerra moros o legionarios.

—¿Cómo te ganas la vida?

—¿Por qué le interesa?

—Dímelo.

—Voy al Mercado de frutas, busco chatarra... No hay mucho donde elegir. Fregar casas es imposible. Somos demasiadas pidiendo los mismos trabajos.

—Veo esos libros. Entiendo que sabes escribir.

—¿Es un interrogatorio?

—No.

—Soy maestra, sé taquigrafía y escribir a máquina.

El hombre mostró su asombro.

—¿De qué se extraña? ¿Acaso cree que los rojos éramos los bárbaros que su propaganda decía?

El militar dio unos pasos por el abrumado espacio. Observó el desolado terreno a través de los trapos que colgaban de una ventana.

—Puedo conseguirte un empleo de administrativo en algún Ministerio, si no te repugna trabajar con los fachas. —Se volvió a mirarla—. Un trabajo es algo noble, no es de derechas ni de izquierdas.

—¿Qué quiere a cambio, capitán?

—Comandante de la XIX Bandera del Tercio. Ya tenía el nombramiento en el encuentro anterior pero se hizo efectivo un mes más tarde. Estoy destinado en Melilla. —Siguió mirándola con intensidad—. No quiero nada.

Bueno, sólo que me permitas verte cuando venga a Madrid y saber que estás bien. Mis propósitos son nobles, puedes creerme.

—¿Por qué hace esto?

El oficial giró de nuevo la mirada hacia la ventana.

—No lo sé.

Veintiuno

Enero 2003

El 26 de la Gran Vía corresponde a un edificio modernista construido en el llamado primer tramo de esa avenida y situado entre las calles de Hortaleza y Fuencarral, junto a la Telefónica.

—Sí —afirmó el portero—. Aquí estaba la Casa de Antiguos Residentes en Marruecos, en el piso tercero. Tenían toda la planta para ellos y un cartelón que ocupaba toda la fachada. Se fueron en el 92 ó 93 después de muchos años.

—¿Qué era ese centro?

—Un club privado, como una casa regional. Había bar, comedor. Ellos venían a leer los periódicos, a charlar y a tomar café.

—¿Eran militares?

—Todos llegaban de paisano, aunque seguramente habría antiguos militares.

—¿Adónde fueron?

El conserje se asomó al portal y señaló una casa de fachada gris en la calle de la Montera, más allá de la ridícula fuente circular y al otro lado de la red de San Luis.

—Era un buen centro, al estilo de los clubes ingleses victorianos, con la diferencia de que el nuestro no estaba prohibido a las mujeres. ¡Cómo hacerlo si ellas eran más numerosas! Teníamos una biblioteca muy nutrida y la comida era magnífica. Fue un intento de perpetuar la memoria de quienes habíamos vivido y nacido en Marruecos, tanto militares como civiles. Teníamos un carné y pagábamos una cuota. Pero el tiempo nos fue alcanzando. Era un empeño baldío. No había renovación de personas porque ningún español nacía ya en Marruecos. Con los años no quedaremos ninguno y nadie sabrá nunca de nuestra existencia. En el 92 la directora era doña Sara Arance, también regidora del Instituto Melchor de Jovellanos de la antigua Villa Sanjurjo. Nos dijo que estábamos en quiebra. Así que nos trasladamos al 41 de la calle Montera los pocos que éramos. Se permitió entonces la entrada al bar a todo el mundo, sin carné ni cuotas. Pero apenas llegó gente y eso que estaba en el primer piso. Al final no quedamos ni para hacer un concurso de mus. Yo era de los más jóvenes y tengo noventa y tres años. ¿Se da cuenta de lo que digo? Ah, aquellos amigos... el sueño extinguido.

El hombre, presentado a sí mismo como arquitecto militar, era alto, más que yo a pesar de estar algo encorvado. Estábamos solos en un salón que me llamó la atención por su amplitud: había tres conjuntos de tresillos, varias mesas con libros apilados y objetos artísticos de indudable calidad. Una de las paredes estaba tapizada de libros y numerosas fotografías enmarcadas mostraban imágenes de él, tanto en las paredes como en mesillas, saludando a Franco y a diversos generales de la Dictadura. Se respiraba una atmósfera de paz, como si el hombre viviera solo, aunque ya me había presentado a su mujer y a dos hijas.

—¿Quién dice que le dio mi dirección?

—En el 41 de Montera hay un salón de juegos abajo, pero la finca está vacía.

—Claro.

—Pregunté en el 39, en un estudio fotográfico. A ustedes les habían fotografiado. Ya buscaban situarse en la posteridad. No me negaron sus datos.

—¿Y qué es lo que busca?

—A principios de 1956 algo pasó en el Protectorado español. Me dijeron que en Melilla algunas altas autoridades militares esperaban una visita o delegación especial de la Península. Parece que tenían preparada una reunión con magrebíes notables, reunión que no sé si llegó a celebrarse.

—¿Quién le contó eso?

—Qué importa. Importa si es cierto y para qué era esa cita.

—¿Por qué quiere saberlo?

—Investigo la desaparición de un coronel del Estado Mayor del Ejército, antiguo oficial de la Legión, según parece una de las partes esenciales de aquella reunión.

—¿Dice que desapareció un coronel del Ejército?

—Sí. ¿No recuerda nada al respecto?

—Ni idea. ¿Cuál fue la versión oficial?

—Que cayó al agua y se ahogó.

—Entonces, ¿para qué lo busca? Ya lo sabe.

—En realidad hay dudas de que eso sea lo que ocurrió. Oficialmente se dice que volvía de un viaje privado autorizado a su antigua unidad de Melilla. En todo caso mi interés también está en conocer el verdadero motivo del viaje, si era una misión o no y, de serlo, si tuvo que ver con aquella reunión hispano musulmana.

El anciano me miró durante largos segundos mientras el sonido de un carillón se imponía sobre el rumor de la calle de Capitán Haya, en la que se alzaba la vivienda.

—¿Por qué no busca en los canales normales?

—Estuve en la Biblioteca Nacional, examinando boletines de información de la antigua Dirección General de Marruecos y Colonias. Lo intenté en el Archivo de la Presidencia del Gobierno, en el palacio de la Moncloa, con el mismo resultado. También en el Servicio Histórico Militar y en el

CESEDEN, donde estaba la Escuela Superior del Ejército. Incluso miré los Diarios Oficiales que se conservan en el Museo del Ejército. Encontré el nombre del coronel y su aparente ahogamiento en varios documentos pero ni el menor rastro de aquella fantasmal misión ni de la no menos misteriosa reunión. En algunos sitios se cita que estuvo en una celebración con antiguos miembros de la Legión. Así que pensé en gente que vivió en aquellos lugares y en esas fechas, como usted.

El hombre no me licenciaba de su mirada.

—Creo que algo puede decirme ya que, según mis informes, usted fue alguien notable en Villa Sanjurjo, donde vivió varios años.

Sus ojos se llenaron de seducción.

—¡Villa Sanjurjo! ¿La conoce? ¿Oyó hablar de ella?

—No mucho, la verdad.

—¡Oh, le hablaré, le hablaré! Al contrario de las ciudades de Marruecos, que ya estaban allí aunque las mejoramos notablemente al añadir los barrios europeos, Villa Sanjurjo era una ciudad nueva fundada por España tras el triunfo de Alhucemas en 1925, como aquellas que fundamos en América. La única ciudad que construyó nuestro país en Marruecos, surgida como un milagro de un erial inhóspito donde no había agua y donde ninguna planta había arraigado. Estaba a doscientos kilómetros de Tetuán en un lugar llano a unos cien metros sobre el normalmente embravecido mar. Primero fue un campamento militar de tiendas de lona y barracones de madera llamado Cala Quemado; luego, cuando se empezaron a construir casas de mampostería, el poblado pasó a llamarse Monte Malmusi, hasta su denominación definitiva en honor del prestigioso general, que pudo llegar a jefe de Estado si no hubiera muerto en accidente de aviación. Se hizo con el afán de que perdurara. No sé si existe ya, ni me interesa; me quedé sin lágrimas. Se gastó mucho dinero y esfuerzo en hacerla, dotándola de las necesarias infraestructuras para que prosperara, como el puerto marítimo; el aeródromo; la traída y canalización de agua potable desde el río Guis, situado a doce kilómetros; calles pavimentadas; la red eléctrica y el plan de forestación para frenar las dunas que supuso la plantación de medio millón de árboles. Yo contribuí modestamente a su construcción. El Teatro Español, el hotel España, el Casino, el Gran Cinema, la iglesia de San José, el grupo escolar y el instituto de enseñanza media, el hospital de la Cruz Roja, el barrio obrero, matadero, mercado de abastos, bancos, comercios, fábricas, plaza de toros, estadio deportivo, emisora de radio, periódico local... —Se calló, agotada la respiración pero no el recuerdo. Dispuso de un largo silencio para acompasar sus latidos—. Fue una gran ciudad donde vivieron más de quince mil españoles. La eligieron para el rodaje de las películas *Raza, ¡A mí la Legión!,* y otras. Hasta Alfonso XIII y la reina Victoria Eugenia estuvieron allí en octubre de 1927, la única vez que un monarca español pisaba esas tierras. Treinta años después Villa Sanjurjo dejaba de ser española. Era allí donde debía celebrarse el encuentro, concretamente en la Comandancia Militar.

—¿Debía celebrarse, dice? ¿Es que no se hizo?

—Sí se hizo.

—¿Cuál fue el motivo de ese encuentro?

—¿Usted lo sabe? Pues yo tampoco. Nadie lo sabe a ciencia cierta.

—¿Qué personas importantes acudieron? Venga hombre, ¿por qué ocultarlo? Como usted dice, el tiempo se encargó de quitarle importancia a aquello, en el caso de que la tuviera.

—Sí que la tuvo, o pudo tenerla. En realidad todos llegaron de forma discreta, sin coches oficiales, y se escabulleron en el local. No había periodistas y toda el área estaba cercada. Pero vi llegar al general García Valiño, que era entonces el alto comisario de España, a un par de ayudantes... No vi a la parte marroquí, pero me dijeron que habían creído reconocer al gran visir y al mudir del jalifa Mulay Hassan ben Mehdí y a otros representantes del Majzen jerifiano; al bajá de Villa Sanjurjo y a caídes, jefes de tribus y de familias rifeñas. Es decir, parecía un acto oficial o puede que no lo fuera.

—¿De qué fecha habla?

—Del 10 de febrero de 1956. Lo recuerdo bien. Yo cumplía cuarenta y seis años.

—Disculpe, pero en esas fechas tuvo lugar la desaparición del coronel. Quizás es momento de que reconsidere su afirmación de no saber nada de ese hombre.

Me miró fijamente durante un rato.

—No me atosigue —espetó.

—De acuerdo, perdone. Le ruego que continúe. ¿Qué ocurrió en aquel acto?

—Los ayudantes no hacían más que mirar la carretera de Melilla, incluso con prismáticos. Supongo que esperando esa delegación que usted citó. Al fin aparecieron tres coches negros, aunque no se supo quién venía en ellos. Tras dos horas de reunión todos salieron y cada uno se fue por donde había venido. Tenían caras de frustración, como si ninguno hubiera conseguido su propósito. Aparentemente no completaron el acuerdo que fuera.

—¿Qué se trató en la reunión? ¿Qué acuerdo es el que iba a tomarse?

—¿Es usted sordo? ¿Es que no me oye? Ni puta idea.

—¿Por qué dijo antes que la reunión pudo tener importancia?

—Bueno —titubeó—. Se comentaron cosas, chismorreos.

—Qué cosas.

—No se las voy a decir. Esto no es un programa de televisión basura.

—Lo que llevamos hablado me confirma que usted ha sido un hombre importante en Villa Sanjurjo. No son cotilleos lo que pido a un buen ciudadano, sino alguna pista.

El hombre sopesó mis palabras. Luego dijo:

—Es curioso, pero un año después Franco reestructuró su Gabinete. Cambió a casi todos los ministros, entre ellos a los que se dice tuvieron relación con esos hechos: los de Exteriores, Ejército y Hacienda.

—Podrían esgrimirse varias razones para ese cambio. ¿Qué quiere usted decir realmente?

—No digo nada. Ya he dicho bastante. Así que le dispenso de seguir soportándome. Le acompaño a la salida.

Ya en la puerta le di mi tarjeta.

—Quizá recuerde algo y puede que quiera transmitirlo. No olvide que el motivo de mis pesquisas es fundamentalmente saber qué le pasó a aquel coronel que nunca llegó a su destino.

Sopesó mis palabras y por un largo momento pareció que se conmovía.

—Vaya con Dios —dijo, cerrando la puerta.

Veintidós

Y hoy vuela mi tristeza en un suspiro,
y se arrasan mis ojos, cuando miro
la ribera feliz donde hubo un sueño.

MARÍA DEL PILAR SANDOVAL

Marzo 1940

María tecleaba un informe en su mesa, ajena al ruido general que se transmitía de piso a piso por el movimiento interminable de los funcionarios. El número 44 de la calle de Alcalá lo ocupaba un hermoso edificio que albergaba la sede de la Secretaría General del Movimiento y cuya fachada estaba cruzada de arriba abajo por una gigantesca aspa de hierro pintada extrañamente de rojo: el símbolo de Falange, yugo y flechas, expresión orgullosa del poder político e ideológico de la España nueva e imperial. Su despacho daba al gran jardín posterior que llegaba hasta la calle de Los Madrazo. A veces se quedaba extasiada viendo los altos árboles retar al cielo. La mayoría de las calles de Madrid carecían de ellos, cortados en los años de escasez y penurias durante la reciente guerra que afectó incluso a algunos de los del parque de El Retiro. Pero allí estaba ese pequeño bosque intocado donde su vista se perdía enmarañando su soledad con el verdor y poniendo una brizna de gozo en su rendido ánimo.

Se encontraba en el corazón del Partido Nacionalsindicalista, donde trabajaba desde enero. El ambiente de trabajo era bueno y todo estaba lleno de risas y vitalidad, la gente yendo de un lado a otro. Había muchas mujeres, todas solteras o viudas con y sin hijos, ninguna casada, y la mayoría profundamente incondicionales de Falange. Sin embargo, el trato que daban a las pocas procedentes de las izquierdas, como ella, era amable y condescendiente. Se hablaba con entusiasmo de lo mucho que había que hacer y todos tenían grandes esperanzas en la reconstrucción patriótica del país. En general creían sinceramente que el rellenar tantos informes, cuyas copias se apilaban hasta el desbordamiento, era una aportación indispensable en la gran tarea comenzada ya antes de la victoria sobre la horda. Donde sólo había listas de nombres en papeles ellos veían fábricas, viviendas, autopistas, buques, aviones, vías férreas y campos agrícolas en construcción. Sabían que «el alma tranquila no puede vencer», como citaba *Montañas nevadas,* la canción falangista de la fe en el esfuerzo. Pero también sabían que «Zamora no se tomó en una hora», lo que les eximía de echar el bofe de golpe. De ahí que tuvieran como natural el abandono reiterado de sus puestos de trabajo y que la cafetería fuera uno de los lugares más frecuentados. La guerra había acabado meses antes y tenían tiempo de sobra para desarrollar tan ingente labor. Además, había un acontecimiento de tal importancia que el protagonismo patrio quedaba en segundo lugar: Europa estaba en guerra, lo que concitaba en todo el país dos corrientes de ilusión. Los perdedores de la contienda civil, ahora perseguidos, se transmitían en voz baja la esperanza de una pronta liberación si los aliados ganaban. La frase repetida era: «Cuando lleguen los nuestros...» Por el contrario, los exultantes vencedores de la tragedia hablaban sin cautela del honor que se les presentaba. En todos los centros del Estado, en las calles, en los bares, se hacían apuestas no sobre si España debía entrar en el conflicto al lado de Alemania, sino sobre cuánto tardaría en hacerlo. Y la colmena falangista donde María trabajaba era el mayor hervidero de esos deseos de participación.

María recordó su entrevista con el alto administrativo que la recibió. Su impecable uniforme azul con los símbolos de su grado volvió a llenarla de insatisfacción o remordimiento, dónde estaba la diferencia, ante el signo de rendición que esa entrevista representaba. Pero había que comer y seguir adelante. Necesitaba el trabajo, y sólo ellos, los vencedores, podían darlo en ese hundimiento de la economía que había dejado en el paro a miles de hombres, sin contar los que colmaban las prisiones.

—Estás aquí por recomendación de un camarada, el comandante Ignacio Melgar —dijo el jefe de personal, manteniéndola de pie—. Eso permitió hacerte un examen del que has salido airosa.

El despacho era flamante, con banderas en las esquinas y retratos del Caudillo y de José Antonio. Uno de los trozos del emblema exterior cruzaba por un lado del amplio ventanal, pero no entorpecía la visión del magnífico edificio de la Unión y el Fénix en la confluencia de Alcalá con Gran Vía y, enfrente y junto al Ministerio de la Guerra, el no menos bello del Banco Central con sus enormes cariátides.

—Como decíamos en la carta, has sido aceptada en este Ministerio. Vienes a un buen lugar y aquí podrás ganarte la vida honradamente. —Ella sopesó si acaso era una acusación velada de no habérsela ganado antes de la misma forma honrada—. Ganarás doscientas setenta pesetas al mes más las pagas del 18 de julio y de Navidad. Te haremos del Partido y tendrás tu carné de afiliada, que te permitirá adquirir los artículos que necesites en nuestro economato. Llevarás, como todos, la camisa azul con el emblema durante las horas de trabajo y siempre que estés en las oficinas. Ahora ven conmigo. El ayudante del ministro tiene interés en verte.

El despacho del general Muñoz Grandes, ministro secretario General del Movimiento, era apabullante. Nunca vio nada así en los organismos de la República. El hombre se acercó a ella y le dio la mano.

—Soy el teniente coronel Reinosa, ayudante del general. Él no está. Siéntate por favor.

María lo hizo, escamada de que tan encumbrado personaje le distinguiera con su atención. Notó que el temor se anteponía al remordimiento.

—No te extrañes de que te haya hecho venir. Tenía ganas de conocerte. No sólo porque el comandante Melgar, compañero en las guerras de África y falangista como el general y yo, nos ha hablado mucho de ti, sino porque has hecho un examen magnífico, lo que te concede posibilidades de hacerte un porvenir con nosotros. Incluso has contestado a las preguntas concretas sobre los principios del Movimiento.

—Me he esforzado con el temario.

—Eres tenaz.

—Sí.

—Ya veo. —Tomó un papel de la mesa y leyó con amabilidad—: Estabas unida a Jaime Reneses, de las Juventudes Comunistas, que murió en el 34 dejándote dos hijos.

—Era de las Juventudes Socialistas.

—Tienes un hijo de tres años, que evidentemente no puede ser suyo. —Una sombra cruzó por el rostro de la mujer. ¿Qué era aquello? Él continuó, como un cura en el confesionario—: ¿Quién es el padre?

—Un muchacho sin nombre —mintió ella—, lleno de poesía y de amor. Murió en el frente de Madrid.

—Pertenecías a la Unión de Mujeres Antifascistas, organización del Partido Comunista y cuya presidencia ostentaba la Pasionaria.

María recordó que esa misma frase le fue dicha por aquel doctor del Hospital de Jornaleros en el lejano 1935. Parecía un baldón en vez de la hermosa idea que fue. Sintió un gran desánimo pero se sobrepuso. No ignoraba que muchas de aquellas compañeras fueron fusiladas y otras estaban en prisión.

—Así fue pero albergó a mujeres de todo signo político —dijo mirando con aplomo los ojos del militar—. Había republicanas, socialistas, anarquistas, católicas y otras. La labor desarrollada fue social y femenina. Les dábamos clases de lectura y matemáticas simples para que pudieran valerse, porque la mayoría eran analfabetas, y se les asesoraba sobre sus derechos para integrarse en la sociedad productiva al mismo nivel que los hombres. Aquello no era política sino labor social. La mayoría no pertenecía al Partido Comunista. Yo nunca he militado en ningún partido. He sido sindicalista de la CNT pero todo eso acabó. Ahora sólo soy una madre.

—Verás, María. Aunque te lo parezca, esto no es un interrogatorio sino una aclaración de posiciones. Los que ganamos la guerra queremos lo mejor para España, levantarla, repartir la riqueza, educar a la población. Algún día lo comprenderás. No nos mires como a gente alejada del pueblo. Nací en Carabanchel, como el general Muñoz Grandes, y como él fui herido grave en Marruecos y abracé la República con su mismo entusiasmo. De hecho, él creó la Guardia de Asalto. Pero aquello no fue lo esperado. Hubo que poner orden en aquel caos, no importa de quién fuera la culpa. Todos hemos sufrido. El general estuvo a punto de morir fusilado dos veces a manos de partidarios de la República en la que ambos creímos. Te diré algo sobre la CNT. La segunda vez le salvó Melchor Rodríguez, jefe de Prisiones, anarquista. —Hablaba sin emoción y por un momento ella olvidó su rutilante uniforme—. Los dos hijos que tuviste con Jaime están en la Unión Soviética, enviados allá en el 37 sin tu permiso. Consta tu escrito de reclamación a Jesús Hernández y a Azaña —dijo de repente provocando la sorpresa en los ojos de María—. Queremos traer a todos esos niños, pero el Gobierno soviético no permite su salida. Insistiremos, no vamos a dejarlos allí. Ya hemos repatriado varios miles que estaban en Francia, Bélgica e Inglaterra. Si las armas de los alemanes salen victoriosas, tendrás pronto a tus hijos contigo. ¿Qué años tienen?

—El niño, doce años; la niña, once. —Se revolvió en la silla—. No sé adónde quiere ir a parar, general. ¿Qué quiere de mí?

—Teniente coronel —corrigió él—. Te estamos dando la oportunidad de vivir en la paz deseada. No rechaces a quien te ayuda. Páganos con tu trabajo y tu lealtad. —La contempló durante unos instantes y luego escribió algo en un papel, que le tendió—. Toma. Ve a Caja y que te den un anticipo. Debes comprarte mejores ropas y el uniforme. Utiliza nuestro economato. Allí hay de todo y a buen precio.

Cuando salió, una súbita congoja se apoderó de su ánimo. Terminar debiendo su cambio de vida a quienes destruyeron sus ideales y casi su futuro... Pero las cosas ocurren así. El magnífico sueldo, que casi le provocó un mareo al oírlo, le permitiría sacar adelante a Carlos y quién sabe si conseguiría traer a Tere y a Jaime. Cruzó la calle de Alcalá. Casi todos los turismos que circulaban eran taxis, negros como el país. Los hombres iban colgados como racimos de los tranvías dejando al descubierto sólo la parte superior. Más adelante vio largas colas de gente esperando ante las zapaterías para adquirir calzado. Como delante de las panaderías y los despachos de aceite. Ella fue uno de ellos. Pero ahora había entrado en otra dimensión: la de los vencedores.

Suspiró y volvió a la máquina de escribir. Una sombra corporeizó una imagen. Levantó la cabeza. De paisano, Ignacio Melgar miró sus ojos.

—Comandante... —dijo, levantándose.

—No me llames así. Te lo dije en las cartas. Supongo que podré invitarte a comer.

—Termino dentro de una hora.

—Te espero en la cantina.

El bar-comedor, situado en la planta baja, estaba lleno de gente, la mayoría con uniformes variados aunque predominaba el azul de Falange. Tomaron una mesa algo apartada y pidieron el menú.

—¿Cómo te tratan? —dijo él, intentando hacerse oír sobre el guirigay.

—Bien... Yo, bueno, no sabes cuánto te agradezco...

—No me agradezcas nada. Si no valieras para el puesto mi recomendación no habría surtido efecto. ¿Y tu hijo?

—Bien, bien. ¿Cuándo has llegado?

—Ayer. Te daré una noticia. Me han ordenado dejar mi destino de Melilla para integrarme en el Estado Mayor del Ejército. Se avecinan momentos comprometidos con la guerra de Europa a nuestras puertas. Tendré una tarea nueva, ya como teniente coronel. Estaré aquí, en Madrid, justo en el edificio de enfrente, en el Ministerio del Ejército. Me gustaría que nos viéramos de ahora en adelante.

Ella lo miró fijamente sabiendo lo que él pretendía, si bien de una forma respetuosa y paciente. Era halagador y mortificante a la vez. No tenía intención de añadir más responsabilidades a su vida y menos de orden sentimental. El hombre que la miraba podría ser una oportunidad sólida en su futuro y en su soledad, pero no le producía estímulos amorosos: se le había acabado el amor. No creía que pudiera amarle, aunque el tiempo y el agradecimiento intentarían derribar sus barreras. Y él tendría que saberlo antes de que la situación llegara a más. Pero aunque siempre fue una mujer directa entendió que no era momento de dejar las cosas claras.

—Sí. Tienes que contarme cosas de África y cuál va a ser tu trabajo.

—Tengo ante mí una carrera que puede ser brillante. Y quisiera compartirla con alguien como tú. Olvidemos el pasado propio. Somos jóvenes y los dos hemos sufrido.

—Dejemos que el tiempo mitigue los recuerdos. Necesitamos sosegar nuestra vida sin prisas.

—Será lo que tú quieras.

—Tengo una curiosidad. Somos siete mujeres de... bueno, de izquierdas, que trabajamos aquí. Dos están conmigo de administrativas y las otras cuatro en limpieza. Hemos hablado. Me sorprendió saber que las siete tenemos hijos en Rusia.

—Supongo que es pura coincidencia —dijo él después de un silencio—. No creo que debas sacar ninguna conclusión equívoca de ese hecho.

—Es que es imposible creer que pueda darse tal casualidad.

—¿Conocías a esas mujeres? —Ella negó con la cabeza—. Entonces debes aceptar que son cosas que pasan.

Un hombre de rostro desafortunado y uniforme de legionario se acercó a ellos, las dos estrellas de teniente en su pecho y en su gorrillo. El comandante le presentó.

—Mi primo Blas Melgar, inseparable en muchas aventuras bélicas. Ha estado conmigo acuartelado en el Tercio de Melilla. Vendrá también al Estado Mayor, ahora como capitán.

El hombre, larguirucho y más joven que el comandante pero sin su marcialidad ni su atractivo, se inclinó para estrechar su mano. Tenía ojos profundos que se aferraron a los de ella con una intensidad desmedida. Como una araña a su presa.

Veintitrés

Severiano Barriga se sentaba a la misma mesa de la vez anterior, con idéntica ropa, lo que reforzaba la sensación de que no se había movido del sitio desde entonces. Una de sus redondas manos estaba atrapada por el inevitable cigarrillo.

—He pedido cocido para los dos, ¿te gusta?

—Sí, gracias. Es un menú completo, dos platos.

—Ése es el error. En realidad son tres platos: la sopa, la legumbre y las carnes. Lo que ocurre es que el chorizo, las costillitas, el tocino, el morcillo y hasta la morcilla y los vegetales los ponen en el segundo plato para abreviar el servicio pero, y eso es lo malo, a expensas de los garbanzos, que son el centro y el alma del cocido. La gente se toma un platazo de sopa hinchada de fideos con lo que deja poco espacio en el estómago para el segundo plato, del que absurdamente se comen las insustanciales carnes porque la grasa y los minerales han pasado a la sopa y a la legumbre durante la cocción. Esa carne es ya una masa inútil que no favorece al organismo. Van de la sopa a la carne y apenas prueban los garbanzos, los grandes sacrificados. ¡Qué error! La sopa tiene que ser poca y sin fideos. Y los garbanzos, ¡ah, los garbanzos! Deben estar solos, si acaso con una pizca de tocino y de chorizo para adornar. Claro que hay que saber prepararlos, como hace la cocinera de este restaurante. El misterio está en que los garbanzos no deben ser pequeños ni muy grandes, ni secos ni con líquido, tiernos pero no pelados. En el punto. No puedo sufrir esos garbanzos con los pellejos blancos campando por el plato. ¡Uf! —Hizo un gesto para despejar la imagen—. Y el vino, nada de esos rojos espesos del poeta Berceo, de gran marca, que se vuelven protagonistas en la mesa. Un tinto suave, humilde, sólo para lubricar. Eso es el cocido.

Verle trastear en su plato para rendir homenaje a la legumbre fue un espectáculo. Ya en la sobremesa cogió un palillo y comenzó a merodearlo por los dientes. Luego reclamó su copa de coñac, requirió otro pitillo, que encendió con la colilla del anterior, y se concentró en hurgar en sus recuerdos.

—Así que Corazón, ¿eh? Vaya con el nombrecito. —Le miré y mis ojos me delataron—. Sé lo que piensas, que no estoy para dar clases a nadie con mi apellido, ¿verdad? Muchos creen que es un mote por la evidencia de mi tripa. Pero siempre llevé una Barriga aun siendo flaco como tú. Esta de abajo me vino con el tiempo y la conservo porque me da la gana. —Ensayó una risa y traté de no desentonar. Luego eructó suave y largamente y me miró, buscando mi complicidad—. Joder, tengo que largar gases a escondidas por respeto al lugar cuando me apetece soltar el bramido.

Movió la cabeza, se acomodó y se introdujo en un silencio extraño. Luego habló. Sonó como si fuera otro quien lo hiciera a través suyo.

—Aquello empezó por un maldito mechero. Claro que no era un simple encendedor sino un Dupont de oro macizo y tenía dos pequeños diamantes en una esquina, algo muy raro porque lo normal era tener uno o ninguno. En aquellos años, los sesenta, todo el mundo fumaba y un chisme de ésos era un objeto muy apreciado. Sin duda que había costado una pasta y más con esa singularidad. Hoy valdría una fortuna porque tendría la doble consideración de antigüedad y objeto raro.

»Pues bien, ese tipo, un tal Celada, le contó a su amigo Montiel en la oficina que había estado de putas la noche anterior y que una de ellas se lo había mangado. El desgraciado estaba ojeroso y compungido. Era un regalo de su mujer y no quería ni pensar en la que armaría si llegaba a enterarse, aun suponiendo que creyera que lo había perdido. Así que el tal Montiel se ofreció a acompañarle en captura de la chica para recuperar la joya. —Tomó un ansioso sorbo de coñac como el ciclista que llega al puesto de avituallamiento. Se enjuagó las encías y lo tragó con satisfacción—. En aquellos años el puterío había subido desde Echegaray a Montera y Gran Vía, siendo esta calle de la Ballesta la más emblemática. Montiel había contado el problema a su mujer y su deseo de ayudar al amigo, cosa que ella no aceptó, pero él fue más fiel al amigo. Así que durante dos noches estuvieron por todos los locales de alterne: American Star, Camagüey, Harlem, Honolulu...

—Vaya memoria. ¿Es posible que te acuerdes de todos?

—Oh, sí, claro, qué coño. ¿Te digo la lista? No se me olvidan. Además de los mencionados tenemos a Piove, Caballo Rojo, Edimburgo, Don Carlos, Él y Eva, Chogui, Scorpios, Sí Señor, Pototeo, Mr. Chaplin, Pigalle, Amador..., ¿sigo? En Picnic tocaba el piano Manuel Alejandro. Jimmy's era propiedad del marqués de Villaverde y de Luis Miguel Dominguín.

—¿Todos estaban en esta calle? —pregunté, admirado.

—Algunos en Desengaño, pero casi todos aquí. ¿No has visto las fachadas? Unos pegados a otros. Antiguamente eran pequeños comercios familiares: tiendas de coloniales, fruterías, panaderías, droguerías, mercerías, churrerías, carnicerías, bodegas de vino a granel, zapaterías de remiendo... Había viejos y niños, cagadas de perros, el vendedor de los Ciegos... Todas esas cosas que conforman un barrio de vecinos. Por si no lo sabes te diré que éstos son barrios antiguos con casas de más de un siglo. La Gran Vía impuso su modernidad pero a ambos lados, en las traseras, pervivieron las viejas callejuelas y el casticismo.

»Los empresarios del *boom* puteril fueron comprando esos comercios, no importaba la pasta. Una cosa así como en Lavapiés y Mesón de Paredes ahora con los chinos. Ninguno se resistió. Todo pasó a ser bares de alterne. La vida de los habitantes se alteró. No pudieron resistir el nuevo ambiente. Poco a poco desaparecieron las familias, los viejos y los niños... Y luego, años después y como una venganza, también esos bares. —Hablaba como si estuviera leyendo, sin nostalgia agazapada—. Por cierto, justo enfrente estaba el Cheval, que en francés significa «caballo», ¿sabías eso? Inicialmente se llamó Chevalier, o sea, caballero, pero los competidores de nombres galos lo denunciaron a Patentes. La marca estaba registrada y no podía emplearse. Fíjate qué mala leche. Pero el dueño fue muy listo: se limitó a quitar las letras «ier»; es decir, descabalgó al caballero pero no borró las huellas de la pared, así que podía seguir leyéndose el nombre Chevalier, que es como muchos siguieron llamándolo.

—¿Cómo era la clientela?

—De categoría. Industriales de Bilbao, empresarios de Barcelona, terratenientes de Andalucía, militares, políticos, artistas... Menudo nivel. Gente famosa que, de ser ahora, estarían en eso que llaman «del putón», digo, «del corazón».

—Es de suponer que el ambiente sería...

—De lujo. La calle estaba limpia, ni colillas había. Todas las mañanas venían los de las mangueras y los adoquines relucían. Ambas aceras estaban enmoquetadas en rojo casi en su totalidad y los porteros iban de librea y chistera. Dentro de los locales había poca luz y música suave y voluptuosa. Algunos tenían la barra de terciopelo verde, rojo y otros colores. Olía a rosas frescas, hierbabuena, jazmín, albahaca, todos los buenos aromas del mundo atrapándote al abrir las puertas y escapándose hacia la calle, llenándola de embrujo como en esos cuentos de hadas y de hechizos...

—Me sorprendes —interrumpí—. Hablas como un poeta.

—¿Qué te figurabas? Un buen policía es un vate en el fondo. Hasta las hostias necesitan su rima. —Me miró serio. Hubiera sido oportuno hacer un chiste fácil sobre el vate a que se refería y el «bate» que realmente serían. Pero no quise encabritarle, además de que parecía creer en lo que decía—. Y volviendo al asunto —continuó—, ellas estaban a lo largo de la barra o sentadas y vestían pulcramente, no como esas lumis de ahora que van medio desnudas. No les hacía falta para poner cachondos a los tíos. Eran mujeres espléndidas, la hostia, muchas de ellas funcionarias, oficinistas, enfermeras y estudiantes, solteras y casadas. Unas iban por vicio y todas por la buena pasta que ganaban. Casi todas eran españolas aunque había francesas y alemanas y hasta escandinavas que se pagaban de esa manera el viaje turístico. No como ahora, tiparracas venidas de todo el mundo al mogollón. Claro que había otro tipo de clientela en locales cercanos, los negros americanos de la base aérea de Torrejón de Ardoz, que arrasaban con sus dólares. Ellos trajeron lo de «bar de copas», denominación que no existía. En Leganitos abrieron Señorial Club y Cow Boy, que pasaron a ser sitios de alterne.

—Tenía entendido que Ballesta era sinónimo de puterío barato y macarra.

—¡Qué va! No en aquellos años. En el franquismo nadie se desmadraba. Eso llegó después con la droga y cuando ese mundo de lujo se trasladó a Costa Fleming. En los sesenta no había macarras en ostentación. Los secreta vigilábamos y cuando cogíamos a alguno se le aplicaba la Ley de Vagos y Maleantes, y al trullo. Muchos macarras se hicieron taxistas para poder rondar por lo legal. Las parejas salían y se metían rápidamente en los taxis, que esperaban en fila. Las llevaban a la calle Valverde, que está aquí al lado, pero así era el negocio. Todo el mundo ganaba. ¡Ah, qué tiempos! Entonces la Gran Vía era la hostia, como la Quinta

Avenida o Broadway. Locales como Pasapoga, York Club, Teyma, que luego se llamó JJ; Morocco, J'Hay, Royal Bus, todos con atracciones internacionales. Y en los aledaños, Michelena, American Star, que cambió su nombre por Club Melodías, El Biombo Chino... Puede que se me olvide alguno. Estos últimos eran también salas de fiesta por la noche aunque discotecas para parejas normales por las tardes.

»Joder, cómo corría la pasta. Venía gente de todos los sitios como atraída por un imán. ¡La Gran Vía de Madrid...! Joder. Llena de personal como un río toda la noche. La hostia, qué ambientazo... Con sus trece cines de estreno, auténticos palacios de lujo donde el soñar estaba garantizado. De esas salas sólo quedan cuatro y desaparecerán también... Nunca volverá a ser lo mismo, nunca volverá esa elegancia ni aquellos olores. —Movió la cabeza y quedó abstraído como si se le hubiera muerto un ser querido. Había sucumbido a la nostalgia sin proponérselo. Al rato se echó a reír sin emitir sonido y tornaron los movimientos telúricos. Me apresuré a sujetar las copas—. Pero seguiré con la historia de esos dos cabrones. En esas noches de búsqueda, el pringao del Celada se mantenía al plato y a las tajadas, escurriéndose con alguna para volver al rato, ya cumplido el servicio, como si no hubiera roto un plato. Decididamente era un putero de mierda.

»Los dos gilís siguieron buscando pero con menos éxito que una huelga de abrecoches. En la cuarta noche en Only You una tía se les acercó muy alegremente y obsequió al Celada con dos besos. Era ella. Buscaron una mesa y hablaron. El Montiel quedó atónito al descubrir que el mechero no había sido robado sino que el pendejo se lo había regalado a la puta en el babeo. El Celada le pidió que se lo devolviera y ella dijo que naranjas de la China. Él se enfureció y le sacudió un par de hostias. Ya estaba montado el cipote. La pindonga subió las escaleras gritando mientras que a él lo sujetaban algunos hombres y lo echaban del local. El Montiel, mientras, alucinado sin saber qué hacer y con cara de gilipollas. Caminando hacia Callao en plena madrugada les asaltaron cuatro o cinco matones y les dieron soberana tunda. Tuvieron que ir a la casa de socorro. Y gracias, porque en aquellos años casi no se usaban pistolas, pero sí navajas y rompecocos.

Se terminó la copa y pidió otra, renovando el cigarrillo, que prendió del consumido.

—El Celada era un cagao, pero no el Montiel. Se daba la circunstancia de que un hermano de su mujer era el jefe de nuestro grupo. Te puedes imaginar cómo se las gastaba. Cinturón negro, un tipo duro como el pedernal y que odiaba a casi todo el mundo, especialmente a los chulos por algo que le ocurrió con ellos en el pasado, por lo que no perdía ocasión de amargarles la vida. Bueno. Él nos reunió a los colegas para montar un escarmiento particular. El asunto transcurrió sobre la base de mentiras. El Montiel ocultó a su cuñado que el encendedor no fue robado y él le ordenó no hacer denuncia de agresión porque entonces el asunto iría a jurisdicción general y no podría intervenir. —Nueva pausa—. El tipo había sido de la Social pero sus métodos eran demasiado expeditivos para los tiempos que venían, incluso en aquel cuerpo. Lo pasaron a la Brigada Criminal. No cedió en su odio hacia los de izquierdas, especialmente comunistas, pero su jurisdicción había variado: ahora sus enemigos eran ladrones de joyas, estafadores, alta delincuencia y el mundo de la prostitución, que ya empezaba a ser organizada. Tras unas noches de vigilancia trincamos a uno de los chulos y le apretamos las clavijas. Nos llevó a la guarida donde se reunían, un piso en la calle de la Luna. Era de madrugada y el mamón hizo contraseña al llamar a la puerta. Pillamos a casi toda la banda en pelota picada refocilándose con la música, las zorras y el alcohol. A punta de pistola metimos a las chicas en una habitación y a ellos les dimos una soba de órdago. Después hicimos un minucioso registro.

—¿Apareció el mechero del lío?

—Vaya si apareció. Y también relojes, sortijas, pulseras y mucho dinero. Arramblamos con todo. Además, les quitamos las documentaciones.

—¿Las documentaciones? ¿Por qué?

—Para joderles. Así tendrían que entretenerse haciéndose otras cuando se curaran de la paliza. Era la práctica habitual.

—¿No hubo venganzas posteriores de la banda? ¿No temisteis que las hubiera? Normalmente esa gente suele ser de cuidado.

—¡Qué dices! En aquella época los bandidos carecían de la impunidad, el poder y la decisión de ahora. Ya te dije. Para eso y para muchas otras cosas la Dictadura fue lo mejor. El capo de la banda, sangrando y con los huevos pateados, aún se puso farruco. «Lo pagaréis, chorizos. Largaré y os joderán», dijo. Y es que hay gente que no escarmienta. Mi jefe le estampó el jetamen contra el suelo. Puedes imaginar cómo le quedó al hijoputa. La prótesis dental partida y las napias hacia dentro, más chato que un mono. Lo sentó en un sillón, sacó la pipa y se la puso en la sien. El silencio era total. Los heridos dejaron de gemir, los ojos espeluznados. Amartilló el arma y apretó el gatillo. El percutor hizo ruido metálico. No hubo disparo, el arma estaba descargada. Él dijo: «Si tengo que volver a verte, si esto trasciende, si os vais de la puta lengua a otra policía...» El pendón se cagó. No es una metáfora. La mierda se le escapó del puto culo. Ésos nunca más se salieron del tiesto.

—Parece que tu jefe tenía las ideas definidas.

—No hubo otro como él, aunque ninguno de nosotros era tibio entonces.

—¿Qué hicisteis con lo requisado?

—Supongo que mi jefe lo entregaría en comisaría.

Lo miré.

—Dijiste que era una acción personal, fuera de la actuación policial oficial. ¿Cómo iba a entregar el botín sin informar de dónde salió, descubriendo lo que pretendía ocultar?

—No sé qué hizo.

—¿Siempre actuabais advirtiendo a las víctimas de que debían guardar silencio?

—Unas veces sí y otras no.

—Debo suponer que en las que no, os quedabais con el botín. Destruíais los documentos pero no la pasta. —Severiano se encogió de hombros—. ¿Cuánto te embolsaste en aquella operación? ¿Cuánto durante todos esos años?

—Eh, eh, para un momento, cabrón. ¿Quién coño eres tú para venir con el alma cándida? No te jode. ¿Quién te da permiso para juzgarme? ¿Vienes a pedirme un favor y me tocas los cojones?

—No es eso. Sólo analizo la cuestión, como hace un historiador sobre hechos pasados.

—Las cosas funcionaban así. La vida es corta y las oportunidades pocas. Aligerar a esa chusma de lo que ellos obtenían con el sudor ajeno era un acto de justicia. Y entregarlo al cuerpo, una estupidez.

—Sólo por curiosidad. ¿Devolvisteis el mechero al tal Celada?

—¿Estás de coña? ¿A ese capullo? ¿Crees que se lo merecía?

—¿Quién se lo quedó?

—¿Qué cojones de pregunta es ésa? No te importa una mierda.

—¿Por qué me has contado eso, si te incomoda?

—Es una reflexión. Si ahora se pudiera hacer lo que hacíamos antes no tendrías problemas de chicas desaparecidas. Unas cuantas palizas y alguien cantaría como una cotorra. Por cierto, sabes que lo tienes crudo.

—¿Cuánto de crudo?

—Según la Organización Internacional de Migraciones y la propia Naciones Unidas hay más de medio millón de mujeres en esa situación en el continente. Será como buscar una aguja en el pajar.

—Para eso estoy aquí.

—Hay una organización, la Asociación para Prevención, Reinserción y Atención de la Mujer Prostituida. Allí acuden muchas de las que escapan.

—Estuve allí. No conocen a la chica que busco.

—Aquí hay un nombre, una dirección y un teléfono. —Me enseñó un papel—. Me lo ha facilitado alguien que me debe favores. Te costará mil euros.

—Vamos, ni que me dieras el paradero de la chica. Te has excedido.

—La mitad es para el tipo. Lo tomas o lo dejas.

—¿Qué garantías tengo de que esta información es aprovechable?

—Ese tío está en el pasillo de puterío que hay de Madrid a la costa mediterránea. Respondo de ello. Si te miento, sabes dónde encontrarme, pero que hable es cosa tuya. Supongo que sabrás cómo ordeñarle.

No se levantó ni me dio la mano. La colilla no humeaba. Se subordinó a otro cigarrillo y lo prendió con el encendedor dorado que le había visto en la visita anterior. Me fijé bien. Tenía dos diamantes pequeños en una esquina.

Veinticuatro

Búscame en la tierra,
con mis temblores apaciguados
de aquellas confiadas esperanzas
y las grandes promesas formuladas.

J. M. B.

Junio 1940

María salió de la Secretaría y anduvo hasta Cibeles.
Aunque era temprano hacía mucho calor y los tranvías venían llenos. Decidió caminar hasta Atocha bajo la densa arboleda del paseo del Prado. La inmensa explanada sin árboles de la inevitable plaza, puerta del sur, empezaba a ser una
tostadera implacable. Sabía que en tiempos hubo allí una
puerta, como la de Alcalá, y que fue derruida para su arma-
do y traslado a un lado de la glorieta, cosa que nunca se hizo
desde entonces. Como madrileña le hubiera gustado que ese
monumento se hubiera mantenido.

Al comienzo del paseo de las Delicias subió, no sin esfuerzo por la aglomeración, a un tranvía de la línea 37, uno
de los llamados «canarios» por su color amarillo. Era un
trasto antiestético, casi cuadrado, construido bajo licencia
de la firma belga Charleroi y circulaba entre tirones, frena-
zos y el ruido machacón de la campanilla que el conductor

accionaba con el pie de forma casi permanente porque los peatones transitaban por la calzada con total indiferencia. El coche llevaba las dos plataformas colmadas de pasajeros, muchos enganchados en los estribos, y otros, sobre todo niños, sentados en los topes traseros. Ella se obligó a pagar los quince céntimos del billete al cobrador, que se protegía de las avalanchas tras una barra de hierro. Apretada entre hombres María trataba de esquivar, como las otras mujeres, los roces y manoseos oportunistas en una lucha sorda e interminable. La ciudad pronto renunció a serlo y se resignó en los grandes solares, parte aún del campo inmenso que se extendía hacia el sur en suaves colinas huérfanas de vegetación.

El tranvía cruzó el puente sobre la vía férrea que, entrañas al aire por la calle del Ferrocarril, unía las estaciones de Príncipe Pío y Mediodía, bajó a Legazpi y pasó la frontera del Manzanares por el puente de la Princesa para subir renqueante por la empinada calle de Marcelo Usera. El vehículo se detenía en todas las paradas acosado de timbrazos porque cada viajero que bajaba hacía uso concienzudo de su privilegio de zarandear la cinta de cuero de llamada que colgaba a lo largo del techo.

María, asfixiada de calor, descendió y se encaminó por la calle de Nicolás Sánchez, una vía, como el barrio, paradigma de la infraciudad, lo más marginal del «otro lado del río», muy por debajo de los Carabancheles. Casas desperdigadas de una planta, algunas con míseros huertos; calles sin pavimentar despojadas de árboles, la realidad de un lugar sin redención y totalmente ajeno a la ciudad hermosa y envidiada instalada en el lado bueno del río. Pasó a la calle de Jaspe y buscó la casa de Amalia. La puerta de la chabola estaba cerrada. Algunas vecinas asomaron la cabeza por las puertas abiertas y al reconocerla salieron a saludarla.

—¡Qué gusto verte! —dijo una, inspeccionándola—. Estás muy bien.

Dentro de la alegría de las mujeres notó una ligera envidia, lo que consideró natural. Ellas seguían ancladas a la miseria en la que también ella habitó y ahora la veían con el aspecto de quien había superado esa etapa. Aceptó un vaso de agua y preguntó por su amiga.

—Apenas viene por aquí. Encontró un trabajo —dijo otra, intercambiando miradas cómplices con las demás.

—¿Sabéis dónde puedo encontrarla?

Amalia. No pudo disponer de tiempo para verla desde que se mudó a su barrio de Chamberí, una vez conseguido su empleo. Pero hasta entonces, y en los pocos ratos libres que le dejaba el estudio de las materias que le exigirían en los exámenes para entrar en Secretaría de Falange, siempre estuvieron juntas. Y más desde el día aciago en que Pedrito falleció. Recordó esa última vez que se vieron, en la despedida por su mudanza. Su amiga era una mujer muy guapa, de busto poderoso que no menoscababa su estatura limitada. Aquel día tenía los bellos ojos verdes desbordados de indiferencia.

—Vente a vivir conmigo. Es un piso pequeño pero tengo sitio para ti.

—No. Debes vivir tu propia vida sin cargas ajenas.

—No eres ajena a mí. Somos amigas.

—Sabes a qué me refiero.

—¿Qué harás aquí sola? ¿De qué vivirás?

—Me apañaré.

—No quiero que te dejes vencer.

Amalia la miró y esbozó una sonrisa que, aun secuestrada de tristeza, resaltaba el atractivo de su boca.

—La vida es una ruleta. Lo tuve todo: marido, hijo, felicidad. ¿Qué tengo ahora? El lado malo de la vida. Pero no creas que he perdido las esperanzas. Todo cambia. Fíjate en ti.

—Me alegro de que tengas esperanzas. Parece que tu fe en Dios...

—¿Dios? Dejamos de hablarnos. No quiso salvar a mi hijo. Fue una creencia estúpida producto de la desesperación. La piedad no existe.

—¿Y don Mariano?

—Él es real, una gota de bondad en el océano de la indiferencia.

Se dieron un abrazo y algo de cada una penetró en la otra. María colocó varios billetes en el bolsillo de su amiga sin que ella se diera cuenta.

Hizo el viaje a la inversa y se apeó del 37 en Legazpi. La plaza y aledaños estaban colmados de gente como cada mañana, todos al amparo del enorme negocio que ofrecía el Mercado Central de Frutas y Verduras. Miles de personas trabajaban, medraban y deambulaban por la lonja y el entorno. Aunque la mercancía llegaba principalmente en tren, eran muchos los camiones que se sumaban al transporte. Agricultores de Levante, Murcia, Andalucía y Extremadura aparcaban en largas filas en las calles de Maestro Arbós, Teniente Coronel Noreña, Embajadores y el paseo de los Molinos. Ofrecían y negociaban su mercancía en los corrillos de los asentadores, sobre la acera, y luego voceaban intentando conseguir carga para el retorno. Los numerosos bares y tabernas de la zona estaban atestados de gente vocinglera que consumía a diario grandes cantidades de comida y cientos de litros de vino, coñac, anís y cerveza. Oficinas bancarias, despachos de abogados, ferreterías, tiendas de neumáticos, talleres mecánicos, estancos, ultramarinos y otros comercios funcionaban a pleno rendimiento. Era un mundo aparte, como si fuera una ciudad acotada al borde de la ciudad. Con frecuencia surgían trifulcas y peleas que culminaban con la llegada de ambulancias y de los temidos «grises».

María anduvo hasta la calle de Manuel Aleixandre y entró en El Camionero, una taberna en pleno esquinazo tumultuoso repleta de hombres que la miraron con descaro. Pocas mujeres entraban solas en los bares y menos con su aspecto. Le costó llegar a la barra, atendida por féminas, y allí se encontró con los ojos verdes de su amiga, que se quedó boquiabierta al verla.

—¡María!

—He venido a verte.

—Dame cinco minutos. Espérame fuera.

En la sombreada calle y entre empellones se abrazaron. Luego se miraron y obtuvieron su mutua aprobación. Amalia no llevaba ropas de luto sino un vestido floreado y altos tacones para mayor gloria de sus bien torneadas piernas. Su cabello castaño le caía en ondas y subrayaba el gesto alegre de su rostro.

—Ven, vamos hasta el río.

Cogidas de la mano cruzaron la plaza y caminaron junto a los pilares del puente por el descampado situado entre los muros del Mercado y del Matadero y el borde del río. Protegidas por la sombra de un enorme chopo se sentaron en el pretil de piedra y miraron las escasas aguas. Era como estar en el campo, ausente la circulación rodada, lejos del ruido de la ciudad. Algún perro vagabundo ponía movimiento al sosiego y a lo lejos se perfilaban los altos árboles del parque de la Arganzuela.

—Me hace feliz verte tan feliz. Encontraste un trabajo. Tendrás tu cartilla de Seguro de Enfermedad —dijo imprudentemente, olvidándose de la prohibición interna que llevaba de no mencionar nada que recordara a Pedrito.

Amalia no pareció haber caído en la cuenta. Rio y su deslumbrante dentadura resaltó con fuerza del tostado rostro.

—Estoy de encargada y a veces echo una mano en la barra.

—¿Te gusta el trabajo? Parece agotador.

—Lo es, pero sólo por las mañanas. El resto del día es más tranquilo.

—¿Cómo conseguiste el puesto de encargada en un bar de hombres?

Amalia apartó la mirada y le ofreció su perfil.

—Sabes que yo no tengo estudios como tú. Pero tengo otras armas con las que enfrentar a la vida. ¿Por qué no usarlas? —Hizo una pausa—. Pateé el Mercado, llevé una carretilla. Luego conocí a un hombre con mucho dinero, un asentador, el dueño de la taberna. Sólo quiere camareras porque los tíos se emboban. Tiene razón. Es un gran negocio, siempre lleno. Gano dinero porque el bote de las propinas es una mina. ¿Cómo me encontraste?

—Me lo dijeron las del poblado. Pudiste haberme avisado.

—No quiero ser un incordio y menos para la gente que quiero. Pensaba visitarte en cualquier momento. ¿Cómo te va con los falangistas?

—Me tratan muy bien y no me salgo del tiesto. Son amistosos en su mayoría. Hoy me han dado permiso sin tener que decir los motivos. Y aquí estoy.

—He alquilado un piso en Madrid. Dejaré la chabola y sus malos recuerdos.

María supo que debía esquivar esos recuerdos. No quería ver agredida la plácida estampa que tenía delante.

—Tuviste suerte de encontrar a ese hombre. Hoy poca gente ayuda al prójimo.

Ella volvió a regalarle sus grandes ojos y el nácar de su boca.

—Tiene sesenta años. Está casado, con hijos mayores. Es bueno conmigo y le hago feliz. Soy su amante. —Siguió mirándola, una súplica esbozándose—. Lo comprendes, ¿verdad? Tengo que hacerlo para no morir.

Veinticinco

Enero 2003

Al abrir la puerta de la oficina, tres pares de ojos me miraron. Olga y un hombre de pelo claro ocupaban unas sillas frente a frente. Sara me hizo un guiño cómplice, que ellos no vieron.

—A la señora la conoces. Él es John Fisher.

—¿A quién...? —inicié, dando la mano al hombre y mirando los moratones de su cara.

—Él. —Señaló Olga.

—No, por favor. Puedo esperar.

—Te tomo la palabra. —Sonrió ella del modo provocativo que acostumbraba. Ya en el despacho preguntó, intentando que su voz no pareciera demasiado interesada—. ¿Quién es ese tío?

—Te gusta.

—Tiene un buen diseño. Le conozco. Lo he visto en algún sitio y no recuerdo. —La miré como hacen los psiquiatras, dándole ocasión de que mostrara sus cartas—. Bueno. Tenemos el camino libre. He hablado con mi pariente, el potentado. Aunque a regañadientes, ha accedido a que llevemos a la abuela a Asturias. Ahora todo depende de ti.

—Hablaré con el centro. Nos propondrán una fecha.

—¿Funcionará?

Moví la cabeza.

—No lo sé. Soy escéptico al respecto. Lleva muchos años con esa amnesia. Pero mi confianza en Ishimi es firme, como la de él en Takarada. Es la única garantía que tenemos.

—Si no funciona, será terrible.

—¿Para quién?

—Para mí, para mis esperanzas.

—¿Qué perdemos? ¿Qué tienes ahora?

Buscó en su bolso y luego desistió.

—Me hubiera gustado echar un pito. Sara no me dejó. Llevo mucho tiempo en secano.

—¿Por qué no lo dejas?

—Si sana la abuela, lo dejaré.

—¿En tan poco estimas la salud de tu abuela? ¿Tanto valoras ese vicio tan absurdo que lo prometes como pago? Cualquiera creería que ofreces vaciarte un ojo.

—Sara me habló de David. Me alegra saber que ha superado el coma y que se está recuperando.

—Lo hace rápido. Es fuerte y ya echa de menos el trabajo.

Se levantó y paseó hasta la ventana. Estaba claro que no tenía mucha prisa.

—¿Qué quiere el hombre de antes?

—Busca ayuda, como tú. Estamos aquí para eso.

—¿Por qué no me lo presentaste? ¿Dónde está tu sentido de las buenas normas?

—No me digas que necesitas embajadores. Te vales bien por ti misma. Y esto no es una agencia matrimonial.

—Te veo —dijo.

Caminó hacia la puerta y salió. Al momento entró John, con paso decidido y mirada sin parpadeos. En el ojo izquierdo un moratón estaba disolviéndose y en su rostro curaban pequeñas heridas. Llevaba un terno oscuro de corte impecable y una corbata azul con una pequeña mancha como de tomate. Me fijé bien. No era una mancha, sino un pequeño escudo. Se sentó al otro lado de la mesa.

—Alguien vino a verme dándome tu nombre. Y me dieron algo más, como ves. Tu secretaria me explicó lo que les han hecho a ustedes. Lo siento. Pero yo sabía que no tuviste nada que ver con esos tipos.

—Me alegra que hayas vuelto y me tranquiliza lo que dices. Fui al Bretón, buscándote. Tu dirección de Providencia en Santiago no me era de gran ayuda. Tengo el propósito de aceptar el encargo que hiciste a mi ayudante.

—Te expreso mi agradecimiento. Ése es el objeto de mi visita. Saber si seguías interesado.

—No sabes cuánto. Por muchas razones.

—¿Averiguaste algo?

—El coche que utilizaron era de alquiler. La agencia dijo que lo recogieron en el aeropuerto de Barajas. Alguien lo reservó y lo pagó en Barcelona.

—¿Se le puede seguir la pista?

—Las agencias sólo cobran los servicios con tarjetas de crédito. Estoy intentando que me digan quién fue esa persona. Tienen los datos pero también muy arraigado el concepto de confidencialidad para sus clientes. Ya veremos. En cualquier caso debemos buscar lo que te trajo aquí.

—Sara también me habló de los otros dos casos que investigas. ¿Crees que el mío es el que abrió la caja de los truenos?

—No lo sé pero lo descubriremos.

—¿Qué propones?

—Buscas a una mujer que tal vez no exista.

—Existió. No es sólo su paradero lo que busco sino su destino. Qué fue de ella en estos años.

—Aquí dice que esa mujer fue compañera de un hermano de tu abuelo. Extraña misión para una relación tan lejana, que ni siquiera es filial. Los hermanos de nuestros abuelos son ramas familiares que el tiempo se encarga de conducir por otros caminos. En general los contactos acaban en los hijos. La generación siguiente ya no participa.

—Depende de las vivencias de las personas, del tiempo que les tocó, de cómo fueron sus relaciones.

Recordé el caso de Olga, que ofrecía alguna similitud pero que confirmaba mi teoría. El primo de su abuelo y su hijo mayor se ocuparon de su abuela e hijos. Primera y segunda generaciones. La tercera, Olga y los demás nietos de ambos, apenas tenían relación entre ellos. Desde luego parece que ninguno de los nietos del magnate Blas, salvo Olga, se preocupó nunca de esa vieja lejana que languidecía en una residencia indiferente. La abuela de Olga vivía aunque con parte de su memoria perdida. Pero sorprendentemente este inglés sí se preocupaba de otra mujer extraña, con toda probabilidad muerta, que había sido tragada por el misterio y a la que ni él ni su abuelo vieron nunca y con la que nada tenían en común salvo un amor apasionado durante una guerra en una tierra y un tiempo distantes.

—¿No había un familiar más directo para esta búsqueda? Tu padre o tus tíos, por ejemplo.

—Para la mayoría de los ingleses de cuna aquélla fue una guerra romántica, quizá la última que pueda calificarse como tal. Mi abuelo, a cambio del gozo aventurero, se dejó en ella una pierna y un ojo, lo que no le impidió casarse y tener tres hijos. De ellos nacieron un total de seis herederos, yo entre ellos. A estos nueve vástagos iniciales de esa rama familiar concreta, varones y hembras, mi abuelo nos animó a que buscáramos a esa mujer. Insistió en las poco frecuentes veladas, compartidas o a solas, sin éxito. Los que aún viven, más otros que nacieron después, están en Inglaterra, en América, repartidos por ahí. Casados, divorciados, solteros... Supongo que muchos habrán estado en España en las vacaciones. Que yo sepa ninguno se sintió tentado por ejercer de detective. Soy de los pocos solteros de mi tanda. Por mi profesión, ingeniero y geólogo, he viajado por muchos lugares, especialmente para empresas relacionadas con el cobre. Estuve en Zambia, en el Zaire; bueno, ahora se llama República Democrática del Congo. Y en Chile, por supuesto. Creo que soy el único de la familia que ha heredado aquel carácter aventurero que identificó a los ingleses de los tres últimos siglos.

—Consideras entonces el encargo como una aventura tardía.

—No. Esa predisposición a transitar por todas las veredas es solamente un factor de ayuda. Lo que me decidió fue una carta que pertenecía a mi abuelo y que mi madre me entregó después de su entierro. Era una carta que le mandó su madre, mi bisabuela, cuando él batallaba en el frente de Madrid. Te leeré un párrafo.

Sacó una funda de plástico de su chaqueta y de ella un sobre maltratado por el tiempo y las agresiones. Con delicadeza extrajo y desdobló un folio, tan sufrido como su envoltura, aunque se apreciaba una buena conservación del conjunto. Leyó, traduciendo con fluidez:

—«¿Cómo pude concebir hijos tan diferentes? Me conmueve ser madre de un ser como tu hermano, inexplicablemente predispuesto a involucrarse con la gente que sufre y pretender eliminar las injusticias del mundo. No es un rasgo característico de la familia, que abandonó los sentimentalismos cuando sus miembros masculinos pirateaban los mares hace tres siglos. Tú eres racional, seguro. Por eso te encomiendo la protección de Charles, que significa salvaguardar no sólo su cuerpo sino los compromisos que asumirá su alma cándida. Tendré así la tranquilidad de que estaréis juntos y que tu fuerte corazón protegerá el suyo para que no quede esparcido en los vientos de la indiferencia.»

—Guardó el documento con el mismo esmero y añadió—: Ya ves la sinceridad que manejaba aquella mujer y cómo responsabilizó a su hijo mayor, mi abuelo, del cuidado de su otro hijo. Esta carta logró de mí lo que nunca consiguió el abuelo en sus invitaciones a la búsqueda. Es como una llamada del más allá a esa solidaridad que tantos hombres tuvieron en ese pasado de España. Aunque tarde, quisiera imaginar el brillo de la victoria en el ojo sano de mi abuelo.

No quise sustraerme al encanto de su confesión. Dejé que pasaran los segundos adecuados antes de seguir.

—¿No tienes una fotografía mejor? —Señalé la de la mujer buscada.

—Es una copia. La original está prácticamente destruida. Fue rayada, doblada, rota. Las copias fueron conseguidas con muchos cuidados por parte del laboratorio.

—Puede que no tuviera ese rostro. Está muy retocada. Y tampoco tienes su nombre. Me sorprende que sepas dónde vivió y no cómo se llamaba.

—Ambas cosas debían de estar escritas al dorso de la foto pero sólo fue posible descifrar la calle de entre los rayajos y raspaduras.

—La agresión que sufriste evidencia que alguien quiere que algo relacionado con esa mujer permanezca oculto. ¿Te has parado a pensarlo?

—Sí, y no tengo la menor idea. Puede que sea una equivocación. Era una simple mujer en la vorágine de una guerra. Además, de clase humilde. No tiene sentido.

—Encontraremos ese sentido. ¿Estás localizable?

—Sí, en la casa de unos conocidos. —Me acercó un papel—. Preferí huir de los hoteles.

—Muy buena idea. —Me levanté pero él no me imitó.

—Hay algo más y de gran importancia que no dije a tu ayudante. —Volví a sentarme y le miré—. Se trata de libros.

—¿Libros? ¿Qué libros?

—De filosofía, de literatura, de poesía, incluso libros de derecho, arquitectura y medicina.

—No entiendo bien. ¿Qué les pasa a esos libros?

—Espero que no les ocurra nada.

—¿Dónde están?

—Es lo que también debes averiguar.

—No creo estar especializado en la búsqueda de libros desaparecidos —dije, tras una pausa.

—Siempre hay una primera vez.

—Será mejor que te expliques.

—Esos libros fueron sacados de la facultad de Filosofía y Letras a principios del 37, en plena guerra civil, con el fin de salvaguardarlos. Estaban siendo destruidos por las balas, la metralla y el fuego porque los defensores republicanos los usaban de parapeto. No imaginas la capacidad de anulación que tienen los libros sobre el poder de penetración de las balas. Más que los tabiques de panderete.

—¿Quiénes los sacaron?

—Mi abuelo y otro compañero de la universidad. Ambos amaban la cultura escrita por encima de todo. Y eran de esos ingleses muy dados a heroicidades insensatas.

—Eran momentos heroicos para todos.

—Lo de esos dos era diferente. No es lo mismo salvar libros que vidas.

—¿De cuántos libros hablas?

—De unos ocho mil.

Le miré intentando ver algún indicio de inverosimilitud pero su mirada era firme.

—No entiendo bien. Si los sacaron sería para depositarlos en lugar seguro en espera de poder reintegrarlos al final de la guerra.

—Sí, pero no los restituyeron. El amigo de mi abuelo murió en ese frente y él demoró informar del depósito. Puede que deseara personarse él mismo en Madrid para hacer la entrega o quizás esperaba que el régimen de Franco cayera.

—Una postura romántica y algo absurda. Se supone que en el ánimo de los legionarios estaría el abatir a los milicianos republicanos, no destruir los libros. Ellos no eran el enemigo. Entiendo que simplemente estuvieron en medio del conflicto.

—Es cierto lo que dices. Pero también lo es que en el 39, terminada la guerra, hubo quemas generalizadas de libros en muchos pueblos. Incluso en la Universidad Central de Madrid hubo un acto de quema pública como si la Inquisición hubiera renacido. Ardieron libros de historia, de sociales, anticatólicos, marxistas, libertarios, panfletos, separatistas, novelas sensuales y todo lo que les pareció. Mucho de lo publicado durante la República fue convertido en cenizas.

—Volvamos a tu abuelo. ¿Quieres decir que ellos dos solos sacaron tal cantidad de libros? ¿No prestaron su ayuda el Ministerio de Educación, el Servicio de Bibliotecas o algún otro organismo?

—En efecto. Según los cuentos del abuelo hubo instituciones y bibliotecarios en particular empeñados en salvar esos libros. Pero ya sabes que en las guerras los que mandan son los militares. El decano de la facultad, un tal Julián Besteiro, intentó sin éxito el concurso del comandante de la guarnición. No se permitía la entrada a la zona militarizada a personal civil salvo en casos muy especiales. Eran los peores momentos de la contienda. Buscaron del Estado Mayor de la Brigada los permisos y salvoconductos necesarios para tan idealista labor, pero no fueron concedidos o se perdieron. El comandante dijo que sus soldados sacarían los libros cuando se reemplazaran por sacos terreros, que nunca llegaron o lo hicieron en ínfima cantidad. Y mientras, los libros iban destruyéndose.

—¿Cómo consiguieron los permisos tus héroes?

—Actuaron sin ellos, ilegalmente. Y no es excesivo considerarlos héroes. Si los hubieran sorprendido podrían haber sido fusilados bajo un montón de cargos: robo, desobediencia, deserción, abandono de posición... En los frentes de guerra no hay lugar para justificaciones. Tuvieron suerte.

—¿Tanto amor tenían por los libros que se jugaban la vida en dos frentes, uno contra los rebeldes y otro contra su propio bando, de ser sorprendidos?

—Decían que era un legado para la humanidad. Ediciones antiguas de Kant, Voltaire, Descartes, Hegel, Cervantes... Todos esos. Y las Biblias de Derecho. No estoy muy

versado en letras, pero parece que había obras irreemplaza-
bles, manuscritos, códices, incunables, textos del tiempo de
los escribas...

—Sigo admirado de que pudieran hacerlo sin ayuda.
Ocho mil libros no son mercancía fácil de transportar ni
guardar.

—Pues lo hicieron. No tengo los detalles. Supongo que
contarían con la ayuda de alguien y con algún coche. Fue
una verdadera hazaña. Con razón mi abuelo me batallaba.

—Mencionaste libros de derecho, arquitectura y medicina. ¿Qué hacían en la facultad de Filosofía?

—Los trasladaron de las facultades correspondientes
pensando que la de Filosofía era la más segura. Craso error.
Ocurrió lo contrario, ya que más tarde el ejército de Franco se instaló justo enfrente y por eso fue la más dañada.

—¿Cómo sabes que esos libros no los devolvió alguien
que estuviera en el secreto, esos que les prestaron ayuda,
por ejemplo?

—Hice mis averiguaciones. No se sabe oficialmente
cuántos se perdieron porque desaparecieron también los
inventarios y las fichas. Pero con base a un catálogo llamado de Villaamil y a fuentes verbales, los investigadores esti-
maron que faltan más de cincuenta mil volúmenes, entre
ellos los de la Cámara del Tesoro, donde se guardaban los
más valiosos ejemplares. No hubo ninguna entrega masiva
desde la guerra por conductos no oficiales. Esos ocho mil
libros están todavía escondidos.

—¿Tu abuelo no te indicó dónde buscar? ¿Te contó la
historia y no el emplazamiento de la cueva de Alí Babá?

—Durante mucho tiempo él puso gran empeño en
transmitir datos y testimonios, algo a lo que ni mis hermanos ni yo prestamos la atención debida por estar en otras
dinámicas. Cuando me llegó el interés —movió la carta de la
bisabuela—, era tarde. Pero aunque no hubiera muerto tampoco habría podido contrastar ningún dato porque en sus

últimos años el Alzheimer lo había atrapado. Sólo tengo lo que recuerdo de sus narraciones en los años de mi desinterés.

—¿Y qué recuerdas?

—Poca cosa. Que en el lugar donde los ocultaron estarían seguros porque nunca se construiría allí nada.

—¿Por qué piensas que puedo descubrir el paradero?

—No será difícil. La mujer de la foto lo sabe. Encuéntrala y encontrarás los libros.

Le acompañé al exterior. Sara miraba la puerta por donde había salido. Luego me dedicó sus ojos y su sonrisa.

—¿Llevaban mucho tiempo de espera?

—Él, como media hora. Le expliqué lo que hicieron con David y los archivos. Ella llegó después. No cruzaron palabra. Olga intentó disimular el esfuerzo que hizo para camelarle. Empleó todas sus artimañas, ya sabes. Él se limitó a mirarla de vez en cuando. Eso fue todo.

—Son dos mundos distintos.

—Lástima. Harían una buena pareja.

Veintiséis

... hay más hermanos conmigo
que estrellas tras de la tarde,
ni ellos conocen mi nombre
ni yo sé cómo nombrarles.

Anónimo

Agosto 1940

Hacía calor, aunque pronto llegaría de golpe el cambio de tiempo, como siempre.

—Mira —dijo Maxi dibujando una sonrisa no exenta de malicia.

Ramiro y Pedro García, sentados a su lado en un banco bajo la sombra, observaron a Carmen Casas, de dieciséis años y residente en la Casa 2, donde ahora se encontraban, que paseaba con Amelio por el borde del bosque. Él era sobrino de Dolores Ibárruri, *la Pasionaria,* y estaba en la Casa 12, en Moscú, de donde cada verano llegaban grupos de niños a pasar periodos de quince días en tan acogedor lugar. Venía a verla con frecuencia los fines de semana y días festivos durante el verano. Y ese tímido noviazgo, sólo cumplido de miradas y sonrisas, ausentes los contactos, hacía reír a los pequeños. Ramiro cursaba una edad intermedia, como sus compañeros, pero no tenía burla hacia ellos.

Su natural predisposición hacia la introspección se incrementaba al verlos, al igual que le ocurría con otras parejas. Sentía que le faltaba algo, no encontrado todavía. Esa emoción de hundirse en sensaciones desconocidas experimentadas y cantadas por otros. Ninguna de las chicas de la casa había suscitado en él tal ansiedad aunque había algunas notoriamente guapas, lo que le hacía sospechar que ese misterio no radicaba sólo en el atractivo físico.

La vida transcurría feliz en las dieciséis Casas de Niños españoles, distribuidas en distintos lugares de la Unión Soviética. Cuando tres años antes llegaron a Leningrado, y tras el recibimiento multitudinario, les tuvieron veinte días bajo examen médico y sanitario. Eran muchos, algunos desnutridos, todos llenos de parásitos. Fue un periodo necesario para habituarles, después del largo viaje y la traumática separación familiar, a su integración a la nueva vida sin padres y a enfrentar su futuro por sí mismos aunque ayudados en todo momento por los cuidadores españoles y rusos. Después los repartieron por diferentes casas. Cuatrocientos fueron asignados a la 2, Ramiro entre ellos, y, salvo quince mayores que el año anterior fueron enviados a los Hogares de Juventud en Leningrado, todos residían allí desde entonces. La casa se llamaba Krasnovidovo, cuya traducción sería «lugar bello», y estaba situada junto a la ciudad de Mozajsk, a unos ochenta kilómetros al oeste de Moscú. Era un lugar enorme, rodeado de bosques, con el río Moscova enriqueciendo el paisaje. Las anchas y limpias aguas llegaban calmosas como queriendo retrasar su encuentro con la gran ciudad capital donde perderían su condición montaraz. Había tres edificios diferenciados para niños menores, medianos y mayores. La educación era mixta, como los juegos, la gimnasia y las comidas. Sólo estaban separados los dormitorios. Las cocinas y comedores ocupaban los bajos de la casa de los mayores, el edificio más grande. También era grande el de la biblioteca y escuela, con una amplia sala de esparcimiento donde veían cine todas las semanas, lo que fascinaba a los niños y en concreto a Ramiro y a Maxi, que nunca lo vieron en Asturias.

La finca tenía campo de fútbol, pistas de tierra y espacios abiertos para el disfrute. Incluso había una pista de aterrizaje donde con frecuencia, en los veranos, venían a verles autoridades rusas, varones y mujeres, en pequeños aviones acompañados de periodistas. Muchos de los hombres lucían impecables uniformes repletos de medallas y llevaban gorras de plato grandes como tapas de alcantarilla. Les hacían preguntas y con los más pequeños se prodigaban en carantoñas. Y luego comían con gran empeño junto a los educadores de la casa entre largos tragos y risas sin fin, orondos, felices y colorados.

Varias veces cada año llegaban tres aviadores en un biplano, como los de la Primera Guerra Mundial. Estaba pintado de rojo salvo el morro, que lucía la cabeza y fauces de un cocodrilo. Los pilotos daban vueltas antes de aterrizar, les tiraban caramelos y siempre dos de ellos se lanzaban en paracaídas ante el entusiasmo de los chicos. Eran muy jóvenes, altos y simpáticos, con sus fascinantes cazadoras de cuero negro. La mayoría de los chicos ansiaba llegar a adultos para ser pilotos como ellos. Se quedaban toda la jornada contándoles aventuras hasta que el día declinaba. Entonces se despedían con alborozo, se colocaban su gorro de cuero marrón y las grandes gafas, se montaban en su aparato y se elevaban como si pertenecieran al cielo. Daban una vuelta, sus pañuelos del cuello flameando, y luego se alejaban lentamente guiados por hilos invisibles. Muchos niños se quedaban inmóviles mirando hasta que el avión se convertía en un punto y se desvanecía.

¿Por qué eran tan importantes para gentes tan importantes? También fueron a verles, no juntos y no una sola vez, prohombres uniformados del Partido Comunista español. Les dijeron que Enrique Líster, ese hombre de delgadez rechazada y grandes cejas, había sido jefe de un cuerpo de Ejército en la guerra de España y que había participado en grandes batallas. Estudiaba en la Academia Militar Frunze para conseguir el grado de general soviético, al igual que Juan *Modesto* Guilloto, otro héroe de aquella guerra perdida, jefe y conductor de hombres en la campaña del Ebro. A Ramiro le caía muy bien Juan *Modesto*, simpático y con nobleza en su rostro. Decían que fue el primer comandante del Quinto Regimiento, una unidad creada por el Partido Comunista y que cosechó muchos éxitos contra las fuerzas de Franco. Era el único que llegó a general de la República siendo de origen miliciano. También les visitó El Campesino, que mandaba una división del ejército republicano. Y no faltaron José Díaz Ramos, secretario general del Partido Comunista español, al que una extraña enfermedad le apaciguaba el entusiasmo, ni Jesús Hernández, ni la Pasionaria, ni Vicente Uribe, quienes constituían la cúpula del Partido. También estaban anunciadas las visitas de Krupskaya, viuda de Lenin, el forjador de la Unión Soviética junto al padrecito Stalin, y de otros notorios personajes soviéticos.

—¿Nos damos un baño? —invitó el espigado Maxi.

—Venga —dijo Pedro, que era de Llanes y nadaba como un pez.

—Id vosotros —declinó Ramiro.

Los vio saltar a la corriente y nadar con vigor entre otros chicos y chicas. Estaban sanos, fuertes, bien alimentados. Al principio todos echaron de menos su tierra y su familia. Pero el ambiente paradisiaco en que se desarrollaban fue eliminando los traumas. España y sus gentes abandonaron los pensamientos de la mayoría. Hacía tanto tiempo ya y la vida era tan relajada que pocos se paraban a pensar que eso era un milagro misterioso. Ramiro no era abusado de melancolía sino de soledad. Por eso albergaba tiempo y con frecuencia analizaba el fenómeno en que estaban. Pensaba en su padre. Tenía razón cuando le dijo: «Vas al mejor lugar.» Eran tantas las cosas nuevas y buenas, que la Unión Soviética le pareció el mejor país del mundo desde el mismo momento de la llegada. ¿Acaso había otro en el que se pudieran tener cuatro comidas diarias garantizadas, vigilancia médico-sanitaria y escolarización permanentes? ¿Dónde otro lugar cumplido de juegos, diversión y cultura? ¿Dónde dormir a diario en cama blanda y entre blancas sábanas? Nunca se le olvidaría la impresión que le produjo la primera vez que durmió así. Fue en el buque *Kooperatsija,* aquel que los llevó a Leningrado desde España. En su no tan lejana niñez, él nunca había dormido en sábanas y nunca solo. Lo hacía en un jergón, en el suelo, con sus abuelos y *Cuito,* apretados en los inviernos unos contra otros, sepultados en el olor a ganado que entonces no notaba. A veces su madre le permitía dormir junto a ella en la única cama que había, también despojada de sábanas, al otro lado de su padre. Cuando sus abuelos, su madre y *Cuito* desaparecieron dormía con su padre en la cama, uno en cada esquina, sin rozarse. A él le hubiera gustado que su padre le abrazara, pero era algo que sólo hizo cuando le despidió en El Musel, y acaso en contra de su voluntad. Su padre...

El ritmo de vida era siempre igual pero no por ello aburrido. Se levantaban al toque de queda, se duchaban, hacían las camas, desayunaban e iban a clase; luego la comida, más clases y juegos hasta la cena. Tenían buenos profesores rusos y españoles. Seguían el sistema escolar elemental de Marenko, el gran pedagogo de la Revolución soviética. El titular de Geografía e Historia era el hermano del teniente Castillo Sáenz de Tejada, de la Guardia de Asalto de España, cuyo asesinato, junto al de Calvo Sotelo, decían que había sido la causa del comienzo de la guerra fratricida.

Aprendían música, canto y baile. Su profesor era un director de orquesta famoso del tiempo de los zares. Formaron una orquesta con orfeón que seducía a los visitantes y les aplaudían con entusiasmo como si fueran grandes artistas. Fueron honrados con las visitas de destacados compositores, como Dimitri Shostakovich, creador de la séptima sinfonía, titulada *Leningrado*.

Iban creciendo sin traumas, viviendo una existencia ordenada y con una disciplina tan soportable que se ejercitaba de forma natural. Claro que al principio no fue así para todos, sobre todo en el tema de los lavados. Viendo a muchos chapuzarse entre risas en el río, Ramiro recordó que, al llegar, la mayoría de ellos no sabía nadar y que manifestaban un terror animal al agua. Costó trabajo ahuyentarles el miedo y enseñarles. Ramiro, Maxi y otros chicos asturianos y vascos se encargaron de facilitar la labor de los profesores al formar un grupo de vigilancia y ayuda dentro del río durante las clases de natación. Tanto perdieron el miedo que en los deshielos primaverales se subían a los bloques como pingüinos y se deslizaban río abajo. Eran tantas las cosas no tenidas antes que ahora dudaba de poder prescindir de algunas. Como la ducha. Ése era uno de los inventos que más le había impresionado desde que llegara a Rusia; allá en su aldea no existía nada semejante. Conoció esa forma de lavado individual cuando llegó a Leningrado y aquello le fascinó: ¡poder controlar la lluvia a su antojo! Recordó que en aquella primera experiencia muchos niños de pueblo como él retrocedían temerosos, sus cuerpos desaconsejados de lavados. El agua cayendo les enceguecía y les hacía indefensos. Gritaban aterrados. Los educadores tuvieron mucha paciencia para convencer a esos obstinados enemigos de la higiene que el agua era el aliado natural contra las infecciones y los parásitos y que ésa era la forma más sana de aplicarla. Desde entonces el hábito de la ducha era para Ramiro como una terapia, incluso un refugio.

En los largos y fríos inviernos todo se cubría de blanco y las interminables aguas se helaban en las orillas, y ellos jugaban en esas placas resbaladizas y luego patinaban en los caminos descendentes, bien abrigados, llenos de energía y despreocupación. Entonces veían a los pájaros abandonar los árboles y dirigirse en formación hacia el sur. Eran tiempos de lecturas en la biblioteca o en los dormitorios. Leían la historia de Rusia, su raíz eslava y escandinava, sus avatares y lo que Alexander Nevski, Iván IV el Terrible, Pablo I y Catalina II hicieron por engrandecer territorial, cultural e industrialmente al país. Pero ninguno de ellos podía compararse con Lenin y Stalin, creadores de la gran Unión Soviética. Leyeron que el príncipe Vladimir adoptó el cristianismo ortodoxo tras enviar a sus ministros a las mezquitas y catedrales de otros países y escucharles que, al visitar Santa Sofía de Constantinopla, «no sabían si estaban en la tierra o en el cielo». Conocieron a los grandes de la literatura y apreciaron que el más ponderado entre los escritores era Máximo Gorki, muerto pocos años antes. Estaba conceptuado por los soviéticos como el iniciador del realismo socialista, y sus obras, calificadas como «arte al servicio del pueblo», fueron tan del agrado del Régimen que a la antigua y gran ciudad de Niznij Novgorod, situada en la confluencia del Oka con el Volga, le cambiaron el nombre y pusieron el suyo. Ahora se llamaba Gorki.

En los meses de estío, como ahora, hacían excursiones a pueblos cercanos, se relacionaban con niños rusos y veían que eran similares a ellos en sus conductas por lo que ya a esa edad intuyeron que todos los niños del mundo debían tenerse por iguales cuando las condiciones devenían propicias. Iban a museos y se impregnaban de la historia de Rusia, como en el de Borodino, donde se recuerda la famosa batalla que en septiembre de 1812 libró Napoleón I contra el ejército de Alejandro I comandado por el Príncipe Kutúzov y donde el emperador francés comprendió que los rusos eran intratables cuando se pretendía conquistarles. De entonces viene el proverbio «Ha llegado Kutúzov para acabar con Napoleón», que equivale a decir «se acabó la discusión». El museo exhibía grabados, banderas, armas, uniformes y cuadros, sobre todo el enorme lienzo circular de ciento quince metros de largo por quince de altura llamado *Panorama de la batalla de Borodino*. Ellos habían estado varias veces en ese lugar, en la aldea de Borodino, situado junto al Moscova unos pocos kilómetros aguas arriba de la Casa 2. Habían pisado aquellas lomas boscosas que se escurrían en pendiente hacia el valle y les era imposible imaginar que esa placentera estampa fuera atrapada por la brutalidad y que el verde tapiz se pintara de rojo en aquella lejana jornada. De la contemplación del cuadro tampoco se extraían sensaciones de verosimilitud. Parecía que la batalla fue imaginada y que los combatientes no eran tales sino modelos y figurantes posando para el pintor en una simulación teatral. Pero sí existió. Les explicaron que la exposición recuerda la mayor y más sangrienta de todas las Guerras Napoleónicas, con decenas de miles de muertos, y los guías señalaban que allí Napoleón perdió la batalla y, a la postre, la guerra contra la Santa Madre Rusia.

Maxi, reticente a cosas que no le cuadraban, pidió aclaración a don Manuel del Castillo en una de las clases de Historia posteriores.

—Muy observador —dijo el profesor—. En realidad la batalla fue ganada por los franceses, que una semana después se plantaron en Moscú. Lo relevante de Borodino es que murieron más de treinta mil irremplazables soldados de Napoleón. Kutúzov practicó a continuación la política de tierra quemada, como su antecesor el Príncipe Barclay de Tolly, y desabasteció la capital de víveres y combustibles. Los franceses encontraron Moscú ardiendo y ninguna posibilidad de avituallamiento. Las autoridades, fuerzas representativas y buena parte de los pobladores habían huido. Napoleón esperó en vano a los notables de la ciudad para que le entregaran las llaves, signo de reconocimiento a su victoria, pero nadie se presentó, en una clara trasgresión de las nobles reglas de la guerra. Era una ciudad fantasma. Sin comida, leña ni ayuda de la población poco podían hacer los invasores para sobrevivir al hambre y al frío. Así que tuvieron que volverse a casa. Y esa retirada, consecuencia de Borodino, marcó la ruina de Napoleón.

Estuvieron muchas veces en el mausoleo de Lenin, un sitio que no gustaba a la mayoría por la atmósfera tenebrosa y amedrentadora, con ese cadáver embalsamado y fantasmal ahí en medio que parecía podría levantarse de un momento a otro y llenarles de espanto. El lugar estaba escoltado por soldados armados con caras de pocos amigos. Decían que para protegerle y rendirle honores. En la segunda visita Maxi dijo al oído de Ramiro:

—¿Sabes qué creo? Que estos guardias están aquí para, si se levanta el Lenin ese, impedirle que salga y obligarle a tumbarse de nuevo.

Paseaban por la Plaza Roja, llamada así porque para los rusos el rojo es el color de la belleza, y siempre se admiraban de la grandiosidad del Kremlin y su recinto fortificado de piedra carmesí, así como de la catedral de San Basilio, que Iván el Terrible ordenó construir en conmemoración de la conquista de Kazán y a cuyos arquitectos dejó ciegos para que no pudieran repetir su excepcional obra. Navegaban por el ahora negro Moscova, que parecía querer escapar de su prisión de piedra y correr por los meandros hacia la llamada lejana del Oka, al que se uniría kilómetros adelante para luego rendirse juntos en el Volga. Ramiro pensaba en el agreste Navia de su tierra, un riachuelo comparado con ese enorme caudal civilizado, y tuvo dudas de que el progreso consistiera en domeñar lo silvestre para adecuarlo a la sociedad integradora que les mostraban y a la que eran conducidos.

Todos los años los llevaban a presenciar el desfile militar en los aniversarios del Primero de Mayo, día festivo en toda la Unión Soviética. La Plaza Roja, pintada de sol y colores y con todo el Gobierno soviético reunido en la tribuna erigida sobre el mausoleo de Lenin, era un espectáculo de enorme impresión para ellos, que aportaban su juvenil entusiasmo agitando manos y banderas mientras los carros hacían retemblar el pavimento y los aviones no querían ser menos en el estruendo. No iban al desfile de la Revolución de Octubre, cada 7 de noviembre, también festivo, porque Moscú se invadía de nieve y, según los profesores, la conjunción severa de frío, hierro, ausencia de sol y oscuros uniformes no homologaría el concepto que ya tenían de la belleza y su disfrute.

Los llevaron a fábricas y a granjas, las *koljós* cooperativas y las *sovjós* estatales, para que aprendieran el proceso productivo del pueblo soviético. En perfecto orden, casi en silencio, miles de hombres y mujeres entraban en las gigantescas instalaciones fabriles y laboraban en sus puestos de trabajo sin una queja, aparentemente satisfechos. La mayoría de los niños quedaban impresionados por ese despliegue de efectividad y orden. Un día, en la última visita unas semanas antes, Ramiro tuvo constancia de las sensaciones contrarias que vibraban dentro de su amigo y de la madurez a la que había llegado.

—¿Por qué nos traen tantas veces a ver fábricas? ¿Cuántas hemos visto ya?

—Hombre, querrán que veamos todos los aspectos de los trabajos en serie y nos familiaricemos con...

—No nos preparan sólo en los aspectos intelectuales sino que nos orientan hacia lo laboral desde un punto de vista de producción en masa. Para que nos vayamos acostumbrando a lo que será nuestro futuro trabajo.

—No lo creo. Pero si así fuera, no es malo.

—¿Que no? Es horrible —dijo Maxi.

—¿Cómo dices? —se extrañó Ramiro—. ¿Qué es horrible?

—Lo que vemos.

—Vemos lo mismo y para mí no hay nada horrible.

—¿No te das cuenta? Son inmensos hormigueros. Todos trabajando sin cesar. Van a mear y vuelven inmediatamente al tajo.

—Es lo que se espera de ellos. Ya disponen de periodos de descanso dentro de la jornada laboral. Es una cadena de producción razonada.

—Razonada, tú lo has dicho. ¿Y qué hay detrás, el trasfondo? La ausencia de libertad. ¿Es que no ves sus gestos cansinos, su actitud fatalista? Son como robots. ¿Ves risas, a la gente hablarse? Todos sus movimientos son medidos, hasta cuando se rascan. ¿Ves a alguien feliz?

—¿Cómo se manifiesta la felicidad? ¿Crees que una fábrica es un circo, todos riéndose? Yo los veo normales. Los habrá felices e infelices, como en todos los sitios. Lo que importa es la aceptación de un sistema que es bueno para millones de personas. Estamos viendo fábricas, donde se viene a trabajar sin perder el tiempo. Todos tienen luego muchas horas libres al día para el ocio, los deportes y el estudio.

—No hables por lo que tenemos los niños españoles. ¿Crees que esa gente de ahí abajo vive como nosotros?

—No lo sé. Quizá no tan bien pero...

—Pero qué. Mañana seremos unos de ésos y nuestros sueños se habrán acabado, como nuestra actual forma de vida.

—Mañana estaremos en España.

—¿Crees eso? Para mí que nunca saldremos de Rusia.

—Eres un predicador de infortunios. No va con tu natural carácter alegre.

—No puedo creer que no veas la realidad.

—¿Qué realidad?

—Que estamos en un sistema deshumanizado, que a esa gente la obligan a trabajar. No es posible que tantos miles, millones diría, lo hagan por convencimiento de esa teoría del todos para todos. Y otra cosa: ¿por qué casi todas las fábricas son de armamento?

—Supongo que les serán necesarias.

—¿Tantas? Se lo escribí a mi madre. Dice que es para que los rusos vuelvan a España y derroquen a Franco, que es lo que la gente habla a escondidas.

—¿Eso dice tu madre?

—Sí. Fíjate qué absurdo. ¿Cuál es tu opinión?

—Querrán tener un ejército moderno.

—Creo que habrá guerra entre Rusia y Alemania y que nos veremos envueltos en ella.

Ramiro era consciente de que estaban siendo preservados de la contaminación exterior, pero no vivían aislados del mundo. Por eso supieron que en Europa se había desencadenado una guerra feroz y que los alemanes dominaban el continente. Les habían tranquilizado al respecto. Existía un pacto de paz entre los nazis y los soviéticos. Alemania nunca se metería con Rusia, el país poderoso e invencible que siempre rechazó las invasiones. Pero la aseveración de Maxi podría tener base.

—Me sorprenden tu rebeldía y tus malos augurios, y más a tu edad. Quizá deberías darte tiempo para asimilar lo que ves y no sacar conclusiones aceleradas.

—No soy el único. Hay otros que piensan igual. ¿Y qué es eso de la edad? Tenemos los mismos años. Por cojones tienes que ver lo mismo que yo.

—¿Y qué crees que debo ver?

—La falta de futuro, la igualdad impuesta, la no iniciativa. ¿Crees que las hormigas ríen?

Ese verano llegaron por primera vez niños de la Casa 1, de Moscú, también llamada «la Pequeña España» por ser la primera que se abrió en la Unión Soviética. Decían que no era como la 2 sino un enorme palacio de la época de los zares, con un gran jardín interior, pero muy frío salvo en los cortos veranos de la capital. En años anteriores les habían llevado al sur a pasar las vacaciones. Pero alguien decidió que en esta ocasión debían veranear en ese lugar, más cercano y no menos atractivo. La mayoría eran madrileños, lo que les confería una atracción especial para quienes, como Ramiro, venían de tierras campesinas. Fueron los primeros que llegaron a la Unión Soviética, al balneario de Artek, en Crimea, lo que les daba cierta veteranía sobre los demás. Aparecieron bulliciosos, con gran desparpajo, sobre todo en los comedores donde su turno era el más ruidoso. Ramiro no les había prestado especial atención aunque pensó que a los vascos, los más extrovertidos y alegres de la casa, les había llegado una fuerte competencia.

Carmen Casas y su novio se perfilaron a lo lejos. De repente oyó un tumulto en el río. Un niño estaba tendido en la orilla boca arriba y un adulto le estaba haciendo la respiración artificial. Ramiro se abrió paso entre los chicos y se acercó a Maxi y a Pedro.

—¿Qué ha ocurrido? —murmuró.

—Parece que se ha ahogado.

El niño no respiraba. Tenía los ojos cerrados y los labios morados, casi negros. Ramiro lo reconoció aunque no había intimado con él. Era uno de los «mayores», un chico vasco siempre comprometido en el bromear. El médico de guardia apareció corriendo y, tras examinarle, ordenó que lo llevaran a la enfermería.

—¿Se salvará? —preguntó Ramiro al cuidador que había intentado reanimarle.

—No, está muerto.

—Pero ese chico era de los que nadaban bien.

—Puede haber sido un corte de digestión o una parada cardiaca.

—¿Qué van a hacer con él?

—Lo llevarán al hospital de Mozajsk y le harán la autopsia.

—¿Y luego?

El hombre le miró.

—Será enterrado en el cementerio de la ciudad.

Ramiro sintió un sentimiento nuevo. Desde que llegaron a Rusia no había visto a nadie morir. Era injusto. Ahora que tenían una existencia privilegiada, ese chico casi desconocido se les fue para siempre con todos sus sueños. ¿Tendría familia? ¿Quién le lloraría? ¿Alguien se acordaría de que existió? ¿Quién visitaría su tumba tan lejana al lugar donde nació? Miró a Maxi y a Pedro y supo que pensaban lo mismo que él.

Echó a caminar hacia su edificio acompañado por sus amigos. Al entrar oyó risas y canciones. Los madrileños. La vida seguía. De soslayo miró a un grupo de chicas y sus ojos tropezaron con otros desconocidos. Y sintió de pronto que algo le había alcanzado.

Veintisiete

Enero 2003

John Fisher salió a la plaza de España, miró el tráfico y dudó un momento adónde dirigirse. Unos ojos se interpusieron en su visión.

—No nos han presentado arriba —dijo la mujer—. Soy Olga Melgar.

—John Fisher —se identificó él, dándole la mano.

—Lo sé, lo oí. Arriba no hemos tenido ocasión de charlar. ¿Podemos hacerlo ahora? ¿Un café quizá?

—Seguro.

—Allá hay un lugar. —Señaló el café Starbucks en la misma esquina de la Gran Vía. Ya sentados ella recurrió a su bolso y ofreció—. ¿Te apetece?

—No fumo.

—Vaya. ¿Qué puedo hacer? ¿Te importaría si...?

—No, pero fumar es absurdo.

—Un discurso que conozco. —Encendió un cigarrillo y le lanzó su mejor mirada—. ¿Qué te ha pasado en la cara?

—Tuve problemas en el cuarto de baño.

—Tienes una mancha en la corbata.

—Es un escudo —rio él mientras ella esforzaba la vista y hacía un gesto de disculpa.

—¿De dónde eres?

—De Londres.

Ella le miró de frente, sin disimulo, hasta que los ojos del hombre se llenaron de interrogación.

—Verás, creo haberte visto antes. Estoy segura. Por eso he propiciado este encuentro.

—Mis viajes anteriores a España fueron cortos. Mis relaciones con españoles... y españolas —sonrió— han sido eventuales. Insuficientes para dejar huella.

—Entonces te pareces mucho a alguien que no puedo precisar en este momento. Juraría que te conozco.

—¿Sabes? Yo tengo la misma impresión contigo, la de haberte visto alguna vez —aseguró él sintiendo que algo sutil había surgido entre ellos.

—¿Lo dices en serio? —dijo ella, estremeciéndose.

—Te diré una cosa. Salí de la agencia confiando en encontrarte. Me alegro de que me hayas esperado. En caso contrario habría pedido tu dirección a Corazón.

—¿Qué problema tienes? —dijo ella, buscando con urgencia dentro de sí su aplomo avasallado—. ¿Qué puede hacer Corazón Rodríguez por ti?

—Supongo que lo mismo que por ti. Buscar a una persona.

—¿Puedo saber a quién?

—A una mujer.

—Ah —dijo Olga, esmerándose para que no se notara su decepción.

—Puede que, en realidad, a quien busco es a una mujer como tú.

Veintiocho

¿Adónde van esos locos,
camisa despechugada
donde un haz de cinco flechas
cinco sentidos traspasa,
o se abre la cruz sangrante
de las borgoñesas aspas...?

MANUEL DE GÓNGORA

Junio 1941

María llegó a la Secretaría General antes de la hora, como siempre, pero ya toda la zona de la calle de Alcalá estaba llena de una multitud enfervorizada y expectante. Hombres en su gran mayoría, muchos se subían a las farolas, verjas y ventanales en arriesgados equilibrios con tal de poder ver y escuchar. ¿Qué esperaban que sucediera? Apenas se podía dar un paso y desde Sol y Cibeles muchedumbres acudían ansiosas a engrosar el tumulto.

La sede falangista estaba vigilada estrechamente por refuerzo policial, y María tuvo que pasar una estricta verificación de sus documentos. Subió cruzándose con gente que iba de un lado a otro, todos con gran alborozo. Entró en su sala de trabajo. Nadie cumplía con su función.

—¿No lo sabes? Va a hablar el ministro.

—¿Qué ministro?

—¡Quién va a ser! Serrano Súñer.

Pero Serrano era ministro de Asuntos Exteriores y su despacho estaba en el Palacio de Santa Cruz. ¿Por qué iba a hablar allí? Claro que también era falangista de primer cuño, nada menos que presidente de la Junta Política de Falange. Por tanto no hablaría en calidad de miembro del Gobierno sino a título de alto jefe del Partido. Siendo así, ¿por qué ese cometido no lo realizaba José Luis Arrese, a la sazón Ministro Secretario General del Movimiento tras la salida de Muñoz Grandes o, incluso, el general Moscardó? El héroe del Alcázar toledano era jefe de las milicias de FET y de las JONS, cargo otorgado por Franco pese a la distancia del maduro general con los postulados de Falange. Sea como fuere allí estaba el cuñado del Dictador disponiéndose a hablar a la masa enardecida, cuyo griterío la intimidó. ¿Era eso lo que congregaba a semejante gentío? ¿Y quién dio la orden para tal concentración? ¿Tan importante era lo que esperaban que dijera que habían colapsado todo el centro? Se consideró un tanto estúpida porque, aun manteniendo una cautelosa relación con sus compañeros, podría haber detectado algo.

Más tarde, entre tanto falangista entusiasmado atisbó al ministro. Era bajito, delgado, elegante, cauto de movimientos. Iba rodeado de su guardia personal y fieles camaradas, todos de azul. Ni un solo uniforme de otro color, ni un solo traje de paisano. Le vio dirigirse al despacho de Arrese. De la calle subió un griterío ensordecedor cuando salió al balcón central y hubo una cerrada ovación que martirizó los oídos. Luego algunos comenzaron el «Cara al sol», que fue coreado, los brazos apuntando al frente, las manos abiertas como palomas preparadas para volar. María no podía ver al orador. Cuando se apaciguó el bullicio oyó su voz fina y educada, armada de ocasional potencia.

—¡Rusia es culpable! ¡Culpable de...!

Y así estuvo desgranando las maldades de Rusia entre vítores y exclamaciones. Y así María supo que, en apoyo a la invasión de la Unión Soviética por el Ejército alemán iniciada semanas atrás, España enviaría una fuerza expedicionaria para luchar contra el comunismo instigador de la guerra civil española y culpable de todo el mal que venía padeciendo el país incluso desde antes de la creación del Estado soviético.

Rusia sería derrotada, el comunismo borrado de las mentes y España volvería a participar en la dirección de Europa como antaño. Y, como entonces, su nombre estaría en la cima de las naciones recuperando, en el imperio de los mil años prometidos por Hitler, el que le arrebataron en el pasado los envidiosos de su gloria.

María pensó en sus hijos, en los «niños de Rusia». ¿Se verían obligados a luchar contra esa fuerza exultante, esa «División de voluntarios» que se anunciaba? ¿Habría otra confrontación entre españoles? Aun existiendo diferencia de edades podría darse el caso de que así ocurriera, porque en una guerra no hay más lógica que la de la fuerza y todo puede ocurrir cuando no existen límites. Vio a muchos compañeros bajar apresuradamente y salir a la calle.

—¿Adónde van con tanta prisa? —preguntó, mostrando su ignorancia de la gran ocasión que la Providencia le estaba ofreciendo a España.

—A apuntarse en los banderines de enganche. Serán tantos que no habrá sitio para todos.

Se asomó. La gente corría con entusiasmo calle arriba. Nadie quería estar fuera de la gloria cuando la invencible Alemania se hiciera dueña de Europa. Notó una mirada entre tanto barullo y un uniforme verdoso destacando. Blas, que se acercaba con sus ojos hipnóticos.

—Impresiona, ¿verdad?

—Sí —concedió María, aunque realmente estaba sobrecogida—. ¿Cómo sabía la gente que iba a hablar aquí el ministro?

—Nadie lo sabía, ni él mismo. Fue una concentración espontánea de Falange para reclamar a sus mandos un compromiso de España contra Rusia. Serrano se vio obligado a improvisar su intervención, aunque lo que dijo lo traía ya estudiado.

—¿Dónde está Ignacio?

—Ocupado en los trámites para integrarse en esa división. Quiere ir allí para ayudar a que desaparezcan los bolcheviques.

—¿Tú no le acompañas? —dijo María, tras un rato de meditación.

—No. Ésta no es mi guerra, aunque odio a los comunistas. —Desvió la mirada y añadió, como si estuviera hablando con otra persona—: Todavía quedan muchos de ellos emboscados aquí y hay que desenmascararlos.

Veintinueve

Enero 2003

Paulino es un bar-restaurante de carretera, en la entrada del polígono industrial Campollano de Albacete, muy frecuentado por hombres de negocios y empresarios de la zona; vendedores de maquinaria, perfilería, chapa, vidrio plano, sistemas informáticos, materiales de construcción y vehículos; promotores y contratistas de viviendas y naves industriales. Todo un mundo para la industria y las inmobiliarias donde el dinero no siempre transparente circula con abundancia. Estaba atestado de ruido y humo. El fulano era un chisgarabís aunque bien trajeado y podría pasar por uno de los vocingleros negociantes si no fuera por su contrahechura. Tenía mirada y movimientos de ardilla, presto a la huida al menor atisbo de emboscada. Me miró a intervalos girando los ojos continuamente por la sala y las personas como si fuera una cámara de televisión en movimiento. Nunca una mirada fija más allá de cuatro segundos para todo el escenario. El hombre plagado de temores.

—La pasta.

—Dame algo. No voy a pagar por humo.

—Mi padre me dijo que te envía un antiguo poli. No serás de la pasma.

—No lo soy.

—No creas que voy a largar sin garantías de pago.

—Cuanto antes empieces a hablar, antes tendrás tu dinero.

—Esa chica, vaya quebradero con ella. ¿Tan importante es?

—Lo es, como todas. Para ella misma, para su familia, para sus amigos.

—¿Sabes de qué va esto de las putas?

—Algo sé, pero prefiero que empieces a ganarte el premio.

Se tocaba el cuello continuamente como si hubieran intentado ahorcarle y sintiese aún la presión de la soga.

—Las redes internacionales de prostitución funcionan sobre la base de mujeres con necesidades económicas que no ven futuro en sus países, prácticamente del este de Europa todas. Muchas aceptan esa vida que las sacará de la miseria. Los sufrimientos que pasan son consecuencia de su elección. Otras, hoy día la mayor parte, son captadas con ofrecimientos de trabajos normales. Todas se encandilan con la palabra «Occidente». Las engañadas, normalmente rubias, jóvenes y guapas, son secuestradas y vendidas, cayendo en la esclavitud sexual. Algunas de estas engañadas son débiles y se pliegan pronto. Las fuertes, aun sospechando durante el trato de que existen probabilidades de caer en las redes, creen, como el que prueba la droga por primera vez, que podrán salir airosas si las cosas se ponen feas. Son las que más sufren, pues aprenden a ser esclavas del sexo a base de palizas y violaciones continuadas. Cuando por fin aceptan impotentes el contacto con el primer cliente, su espíritu está quebrantado.

—¿No es posible escapar?

—De vez en cuando alguna lo consigue, casos raros porque viven encerradas las veinticuatro horas en sótanos o habitaciones interiores con ventanas enrejadas. No se les permite salir ni al médico; disponen de alguno que no puede ejercer legalmente por alguna infracción de su código. Cuando enferman de cuidado o se lesionan de gravedad, las hacen desaparecer. Retienen sus pasaportes y les suministran los alimentos y lo que necesiten, cargándoselo en su cuenta. Sólo se liberan cuando han pagado una deuda que ellas no han producido, a veces años después. La cosa empieza por un captador, que es el que las engaña y las vende a un intermediario. Éste las revende a un tratante, que es quien las entrega a proxenetas al mejor postor. Así, cuando la chica echa el primer polvo, debe miles de euros a los que se van sumando multas. Hay chicas que se hacen treinta pollas al día.

—¿Cuánto pagan por una de estas chicas?

—Depende, como todo. El captador conseguirá unos mil euros. Cuando la chica llega al último tramo puede valer hasta nueve mil. Y es a este último precio al que debe hacer frente.

—¿Qué ocurrió con Tonia?

—No es lo habitual. Estudiaba en la universidad alemana de Karlsruhe. No buscaba aventuras ni trabajo. Venía a ver a su abuela o algo así. Es nieta de españoles y nunca la había visto ni viajado a España.

—¿Cómo sabes tanto de esa chica? ¿Te informas siempre así de todas?

—Hubo mucho ruido con ésta. Vino un tipo y se encariñó con ella. Trajo a la Guardia Civil, pero ya había sido trasladada. Siempre hay una furgoneta preparada para estos casos. El tipo volvió con otro y de nuevo con los civiles, que cerraron el local durante un tiempo. Por fuerza tuve que saber de ella. —Movió la mano sobre la mesa—. La pasta.

—Has hablado sobre las redes pero apenas sobre la chica. Esfuérzate más. ¿Cómo la raptaron?

—Fue un barbián que va por libre, un captador solitario, un *free lance*. Simpático, aparentoso, mucha labia. No pertenece a redes aunque está en contacto con ellas. Se encaprichó con la chica en el avión desde Frankfurt, sorprendido por que una extranjera tan joven supiera español. La cameló y al llegar a Barajas le ofreció llevarla. Nunca llegó a su destino. Cuando se cansó de ella buscó un intermediario, que se la compró.

—Se supone que intentaría escapar.

—La tendrían en el sótano de algún chalé. El intermediario se la vendió a un tercerón, quien la alquiló a El Éxtasis.

—¿Dónde está ahora?

—Después de lo de la Guardia Civil se la revendió al alcahuete, quien se la pasó al Mendoza.

—¿Quién es Mendoza?

—La pasta. —Le pasé un billete de quinientos y lo hizo desaparecer tan rápido que tuve dudas de si se lo había dado o sólo lo pensé—. Es un tipo que se las gasta. Cruel, inhumano, no parece haber nacido de madre. Siempre va con dos o tres gorilas. Un macarra vicioso que busca toda clase de placeres raros, como el de la mosca. ¿Sabes qué es eso? —Negué con la cabeza—. El tipo se mete en la bañera boca arriba y saca la chorra del agua, como el periscopio de un submarino. Todo el cuerpo dentro del agua menos la cabeza y el pijo. Le dice entonces a una chica que le ponga en el capullo dos moscas sin alas. Los bichejos dan vueltas alrededor de la isla de carne y el tío se caga de gusto. Cuando está a punto de estallar la chica tiene que chupársela y tragárselo todo, las moscas también.

Durante unos momentos dejamos que el estrépito se nos colara por en medio.

—Y luego está lo del conejo que se come al ratón, ¿lo pillas? Obligan a una chica a abrirse de patas y le meten un ratón en el coño. Las pobres se vuelven locas de asco.

Le miré. El tipejo estaba embalado.

—Eso no es nuevo, ya lo he oído antes.

—Habrás oído que lo han intentado. Mendoza lo consigue. Mete el puto ratón entero en el agujero.

—Eso es imposible. El animal se resistiría a entrar.

—Claro, tío. Por eso lo mete muerto. —Se echó a reír muy satisfecho de su ingenio y sin dejar de espiar en todas direcciones. Tenía los dientes porfiados, a juego con su escarnecida anatomía—. El cabrón es un maniaco. A las chicas les come el negro. Es lo que más le gusta. Pero nunca les entra por ahí. Siempre por donde amargan los pepinos.

Ahí lo tenía, complacido de sí mismo como si hubiera inventado el Cubo de Rubik.

—Todas estas cosas te hacen mucha gracia, ¿verdad?

—¿Qué quieres? Ocurren y yo las cuento. Este juego no lo inventé yo.

—¿Cómo te ganas la vida exactamente?

—Soy informador y estoy en medio de todos, como un enlace. No me complico la vida.

—¿Dónde vive ese Mendoza?

—No veo el color del dinero. —Le di otro billete de quinientos—. Tiene un chalé en Valdemorillo, en la zona antigua. Lo llama Verde o algo así. —Me miró y tuve la sensación de que lo hacía como si viera a un cadáver—. Chamba, tío, la vas a necesitar. Ese Mendoza tiene toda la puta mala follá del mundo.

Se levantó y se deslizó entre la gente como si fuera un suspiro.

Treinta

Había cosas que cambiábamos
por chapas de botella y canicas de colores
en un parque después de la merienda.
Aprendimos a ganar y a perder lo poco que teníamos.

CECILIA QUÍLEZ LUCAS

Enero 1942

Oyeron las explosiones, allá a lo lejos, al noreste. El lento, largo y desvencijado tren de mercancías se detuvo de pronto con el acompañamiento de chirridos y golpeteo de topes, arrojando al suelo en confuso montón a los niños y niñas españoles. Hubo gritos desaforados y todos saltaron de los vagones sabiendo que debían dispersarse rápidamente porque no era la primera vez. Corrieron y se diseminaron, cayendo y tropezando en el blanco manto mientras el ruido de los aviones se imponía sobre las voces y los bufidos de las dos máquinas. Varias bombas levantaron cráteres junto al convoy. Una bajó silbando hacia un vagón ya vacío como si fuera atraída por un imán. El estallido fue tremendo y el vagón se desintegró esparciendo hierros y maderas entre un colapso de ruido, humo y fuego. Una rueda subió al espacio, girando sibilante sobre su eje. Ramiro, tumbado sobre la nieve junto a otros, la vio alcanzar el punto más alto y quedarse allí sostenida por la conjunción de fuerzas físicas en disputa, vigilante como el águila culebrera. Luego, obediente a la gravedad, cayó a gran velocidad sin dejar de girar. Ramiro apreció que venía hacia él, haciéndose más y más grande como intentando cubrir el cielo. Cruzó un brazo encima de su cabeza y cerró los ojos. Sobre un lamento interrumpido, el ruido del impacto, a su lado, taponó sus oídos. Se levantó presto y miró. El pesado disco había aterrizado sobre el cuerpo de un niño, del que sólo se veía parte de sus brazos y piernas sobresaliendo como un aspa.

Los Junker alemanes pasaron por encima hacia el suroeste haciendo retemblar el aire precedidos por los surcos de las balas sobre la nieve. Los vieron alejarse y esperaron para ver si volvían, pero no lo hicieron. Hubo nuevas voces para el reagrupamiento. El niño y un profesor permanecieron tumbados en la nieve. El hombre había muerto alcanzado por las balas, que casi le habían partido en dos. Entre varios hombres levantaron la rueda caída sobre el menor. Debajo apareció una pulpa sanguinolenta en lugar de una cabeza. Tardaron en establecer su identificación.

—Entre unas cosas y otras ya van seis niños y dos cuidadores —dijo uno de los profesores—. A ver si acaba el maldito viaje.

Los envolvieron en lonas y los llevaron al primer vagón, detrás de la segunda locomotora. Ramiro volvió a sorprenderse de que ninguno de los niños y niñas llorara a pesar de que muchos no alcanzaban los diez años. Una vez organizados todos volvieron al tren. Quitaron los restos del vagón destruido, repararon los daños de los afectados por las llamas y se redistribuyeron por el resto de los atestados carruajes. Un rato después el convoy volvió a circular sobre la intacta vía.

—Qué raro que no hayan seguido bombardeándonos —dijo Maxi a Ramiro.

—Quizá se les acabaron las bombas.

Avanzaron viendo humo en la distancia. Llegaron y se detuvieron en una vía muerta. El pueblo había sido castigado duramente. Cascotes y hierros retorcidos lo cubrían todo mientras hombres y mujeres se afanaban en apagar las llamas que consumían las casas y almacenes. La estación estaba destruida. Sobre el barro pintado de sangre, los hombres apilaban a los muertos mutilados mientras las mujeres buscaban entre ellos a sus familiares. Camiones destrozados y animales reventados se mezclaban con brazos y piernas en los sitios más inverosímiles. Brigadas de obreros se esforzaban en restaurar la vía férrea principal y las oficinas de control ferroviario. Como hormigas, todos se movían ayudando en la hecatombe que les hermanaba. La montaña de cadáveres crecía mientras que niños y mujeres rusos lloraban en silencio junto a restos humanos que ellos reconocían. La mayoría había perdido la percepción del miedo o el dolor tras vivir experiencias semejantes. La muerte y la destrucción se habían instalado en el pueblo soviético y así seguiría mientras durara la Gran Guerra Patriótica. Ramiro y los demás niños españoles ayudaron como pudieron en la urgente tarea de socorro. Un tren militar procedente del este anunció su llegada con ruido de metales y soplidos de vapor; se detuvo y cientos de soldados bajaron para ayudar frenéticamente. Los fuegos se apagaron, los escombros fueron retirados de las zonas principales y los raíles rotos de la vía principal se sustituyeron por otros enteros arrancados de las vías secundarias. Sin más dilación el tren de guerra emprendió la marcha hacia su destino.

Más tarde el renqueante tren lleno de niños siguió camino hacia los Urales y el desastre vivido quedó lejos. Fiel a su horario la noche apareció temprano y de golpe. El tren pasó a una vía secundaria y allí se detuvo en medio de la nada con la brusquedad habitual, ruidoso de frenos, las máquinas resoplando. La de delante era una locomotora más grande y blindada, y apuntaba al frente con un cañón. Nunca supieron por qué les guiaba esa máquina armada cuando su viaje era hacia el este, donde nunca encontrarían a los alemanes. Pasaron la noche apretujados unos contra otros buscando su propio calor como remedio imposible ante los cuarenta grados bajo cero. El día llegó como siempre a las cuatro de la madrugada y trajo una luz mortecina y desanimada. No había dejado de nevar. Las locomotoras, cuyos fogones estaban encendidos permanentemente, arrancaron de un tirón y avanzaron con lentitud.

Ramiro se despertó cuando un compañero le cayó encima. Echó de menos el dormir en camas limpias y mullidas como había venido haciendo desde que llegó a Rusia y hasta hacía poco. Pero todo fue cambiando a raíz de la invasión alemana. Mientras observaba el miserable vagón y a sus compañeros, que dormían ateridos y agotados entre las mantas y la paja, recordó su viaje en coche cama de Leningrado a Krasnovidovo, al poco de llegar a Rusia, donde los instalaron en la Casa 2 y donde vivieron años inolvidables e irrepetibles. En realidad las dificultades empezaron en el viaje desde Krasnovidovo a Stalingrado, realizado en agosto del año anterior por el Volga en el vapor *Josef Stalin*, motivado por el deseo de las autoridades de apartarles del peligro de la guerra. Incomprensible decisión para los niños en aquellos momentos porque, aparte de que fueron bombardeados durante la semana que duró la travesía, tenían la convicción de que la Unión Soviética era invencible. Los nazis habían avanzado arrolladoramente desde el 22 de junio del año previo, a veces más de cuarenta kilómetros al día, dejando arrasadas las poblaciones. A finales de año habían ocupado todo el oeste del país desde el Neva al Don en una línea irregular cual mancha de aceite. Pero allí los habían frenado y serían expulsados en poco tiempo. Mas ese momento de la victoria nunca llegaba. Lo que vino fue la escasez de alimentos y la desaparición de un modo de vida que, como supieron después, sólo les alcanzaba a ellos. ¿Por qué les dieron tan diferenciado y magnífico trato? ¿Por qué les ausentaron de la auténtica vida de la Unión Soviética?

Ramiro volvió a pensar en el tremendo choque inimaginable y traumático, en cómo la realidad les había bajado de las nubes, en lo largo que se les hizo el tiempo transcurrido desde su salida de Moscú. Nada más llegar a Stalingrado los llevaron a un pueblo llamado Leninsk, a unos treinta kilómetros junto al río Atchuba, al comienzo del delta del Volga. Al principio todo pareció igual que en los años anteriores. Pero en la casa empezaron a faltar los cuidadores, los alimentos y las sábanas blancas. Luego, los de más edad tuvieron que ayudar en las fábricas cercanas, en el ferrocarril y en multitud de trabajos auxiliares. Sus ropas fueron deshaciéndose y sus manos encallecieron. Todos empezaron a sentir algo desconocido u olvidado, según sus edades: el sonido de sus tripas, la vuelta a las penurias de España o el descubrimiento de las mismas. Intentaron adaptarse a la nueva situación de alimentación insuficiente pero nunca pudieron habituarse a las bajas temperaturas desconocidas. Luego resultó que ni Stalingrado ni Leninsk eran seguras porque los alemanes habían llegado a Rostov, «la puerta del Cáucaso», y, aunque fue reconquistada en noviembre por el Ejército Rojo, se hablaba de una Operación Azul nazi para el verano, en coalición con ejércitos de Hungría, Rumanía e Italia, cuyo objetivo sería la toma de Stalingrado. Estaban por tanto en puro teatro de guerra. Por eso esta segunda evacuación a las zonas seguras del este, convertida en algo alucinante e inacabable desde que se inició cuatro semanas atrás. Y en ese nuevo peregrinaje experimentaron lo que era el hambre y el frío en su grado máximo, imposible de sospechar. Nunca sabrían si los pequeños que murieron durante el espantoso viaje, sin contar los abatidos por las balas y metralla de los aviones nazis, tuvieron por causa la intensa desnutrición, el insoportable helor o extrañas enfermedades. Recibían al día escasas raciones de comida y pan negro que los cuidadores, tan hambrientos como ellos, procuraban endulzar con lo que parecía su inclinación natural al comportamiento bondadoso. Pero la simpatía no es un alimento para el cuerpo. Por eso, en las largas esperas en vías muertas, muchos de los niños hacían batidas por las huertas del entorno en busca de razones más concretas para calmar sus estómagos.

Por entre las tablas rotas del vagón, Ramiro observó los campos desolados atrapados de nieve en todo lo que alcanzaba la vista. La enorme cordillera de los Urales que separaba la Rusia europea del resto, y a cuyo entorno se dirigían, estaba aún muy lejos. Sabía que la cadena montañosa, frontera convencional entre la Rusia europea y la asiática, se extiende a lo largo de dos mil kilómetros desde orillas del mar de Kara, en el océano Glacial Ártico, hasta Kazakstán. Pero ya los pueblos se habían distanciado en las soledades inmensas. Las paradas eran obligadas para dejar paso a los trenes que, repletos de hombres, armamento y todo tipo de material militar, cruzaban hacia los frentes desde las fábricas instaladas en Siberia occidental, más allá de los Urales, adonde se decía que nunca podrían llegar los aviones nazis. También a los que, en sentido contrario, iban llenos de heridos y moribundos procedentes del frente.

Una hora después les sobrevolaron más aviones alemanes. Iban altos, de regreso de alguna misión, sin ganas de pelea, con prisas. No mucho después apareció otro grupo de aviones volando en la misma dirección. Eran cazas rusos Polikarpov I-16 tratando de alcanzar a los primeros. Los vieron perderse por el oeste en el cielo grisáceo salpicado de copos. Más tarde un pitido reiterado y un ruido machacón fueron acercándose. Otro tren para los frentes. Pasaron rápidamente a una vía de espera y pocos minutos después un largo convoy circuló por delante de Ramiro. Los vagones estaban llenos de soldados. Al otro lado de las ventanillas los pudo ver, algunos no mucho mayores que él, con gestos fatalistas y resignados de quienes saben el destino que les espera. Vio docenas de ojos mirando hacia los suyos, de tren a tren, saludándole y despidiéndose mudamente, con el traqueteo de las ruedas sonando como latidos de un corazón gigante. Ojos tiernos y asombrados, con tanto por descubrir y tan poco tiempo en sus vidas. El tren iba despacio y las miradas tardaron en despegarse. Y cuando pasó, él aún seguía viendo esas miradas resignadas y no la nieve ensuciada. ¿Olvidaría alguna vez los ojos de esos soldados? Sabía que iban a fortalecer Stalingrado para que no cayera porque era «la Madre de todas las batallas» y la que decidiría el destino del mundo, según el padrecito Stalin.

Ojos. Y los otros, los de esa chica, Teresa. Cuando la vio por primera vez en Krasnovidovo, año y medio antes y sólo durante los quince días que duraron sus vacaciones, se quedó sin habla. Nunca había visto nada parecido a esos ojos de azabache, rasgados como dátiles. Hizo preguntas, y averiguó su nombre y que vivía en la Casa 1. No volvió a verla porque al año siguiente nadie vino de vacaciones a Krasnovidovo desde otras Casas por el inicio de la guerra. Después de la agresión teutona la enviaron con su grupo a una de las Casas en Marx, cerca de la ciudad portuaria de Sarátov, donde permaneció hasta que fue evacuada hacia los Urales en ese mismo tren, una coincidencia que compensaba el largo desencuentro. Ella viajaba en un vagón de niñas y él sólo podía verla en las paradas, donde siempre iba cercada por dos chicos, uno moreno como ella y otro con pelo pajizo. Nunca se le ocurrió hablarle. Muchas veces vio sus ojos mirándole. Sentía tal ahogo entonces que su natural introversión derivó en timidez. Pero sabía lo que quería y esperaba que llegara el momento.

Se hizo un hueco entre los otros sintiendo el movimiento del tren al reanudar la cansina marcha, soplando nubes de humo negro. Notó los piojos correr por su cuerpo. ¡Qué hubiera dado por tomar una ducha como aquellas de las que gozaba en Krasnovidovo! Maxi pareció leerle el pensamiento.

—Llevamos un mes sin quitarnos la ropa, sucios, llenos de parásitos, con patatales en los pies. ¿Sabes qué te digo? Que viajaremos hasta China en este ergástulo porque los alemanes no serán vencidos nunca por estos soldados rusos tan inexpertos como nosotros.

—No te fíes de las apariencias. Ya sabes lo que le ocurrió a Napoleón.

—Napoleón no tenía aviones ni tanques —argumentó Maxi.

Varios kilómetros más adelante vieron una humareda. El convoy aminoró la marcha. Era un lugar en medio del páramo, ninguna población cerca. Estaba lleno de restos dejados por un bombardeo: maderas y hierros esparcidos, pero los raíles no habían sido dañados. Grupos de mujeres y hombres, todos de uniforme, iban de allá para acá despejando las vías y trasladando cuerpos muertos. Los llevaban a donde ya había muchos alineados a lo largo del camino férreo, docenas, todos de uniforme. El tren se detuvo y los hombres hablaron. Tenían heridos, que fueron acomodados en un vagón estimulando la capacidad de todos para soportar el apretujamiento asfixiante. El convoy reanudó la marcha con lentitud y Ramiro fue mirando a los muertos allá abajo, en la nevada tierra. No tenían cara, sólo sus cuerpos iguales cubriéndose de nieve. Muchos de ellos irían a su primer combate. Alguien dijo luego que habían sido bombardeados horas antes, por lo que establecieron que pertenecían al tren que les cruzó y que los causantes eran los aviones que vieron escapar hacia el oeste.

Anochecía muy temprano, de modo que llegaron a la estación de Kinel, al otro lado del Volga y junto al río Samara, ya con las sombras instaladas. El tren se detuvo en una vía secundaria y las locomotoras se pararon, lo que indicaba que al menos pasarían allí la noche. El pueblo era grande y había mucho movimiento. Ya estaban esperando los equipos médicos con camillas para atender a los heridos recogidos. Ramiro, Maxi y Pedro bajaron del vagón subrepticiamente y se escurrieron hasta las afueras.

—Vamos a las huertas —dijo Maxi.

—No, perderíamos mucho tiempo y no conseguiríamos gran cosa.

—Entonces entremos a uno de estos almacenes.

—Por aquí hay mucha vigilancia. Mejor buscamos uno más alejado.

Con la práctica adquirida durante sus batidas en los días anteriores, esquivaron las naves con guardas y se alejaron de la población. El frío era intenso. Llegaron a una zona solitaria. Ramiro rechazó las bodegas defendidas por perros, que ladraron al oírles. En la semipenumbra analizó una, rodeada de un cercado. Un cartel indicaba: CUIDADO. PERRO NO LADRA PERO MUERDE. En ese momento vio llegar a dos niños. Uno de ellos se subió a la cerca y saltó al interior. El perro apareció de repente, proyectando sus ojos como linternas: era una sombra grande como si la noche la hubiera expulsado. Se lanzó sobre el muchacho como un vendaval, arrollándole y clavándole las fauces en un brazo. Ramiro saltó al cercado y se colocó encima del perro. El animal soltó su presa y se revolvió fieramente, pero el astur logró meterle la cabeza en el saco y tiró de la cinta. El can intentó salir de la tela agitando las patas. Ramiro adivinó otros brillos centelleantes saliendo de las sombras. Cogió al animal por las patas traseras, lo volteó en círculo y lo impactó contra el segundo perro. El golpe dejó a los animales aturdidos. Ramiro volvió a golpearlos y ambos quedaron quietos, respirando entrecortadamente. Ramiro recuperó el saco y miró al niño agredido.

—¿Cómo te encuentras?

—Me duele mucho el brazo. Espero que no me lo haya roto.

—Menos mal que estabas bien cubierto con la ropa. ¿No viste el letrero?

—No me he fijado. Como no ladraban creí que no habría perros. La primera vez que veo uno que no ladra.

—Son más efectivos, como los lobos: verdaderos centinelas. A un perro ladrador lo ves. Al mudo sólo se le ve cuando está encima, que es lo que le enseñan. Nadie se arriesga a entrar cuando te advierten de uno de estos chuchos.

—¿Los has matado?

—Creo que no. Han quedado sin ganas de pelea por un rato.

—Mete uno en el saco. Lo llevaremos y nos lo comeremos.

—No.

—¿Cómo que no? Es comida.

—Es un perro —dijo Ramiro, sintiendo el eco lejano de *Cuito*.

—Claro, ¿y qué? No es el primero que comemos. Perros, gatos, ratas, burros, lo que sea. Debemos sobrevivir a esta hambre.

—Nadie comerá un perro al que yo haya atacado —sostuvo con firmeza el asturiano.

—¿Atacar? Fue él quien nos atacó.

—Defendía la hacienda. Estaba en su derecho. Así que olvídalo.

El otro le miró y concedió que tenía perdida la partida. Le dejó la iniciativa de hacer señales a los otros para que saltaran el cercado, lo que hicieron de inmediato.

—Dos quedaos aquí. ¿Quién me acompaña?

—Yo —dijo el agredido por el perro.

Buscaron una entrada a la nave. Todas las puertas y ventanas estaban cerradas, y las paredes eran sólidas. Ramiro escaló una rugosa pared hasta un tragaluz. Miró adentro. Estaba casi a oscuras. Forzó el cierre e hizo una seña al otro, que subió a su lado. Ramiro se ató una cuerda a la cintura y descendió al interior sin dejarse amedrentar por el silencioso almacén lleno de bultos. En la penumbra distinguió canastas: panochas y patatas. Llenó un saco y lo até a la cuerda. Dio un tirón y la carga fue subida de inmediato. Llenó otro saco y lo mandó arriba por el mismo procedimiento. Cuando la cuerda volvió a bajar se izó hasta el tragaluz y bajó al suelo exterior. En ese momento un hombre corrió hacia ellos gritando. Saltaron ágilmente la valla y se alejaron a gran velocidad ayudando a Maxi, a Pedro y al otro chico con los sacos. El que fue atacado por el perro igualó su paso al de Ramiro.

—Gracias, macho. ¿Dónde aprendiste ese truco del talego?

—Es el mismo que para coger gatos.

—Nada de eso. Menuda diferencia.

—Me enseñó mi padre cuando tenía ocho años. Con lobos.

—Está claro que los de pueblo tenéis grandes recursos.

—Tú eres el hermano de Teresa Reneses, ¿verdad?

—Sí, me llamo Jaime. Y éste es Jesús —señaló al amigo, el del pelo rubio, su tenaz acompañante—. ¿Conoces a mi hermana?

—La he visto pero nunca hablé con ella. Dale uno de los talegos. Que reparta las cosas entre las chicas.

—Dáselo tú mismo.

—Es que...

—¿Te cortas? No me lo creo.

Él no contestó. Llegaron a la estación aplastados de frío, viendo a la gente pululando como fantasmas. Había pequeñas hogueras en algunos sitios al resguardo y gente calentándose alrededor. Se dirigieron a un gran local, que servía de comedor y cantina. Allí estaban todos los niños y los cuidadores saboreando el calorcito de las estufas y sintiendo sus tripas crujir por la falta de alimentos. Se llegaron al grupo buscado que, al ver el maíz, quiso devorarlo allí mismo.

—No se puede comer así. Está helado. Vamos fuera —propuso Ramiro—. Haremos un fuego y lo asaremos todo.

Salieron y buscaron trozos de leña. Luego, resguardados en un pequeño cobertizo, hicieron una fogata en la que pusieron una chapa metálica y sobre ella las patatas y las panochas. En la impaciente espera, Teresa y Ramiro se miraron a hurtadillas. Jaime contó lo ocurrido y ella lo miró con mayor intensidad. Nunca había hablado con ese chico alto y solitario que se quedó en sus sueños cuando lo vio por vez primera.

—Y fue él quien bajó y subió la cuerda como Tarzán. Y, a pesar de ello, no se atreve a hablar a mi hermana, ¿podéis creerlo? —rio Jaime—. Venga, di algo.

Las llamas dispersaron las miradas de admiración del grupo, menos la de Teresa, presa en los ojos de él. No tenía dudas de que era amor lo que sentía por esa chica, aunque no entendía bien por qué era un sentimiento tan estremecedor. Nunca nadie le había hablado de ello, de cómo dejaba a las personas. ¿Por qué a él le abatía y dejaba sin resuello? ¿Podría ser buena una cosa así? El hombre perdía la fuerza, como Sansón sin sus cabellos; se volvía inseguro, enmudecía. ¿O quizá no era el amor lo que causaba esa debilidad sino la incertidumbre de no ser correspondido? Debía de ser eso porque él veía a parejas enamoradas que se mostraban altamente felices. Así que resolvió afrontar el problema de una vez por todas.

—Bueno —dijo—. Te diré que vamos a ser cuñados porque voy a casarme con ella.

Treinta y uno

Olga salió de la ducha y se contempló en el gran espejo que cubría una pared del cuarto de baño. Lo que vio le agradó. Culo alto y duro, tetas erguidas, cintura breve, muslos torneados. Nada caído y ausencia de michelín. Un cuerpo magnífico diseñado para los placeres y la contemplación. No era enamoradiza pero, tras su divorcio, en sus primeros y no infrecuentes contactos sexuales con hombres, siempre guapos, todavía buscaba algo más que el simple formulismo carnal. El tiempo luego se encargó de que también superara la etapa de la desilusión y la ira cuando veía en los ojos de ellos la indiferencia amarga, el gesto machista de satisfacción y, a veces, el desprecio por la presa conseguida una vez consumado el coito. Finalmente los encuentros eran sólo para que el cuerpo siguiera funcionando y su mente se calmara. Creyó en el amor con todas sus defensas entregadas. Y ello la llevó al matrimonio, durante el que vio deshacerse todo el programa que había ido construyendo sobre la idea de la inalterabilidad de ese sentimiento. Llegada la madurez concluyó que el fracaso no estuvo en él ni en ella. El resultante fue la convicción de que el amor era un sentimiento efímero, un fuego devastador que sólo llegaba una vez y que dejaba pavesas atomizándose en el recuerdo. Era inútil buscar respuestas. No había un segundo amor porque el primero se lleva todo el combustible y nada resta por arder.

Se tocó las partes erógenas y pensó en John, que aplicaba sus dedos sacando sones de sus carnes decepcionadas e insatisfechas como si fuera un pianista virtuoso. Se estremeció. ¿Borraría él todas sus convicciones y le traería un nuevo amor, que sería el auténtico porque el primero no fue tal sino creencia de que lo era? En sus contactos él no mostraba prisa sino una calma embriagadora como el riego por goteo. Y tras la explosión paralizante, dolorosa de tan placentera, él dejaba que el tiempo se consumiera, ausente de relojes y obligaciones, integrado en los silencios convenidos de ella.

Se vistió y se dispuso a maquillarse. Miró el espejo. Veía el rostro de la niña que fue y que en el fondo seguía siendo a despecho de su voluntariedad. Como cuando iba con su tío Carlos a los parques, al zoológico, a las atracciones, siempre prendida de su mano para su infantil gozo. Le compraba chucherías y le descubría un mundo de bondad que luego comprobó que no existía. Su tío Carlos, su primer amor sin él saberlo. Nunca vio a un hombre tan atractivo. Incluso ahora algo la reclamaba hacia él cuando lo veía. Como esos actores de cine de la niñez cuyas fotografías conservamos durante toda la vida. Abatió los párpados y de pronto quedó pasmada, como si estuviese enjabonada en la ducha y se hubiera cortado el agua. No podía ser. Abrió los ojos y los vio desbordados en el espejo. Salió a toda prisa hacia el salón. Buscó en los cajones de la librería hasta encontrar los álbumes de fotos de su niñez. Miró los recuerdos plasmados y notó el estallido del descubrimiento insospechado. Allí estaba Carlos en la edad de John. Casi iguales. Pero faltaba la comprobación final. Se terminó de arreglar y salió rápidamente, como si la casa estuviera ardiendo.

Abrió la puerta del despacho con su desinhibición habitual, como si trabajara en la agencia. La dejó abierta y se sentó sin más preámbulo. Luego se levantó, cerró la puerta ante la boquiabierta Sara y regresó al asiento.

—Parece que traes algo importante —dije—. Estás muy sofocada, como si hubieras visto un fantasma.

—Lo he visto.

—Bien. Suelta lastre.

—Necesito ver la fotografía de la mujer que busca John Fisher.

La miré intentando adivinar lo que deseaba establecer. Busqué en el expediente y puse la foto en su mano ávida. Olga quedó absorta como un maniquí.

—Ésta es mi abuela —dijo, la voz temblada.

Me senté y analicé lo que significaba su descubrimiento.

—¿Cómo estableciste la relación?

—La tenía ante mis ojos y no la veía —dijo, pasando a explicar el proceso que le llevó a esa deducción—. Ahora sé quién fue el padre de mi tío: un brigadista —concluyó.

—Lo que nos conduce a consideraciones obvias. La primera, que tu padre y tu tío no son hermanos sino hermanastros; cosa que tú sabías —señalé.

Olga mantuvo el tipo.

—Sí, lo sabía. Aunque hasta ahora ignoraba quién puso la simiente de mi tío en mi abuela.

—Él y tu padre debían de saberlo de boca de tu abuela porque tuvieron edad suficiente para ser informados antes de acontecer lo de su amnesia.

—Ninguno me dijo nunca nada al respecto. Puedes creerme.

—La segunda lectura que se obtiene de tu revelación es que tu abuela estaba en el bando republicano cuando concibió a tu tío, algo sorprendente para una casada con un oficial franquista e instalada en una familia notablemente de derechas.

—Un momento. Yo cuando duermo me giro a todos lados. Quiero decir que no milito en ningún partido.

—Perteneces a una familia conservadora y tradicional. Es un hecho.

—Bien, y qué.

—Que me cuesta creer que ella abjurara de su ideología para cambiarse al otro bando egoístamente. No concuerda con la descripción que has hecho de ella. Tengo la sensación de que, al margen de que haya misterios en su vida por descubrir, tú sabes más de lo que me has contado hasta ahora.

Ella se levantó y volvió a sentarse.

—Bueno, hay cosas... —enmudeció. Esperé sin decir nada a que ella cambiara el chip—. Mi abuela debió de tener unas experiencias intensas. Mi padre y mi tío dicen no conocer nada de su pasado. Blas y Jesús algo deben de saber pero lo guardan a buen recaudo. —Seguí impávido, como un psicólogo haciendo sus deberes. Ella continuó—: En enero de 1957, doce años antes de nacer yo, se presentó en casa un matrimonio con un hijo. Dijeron que la mujer era hija de mi abuela y que en el 37 formó parte, junto a su hermano Jaime, que murió, de los miles de niños que la República envió al extranjero. Ellos venían de Rusia.

La miré, valorando esa información.

—¿Qué hizo tu abuela al verlos?

—Te conté que ella perdió la memoria en 1956. El ver a su hija le conmovió pero no al punto de que la amnesia fuera eliminada. De haber sido la niña que ella recordaría, quizás habría sido posible la curación. Pero Teresa, así se llama su hija, era una mujer adulta de veintiocho años, desconocida para la abuela.

—Dices que la conmovió.

—Le emocionó el saber que tenía una hija y que, al margen de la amnesia, había otro ser de su propia sangre con quien podría establecer un trato sostenido y enriquecedor. Pero una cosa era saberlo y otra sentirlo.

—¿Quién la recibió?

—Llegaron a la casa donde ella vivía en compañía de Blas y Leonor. Ellos se habían trasladado desde su propia casa para no dejarla sola en esas circunstancias de soledad y amnesia.

—No has mencionado a tu padre ni a tu tío.

—Mi padre tenía doce años y pudo verlos durante la comida. Recordaba haber estado muy callado y algo asustado al ver a ese tío enorme que decía ser su cuñado. Creía que era uno de esos comunistas que Franco había echado y que volvían a invadir España. Ya ves cómo funcionaba la educación y la propaganda. Mi tío tenía diecinueve o veinte y, como te dije, vivía en Ceuta. Vino a verlos al día siguiente y congeniaron.

—¿Qué ocurrió durante aquella visita a tu abuela?

—Blas era quien cortaba el bacalao y no fue receptivo en absoluto porque despreciaba todo lo que oliera a comunista. Y dado que mi abuela mantenía la amnesia, quedó palpable la falta de nexo entre ellos. Así que regresaron a Rusia.

—¿Qué me dices? Acabas de contar que tu abuela necesitaba esa hija surgida de repente para estrechar lazos e incluso como terapia que podría llegar a curarla. No tiene sentido que regresara a Rusia y le negara su ayuda.

—Mi abuela y Leonor insistieron en que se quedaran, pero no tenían el mando. Influyeron otras cosas también, según supe después.

—¿Quién te contó todo eso?

—Ellas, cada una por su lado.

—¿Por qué no asistieron a esa comida Jesús y sus hermanos? Lo lógico es que estuvieran con Leonor y Blas, sus padres, y más ante un acontecimiento semejante, nada menos que ver en casa a unos de esos niños de Rusia.

—Jesús se había independizado y no debió de considerarlo de interés para él. Y los mellizos... —dudó—. Bueno, estaban en Ceuta. Eran tenientes de la Legión.

—Entonces estaban con Carlos.

—No. Carlos no era legionario. Además, no se hablaban.

—¿No se hablaban? ¿Y ahora?

—No volvieron a tener trato.

—¿Por qué?

—Lo ignoro.

—En tu visita anterior dijiste que los mellizos tampoco se hablan con Blas y Jesús. ¿Qué pasa con esos mellizos?

—No lo sé. Nunca nadie quiso explicármelo. —Sus ojos parecían sinceros.

—¿A qué se dedican?

—Ellos permanecieron en el Ejército. Ahora están en la Reserva.

—¿Siguieron en la Legión?

—No. Consiguieron destino en Madrid, en Caballería. No sé exactamente dónde, aunque creo recordar que estaban por Boadilla del Monte. Eran tenientes coroneles.

—Eso me lleva a cerrar el triángulo: ¿cómo se lleva tu tío con Blas y Jesús?

—Bien, aunque no tienen gran relación. Sólo se ven de higos a brevas.

Sostuve la necesaria cautela, pero ella no parecía querer dar más de sí.

—¿Teresa no volvió a ver a su madre?

—Mantuvieron correspondencia. En el 90 volvieron. Los reconoció a pesar de que habían pasado treinta y tres años desde su visita anterior, pero seguía sin recordar a Teresa en su niñez.

—Me hablaste de tu relación con tu abuela y de que estuvo contigo desde que naciste.

—Sí, fue magnífica siempre. Mi madre murió al nacer yo. Le habían advertido de no tener más hijos, después de los dos primeros. Se la jugaron al saber que sería una niña. Por eso mi abuela me crio como a una hija. Como ya te dije en mi anterior visita, desde las brumas del recuerdo me veo jugando y paseando con ella. Su bondad es proverbial. Calmaba todos mis berrinches. Al crecer hubo la necesaria separación por los estudios, el trabajo, el matrimonio... Pero ella siempre estuvo allí como una tabla de salvación. Así que tuve una madre siempre; dos en realidad porque Leonor, tan pendiente de ella, también participó en mi crianza. Cuando años después decidieron enviarla a una residencia no pude oponerme. ¿Quién la iba a cuidar si todos necesitábamos tiempo para nuestros problemas? Iba a verla todos los días, luego cada semana y luego una vez al mes. —Buscó el recurso de una pausa—. Allí estaba Leonor siempre con ella y eso me tranquilizaba. Un día, al despedirme, noté que no había lágrimas en los ojos de mi abuela. Me di cuenta de que también a mí empezaba a olvidarme. La estaba perdiendo. ¡Dios mío! ¿Le rondaba el Alzheimer? Dejé todo lo superfluo y empleé mucho de mi tiempo en estar con ella. Éramos dos para cuidarla hasta que Leonor nos dejó. ¡Qué buena fue Leonor, qué corazón! Lloré su muerte como si hubiera sido otra abuela. En realidad fue así pues estuvimos siempre juntas las tres. La echo de menos, y mucho más la abuela. —Movió la cabeza—. La abuela... Seguiré a su lado hasta que... ¿Sabes lo que es una residencia de ancianos? La gente joven busca olvidarse de que existen, pero es un mundo tan real como el de fuera. Quién sabe si todos acabaremos allí algún día.

Me miró a los ojos y puso el futuro en medio de los dos. Fui consciente de su participada emoción y dejé un tiempo de silencio para que le tornara el sosiego.

—En aquella visita que tus tíos hicieron en el 90, supongo que los verías. ¿Qué te parecieron?

—Mi tía era menuda, dulce y con lágrimas atentas al desbordamiento. Ramiro era un tío impresionante, superior a ti en peso y en estatura aunque debía de haber doblado los sesenta. Hombre frugal y cultivado, nunca hizo flaqueza de conocimiento y siempre despreció el atesorar lo material. Aunque se desarrolló en un régimen sin libertades es un espíritu libre y está muy involucrado en temas ecológicos y sociales. En 1963 le ofrecieron marchar a Cuba y dirigir una agencia. Lo rechazó porque le obligaban a hacerse del Partido y porque sospechó que realmente era una misión de espionaje a Estados Unidos.

—Parece que ese hombre te llegó. Hablas de él más que de tu tía. ¿Cómo puedes recordarle tan bien? Eras muy joven en esa fecha.

—Bueno, no tanto. Tenía veintiún años. Lo que pasa es que nos vimos en el 96, esa vez en Moscú.

—Estuviste allá.

—Sí, quería conocer el lugar donde mi tía pasó la mayor parte de su vida y también la ciudad. ¿Conoces Moscú? —Negué con la cabeza y la animé a seguir con la mirada—. Es una ciudad que te aplasta, con esas enormes plazas y anchas avenidas. Pero lo que me impresionó es el pueblo ruso, la gente. Es maravillosa, tanta bondad, tanta sencillez, su amabilidad con los extraños, el alto nivel cultural y de educación que posee la juventud rusa. Nunca tuve inseguridad en andar por las calles, como sí he tenido en muchas ciudades de Occidente.

—¿Viste a más niños?

—Sí, claro. Los que sobreviven se reúnen en grupos dispersos en fechas determinadas. Estaban pidiendo a las autoridades que les concedan un lugar donde crear su propio Centro Español, para no tener que depender de nadie y poder juntarse todos. Lo consiguieron. Y volviendo a Ramiro, es difícil no conmoverse cuando se le oye hablar. Su erudición, sobre todo en ciencias, historia y literatura, contrasta con su sencillez. Evidentemente la mayor parte de lo que dice se refiere a su país de adopción, que ya no existe. Está jubilado con una pensión ridícula para un hombre que estuvo en la cumbre de la astronáutica, dentro de que las pensiones en Rusia son muy bajas. Creo que últimamente el Gobierno las subió aunque podemos imaginar a qué nivel.

Pero no reniega de su pasado, quizá porque no vivieron en la explotación y el temor sino en lo mejor que supo dar ese régimen. Stalin fue un monstruo insensible para su pueblo en su afán de sacarlo del atraso y por su obsesión en ver enemigos por todas partes. Sin embargo, para los niños españoles fue más que un padre, lo que siempre constituirá un misterio. Es del todo incomprensible que un hombre que desde su llegada al poder hizo asesinar, según dicen, a diez millones de rusos entre oficiales del Ejército, políticos, agricultores, clérigos y propietarios de tierras, se deshiciera en atenciones hacia unos niños extranjeros. ¿Cómo un ser tan tiránico pudo albergar ese amor hacia los niños españoles? ¿Qué eran para él, siempre protegidos con diferencia? ¿Qué de la España que nunca visitó le sedujo tanto como para mantener esa generosidad con ellos durante toda su vida?

De nuevo se sintió transportada por la emoción ajena, como una médium transmitiendo. Miré los apuntes que había tomado durante la charla y mantuve un silencio que se hizo espeso para el temperamento de ella.

—No me tengas de espectadora.

—Esos chicos de Rusia obviamente no son hijos del coronel pero por su edad tampoco serían del brigadista inglés, llegado años más tarde. ¿Quién fue su padre?

—Tere me dijo que murió en esa revolución que hubo en España en octubre del 34. Ella fue quien me informó de que mi padre y mi tío son hermanastros.

—Y ella misma lo es respecto de ellos. —Asintió con los ojos—. ¿Por qué me ocultaste todo esto?

—Puede que pensara decírtelo en su momento. No creí que cosas tan íntimas de la familia tuvieran relación con la desaparición del coronel. No lo veía importante para la investigación.

—Todo lo es, hasta el más mínimo detalle. ¿Qué más me ocultas?

—Estoy abandonada de secretos.

Al salir del despacho, Olga se detuvo ante la mesa de Sara.

—Disculpa por mi indelicadeza de antes. Ya sabes cómo soy.

—Nada. Encuentro luces nuevas en tus ojos.

—¿De veras? Será porque he dejado el tabaco.

—No. Es John, ¿verdad?

—Bueno... Sí.

—Parece que al final a la agencia sí le van los arreglos matrimoniales —dije.

—Nada de matrimonios. Por ahora nos basta con estar juntos.

—Hacéis buena pareja —aseguró Sara.

—Volviendo a Tere y a Ramiro —dije—. Supongo que les has llamado para que vengan ahora que tu abuela podría...

—Sí. Les enviaré los pasajes. Excuso decirte lo esperanzados que se encuentran. Pero esa alegría está oscurecida. —Miró mi mirada—. Tienen una nieta que lleva semanas sin dar señales de vida.

—Explica eso.

—Estudiaba en Alemania y desapareció durante unas vacaciones. Al principio no la echaron de menos ni amigos ni profesores a la vuelta a las clases porque algunos alumnos siempre se retrasan por diversas razones. Cuando sus padres escribieron al colegio descubrieron todos que la ausencia no era voluntaria.

La noticia empezó a deambular por mi cabeza como el vigilante de la hora por la acera.

—¿No hay indicios?

—Nada, sólo que vino a España. Parece que es una chica muy lista e intrépida. Estudiaba siempre con becas y viajó sola a muchos países europeos.

—¿Cómo es esa chica y dónde estudiaba? —dije, con todas las alertas encendidas y comprobando una vez más que lo increíble puede ocurrir.

—Rubia, guapa, veinte años. Se llama Tonia Kuznetsova y estudia en Karlsruhe.

—¿Cómo sabéis que vino a España?

—Siempre hablaba de que algún día viajaría a sus raíces para ver a su bisabuela María. Además, la policía alemana tiene constancia de que embarcó en Frankfurt en un vuelo de KLM con destino a Madrid. —Me miró—. Ya ves, ese sería un buen caso para ti.

Más tarde, solo en el despacho, estuve dándole vueltas a la noticia. Llamé a Sara. Entró y se sentó. No dije nada durante un tiempo.

—¿Qué ocurre, Corazón?

—¿Y Javier?

—¡Ah! —Sonrió—. Está en ese lugar secreto de Chile del que tanto habla.* Vendrá pronto. —Me miró—. Pero no es eso, ¿verdad?

—Nuestra Tonia es familia de Olga, concretamente biznieta de María Marrón. —Dejé que se tomara su tiempo de asombro—. No es sorprendente que este caso esté conexionado con los otros dos, sino que hayan coincidido en esta agencia. Pero la vida ofrece estas sorpresas.

—¿Qué piensas hacer?

—No diré nada a Olga. No ayudaría a su resolución. Ella y sus padres estarían encima, agobiando mis movimientos. Sólo lo sabrán si encuentro a Tonia. Creo que será lo mejor.

* Véase *La niebla herida,* del mismo autor y editorial.

Treinta y dos

A las aladas almas de las rosas
del almendro de nata te requiero,
que tenemos que hablar de muchas cosas,
compañero del alma, compañero.

MIGUEL HERNÁNDEZ

Enero 1943

Ramiro tenía el sueño profundo, todo su cuerpo participando del descanso, el alma tranquila. Pero su despertar era instantáneo y sin desperezos. De golpe. Sin embargo, esa noche se despertó confuso y fuera de tiempo, ausente la viveza. Le dolía la cabeza, algo insólito en él. La noche anterior fue como las demás. Él, como siempre, apenas bebió. No lo entendía. Estuvo un rato intentando descifrar y calmar su malestar, que se tornó en inquietud. Abrió los ojos en la penumbra y miró las camas de los otros muchachos. De inmediato notó que las de Maxi, Pedro, Jaime y Jesús estaban vacías. Se levantó y bajó con torpeza a los lavabos. Las duchas estaban inservibles, el agua helada en las cañerías. Se lavó rápido en una de las pilas de piedra con agua contenida en bidones habilitados para tal fin. Estaba fría pero soportable. Su cabeza se despejó pero no pudo ahuyentar sus temores. Volvió al dormitorio compartido. Encendió la débil luz y despertó a los otros mientras se vestía. Hizo la cama y luego inspeccionó las taquillas de los cuatro ausentes. Estaban vacías de ropas y objetos.

Era noche profunda y la población mantenía la prohibición de iluminación exterior. La Gran Guerra Patria sacudía al país y todo el pueblo soviético debía trabajar para la derrota del enemigo, rechazando cuanto no contribuyera a ese fin, sin privilegios para nadie. Ahora, los mayores, y él lo era a sus dieciséis años, ya no perdían el tiempo en juegos. Veinte de ellos trabajaban desde hacía meses en las fábricas de armamento, trasladadas desde el oeste en una asombrosa mudanza realizada en sólo unos meses y que necesitó más de cuatro millones de vagones de tren para la carga de las máquinas y materiales de producción. Las fábricas, situadas a las afueras de Ufa, capital de la República Bashkiria, funcionaban ininterrumpidamente con ejércitos de obreros destajando y turnándose como hormigas en las inmensas naves, en funciones sistematizadas. Ramiro estaba en la sección de motores de una de ellas, donde se construían carros de combate, y con él sus cuatro amigos ausentados.

La ciudad, acostada en el río del mismo nombre y plantada al pie de la parte oeste de los Urales, en la Rusia europea, estaba al otro lado de una línea del tiempo, uno de los once husos horarios invisibles que dividían el inmenso país y que hacía que allí amaneciera dos horas antes que en Moscú y en Leningrado. Ufa era un gran centro industrial y de comunicaciones. Contaba con aeropuerto y de ella partían las rutas viales y ferroviarias principales que, cruzando los ciento sesenta kilómetros de anchura en ese punto de la tremenda espina dorsal pétrea, conectaban con Siberia occidental y la Rusia asiática. Cada día salían trenes para los frentes cargados de cañones, municiones, armas, alimentos y soldados.

Los niños habían llegado hacía un año desde Stalingrado en aquel interminable y penoso viaje de semanas. Fueron instalados en Birsk, un pueblo situado a cien kilómetros al norte de Ufa, surcado por el río Belaja, afluente del Volga, y también frente a los Urales. Les asignaron la Casa 15, confortable como todas, pero no era como antes. Los alimentos estaban racionados, faltaban combustibles para toda la población y había poco personal docente porque la mayoría de los que les acompañaron desde Stalingrado, hombres y mujeres, habían acudido a los frentes de lucha. Sin embargo todavía persistía alguna distinción entre ellos y los niños rusos, como en los tiempos de paz. En Birsk había también una casa para niños rusos huérfanos, unos noventa, que dormían dos en una cama y cuya alimentación incluía setecientos cincuenta gramos de pan al día. Los niños españoles, unos cuatrocientos, dormían uno en cada cama en su Casa 15, mejor en todos los sentidos, y recibían un kilo de pan al día.

Con el paso de los meses fueron entendiendo el gigantesco empeño que estaba haciendo el pueblo ruso con el único propósito de ganar la guerra. Significaba haber entrado en un sistema de pura muerte obligada para muchos y de estricta supervivencia para los demás. Los niños españoles captaron el mensaje. Por eso, cuando se pidieron voluntarios entre los mayores para trabajar en las fábricas de Ufa, los veinte se apuntaron aunque Ramiro, Jesús y otros no abandonaron sus estudios que, a falta de escuelas, seguían rigurosamente cada día en los mismos dormitorios con la asistencia de los pocos y esforzados profesores que no habían ido al frente. Las clases se impartían en español, como siempre desde que llegaron, aparte de la asignatura de Lengua Rusa. Pero habían terminado el cuarto curso y ahora todas las clases serían en ruso, sin olvidar la lengua española para que no se desvincularan nunca de su origen.

En Ufa vivían en una casa vulgar de dos plantas, con un dormitorio general en la de arriba y los servicios en la de abajo. Desde allí Ramiro veía las altas cumbres, siempre nevadas, que le recordaban los montes de su tierra natal. Al otro lado de los Urales seguía siendo Rusia. Quizás algún día podría viajar en el transiberiano hasta los confines de ese vasto país, el más grande del mundo... con Teresa. Nunca olvidaría el momento en que con su seriedad habitual y ante el regocijo de los demás amigos le dijo que se casaría con ella. La imaginaba siendo su mujer y compartiendo sus mismos sueños. Inició un acercamiento vacilante y se esperanzó ante lo que le respondían sus miradas. Pero un día tropezó con los ojos de Jesús, que no eran los azules de siempre sino pozos negros castigados de angustia.

—Quiero a Teresa desde que la vi en la colonia de Valencia. Llevo a su lado siete años. No podría vivir sin ella.

—Qué quieres de mí, Jesús.

—Que te apartes. No me robes la felicidad. Es lo que más quiero en este mundo.

—¿Ella sabe de tus sentimientos?

—Sí. Somos novios... Bueno, ya sabes. Prometimos serlo de mayores.

—Si es así, tranquilo. Aquí está mi mano. A partir de ahora no me inmiscuiré.

Ella, como muchas niñas de la guerra, trabajaba en un *koljós* de Birsk ayudando en las labores de la huerta, que se realizaban con idéntica sistematización que en las fábricas. Permanecía en la misma Casa 15 y sólo se encontraban los fines de semana cuando se reunían en Birsk todos los amigos. Él la veía pasear con Jesús y esos encuentros le recordaban los de Carmen Casas y Amelio en Krasnovidovo. Era curioso que en esa sociedad laica existiera el mismo recato que en la católica España. Teresa le miraba siempre, reclamando en silencio respuestas a su distanciamiento. Era notorio para todo el grupo que esas miradas hablaban de dolor y de amor y nadie entendía la razón de su alejamiento.

Ramiro bajó al comedor. Ni rastro de los cuatro. Cuando se evidenció que no estaban estalló la alarma entre los cuidadores, que no la sorpresa, porque llevaban tiempo hablando de que iban a luchar contra los alemanes. Se consideraban adultos y preparados para aportar su entusiasmo en las trincheras junto a los miles de rusos que combatían. Incluso habían ido al Comité militar con la voluntad de inscribirse en las unidades que se formaban para cubrir la demanda de soldados. A él mismo habían intentado convencerle para que se uniese a esa causa y no entendieron su rechazo ni la certeza de que ellos también estaban contribuyendo al esfuerzo de la guerra con su trabajo en las fábricas.

—Me decepcionas. Te he tenido como un modelo, pero no eres como estos paisanos tuyos —le dijo Jaime señalando a Maxi y a Pedro—. Nunca creí que te acojonara ir al frente.

—No tiene nada que ver con el valor. Es una idea insensata, simplemente. Además de que no nos lo permiten por nuestra edad. Ya nos lo han dicho.

—Hay niños españoles luchando en primera línea en Leningrado y en Stalingrado —dijo Maxi.

—Son los que no pudieron salir. Si a nosotros no nos hubieran sacado a tiempo de Stalingrado, ahora estaríamos en esa bolsa, quizá muertos. Pero a ninguno, una vez lejos, se nos ha permitido ir a los frentes.

—¿Y los niños rusos de nuestra edad? —habló Pedro.

—Con ellos no han tenido nunca los miramientos que con nosotros. Lo sabéis. Así que olvidadlo.

—No lo vamos a olvidar —dijo Maxi.

—Siempre fuiste alegre, la parte simpática que me acompañaba. ¿Dónde mandaste ese contento?

—Marchó en estos años ruines. —Ramiro vio en sus ojos celestes una mirada distanciada de la cuestión.

—No es sólo por eso, ¿verdad?

—Claro que no. Vives inmerso en tus estudios y en la inopia. No ves la realidad.

—¿Qué realidad? Vuelves a tu recurrente insatisfacción.

—No vuelvo. La tengo grabada a fuego. Llevamos seis años aquí. ¿Y qué somos? Unos asimilados a un sistema rígido e invariable. Números.

—No nos fue tan mal hasta que estalló la Guerra Patria.

—Aquello fue magnífico, como un sueño. Pero acabó. Nunca volveremos a ese paraíso. Vamos para diecisiete años pero nos siguen diciendo cuándo y cuánto tenemos que mear. Queremos romper con esa inercia, tener iniciativas, hacer algo que salga de nosotros mismos.

—¿Y buscáis la guerra para realizarlo? ¿No es mejor esperar a que termine? Se habla de que el Ejército alemán está asfixiado en Stalingrado y que es posible una rendición.

—¿Y qué? Seguiremos igual o quizá peor porque nuestros carceleros tendrán más tiempo para vigilarnos.

—No son carceleros. Son gente que se desvive por nosotros. Su modo de vivir no difiere del nuestro. No merecen que les apliquéis calificación tan negativa.

—Nos tratan mejor que a los rusos, ¿y qué? En realidad tienes razón: ellos son tan prisioneros como nosotros. Todos seguiremos sin poder ir adonde queramos. En Madrid yo campaba a mis anchas y nadie me marcaba el territorio —intervino Jaime—. Allí era libre como un pájaro a pesar del hambre y de mis pocos años. Y a éste le ocurría igual en Toledo.

—Te criaste conmigo —dijo Ramiro mirando a Maxi—. Allí tampoco teníamos libertad. No te compares con éstos. Apenas salíamos de la aldea.

—Porque éramos guajes. Pero los mayores sí salían a otros pueblos. Nadie les prohibía.

—Cuando pase la guerra todo mejorará.

—¿Lo crees realmente? A nadie le permiten salir de la Unión Soviética, haya guerra o no —remachó Jaime.

—Aún somos chicos. ¿Dónde quieres ir con dieciséis

años? —dijo, mirando al madrileño—. ¿Y tú, Maxi? Formémonos. Desarrollemos nuestras capacidades. Podremos enfrentarnos a situaciones serias cuando seamos adultos capacitados.

—¿Crees que la barrera entre niño y adulto es fija y universal? —se impacientó Jaime—. Habrá muchos que tarden en ser adultos. Nosotros lo fuimos el mismo día en que nos raptaron de España.

La frase sonó tan rotunda como una sentencia. Se miraron. Ramiro reconoció para sí que Jaime tenía razón. Habían dejado de ser niños muchos años atrás.

—Ya veo que Maxi os ha convencido de su rebeldía, pero no aprecio un equilibrio con la madurez de que presumes.

—Tú quieres a Tere, ¿verdad? —dijo Jaime de sopetón.

La inoportuna pregunta de Jaime sorprendió a Ramiro, que lo miró con asombro.

—¿A qué viene esa...?

—Quiero que la cuides, si nos pasa algo a Jesús y a mí.

—Cuidaremos de ella los tres. No se te ocurra escaparte. No llegarías lejos y harías el ridículo. Los rusos esperan de nosotros un comportamiento lógico, no esa estupidez. Y vosotros —los miró—, espero que tengáis la cordura necesaria para que esto no siga adelante.

Jesús, que se había limitado a escuchar, le llamó en un aparte.

—Te relevo de tu juramento. Fue un rasgo de gran generosidad el tuyo. Ella me quiere pero a ti te ama. A tu lado será feliz.

—Tu discurso suena a despedida. No lo acepto. Os vigilaré día y noche. Evitaré la locura que proponéis.

—No tiene nada que ver con Teresa. No sé si nos iremos. En cualquier caso ella es tuya.

—No quiero hablar de eso. Tere no es una mercancía.

—Precisamente. Hablamos de sentimientos. Sabes que ella está colada por ti. Mi lucha es absurda. Ayer le dije que rompía esa pantomima de noviazgo que manteníamos.

—No es suficiente para mí. No rompo tan fácilmente mis compromisos. Ten paciencia. Nunca nada está perdido del todo.

Jesús le miró con intensidad. Ciertamente Ramiro no era como los demás.

Y ahora, días después, los insensatos habían pasado a la acción. Bien. No había por qué preocuparse demasiado. Para ir a Stalingrado sólo tenían un medio: el tren. Tratarían de subirse a uno de los que partían para los frentes. Los interceptarían y los devolverían con una dosis de sentido común.

Pero la búsqueda no dio frutos. ¿Dónde estarían? La inquietud de todos empezó a estar justificada. Y al tercer día llegó la noticia terrible. Los cuatro fueron hallados aunque sólo Maxi estaba vivo, con las piernas rotas y con zonas de congelación en sus miembros. Dieron con ellos a unos cuarenta kilómetros de la carretera general a Samara, mucho antes de Pokovka. Uno de los camiones militares no los vio haciendo señales hasta que estuvo encima. Nevaba abundantemente. Según decían, ese invierno y el anterior fueron los más fríos de todo el siglo. Ramiro sintió un gran enojo hacia los amigos desaparecidos. Les daría de golpes si pudiera. Luego su rabia fue conducida hacia sí mismo: imaginaba el desmoronamiento de Teresa cuando lo supiera. Jaime era toda su familia, todo para ella en el más profundo sentido. Nunca se habían separado desde que salieron de Madrid en el lejano 1936. Comprendió la imposibilidad de imaginar, y menos compartir, la magnitud del dolor que sufriría.

No se equivocaba. Cuando por fin le dieron la noticia, ella se vino abajo. Tuvo que ponerse bajo vigilancia médica. No abandonaba la cama y siempre había alguien a su lado. Él había pedido permiso laboral y se había trasladado a Birsk. Pasaba horas junto a ella recibiendo sus silencios plagados de reproches, sus sentimientos alejados, su voz perdida para él. No había vuelto a hablarle. Por eso se estremeció cuando dos días después ella le miró desde los círculos negros de sus ojeras.

—Debiste protegerle, vigilarle. Y a Jesús, mi segundo hermano. Eran unos niños.

—Lo hice. No es posible hacerlo las veinticuatro horas.

—¿De qué serviría decirle que aquella noche pusieron una sustancia en su bebida?

—Confiaba en ti —insistió ella, poniendo distancia en su mirada.

Maxi sólo pudo hablar tres días más tarde, su rostro ennegrecido sobresaliendo de las vendas blancas como un trozo de leña quemada.

—Nos deslizamos, esquivando a los vigilantes. Llevábamos reservas de alimentos, que habíamos ido reuniendo en secreto —dijo, la voz fatigada y salpicada de sollozos—. Sabíamos que nos buscarían en la estación, así que decidimos ir por la carretera, caminando. Pasaríamos desapercibidos entre la gente.

—¿Pensabais ir a Samara andando, quinientos kilómetros?

—No. Confiábamos en que alguien nos recogería. No todo el mundo tiene órdenes sobre nosotros. No fue malo al principio. Hacía bastante frío pero íbamos bien abrigados. Eso creíamos. No imaginábamos lo duro que es estar a la intemperie tantas horas, fuera de la población, en el campo deshabitado. Dejamos de ver gente circulando. Veíamos pasar los camiones del Ejército. Se desató una ventisca. —Guardó sus palabras y las sustituyó por lágrimas—. No se veía mucho, con la nieve cayendo sin parar. Pero la cosa cambió del todo cuando el agua de las cantimploras se heló, al igual que el pan y lo demás. Pasamos dos noches en viejas cabañas abandonadas, tiritando. Al tercer día nos rendimos. Decidimos interceptar un vehículo que nos llevara de vuelta a Ufa o adonde fuera. Nadie paraba, ni los del Ejército ni los civiles. Nos entró la desesperación y perdimos el cuidado. Nos pusimos en medio de la carretera agitando los brazos al ver los focos de los coches, apartándonos en el último momento. Pero al final fallamos. La pista estaba resbaladiza y nos escurrimos, llenos de torpeza por el congelamiento. El camión nos embistió, pero Pedro, Jaime y Jesús llevaron la peor parte. Y ahora ya no están...

El mundo estaba partiéndose en pedazos. Los muertos se contaban por miles, por millones. Se hablaba de ellos con la indiferencia de lo habitual. Pero ¿podría la frialdad estadística aminorar la desolación que sentía por el injusto destino de Jaime y los otros, la indefensión y sensación de culpa cuando los ojos de Teresa le miraban? ¿Podría no repugnarse a sí mismo por conseguir a Teresa como si fuera un aprovechamiento oportunista del camino libre que dejó la muerte de Jesús?

La miró, agitándose en el sueño, las sábanas como ligaduras. ¿Podría ella superar el drama? ¿Y podría aceptar que lo compartieran en el futuro que él anhelaba para los dos, equilibrando lo mucho que el destino le había quitado?

Treinta y tres

Febrero 2003

La intensa niebla secuestraba la mañana y por las aceras la gente brotaba como fantasmas, evadidos el paisaje y la perspectiva. John Fisher llegó a la plaza del Congreso. Si durante siglos la Puerta del Sol fue el termómetro de España, en los últimos años el eje se había desplazado a esa área de mundanal ruido donde la mayoría de los diputados y políticos intentan convencer al pueblo de que trabajan para salvar el país y no por conservar a toda costa, ausentes ética y escrúpulos, su bien remunerado asiento. John cruzó el minúsculo jardín situado frente a los férreos leones y trató de ver la figura en bronce encaramada a un pedestal de piedra. Miguel de Cervantes. El sosiego ante la ambición de poder, el espíritu frente al mercantilismo disfrazado. La cabeza estaba disuelta en la bruma y no pudo contemplar de nuevo su mirada avizora. Siguió hacia abajo y entró en el cosmopolita salón del hotel Palace. El hecho de estar enfrente del Parlamento confiere a esa cafetería un poder de captación diferenciado para su variopinta y numerosa clientela. Se había esforzado en ser tan puntual como la trascendida fama cosechada por su pueblo, un tópico tan alejado de la realidad como tantas otras falacias. Tomó asiento en uno de los saloncitos y pidió un café. Se distrajo mirando el anuncio para televisión que estaban rodando en la parte central, repitiendo escenas con los focos molestando al máximo.

Pensó en Olga y en cómo ocurrían las cosas. Vino a España comprometido por un juramento que él no hizo, por ese abuelo en cuya mirada permanecieron la fiebre aventurera y el hermano de tiempos lejanos. Su estancia en Madrid era una misión, no un deseo personal. Había recorrido tantos países que el turismo no entraba en sus anhelos. Era escéptico con la vida y sus únicos entretenimientos, a veces gozos, eran la lectura, el cine y la fotografía. En su caminar por el mundo su reloj biológico lo conducía al contacto ocasional con mujeres, y resolvían sus encuentros cuando la evidencia establecía la mutua o la sola insatisfacción de seguir juntos. Con los años llegó a pensar que no era posible una convivencia sostenida entre un hombre y una mujer. Los ejemplos eran aplastantes y nada desvinculados de su propio entorno: sus padres se divorciaron, volvieron a caer en la tentación y repitieron nuevos matrimonios que también quebraron. Quién le iba a decir que todas sus convicciones cambiarían al ver a Olga, otra alma desencantada. El hechizo en que ambos cayeron intercalaba una diferencia en lo pautado. No era mucho el tiempo que llevaban viéndose, pero ambos entendieron que sus sentimientos recíprocos nada tenían que ver con los experimentados anteriormente. Había algo en los deseos de estar juntos, algo que él nunca había sufrido. Porque ese afán de su compañía era lo más parecido al sufrimiento. Y lo sorprendente es que él lo ansiaba. Se analizó y buscó las posibles causas de esa perturbación de su ánimo. ¿Por qué le rendía? ¿Se desvanecería como las burbujas y declinaría por la imposición de su enquistada aceptación de un modo de vida en soledad o culminaría en una fusión de renuncias y deseos para los años venideros? Él llegó buscando el rastro de una mujer del pasado y encontró otra de carne y hueso enganchada a ese pasado. Y ahora estaba a punto de vivir otra experiencia no imaginada. ¿Habría algo metafísico en esta vivencia? Buscó marginarse de las elucubraciones sobre el porvenir. Porque, como dicen los españoles, «será lo que Dios quiera».

Ellos aparecieron de golpe, como surgidos de la niebla exterior: Olga y su tío Carlos. John se levantó y se miró en ese hombre durante largos segundos, en silencio, como si tuvieran cuentas pendientes que resolver. Nunca se habían visto pero se reconocieron. Allí estaban las evidencias, la parte que les correspondía de un secreto largo tiempo guardado. Tuvieron un fulgor interior, como una película guardada en los archivos genéticos, y en ella se vieron a sí mismos participando en un mundo quebrado de barricadas y trincheras, de humo y polvo, de muerte e ira, de hierro y fuego; pero también, y volando por encima de las enconadas pasiones como el alcatraz esquivando el tornado, de amor pertinaz y de esperanzas sin desaliento.

—Tú eres el hijo de la mujer que busco —dijo John.

—Y tú una parte de mi padre —respondió Carlos.

Se rindieron a un abrazo mientras Olga, para no caer en la emoción, trataba de refugiarse en la frivolidad con la que había cubierto su vida última.

Treinta y cuatro

Dime,
si me frotabas
hasta romperme en hebras,
por qué nunca pasaste los dedos
a través.
Por qué no me agarraste.

VANESA PÉREZ-SAUQUILLO

Septiembre 1946

La Fábrica 45, antes 24, estaba en el centro-este de Moscú, a cuatro estaciones de metro de la Plaza Roja, cerca del río Jauza, en el distrito de Stalin, y ocupaba un área de ciento cincuenta mil metros cuadrados. Dentro de sus tapias, y entre cuidados jardines, el edificio central de administración y cincuenta grandes naves-talleres se repartían el enorme espacio donde también había almacenes, garajes con muelle para camiones y una terminal ferroviaria de carga. Allí cincuenta y cinco mil empleados, de los que cincuenta mil eran obreros, fabricaban motores, accesorios y mecanismos para la industria aeronáutica. La fábrica no interrumpía su fabricación, que se sostenía en tres turnos de ocho horas.

Teresa caminó con dos amigas hacia la entrada entre los miles de hombres y mujeres vomitados por la estación de metro de Stalin y los numerosos tranvías y autobuses que llegaban puntualmente en cortos espacios de tiempo. Eran las seis menos cuarto de la mañana. Se colocó en una de las ordenadas filas que rápidamente pasaban por los controles, dio su nombre y recogió el carné con fotografía que había de llevar prendido en el pecho durante la jornada de trabajo para entregarlo a la salida al final de la misma. Muchas mujeres estaban embarazadas y otras cargaban con sus niños. Las fábricas, como las granjas, disponían de jardines de infancia gratuitos donde los cientos de madres depositaban a sus hijos desde sólo unos meses hasta la edad de primaria para recogerles al término de la jornada.

El tiempo había cambiado de un día para otro y presagiaba lluvia. Teresa llegó al amplio Pabellón 23 y anduvo por entre las largas filas de tornos, fresadoras, sierras y mesas de trabajo en los que ya se iban situando los mil obreros en los ocho grupos que componía cada taller. Subió a la oficina de taller en el primer piso, cruzándose con los ingenieros que se dirigían a la segunda planta, y llegó a su puesto de trabajo, desde el que distribuía y controlaba las tareas a los ciento veinticinco operarios de su grupo. Miró abajo a través del cristal. Ramiro no estaba en su puesto, algo extraño y fuera de lo normal ya que sólo faltaba por razones de exámenes, nunca por ningún otro motivo, incluidos los médicos por gozar de una magnífica salud. Tampoco vio a Maxi, lo que no era de extrañar pues últimamente acumulaba ausencias por causas no imprecisas para sus amigos. Pero era lunes y él siempre cumplía con ese día. Preguntó a los demás. Estaban igual de sorprendidos porque a ninguno les habían hecho partícipes de su intención de faltar. Así que bajó a hablar con el encargado de la sección. Le dijo que la noche anterior estuvieron en su casa para pedirle permiso por un asunto particular, no expresado. Teresa estuvo toda la mañana inmersa en una preocupación insoslayable mientras cumplía mecánicamente con sus tareas. ¿Qué sería? ¿Algo relacionado con Maxi y sus problemas?

Llevaban en Moscú desde octubre de 1944, cuando se dio orden de concentrar a todos los niños en la capital, en casas o barracones según las edades y el sexo. Los alemanes estaban siendo expulsados de la Unión Soviética pero había que seguir trabajando duro en las industrias de guerra para vencerlos en su propia tierra. Seguían los racionamientos y la escasez porque todo era para la guerra. Ramiro cambió la fábrica de Ufa por la 45 de Moscú, y Teresa, entonces de quince años, se concentró en estudiar como todos los menores. Ellos se veían a diario y salían con otros españoles, grupo al que fueron incorporándose chicos y chicas rusos. Y el tiempo fue pasando. Y un día ocurrió algo grandioso. Se paró el trabajo en las industrias y en los comercios y se interrumpieron los estudios en los colegios, institutos y universidades. Todo el mundo quedó expectante en las fábricas, en las calles y en las casas esperando que Molotov emitiese una noticia importante desde la emisora central del Kremlin. Y cuando la voz sonó al fin sobre el carraspeo de los altavoces no fue la del ministro sino la de Levitan, el famoso locutor. Consciente del momento histórico anunció vibrante que la guerra había terminado con la derrota total de Alemania. Fue un estallido general. La gente se abrazaba, gritaba, bailaba; había música y canciones y nadie olvidaría nunca ese 7 de mayo de 1945 tan diferente de aquel terrible 7 de junio de 1941 cuando Molotov informó que los nazis invadían la Unión Soviética.

Y el tiempo siguió corriendo. Ella entró en la fábrica con la formación adquirida para el puesto asignado, recién cumplidos los diecisiete. Podía ver a diario a Ramiro, el hombre que palpitaba en su interior en las noches de angustia. Cuando lo veía caminar hacia ella, tan alto y erguido como un faro, el corazón se le rompía de emoción, pero ahí estaba el freno terrible, invencible, de la muerte de Jaime que él no impidió. Aun sabiendo de su inocencia, ella no podía eliminar el rechazo por más que se esforzaba. Algo tendría que ocurrir para que ese freno fuera destruido; se obligaría a esperar. Al fin, el sistema arcaico le impedía constituirse en novia hasta no cumplir los dieciocho años. Tenía meses por delante para destruir la barrera.

Ramiro seguía compatibilizando el trabajo con los estudios de ingeniería, a diferencia de su inseparable Maxi, que prefirió olvidarse de los libros y especializarse como mecánico de motores, no sólo de aviones. En la fábrica, por convenio con el Ministerio de Educación, cumplía jornada de sólo seis horas, lo que no le impedía ser el mejor estajanovista del taller, con valores del doscientos por ciento sobre la producción asignada. Podía haberse acogido a lo que el Gobierno ofrecía a quienes decidían cursar estudios superiores: además de la gratuidad de la enseñanza, libros, transportes, residencia y viajes, tendría un estipendio mensual incluso durante las vacaciones. Pero él quería contribuir, no vivir del esfuerzo ajeno. Estimaba que había estado viviendo del bote mucho tiempo y que había que pagar a esa gente por todo lo que hacía por ellos.

A la hora del almuerzo, Teresa fue con sus amigas y amigos al Combinado de Comidas, un enorme edificio situado enfrente de la fábrica y donde se albergaban el dispensario médico, la farmacia, la biblioteca-club, Correos y el Gastronom, el inmenso almacén de comestibles y artículos para el personal de fábrica. El Combinado tenía tres plantas: abajo el bar; en el tercer piso un restaurante de nivel, y en el segundo piso el inmenso comedor de empleados con más de mil mesas grandes. Teresa recogió los cubiertos, que habían de devolver a la salida en el mismo sitio, y tomó el menú, cuyo costo era muy bajo.

—¿Les habrá ocurrido algo?

—Qué raro que no nos hayan dicho nada.

—Ramiro tiene exámenes de capacitación pronto. Ya sabéis las exigencias. Sólo pasan curso los que muestran amplios y profundos conocimientos de los temas.

—Pero Maxi no tiene ese problema porque no estudia. No imagino adónde pueden haber ido juntos.

—Estamos hablando y a lo mejor están en el barracón.

—No lo creo, pero lo veremos cuando terminemos la jornada.

El barracón de hombres estaba perfectamente habilitado para vivienda. También ahí se manifestaba la preocupación de las autoridades por el bienestar de los niños españoles. Lo habían dividido en dormitorios de cuatro camas, con aseos y cocina comunes. La sala de estudio y lectura servía como pista de baile cuando invitaban a las chicas. Disponía de agua caliente, luz suficiente y calefacción de leña, todo gratuito, y en él vivían setenta españoles.

No estaban ni Ramiro ni Maxi. Teresa empezó a impacientarse y decidió volver a casa andando aunque llovía suavemente, mientras sus amigas iban al Gastronom. La noche llegó rápidamente. Imágenes brotaron de su memoria para incrementar el desasosiego. El día anterior fue domingo y soleado y todo el grupo se desplazó en tren fuera de Moscú a disfrutar del campo. Bajaron en Lenino, más allá del río Certanovka, en una zona de lagos. Aunque estaban en primavera el atardecer acudió pronto, por lo que empezaron a levantar el campamento. Y fue en ese momento cuando ella miró a Ramiro y le dijo:

—¿Me traerías las flores de aquellos nenúfares?

Ella descubrió el loto, la flor sagrada de los egipcios, cuando estaba en Marks. La traían del delta del Volga, donde había muchas de esas plantas acuáticas, y se enamoró de ella. En Moscú el loto era escaso pero no el nenúfar, más asequible en los lagos cercanos y de flor tan bella y aromática como la del Volga. Se convirtió en su flor preferida. Pero la petición sorprendió a todos por insensata y extemporánea; una más de las muchas a que le sometía para probarle y zaherirle aunque quien más sufría era ella misma por su injusto deseo de uncirle a su dolor aun sabiendo que él también lo padecía. Los nenúfares estaban en otra orilla distante, a la que no se podía acceder. Ramiro la miró en silencio, se desvistió y se echó al agua. Fue nadando mientras todos le miraban hacer. Antes de las plantas había una zona de lodos que una máquina de gran potencia limpiaba por absorción a través de un tubo de gran diámetro. Ramiro sorteó fácilmente el tubo y llegó a las hojas flotantes oyendo el jaleo y el aplauso lejano de los amigos. Hizo un ramo con las flores blancas, amarillas y rojas sin tocar el suelo en ningún momento. Al volver, nadando con un solo brazo, se descuidó. La fuerte aspiración le atrapó y aunque intentó escapar la corriente le sumergió. Luchó desesperadamente entre burbujas y cieno consciente de que era cuestión de segundos el ser absorbido. Pudo bordear la boca del tubo cerca del fondo, se aferró a él y fue alejándose hasta notar que la succión era menor. Apoyó los pies en el conducto y distendió las piernas. Salió como una bala a la superficie y buscó calmar su pecho. Ya se acercaban los amigos al rescate. Al salir del agua se dirigió a ella. No había reproche sino pena cuando le dijo: «Perdóname, Tere. No pude conservar las flores.»

Ella sorteó la emoción y, refugiándose en las sombras acudidas, dijo cosas banales cuando tanto quería decirle. A la vuelta todos parecieron haber borrado un incidente que ella no podría olvidar. Y ahora todo se le echaba encima. Recordó lo que una amiga le había dicho recientemente: «Debes decidirte a enterrar ese rencor.»

«No es rencor, es...» «Mierda. ¿Qué te pasa? ¿Qué más necesitas para aceptarle, que busque a otra? ¿Qué será de ti si él desaparece?»

Al llegar a casa, notó las risas y miradas de otras amigas. La casa pertenecía a la fábrica y era sólo para chicas españolas, incluidas también otras empleadas de una gran fábrica textil cercana. Tenía dos pisos y los dormitorios eran de seis camas. Ninguna chica echaba de menos una mayor intimidad porque era divertido y placentero comentar cada noche con las demás sus actividades y esperanzas hasta que el sueño les rendía. Cuando una se casaba se trasladaba a otra vivienda que normalmente se compartía con otros matrimonios. Teresa entró en su cuarto. Allí, en su mesilla, llenando de sol y esperanzas su vida, estaba el ramo de flores de nenúfar más grande y bello que jamás viera.

—¿Dónde... dónde está Ramiro?

—Salió con Maxi. No hace mucho.

Bajó y a despecho de la lluvia regresó deprisa al barracón de chicos por las animadas y seguras calles. No estaba en el salón de lectura. Sin preguntar pasó a su dormitorio. Lo encontró vacío y sintió una profunda soledad. Era una habitación austera, sin los adornos que alegraban las de las chicas. La ventana daba a una zona interior. Se acercó y vio su reflejo en el cristal imponiéndose sobre las tinieblas del otro lado. Tinieblas. Su vida sin él. Sintió un repentino terror. Salió y caminó deprisa hacia el Combinado. Buscó en el ruidoso bar. Allí estaba Maxi con Manuel Fernández, un chico de Bilbao, y otros cuatro amigos, colección de botellines de cerveza Bochkarev y Baltica vacíos y dos botellas de vodka Stolichnaya mediadas delante de ellos. Tenía los ojos tintados de alcohol y no se levantó al verla. Desde que ocurriera lo de su hermano se había vuelto esquivo y le daba a la botella en demasía. Ni con Ramiro parecía estar a gusto. Era un gran mecánico y también conseguía altas cotas de producción; quizá por ello le permitieran tener tan frecuentes ausencias. A pesar de ser buen mozo y tener los ojos más bellos del grupo no andaba con ninguna chica en especial. Pasaba muchas tardes con otros taciturnos en ese mismo bar, donde la bebida era muy barata. Teresa contuvo su urgencia al ver su rostro serio y sin atisbo de amabilidad. Las miradas de los otros la cohibieron.

—Quiero hablar contigo.

—Hazlo. Di lo que sea. Aquí.

—No me tienes bien ponderada, ¿verdad?

—No estás entre las personas que me agradan. En realidad soporto a pocas.

—Antes no eras así conmigo.

—Tú pusiste las diferencias cuando lo de Jaime. Te arrogaste el único sufrimiento. Aunque no podamos alcanzar tu dolor, Ramiro y yo también sufrimos. Parece que eso no lo quieres entender. Nos menosprecias a él y a mí. —La miró y ella vio sus ojos desbordados—. Las cosas pasan porque pasan. Yo estuve con Jaime, Jesús y Pedro en sus últimos momentos. Nunca te paraste a pensar lo mucho que me afectó. Eso tengo sobre ti. Tu actitud es una desdicha para ti misma.

—No pretendas hacerme creer que le das a la botella por lo que le ocurrió a mi hermano.

Él la miró arrebatadoramente.

—Desde luego que sí. —Bajó la cabeza y ella se desasió de su mirada—. Aunque no es sólo por eso, es cierto.

—¿Qué ha ocurrido con Ramiro?

—No me digas que te importa un rábano. No sé cómo no te manda a la mierda. —Ella soportó la afrenta escudándose en un silencio, que él rompió al cabo—. Estuvimos allí, en el maldito lago. Me pidió que le acompañara. Se metió en el agua y cogió las puñeteras flores mientras yo vigilaba. No hubo problemas. Regresamos tarde porque hubo un lío con los trenes.

—¿Cómo... se encuentra?

—¿Él? Es el hombre de hierro al que nada afecta, incapaz de hacer el mal y de creer en la perversión humana.

—¿Qué dijo?

—Apenas hablamos durante el viaje. Estaba hermético, más o menos como en él es habitual.

—¿Dónde está?

—¿Dónde va a estar? En el instituto nocturno. Mañana tiene exámenes.

Teresa salió y tomó el autobús. Bajó seis paradas más allá y corrió desalada, asombrando a la gente de esa sociedad dirigida que parecía haber perdido, como ella hasta entonces, la rabia y el temperamento. Decían que al correr se pierde la dignidad, que no es serio ir corriendo por la calle, que sólo corren los americanos porque están locos. Ella no estaba loca sino clamada de desconsuelo. Iba recordando las canciones que Lolita Torres cantaba en la película mexicana *En la edad del amor*, que tantas veces habían visto antes en el cine Sokol. Cantaba «Las mañanitas» y «Corazón duele», todas tan románticas. Pero ahora le golpeaba las sienes una y otra vez la que decía:

Estás perdiendo el tiempo, pensando, pensando.
Por lo que tú más quieras hasta cuándo, hasta cuándo.
Y así pasan los días y yo desesperando,
Y tú, tú contestando...

Quizá ya fuera demasiado tarde. Corrió y corrió bajo la lluvia, vaciándose de lágrimas. Llegó al centro y subió los escalones de dos en dos. Cruzó corriendo los pasillos llenos de estudiantes silenciosos que la miraron maravillados e irrumpió en el aula donde un profesor explicaba cosas a una treintena de estudiantes, provocando una conmoción. Estaba exhausta, desbordada de amor y de culpa. Cayó de rodillas, ajena al mundo y a los convencionalismos y sólo vio a Ramiro correr hacia ella.

Treinta y cinco

Febrero 2003

—¿Qué es la mente? —analizó el doctor Menéndez—. Es la inteligencia, la facultad de entendimiento, la posibilidad cognoscitiva. Cuando esas capacidades se anulan, la mente, infinito espacio, universo intangible, no existe.

Estábamos en el centro médico de Llanes propiedad de la familia de Rosa, donde los afortunados que consiguen plaza encuentran lo más parecido al edén soñado. Sólo con ver los apabullantes Picos de Europa ya se siente uno en él. Además tiene un valor añadido para mí: ahí está Rosa, mi puerto.

Habíamos salido de Madrid, días atrás, Yasunari Ishimi, Akira Takarada, Olga, su padre, su tío Carlos, la abuela María y yo. Aún tenía en la memoria los momentos que precedieron a la marcha. En el jardín de Horizontes esperaban los familiares. Yo había sido presentado a todos por Olga como un amigo y luego me situé algo apartado del grupo. Allí estaba Blas, el primo-abuelo y jefe del clan, largo, esmirriado, tratando de mantener a raya sus años. Se apoyaba armoniosamente en un bastón lleno de nudos, como si a la madera le hubiera salido un sarpullido. El rostro del hombre se enmascaraba en unas gafas grandes y oscuras. Tenía la nariz pendular y desacreditada, y los lóbulos de las orejas le colgaban como aderezos. Su hijo Jesús mantenía su oronda figura cerca de él, achicándole con su masa. Era un hijo desmesurado, sólo coincidente con el padre en la alta estatura, la copiada nariz y el rostro malcarado. También llevaba gafas y un rictus marcaba su boca. Quizás, y dado que Olga me había contado su entrevista con él, estuve influido en considerar que el gesto era de desaprobación. No estaban los mellizos. Era muy extraño. Toda la familia menos ellos. Me asigné la tarea de buscarle una explicación.

El padre de Olga es corregido de estatura, pelo cano abundante en las sienes, desalojado de kilos, gafas ópticas de cristales tintados. Su aspecto es grave, y el rostro, de facciones bien delineadas. Tenía indudable parecido con Olga, lo que sugería que fue un hombre guapo en su mocedad. Y estaba Carlos, al que veía por vez primera. Era tan notoriamente extraño como un oso en un concierto. Alto, rubio, hermoso, de ojos verdes, admirable en su sesentena y muy considerado de cuerpo. Su parecido con John era notable, por lo que me sorprendió que Olga, tan perspicaz e intuitiva, hubiera tardado en buscar la lógica relación. Lo vi saludar brevemente a Blas y a Jesús, a los hermanos de Olga y esposas, y a otras personas. Lo hizo con semblante serio del que no se desprendió en todo el acto, durante el que evitó prodigarse en el protocolo. Su personalidad me atrapó. Sabía ya su procedencia pero ¿quién era en realidad ese hombre?

Cuando el personaje central apareció, todo se borró de alrededor. La vi avanzar a pasos cautelosos sobre el camino de césped, Olga de su mano. María Marrón era una mujer de mediana estatura y ajustada de peso, pelo corto ondulado, rasgos nobles y casi ausencia de arrugas. Caminaba pasando la mirada de unos a otros, no ausente de voluntad, autonegada la capacidad de hablar. Olga me contó que se aseaba y alimentaba ella sola y que, aun pudiendo hacerlo en soledad, prefería que la acompañaran en los paseos para poder reír y charlar eventualmente, lo que significaba que su mudez era momentánea y voluntaria. Era evidente que le impresionaba el ver a tanta gente despidiéndola: médicos, enfermeras, cuidadores. Un silencio hechicero agobiaba el acto. Aunque tengo por cierto que el trabajo reiterado insensibiliza a los que tratan con enfermos o ancianos confieso que una vez más fallaron mis convicciones al ver cómo esa gente despedía con emoción a esa mujer ingrávida, quizá convencidos de que nunca más volverían a verla. Y no era, estuve seguro, por los muchos años de cuido. Había algo entrañable para ellos en aquella mujer.

Me moví por detrás de los asistentes en la misma dirección que la abuela mientras la besaban y abrazaban. Cuando llegó al coche nuestras miradas se cruzaron por primera vez. Tenía unos ojos negros, grandes, sorprendidos, que sugerían la entrada a otra dimensión. ¿Qué había más allá de esa interrogante mirada? Pasó junto a mí, apartó sus ojos y entró en el coche. Tuve la misma sensación que cinco años atrás cuando Rosa, la *Xana* admirable,* se alejaba lentamente, diluyéndose en mi impotencia. Tan diferentes eran y sin embargo tan próximas.

Hicimos un cómodo viaje en un monovolumen Volkswagen, y nunca un recorrido fue tan extraño, con un silencio mantenido y expectante, a instancias de Akira, que no soltó la mano de la abuela en ningún momento, mientras la otra era acaparada por una mano de Olga. Conducía Carlos, el padre de Olga de copiloto. Detrás, Olga y Akira con María Marrón en medio de ambos. En la fila trasera, Yasunari y yo. Durante el recorrido estudié a mis compañeros. Veía las fuertes manos de Carlos atrapando el volante. Hombre tan extraño. A veces nos mirábamos por el retrovisor y notaba sus mudas preguntas. ¿Quién era yo para organizar esa expedición? Sus ojos eran de un azul tan diluido como una gota de añil en una botella de agua. El pelo

* Véase *El tiempo escondido*, del mismo autor y editorial.

rubio, cortado a cepillo, sin alopecia, brotaba tieso como alfileres. El padre de Olga mantenía un cuello delgado y la mollera desertada de pelos. De vez en cuando se volvía y miraba a su madre. Del pequeño Akira apenas asomaba la mocha. No miró a la mujer ni cambió de posición en todo el trayecto. Era como una estatua. Al otro lado, Olga hablaba al oído de su abuela de vez en cuando y le acariciaba el rostro en ocasiones. Y Yasunari, a mi lado, me miraba a intervalos y sonreía con el misterio de siglos de su especial raza.

Akira, un increíble hombrecito de poco más de metro y medio, cuerpo ascético y mirada insostenible, era tan frugal de movimientos como en su alimentación. Desde la llegada al centro estuvo la mayor parte del tiempo junto a María Marrón, siempre cogido de una de sus manos. En los dos primeros días buscó distintos emplazamientos para la observación de la anciana. Al tercer día concretó el lugar frente a la cordillera. La sentó y la obligó a mirar hacia las cumbres a distintas horas, examinando su expresión cambiante y sus ojos. La muralla granítica presentaba diferentes imágenes según la hora y el clima. En las mañanas, hasta que el sol asomaba sobre las cúspides, las rocas mostraban su rostro oscuro y sin grandes contrastes en los relieves. En las tardes, cuando había cobertura de nubes, la vista se pintaba de la misma pátina grisácea como si fuera un lienzo monocolor. Pero cuando el sol miraba, las oquedades y salientes se hacían presentes y todo adquiría el relieve tridimensional apabullante. No dejaba de ser una vista grandiosa por reiterada que fuera su contemplación. Allá el Pico Tesorero, la peña Vieja, el Naranjo de Bulnes y la Morra de Lechugales sobresaliendo de murallones, cabezas y peñas menores aderezadas de verde profundo. De vez en cuando bandadas de pájaros cruzaban y con frecuencia algún águila perfilaba su vuelo antes de mimetizarse en el gris rocoso. En todos los casos María seguía los movimientos mientras Akira anotaba sus reacciones. Ishimi dijo que el profesor estudiaba los movimientos de la anciana, sus reacciones a los estímulos, sus miradas, sus respuestas, sus risas, su conversación. Medía los tiempos del día, el clima, la luz, los sonidos, las palabras y los silencios buscando una conjunción favorable de todo ello para el momento propicio. Y cuando juzgó comenzó la preparación específica para su operación sin cirugía.

—Dice doctor Takarada que podemos marchar nuestros trabajos si queremos. Necesita tiempo establecer condiciones. Avisará cuando es momento.

—¿Cómo lo va a hacer? —pregunté a Yasunari, todo el grupo presente.

—Explorando la mente.

—Por lo que os oí a Takarada y a ti, ella tiene la mente calmada.

—A veces apagada. Él iluminará.

—Eso lo hacen, o intentan, los psiquiatras —dijo Olga.

—Nada que ver. Ya dije a Corazón. No tienen conocimiento de Akira cómo actuar en mentes confundidas.

—Me asombras. ¿Lo hace basado en los principios de la telepatía? —dijo el padre de Olga.

—No, porque telepatía es comunicación entre dos inteligencias. La señora, aunque sin duda tiene, no usa adecuadamente... ahora.

—¿Hipnosis? —sugirió Rosa.

—Frío. Porque hipnosis es procedimiento para provocar sueño y ella no va a dormir. Vamos a ver. Yo digo lo que él dice. Debéis entender, no discutir. Enfermo mental vive en mundo extraño, sin recuerdos, como nada. No exactamente caso de señora. A ella sólo falla el gran recuerdo, sólo tiene enferma esa parte. Mantiene todo lo demás. Imagina que estructura normal de la mente, como portadora de recuerdos, es como gran sala con muchas bombillas encendidas. Llega el mal y apaga todas de golpe. Ya no hay luz. Instalación destruida. Él trabaja cada bombilla por separado. Enciende una y hay un poco de luz. Enciende otra, más luz. A medida va encendiendo, más luz. Al final, todas encendidas, luz total. Eso hace Akira. Enciende luces, enciende mente. ¿Me sigues?

Le miramos un rato deseando que la sencillez de su explicación fuera correspondida con la realidad.

—¿Qué probabilidades de éxito consigue?

—Depende grado destrucción de mente o bombillas, por seguir ejemplo. Hay catástrofes no posible reconstrucción, otras sí.

El doctor Menéndez es el jefe del departamento de Neurología del centro. Nos había reunido a todos a iniciativa de Rosa. El hombre, de unos sesenta años, se mostró jovial y expresivo aunque se le notaba el esfuerzo en mostrarse cauteloso con su incredulidad de que alguien pudiera curar por procedimientos no ortodoxos y adoleció, en ocasiones, de la habitual propensión al corporativismo, dando la sensación de que marginaba a Akira de la profesión. Ya a nuestra llegada y en privado había expresado a Rosa su sorpresa de que se internara allí a un enfermo con el propósito de ser curado con métodos ajenos a los habituales y a manos de un extraño médico cuyas referencias eran contradictorias.

—¿Tenéis conocimiento respecto al mal que aqueja a la señora? —dijo, mirándonos como si fuéramos estudiantes en examen oral.

—Padece una profunda amnesia sobre sus primeros cuarenta y cinco años.

—No es sólo eso.

—Entonces lo mejor es que nos consideres legos en la materia y que nos lo expliques de forma comprensible —invitó Rosa, sonriente.

—Bien. La clave de este proceso está en la situación del cerebro. Imaginemos que es un árbol. A las ramas altas, las más finas, con la edad no les llega sangre o no la suficiente según la persona. Se producen pequeños infartos que dan lugar a cicatrices reveladoras de que ha cesado el riego sanguíneo. Las delgadas arterias se han atrofiado. Nunca ya vuelven a regarse. Así se pierden millones de neuronas. Las ramas gruesas pueden experimentar calcificaciones por mal riego. Cuando una parte de esas arterias sufre una suspensión súbita de la acción craneal debido a hemorragia, embolia o trombosis, surge el ictus apoplético, que puede provocar la inmovilización de una parte del cuerpo o incluso la muerte. Cuando la calcificación de esas cañerías grandes es lenta pero progresiva aparecen nuevas lesiones isquémicas, la pérdida de neuronas se intensifica y deviene el Alzheimer, que no es curable hoy día por ningún médico del mundo. —Miró a Ishimi, que permaneció como una piedra—. ¿Qué tenemos con María? Le hicimos un tac del cráneo y un Doppler TSA. Añadimos al estudio un registro electroencefalográfico. Todo ello nos reveló que su encéfalo está sin lesiones y con riego adecuado en los principales vasos arteriales y venosos intracraneales. —Se tomó un tiempo, como el vendedor que tiene al cliente a punto de pedido—. Por tanto, si el cerebro le actúa dentro de la normalidad en lo físico, ¿por qué no se cura? Los psiquiatras y neurólogos que la estudiaron, visto el informe que habéis traído, son autoridades en la especialidad. Debo creer que si sus tratamientos no han alcanzado el éxito es porque el caso no tiene solución.

—Define ese punto —dijo Carlos, con gesto poco propicio al acuerdo.

—El ensimismamiento que le habéis detectado en los últimos tiempos puede ser debido a dos factores. Uno, que ha ido invadiéndole una tristeza progresiva cuyo origen puede estar en su convencimiento de que, a pesar de tantos años de tratamientos, no le será posible eliminar la amnesia que le afectó. Ello comporta una tendencia al aislamiento, lo que revierte en afección física. Ya sabéis, eso de que un órgano se atrofia si no se utiliza.

—¿Cuál es la otra causa?

—Algo que los médicos llamamos «inhibición a la normalidad». Significa que si lo olvidado es doloroso y trágico, subconscientemente, el enfermo procura no resucitarlo.

—¿Quieres decir —habló Olga— que ella está amnésica porque en el fondo lo desea o, mejor dicho, porque no quiere recordar?

—Podemos interpretarlo de esa manera. Igual que el cuerpo tiene mecanismos de defensa, los anticuerpos que destruyen las bacterias o cualquier agente extraño que amenaza el sistema, la mente puede proponerse a sí misma el rechazo a revivir tragedias, aunque no de forma consciente para la persona. De ese modo se aísla lo doloroso y se puede seguir viviendo con normalidad o, en muchos casos, se evita el suicidio. No es una reacción infrecuente.

—Vamos a ver. Según eso, uno de los dos factores, o los dos conjuntados, ha posibilitado que la amnesia transitoria pasara a progresiva y que puede haberse llegado al punto de la irreversibilidad, ¿es así?

—Yo no lo habría expresado mejor.

El silencio nos rodeó. Hubo un cruce de miradas que finalmente convergieron en Ishimi.

—El profesor Takarada curará —dijo sin casi mover los labios.

Una mañana, paseando Rosa, Olga y yo, la diseñadora dijo:

—Lo tenéis montado de madre. Este lugar es increíble. Aquí viviría siempre.

—Puedes venir cuando quieras —dijo Rosa—. Te ayudaría a atemperar tus nervios.

Las miré. Era saludable verlas conversar con total compenetración y afecto, ya desde el primer día de conocerse en el centro dos semanas atrás, tiempo en el que me ausenté varias veces.

—¿Dónde está ahora tu padre? —le pregunté.

—En su despacho del Ministerio de Agricultura. Le quedan unos años para la jubilación. Vendrá al primer síntoma de la abuela.

—Te pareces a tu padre pero ningún rasgo físico te asocia a tu tío. En su rostro no hay muchas arrugas. Se ve que ríe poco.

—Muy observador. Sin embargo, es un hombre encantador.

—Háblanos de él.

—Tiene edad para jubilarse pero colabora en una revista de la naturaleza. Le recuerdo siempre al lado de su madre, solícito, cariñoso. Sólo se alejó de ella en sus obligados y frecuentes viajes de reportero. Tuvo una juventud muy intrépida, viajando por todo el mundo y metiéndose en muchos follones. Siempre volvió indemne, como si fuera invulnerable.

—Dijiste que es soltero.

—Sí. Nunca tuvo mujer u hombre con quien compartir su soledad, ni quiso tener descendencia.

—Es extraño, con lo guapo que es —dijo Rosa.

Olga la miró.

—Quizás es que, en el fondo, es una estrella errante —respondió.

—O puede que perdiera su propia estrella y la estuviera buscando, sin encontrarla —aventuró Rosa.

Tuve percepción de la sombra de dolor que oscureció el brillo de los ojos de Olga.

—He observado —añadí, para romper el hechizo— que, aunque se reúnan en grupo, tu padre siempre busca estar junto a Carlos.

—Sí, es su ídolo. Le adora. Me contó de sí mismo que no brillaba en los estudios pero que sacó la carrera gracias a Carlos. En los permisos y en las vacaciones, y luego estando en Madrid, ya fuera del Ejército, mi tío le ayudó con las asignaturas. Le enseñó mucho. Y no sólo eso. En el instituto y en la universidad tuvo problemas con los inevitables bravucones por su carácter reservado. Carlos llegó y les ajustó las cuentas a los más violentos, él solo contra todos. Nunca más volvieron a meterse con mi padre. Es sólo seis años mayor, pero siempre actuó como un padre para con su hermano.

Vimos acercarse a Akira llevando de la mano a María, Yasunari detrás. Olga y Rosa se acercaron a la abuela. La nieta la abrazó con la ternura de siempre y las tres conversaron sobre amenidades. Yasunari nos hizo una seña a Olga y a mí. Nos apartamos.

—Dice Takarada que quizá no ser posible curación. Ella tiene mente muy fugitiva —musitó.

Fue un momento especialmente duro para Olga. Había algo más que desolación en su gesto. Estuvo un rato en silencio y luego se invadió de resentimiento.

—Chinos farsantes —espetó—. Tanto rollo. Os llevaréis la pasta y mis ilusiones. Y si te he visto no me acuerdo.

Yasunari Ishimi le habló con suavidad.

—No somos chinos. Y no estar aquí por dinero. Tú has ofendido. Debes disculparte. Ahora.

Olga se sentó y se cubrió el rostro con las manos.

—Lo siento, disculpadme. Es que... tantas esperanzas...

—No perder fe —dijo Ishimi—. Él intenta. Buscará día, elegirá momento.

Treinta y seis

No mido el tiempo con el tiempo. Mido
lo que dura en mis ojos lo que miro.

GONZALO ESCARPA

Diciembre 1947

La cárcel se llamaba Taganka y estaba en el centro de
Moscú. Era una prisión para rateros y delincuentes comunes de poca monta. El edificio de las celdas tenía dos plantas en forma de cruz. Había un patio de recreo grande y el
recinto tenía unos muros altos sin torretas de vigilancia.

Ramiro exhibió su documentación y pasó los controles
hasta llegar a la sala de visitas, un lugar sombrío con bancos desperdigados y guardias vigilando. Había ya visitantes, mujeres en su mayoría, hablando con los presos. Maxi
entró por una puerta estrecha y se sentó frente a él. Era
domingo, día de visita, y la temperatura se mostraba responsable mientras fuera batía el invierno. Estuvieron un
rato sin hablarse. Luego Ramiro le entregó un paquete,
inspeccionado en el control, que contenía chocolate y galletas Octubre Rojo.

—Me muero por un trago —dijo Maxi, pasándose la
mano por los labios.

—Tienes que dejar la bebida.

—No estoy dominado por ella.

—Ninguno que bebe lo admite. Se te pondrá la cara roja y el cuerpo de esos rusos borrachines. —Parecía una broma pero su rostro estaba serio.

—¿Y qué más puedo esperar? Todos acabaremos de esa guisa.

Ramiro observó su hastío. Tenía mal aspecto, se había dejado la barba y sus uñas estaban sucias.

—No desesperes.

—Estoy hasta los huevos de esto.

—He oído que el juicio es la próxima semana.

—Sí, pero no me refiero a la cárcel sino a la Unión Soviética. —Lo dijo sin cautela, indiferente a quienes pudieran oírle y entenderle. Miró los altos ventanales por donde la sufriente luz se esforzaba en pasar—. ¿Sabes? Eres un amigo. Siempre en el lugar necesitado. Lo que más me conmueve es que no me has hecho ningún reproche.

—No es por falta de ganas. Bastante tienes con lo que tienes.

—¿Has visto a los otros?

—No me interesan. Lo que no entiendo es que no estéis los cuatro en la misma celda.

—Sí, es un fastidio estar compartiendo agujero con doce rusos malolientes. Son gente sufrida, no se meten con nadie, pero... Joder, cómo echo de menos nuestro barracón. Fui un imbécil dejándome engaritar por Felipe. —Hizo una pausa—. ¿Qué dicen los amigos? Nadie salvo tú vino a verme.

—No des importancia a lo que hacen o dicen los demás.

—En realidad me importan un carajo. Para ser exacto, todo me trae sin cuidado. —Se pasó la lengua por los labios tratando de humedecerlos—. Te diré algo que no ignoras. Tienes mi admiración permanente pero a veces reniego de ti. —Desafió los ojos de su amigo—. Te has acomodado a esta vida y nada parece alterarte.

—Me adapto a la situación. Como los otros miles.

—No quedamos miles, sólo cientos. Y no todos comulgan con esto.

Los hechos ocurrieron tres meses antes. Una noche, a las tres de la madrugada, aparecieron guardias de la Milicia en el barracón donde dormían y se llevaron a Maxi y a Manuel. No dijeron nada a pesar del alboroto. Los introdujeron en un furgón a medio vestir y sin cosas personales, y los llevaron a la comisaría, donde tras unas declaraciones los metieron en un calabozo. Ramiro averiguó más tarde que habían pasado allí tres noches incomunicados antes de que se los llevasen a Taganka. Hubo toda suerte de comentarios y teorías. Ramiro supo la verdad de lo ocurrido en la primera visita que hizo a su amigo.

—Fue Felipe, le conoces, ese que trabaja en la fábrica de ropas para el Ejército. Un día que tomaba copas con Manuel, al que ya había camelado, apareció con Míquel, otro del barracón 4. Me dijo que en los almacenes había cantidad de chaquetones, abrigos, cuellos, gorros, botas y guantes, todo de piel, y que no existía vigilancia ninguna. Proponía que podríamos aliviarles de tanta mercancía. Así que una noche a las dos de la madrugada, mientras todos dormíais, me escapé con Manuel y nos juntamos con Felipe y el otro. Hicimos los ochocientos metros caminando sobre la nieve. Saltamos la pequeña valla e hicimos un agujero en el muro de atrás, construido de bloques de vidrio. Cogimos una buena cantidad de cosas, las atamos con cuerdas y las llevamos arrastrando sobre la nieve mientras dos borraban las huellas. Pusimos las ropas en el desván que hay encima de nuestro barracón. Los domingos lo vendíamos en el mercado de Preobrasenskaia, lejos de la zona, para que no nos relacionaran. Es raro que tú, tan observador, no lo notaras.

—Sí lo noté. Creí que eran encargos.

—Y en el dinero que manejábamos, ¿también te fijaste?

—Sí.

—Pero, de acuerdo con tu carácter, nunca preguntaste.

—Pregunto ahora. ¿Por qué lo hiciste?

—Por qué va a ser, por dinero.

—¿Para qué necesitas el dinero?

—¿Para qué? Para vivir mejor, para tener más cosas.

—¿Por qué quieres tener más cosas?

—A veces no pareces normal —dijo Maxi mirándole admirativamente—. Todo el mundo aspira a algo más. Comer y vestir mejor... Joder, ¿es que no ves las películas?

—¿Qué películas?

—Esas mexicanas, indias y francesas tan distintas de las rusas. Hay otro mundo ahí fuera, gente que va libremente por todos los sitios, que tiene casas grandes, coches... Aquí siempre seremos obreros. Y tú, aunque llegues a ingeniero, serás un proletario más. ¿Recuerdas nuestras conversaciones cuando en el 40 visitábamos las fábricas? Te dije que seríamos como esas gentes sin rostro, aquellas hormigas. ¿Quién tenía razón? Nunca tendremos más que lo de ahora.

—No es poco. Tenemos cultura, sanidad, trabajo. Y la seguridad de que nunca nos faltará.

—¡Bah! Quiero volver a España. Recuerdo que allí había mucha pobreza pero también había ricos. Aquí tenemos lo que dices, ¿y qué? ¿Es eso todo en la vida? Yo quiero ser rico y aquí nunca podré lograrlo. Nadie puede. Incluso los gerifaltes del Partido Comunista ruso, que viven de forma superior al pueblo, no son ricos ni pueden salir del país sin autorización. ¿Qué dijo el tío ese del mausoleo, el Lenin de los cojones? «No habrá lugar para privilegio alguno ni para la menor opresión del hombre por el hombre.» ¡Ja! Privilegios y opresión, dos cosas que están plenamente vigentes en este país.

—Te sales del guión. ¿Quieres decir que no te arrepientes de lo hecho? Hace un momento dijiste que te arrepentías de haberte dejado camelar por Felipe.

—Lo que quise decir es que Felipe me defraudó porque la pringó. El asunto era bueno, pero él no era el hombre adecuado.

—Vamos, has dicho que echas de menos el barracón.

—Claro, es un hotel comparado con esto. Pero ¿qué es en realidad? Un cuartel, sin intimidad, oyéndonos los pedos unos a otros. ¿Qué posibilidades tenemos de vivir en un lugar mejor, independiente? —Mostró un gesto inundado de frustración, como cuando se cierran las puertas del ascensor justo al llegar para abordarlo—. Si el cabrón no la hubiera metido...

—¿Cómo os relacionaron con el robo?

—Les fue fácil. Ese mierda de Felipe y el Míquel dejaron de trabajar. Ni se despidieron de la fábrica. Fue fácil relacionar el robo con su ausencia. Los vigilaron y los vieron manejar demasiado dinero. Los trincaron y cantaron, denunciándonos a Manuel y a mí. —Se mesó el cabello—. ¿Qué coño hacemos aquí, Ramiro? ¿Te has parado a pensarlo alguna vez? Nos mandaron para evitarnos una guerra y caímos en otra peor.

—No nos mandaron por eso.

—Es lo mismo. La realidad es que estamos aquí perdidos en la nada. Tú que tanto lees, ¿no te das cuenta? Docenas de niños que cayeron en frentes en los que no debieron estar. Otros que murieron de hambre y de ese frío que soportamos camino de los Urales y que todavía siento en los huesos. Pedro, Jaime y Jesús... ¿Sabes de qué hablo? Pude ser uno de ellos. Sus cuerpos se pudrieron en esta tierra que no es la nuestra.

—Creo que una vez muerto da lo mismo dónde te entierren. Y esta tierra es tan buena como la de Asturias.

—¡Asturias! Te diré algo que nunca confesé. Cuando partimos de El Musel madre me dijo que mis hermanos eran pequeños para venir conmigo. Pero con nosotros embarcaron muchos de cinco años. —Movió la cabeza con una carga de gran pesimismo—. ¿Sabes qué, Ramiro? Muchas veces pienso que mi madre no me quería con ella.

—Qué cosas dices. El no aceptar tu destino te hace pensar estupideces sin sentido. ¿Cómo no va a quererte tu madre? ¿No recuerdas la llantina que tenía?

—Era un momento emocionante para todos. No es un argumento irrefutable.

—Hablas de muchas cosas sin contexto. No busques justificaciones ajenas al hecho delictivo concreto en que ahora estás metido.

—No son justificaciones. Este episodio pasará pero las razones que te doy son permanentes. Cuatro mil razones, los días que llevamos fuera de España. Los cuento uno a uno, me ahogan.

—Te martirizas inútilmente. No hay solución para eso.

—¡No lo entiendes! Es que me niego a adaptarme como tú. Quiero volver a casa. —Cubrió sus ojos con las manos y convulsionó su cuerpo en un sollozo inconsolable.

La vista se celebró un mes después en abierto en un juzgado de distrito donde tres magistrados resolvían casos desde el estrado. Había mucha gente y la mayoría de los reos ejemplarizaba el lado amargo de la sociedad. Cuando les llegó el turno, Maxi, Manuel, Míquel y Felipe se pusieron en pie y dieron sus nombres. Los flanqueaban dos policías pero no estaban esposados. Las preguntas fueron en ruso. Ellos no tenían abogado defensor. Ni siquiera apareció ese coronel español que decían comparecía en juicios similares con otros españoles para, indefectiblemente, sacarlos en libertad.

—¿Llevasteis a cabo lo que dice el sumario?

—Sí, señor.

—¿Por qué? Se os ha brindado una forma de vida sana y honrada. Sois beneficiarios de un proyecto de integración y formación del que no hay precedentes. Se os cuidó y trató mucho mejor que a los niños rusos. La Unión Soviética gastó mucho dinero en que nada os faltara y habéis pagado de la forma más odiosa. Robar es quitar cosas al colectivo común. Es como si os robarais a vosotros mismos.

Ellos asintieron con la cabeza.

—No es un delito de alta gravedad y vuestra condición de niños españoles, aunque ya sois adultos, os sigue amparando por ahora. ¿Juráis no volver a repetirlo?

—Lo juramos.

—Quedáis en libertad.

Ramiro estaba en la sala y dio la mano a sus dos amigos, pero no a Felipe ni a Míquel.

—No quiero veros rondando por donde nos movemos.

Salieron al exterior, lleno de ruido y gente que caminaba sobre la nieve inclinada por el frío. Maxi se hurgó los ojos con una mano.

—¿Qué va a pasar ahora en la fábrica? ¿Nos readmitirán?

—Sí. Hablé con la dirección. Presentaos mañana a vuestra hora, hablad con el ingeniero de planta y a seguir. Pero...

—No me lo pidas. No te prometo nada.

—Escucha. No es esto sólo. Tus constantes ausencias del trabajo preocupan a los ingenieros. No te han echado por la misma razón que hoy os dejaron libres: por ser niños españoles. Debes dejar la bebida y...

—Y someterme, ser un borrego más.

—La impunidad de que gozamos los niños puede acabarse algún día. Éste es un Estado policial. Te vigilarán. Si vuelves a fallar podrías pasarte muchos años en la cárcel. ¿Es eso lo que quieres? Y eso va también por ti —dijo, mirando a Manuel.

Maxi no contestó. Echó a caminar pateando furiosamente, con la cabeza gacha y sumido en un profundo rencor. Manuel le siguió. Luego, más despacio, les secundó Ramiro.

Treinta y siete

Febrero 2003

Fernando y Rafael vivían en las casas militares situadas al final de la calle de Santa Engracia, cerca de Cuatro Caminos. Pero no me recibieron allí sino en un pequeño parque situado muy cerca, en la calle de Raimundo Fernández Villaverde, donde los vecinos sacan a pasear a los ancianos, a los niños y a los perros, y donde a despecho del tráfico feroz se oye el piar de invisibles pájaros.

Los dos hombres exhibían facciones atractivas y sincronizadas, nariz discrepada de la familiar, estaturas envidiosas de la de Jesús y cuerpos en huelga de kilos. Había que tener gran imaginación para encontrar en ellos algo que los identificara con su hermano y su padre. Los mellizos no eran iguales entre ellos ni en la talla ni en el rostro, pero su parecido natural no estaba desvirtuado por el poder destructor del tiempo. Conservaban una delgadez envidiable, un porte distinguido y el resto de unos ojos bellos, ahora precavidos al mirarme.

—Así que en la Reserva, con todo el tiempo del mundo.

—Pasamos ese periodo. Ahora estamos en jubilación. Pero no crea que nos sobra el tiempo.

—Parece que dejaron el Tercio.

—¿El Tercio? —Fernando me miró y creí ver un punto de socarronería en sus ojos—. Dijo que es investigador.

—Sí.

—Pues no parece tener frescas las noticias. Hace muchos años de eso. Casi ni nos acordamos.

—Lo sé. Era una forma de preámbulo, mi deseo de que la conversación sea distendida.

—Ah, ya. Lo que ocurre es que estamos acostumbrados a ir al grano siempre.

—Y me imagino que hacen gala de decir la verdad.

—Así es.

—Pero no siempre se ajustan a ella. —Noté en ellos un envaramiento adicional—. Lo digo por lo de que apenas recuerdan el Tercio. Tengo entendido que un legionario nunca olvida su paso por ese cuerpo.

Se miraron como si fueran niños pillados en una travesura.

—Tiene usted razón. Estamos muy orgullosos de haber sido legionarios —dijo Rafael.

—Es un amor incesante, como el que tenemos por África, donde nacimos. Pero la vida se impone. Quisimos estar en algo cercano a nuestros padres. Lo encontramos en el Regimiento de Caballería Ligero Acorazado Villaviciosa Catorce, en Madrid.

—Insistió usted mucho en vernos —dijo el otro—. Quizá debería explicarnos lo que realmente desea. No logramos entenderle del todo.

—Me han contratado para tratar de averiguar lo que le ocurrió al coronel Ignacio Melgar.

Sus miradas se rozaron, como si hubiera sido una casualidad.

—¿Quién le hizo el encargo?

—Entiendan que no puedo decírselo. Secreto profesional.

—Venga, no sea ridículo. Seguro que es la misma persona que le facilitó nuestra dirección: Olga.

—Por qué negarlo. Debo añadir que los tiene en muy buen concepto.

—Es una chica simpática, diferente a los demás. Quería mucho a nuestra madre. No debería haberse metido en esta tontería.

—Supongo —dijo el otro— que ella le habrá explicado lo que está escrito en todos los informes: que el coronel se ahogó en el estrecho de Gibraltar. Entonces, ¿qué es lo que está investigando exactamente?

—En realidad, más que investigar es confirmar. Ustedes no fueron ajenos a su vida, tuvieron con él una gran vinculación. Su carrera militar se forjó por la decisión de él, no de su padre, de enviarles a la Academia Militar.

—Eso es irrelevante para su caso.

—Me gustaría saber cómo era el coronel desde su punto de vista.

—Fue un gran militar y un verdadero padre para nosotros —dijo Rafael levantando la barbilla como si estuviera jurando la Bandera—. Era el líder de la familia. Creo que debería ser suficiente para usted.

—¿Qué me dicen de su mujer? Sé que la han visitado en ocasiones.

—¿María? —Volvieron a mirarse. Me recordaron a esos tenistas compañeros en partido de dobles buscando la estrategia a seguir entre punto y punto. Fernando dijo—: Es una mujer que merece nuestro más profundo respeto.

—Sé que la visitaron en ocasiones. Me extrañó no verles en la despedida.

—¿Qué despedida? ¿Le ha ocurrido algo?

—La han trasladado a una residencia de Asturias.

—No sabíamos nada. Nadie nos informó.

—¿Por qué no tienen trato con su padre ni con su hermano Jesús? ¿Qué les distanció en tantos años?

—¿También sabe eso? —No contesté—. No es algo que le interese.

—Según parece no se hablan desde los tiempos en que el coronel desapareció.

—Verá usted, señor Corazón, si tanto interés tiene en saber esos datos de nuestra intimidad, llame a otra puerta. Vivimos una existencia tranquila. Considero que sus preguntas son inadmisibles.

—Deben disculparme. Trato de no ser inoportuno.

—Usted hace lo que debe y nosotros también. Así que estamos en paz.

—Todos guardamos cosas de nuestro pasado, buenas y malas —dijo su hermano—. A algunos les gusta airearlas, pero ése no es nuestro caso. El pasado está muerto; dejémoslo enterrado.

Se levantaron del banco y me tendieron sus manos. Los vi alejarse, acompasada la zancada como si estuvieran desfilando. Paso elástico, firme, sin prisa, subrayando su doble condición de mellizos y militares. Me los imaginé años atrás en plena faena legionaria. Seguro que fueron de los más bizarros. Sin embargo, no llegaron a generales, ni siquiera a coroneles. No culminaron sus carreras. Traté de entender su actitud de reserva, lo que en sí mismo no era extraño porque a nadie le gusta que escarben en sus heridas. Muy grande debió de ser la de ellos para tan largo distanciamiento de la familia.

—¿Sí? —dijo John Fisher a través del teléfono.

—¿Te gustaría visitar a tus amigos del hotel Bretón? —invité.

—Sería un placer.

Una hora después estábamos ambos en un vuelo tardío del puente aéreo a Barcelona. La gente de la agencia de alquiler de coches había accedido a darme los datos del fulano que alquiló el auto donde escaparon los que agredieron al inglés. Se llamaba José Luis Sala García y vivía en el 994 de la Gran Via de les Corts Catalanes. En el aeropuerto cogimos un taxi y nos llegamos al portal indicado. Pulsé el intercomunicador y obtuve una voz femenina. Pregunté por el hombre.

—No está.

—¿A qué hora regresa?

—No es seguro que venga.

—Éste es su domicilio, donde vive, ¿no es así?

—Sí, pero hay noches que no viene. ¿Quién pregunta por él?

—Un cliente. Le he hecho algunos encargos anteriormente.

—Llámale al móvil.

—Perdí su número. Por eso vengo personalmente. Dámelo.

Hubo un silencio.

—No te lo voy a dar.

—Vengo de Valladolid expresamente. Habré hecho el viaje en balde y él perderá un negocio. Tú decides —dije, echando mano de mi mayor seducción oral.

—¿Le conoces?

—Claro.

—Búscale por los bares de la Rambla. Si no está fuera de la ciudad, lo encontrarás.

Conseguimos habitación en el hotel Ramblas, en plena vorágine. Después de cenar avizores en un restaurante de la zona pasamos a deambular entre el torbellino de gente, buscando. John llevaba adosado un bigote grueso y gafas tintadas. Es un tipo de conversación remisa, largos silencios, como hombre que ha estado solo muchos años —supongo que con Olga sería diferente—; no obstante, con lo poco que hablamos trazamos las líneas de nuestro comportamiento para sentirnos cómodos ambos. No tuvimos suerte e hicimos noche, lo mismo que al día siguiente. En la tercera noche, en el café bar Zurich, John me tocó el brazo. Seguí su mirada. Todo el mundo parecía fumar y el humo difuminaba los contornos. Tres hombres fornidos hablaban y reían escabullidos entre el movimiento y el ruido del bar. Estaban en un grupo con otros hombres y mujeres. La gente no es tan feliz normalmente, sólo los que pasan de la vida. Allí todos parecían disfrutar en grande. Salimos detrás del grupo, que fue dispersándose en su visita a otros bares. Según lo convenido los seguimos por separado, uno a distancia del otro. Eran las cuatro de la madrugada pasadas cuando quedaron solos. Cruzaron la plaza Real, poco pululada, y caminaron por *carrer* Banys Nous. ¿Adónde iban a esas horas caminando por la nada? Sin duda se dirigían a la vía Laietana para subir a su guarida. Iban tranquilos, poderosos, sin temores, conscientes de sus posibilidades. Los escasos viandantes que nos cruzaban podían adscribirse en dos grupos definidos: unos parecían estar huyendo de alguien y otros buscando algo. No eran las horas más idóneas para caminar. Esperaba el momento adecuado para abordarles cuando antes de llegar a la plaza Nova se giraron de repente, moviéndose en círculo, y me enfrentaron. Ya sabía lo que les hacía caminar por ahí. Estuvieron dándome cuerda. Una añagaza para cazarme.

—¿Qué quieres, cabrón? ¿Por qué nos sigues?

Me detuve.

—¿Me oyes, tío mierda? Llevas la puta noche detrás de nosotros. ¿Eres ese de Valladolid que llamó? No te conozco. ¿Qué cojones quieres?

—Algo sencillo. Sólo saber quién os contrató para ese trabajo tan efectivo que hicisteis en Madrid el mes pasado.

—¿Qué trabajo? Hacemos muchos.

—Golpeasteis a un inglés en un hotel y a un tío en su casa de Colmenar Viejo delante de su familia. Robasteis documentos en una agencia de la Torre de Madrid.

Hicieron trueque de miradas.

—¿Qué se te perdió en ese entierro?

—Algo importante para mí.

Estaba rodeado. Ellos confiaban en sus fuerzas, mayoría y especialización en agresiones sin pago de peaje. El tipo hizo lucir sus dientes en la escasa luz de las farolas. Era alto y atractivo, bien puesto de cuerpo y ropas. Le iba bien. Y los otros no desmerecían de esas bondades.

—No vienes a ofrecer curro, como dijiste a la hermana. No es bueno eso de ir rondando por ahí. Me temo que escogiste la senda equivocada. La cagaste.

John se acercó sin bigote y sin gafas.

—¿Me recordáis?

Estaban muy predispuestos hacia sí mismos, acomodados de seguridad, pero tuvieron un momento de sorpresa y duda, lo que facilitó las cosas. «Como el rayo», dijo Ishimi en mi cerebro. Me ocupé de dos y el inglés esgrimió sus recursos con el tercero. Golpeé con la mano a uno en la yugular y al otro en el plexo y concluí con un taconazo a sus barbillas. El asunto no duró más de diez segundos. Se desplomaron sin la obligación de firmar el documento de aceptación para anestesia total. Tardarían en despertarse. Los arrastramos a un callejón y les registramos. Llevaban pistolas; se las quitamos y las echamos posteriormente en un buzón de Correos.

—Quedémonos con los documentos. Deja el dinero.

—¿Qué dices? —opuso el inglés—. Ni hablar. Con él atenuarás nuestros gastos.

—No lo quiero —dije. No quería ser como el comisario Barriga.

—Yo sí. Son escrúpulos estúpidos, porque no tiene nada que ver con la honradez. No es robar sino recuperar. Haz tres partes y nos lo abonas a Mariano, a Olga y a mí.

—Bien.

Nadie nos había interrumpido aunque desde lejos algunos viandantes esporádicos se eclipsaron rápidamente al ver la pelea. Volvimos al hotel. Lo más importante: teníamos la agenda que llevaba el jefe, llena de nombres, fechas, teléfonos, direcciones y notas. Y podría comprobar si mis sospechas coincidían con la verdad.

Treinta y ocho

Quiero vivir como la yerba dura,
como el cierzo o la nieve, como el carbón vigilante,
como el futuro de un niño que todavía no nace,
como el contacto de los amantes
cuando la luna los ignora.

VICENTE ALEIXANDRE

Octubre 1949

A su lado Maxi portaba un rostro argumentado de gravedad. Quizá no le faltara razón en alguna de sus apuestas por el pesimismo, pensó Ramiro. Era muy deprimente caminar por los largos pasillos silenciosos y mal iluminados, cruzándose con sombras blancas como fantasmas y con gentes de miradas vencidas. Y más cuando ellos jamás habían pisado un hospital. La Fábrica 45 tenía uno grande de tres plantas, enfrente, extramuros, de tamaño correspondiente para tantos miles de obreros, donde en algunos casos se atendían a pacientes externos y en el que todas las consultas, operaciones quirúrgicas, curas y medicamentos eran gratis. Disponía también de Maternidad y eran muchas las mujeres que diariamente alumbraban allí. Sí habían ido en ocasiones al ambulatorio situado dentro del recinto fabril, lugar en el que atendían urgencias, accidentes, indisposiciones ocasionales y demás cuestiones menores. Era cuanto médicamente concedieron de su permanente buena salud.

El sanatorio antituberculoso ocupaba una gran área alta fuera de Moscú, al oeste, en la carretera a Odinsovo, en un paraje boscoso de abedules e impregnado de sus aromas. Era un edificio de ladrillo gris, grande, solitario, donde no se atrevían a llegar los ruidos ni la polución de la enorme ciudad. Recientemente habían estado varias veces debido a las circunstancias, por lo que ya sabían lo que se sentía al estar dentro de uno de esos centros de salud.

Resueltos los trámites pasaron a la sala indicada, llena de camas alineadas a un solo lado, todas ocupadas por hombres quietos como figuras de cera. Algunos tenían los ojos abiertos y les miraron pasar. Había visitantes sentados haciendo guardia, rendidos al ambiente de esperanzas quebrantadas. La temperatura era baja y las ventanas atrapaban la remisa luz que aportaba el invernal día.

Manuel estaba tan delgado que costaba reconocer en él al amigo robusto y animoso. La enfermedad y la estreptomicina le habían exonerado de carnes y su cuerpo casi no abultaba en el blanco lecho. No abrió los ojos. Le hablaron quedamente y acariciaron su frente cálida, indiferentes a la posibilidad de contagio. Nunca sabrían si les oyó. Sin poderlo evitar Maxi cedió al impulso de unas furtivas lágrimas.

Tiempo después salieron en silencio, como si no se hablaran. Caminaron por el jardín hasta el autobús. Durante el trayecto Ramiro observó a su amigo, que fumaba con el rostro largo. Sabía lo que estaba pensando, siempre inasequible a la alienación, proceso en el que aseguraba se hallaba inmersa toda la población de la Unión Soviética.

—No te mortifiques más. Tienes que aceptar que estas cosas ocurren.

Maxi tardó en contestar.

—Es la puta herencia de aquel viaje maldito, de aquella heladera y de las hambres pasadas en el corredor de los Urales.

—Aquello nada tiene que ver. La tuberculosis se produce por otras causas. Aquel viaje se hizo para salvarnos la vida. Hubiéramos muerto en Moscú, Stalingrado o en otros sitios. Es una deuda que tenemos con los rusos. Con sus niños no tuvieron la misma consideración.

—Intentaron reparar el mal que hicieron.

—¿Qué mal?

—El habernos traído a la Unión Soviética.

—Eso fue cosa del Partido Comunista español.

—Sí, pero ellos insistieron en traernos. Pusieron demasiado empeño. El mismo que ponen ahora para no dejarnos volver a España.

—Sigo sin ver la relación.

—Joder, si no nos hubieran traído no tendrían que habernos enviado a los Urales. No les debemos ese favor. Estaríamos en nuestra tierra tan felices y sanos.

—¿Por qué crees que allí estaríamos como dices?

—Lo doy por cierto. Me he informado de lo que ocurre aquí. Van más de veinte niños muertos de esa enfermedad. Me escriben desde Sarátov que allá palmaron otra veintena. Y en Tiflis otros tantos. En todos los sitios. Y no digamos la de rusos que la diñan por la misma causa. Creo que es un mal endémico en este país.

—No digas barbaridades. También mueren de tuberculosis en España y en Europa.

Maxi se afianzó en su discurso.

—Pero en España, por lo menos, moriría a gusto.

—Nunca se muere a gusto en ningún sitio.

El autobús iba lleno de humo. Se guardaron de conversar viendo cómo la gran ciudad se acercaba lentamente.

Treinta y nueve

Febrero 2003

La chica se despertó confusa, con dolor de cabeza y dificultad en el respirar. Algo tiraba de su cuello produciéndole un dolor terrible. Estaba en una postura rara, de pie y con las rodillas flexionadas. Se enderezó, afianzó los pies y el dolor del cuello se mitigó pero le acosaron otros en el cuerpo y en la cara. Oyó ruidos extraños. Intentó abrir los ojos y consiguió que uno obedeciera. Apenas había claridad. Se llevó la mano a la garganta tratando de eliminar el sufrimiento. Sus dedos tropezaron con algo duro. Palpó. ¿Qué era eso? Hierro, un dogal. De repente recordó. Había sido golpeada por sus captores con superior ferocidad a otras veces porque la sorprendieron intentando escapar. Se tocó el rostro. La hinchazón engullía su ojo derecho y le prolongaba la cara hacia un lado. Notó piedrecillas en la boca. Dientes rotos. Miró la menguante luz y comprendió el horror de su situación. Estaba aprisionada del cuello por una argolla fijada a una pared y ellos tabicaban el lugar desconocido para dejarla dentro, emparedada. No podía gritar, desfallecida de quebrantos. Se debatió débilmente, intentando zafarse del férreo lazo. Veía unas manos a cierta distancia colocando los ladrillos, hasta que la luz se comprimió en una rendija y luego desapareció. Quedó en total oscuridad, oyendo aún ruidos fuera. Luego se hizo el silencio.

Cuarenta

¿Tú, ruiseñor, que solías
despertarme al quiebro del alba
por qué me dejas dormir
hasta la luz alta?

PEDRO SALINAS

Diciembre 1956

Teresa Reneses Marrón y Ramiro Vega de la Iglesia, con el hijo de ambos, de ocho años, cruzaron la plaza Tvercaja Zestava bajo los copos de nieve y entraron en la enorme Belorruskij Vokzal, la estación ferroviaria que conectaba Moscú con el sur de la Unión Soviética. Cientos de personas, casi todas con bultos, se movían en una mezcolanza de ruidos y voces. Eran las seis de la mañana, hora no temprana porque la amanecida acudía a las cuatro y anochecía a las tres de la tarde. Ramiro buscó su tren entre los muchos alineados, algunos de los cuales estaban con la locomotora encendida y lanzaban chorros de humo negro hacia la alta techumbre de hierro y cristal. Vio al grupo de «niños», con organizadores y acompañantes de la expedición, así como a miembros de la Cruz Roja con sus distintivos. Eran muchos, unos cuatrocientos. Esperaron hasta ver llegar a Maxi con Irina, una belleza rubia con ojos de esmeralda, y a los dos hijos surgidos de su unión.

—Esto parece que va en serio —dijo el recién llegado abarcando con la vista la emocionada fila.

—Sólo había que tener paciencia —respondió Ramiro.

Pasaron lista y ordenadamente fueron entrando a los departamentos asignados, todos coches cama, individuales para los padres con hijos y compartidos para los que no los tenían. Algunos habían decidido llevar electrodomésticos, bicicletas, muebles y un sinfín de cosas para dar alguna solidez a su nueva y esperanzada vida. Esos enseres viajarían aparte gratuitamente desde Moscú al lugar de España donde residirían sus propietarios. Ramiro y Teresa sólo llevaban unos pocos objetos y ropas que guardaban en dos maletas. No habían abandonado su casa por si no se cumplían sus sueños, cosa que Maxi ni se planteaba. Tiempo después el convoy salió bufando de la estación y buscó los espacios abiertos. En el compartimiento, los tres miraron el paisaje que se deslizaba al otro lado de las ventanillas. A la derecha la ancha pradera del hipódromo, ahora nevada; a la izquierda el cementerio Vagan Kovskoe, el más grande de la ciudad. Y, ya más adelante, abajo, el río Moscova. Casas y casas, innumerables chimeneas de fábricas coronadas de humo ahuyentando la luz, espacios arbolados de vez en cuando. Miraban todo como si fuera la primera vez porque quizá sería la última en muchos años.

—¿Crees que sabremos algún día por qué permiten volver a españoles casados con rusas y no a españolas casadas con rusos? ¿Quién lo prohíbe, el Gobierno español o el soviético?

—Con el tiempo todo se sabe.

—No se me olvida el llanto de nuestras amigas —dijo Teresa—. No poder regresar a España por culpa de alguna mente malévola.

—Puede que más adelante se les permita. Ya ves lo que costó que autorizaran nuestro retorno.

Más tarde lo comentaron con Maxi e Irina.

—Algún cabrón tiene la culpa —dijo su amigo—. No les basta con habernos robado la niñez y la adolescencia. Siguen sin querer remediar del todo el doloroso exilio que nos impusieron y que nos hizo perder nuestros mejores años.

—No fueron perdidos. Lo comprobarás. Tu especialización, la disposición compulsiva al trabajo y tantas otras cosas te vendrán bien en tu nueva vida.

—Tú siempre tan conformista. Ojalá no te equivoques.

El viaje, con paradas en Smolensk, Minsk, Kiev y otras importantes estaciones del recorrido duró unas veinticuatro horas. Miembros del Comité organizador de la expedición, compuesto por afiliados de los partidos comunistas ruso y español, junto con personal de la Cruz Roja rusa, atendieron sus necesidades durante todo el viaje con un calor y simpatía que emocionaron a todos, en una amalgama de excitación por la vuelta al hogar y a la familia añorados, y la pena por abandonar una tierra y unas gentes que tanto les habían dado a cambio de nada. ¿No era, acaso, una ingratitud abandonar el país que no reparó en gastos en su formación, educación y salud? ¿Cómo conciliar ambas realidades en el crisol de unos sentimientos mezclados? Cuando Teresa y Ramiro se despidieron de sus amigos rusos, con los que compartieron tantas cosas y tantos días; cuando dijeron adiós a los compañeros de la fábrica, a los vecinos, a los viejos maestros, todos lloraron convencidos de que era una acción injusta por más que comprensible. Fue una muestra postrera del cariño de ese pueblo sufrido y amable al que pertenecerían para siempre aunque siguieran sintiéndose hijos del país que les vio nacer, tan desconocido y lejano como sus recuerdos de infancia. En su día fueron obligados a dejar a sus familias y ahora abandonaban voluntariamente el lugar donde se hicieron adultos y donde echaron raíces sus sentimientos conscientes. Eran dos diásporas diferentes que, a menudo, les hacían considerarse de ningún sitio definido. Pero tenían clara una realidad, incluso para los descreídos como Maxi: los años primeros de Rusia fueron los mejores de sus vidas. Y lo que encontraran en la España añorada era una incógnita.

—Nunca dejaré de agradecerte tu comprensión para aceptar este viaje —dijo Teresa, acariciando el rostro grave de Ramiro.

—Estaré siempre a tu lado. Nunca nada me impedirá amarte.

—Gracias, amor. Pero tuviste dudas sobre la necesidad de volver a España.

—No tanto dudas como el resultado de una reflexión. No tengo a nadie allá. Mi padre murió, mis tíos. Quizás unos primos en una tierra que siempre he recordado como desdichada. Y tú, sin madre esperándote; una madre que no sabemos si existe tras años sin cartas. Hemos dejado nuestra vida feliz e integrada por un sueño; mejor dicho, por un fantasma.

—Sé que está viva en algún lugar con mi hermano Carlos y que ignora mi existencia.

—Es posible. Pero son muchos años sin noticias.

Durante los primeros años, del 37 al 42, tuvieron correspondencia regular. Y un día dejaron de recibirse las cartas de la madre sin que llegaran devueltas las suyas. ¿Qué había ocurrido? Aunque ya no estaba Jaime, tenía que saber el motivo de tantos años de silencio. Nadie podría impedir que indagara por sus propios medios, ahora que los Gobiernos de España y de la Unión Soviética habían levantado las propias y absurdas barreras que impedían el retorno de los niños de Rusia.

Antes de romper el alba llegaron a Odesa. Caminaron

en grupo hasta el muelle y, sin transición, subieron al navío ruso de pasajeros de nombre *Crimea*, allí fondeado y preparado. El buque era grande y estaba en muy buen estado. Ramiro y Teresa tuvieron un camarote para ellos solos y, como en el trayecto en tren, todas las ayudas posibles de los acompañantes. Horas después el vapor se despegó del malecón y navegó por el mar Negro al de Mármara. Acodada junto a Ramiro en la barandilla de cubierta, el aire frío sonrojando sus mejillas, Teresa no pudo impedir que sus ojos se llenaran de lágrimas. A sus propios sentimientos se les había pegado la sensibilidad de los rusos, prestos a dejar traslucir sus emociones.

—Una mañana de marzo crucé estas aguas siendo niña, sin saber exactamente qué ocurría, qué estaba pasando. Jaime apretaba mi mano, y no la soltó desde que salimos de España. Entonces no estaba asustada. Echaba de menos a mi madre pero iba feliz, segura, con mi hermano y con los demás niños y cuidadores. Era una aventura excitante. Hacía calor porque el sol de primavera salió a despedirnos. Ahora hace frío y estoy asustada, aunque me conforta que estés a mi lado.

Al día siguiente fondearon en Estambul, donde hubo gran trasiego de gente del barco a tierra y viceversa. A ninguno de ellos se les permitió bajar. Entre la gente que subía observaron a un grupo de seis hombres trajeados cuyo aspecto y apariencia delataban su condición de españoles, policías o funcionarios. Su presencia les había sido advertida, por lo que no les fue difícil catalogarlos. Tiempo después, ya de noche y el barco en marcha, fueron llamándoles a un camarote grande donde esos hombres estaban sentados detrás de unas mesas. Se identificaron como funcionarios del Gobierno de España y les pidieron sus papeles.

—No tenemos ningún papel. Todos nuestros documentos de identidad quedaron en Moscú.

—Vuestros nombres.

Se los dieron y los cotejaron con unas listas. Muchos los tenían cambiados y faltaban fechas y lugares de nacimiento, parentescos y otros datos. Consiguieron establecer la filiación auténtica de cada uno en folios mecanografiados, lo que les llevó varios días.

Ramiro y familia se pusieron delante de un hombre joven sonriente que les dio la mano.

—Mi nombre es Gutiérrez y soy miembro de la Organización Sindical. Mi misión es ver dónde se os puede acoplar. ¿A qué volvéis a España?

—Es nuestro país. Queremos ver a la madre de ella —dijo Ramiro.

—Aquí dice que ignoráis su paradero —matizó el hombre, después de examinar el legajo. ¿Tenéis casa adonde ir?

—No, al principio.

—¿Habéis pensado en cómo os las vais a arreglar mientras buscáis?

—Supongo que ustedes nos ayudarán en ese sentido.

Les dieron un documento, que era una especie de visado en el que se les identificaba con sus datos correctos.

—Cuando desembarquéis en España, mostradlo. —Los miró, la sonrisa ampliada—. Celebramos la vuelta a casa. Volvéis a un país cristiano, del que nunca debieron alejaros. Aquí olvidaréis el horror vivido, a vuestros guardianes y sus perversas enseñanzas.

¿Por qué esos hombres decían esas cosas absurdas? ¿Qué era eso del horror? ¿Podrían encontrar en España la generosidad, el cariño, la solidaridad que durante todos esos años les habían brindado no sólo las autoridades rusas sino el pueblo llano y corriente?

En la madrugada del sexto día divisaron las primeras luces de la costa española. Era el 28, día de los Inocentes. Desde la fría cubierta Teresa vio acercarse las casas dormidas de Castellón. El buque atracó en el muelle, donde una multitud esperaba. Llovía y la noche robaba los paisajes que hubiera querido ver ya mismo. Mal augurio para muchas sensibilidades. Tendrían que aguardar a que llegara el día para desembarcar. Ella casi no podía esperar esas horas tras los diecinueve años de alejamiento. Estaba en España, en la costa mediterránea de la que salió un día lleno de sol cuando su cuerpo se estaba haciendo. Ahora volvía casada y con un hijo. Otra persona, siendo la misma. No importaba. Mañana vería ese sol magnificado, esa luz inigualable. Las ciudades exhibirían cambios, como ocurrió en Moscú, porque nada se detiene. Pero lo fundamental seguiría y ello le permitiría ser niña de nuevo. Y más lo sería cuando encontrara a su madre y conociera a su hermano Carlos.

Pero la luz diurna que llegó fue gris. Seguía lloviendo y el sol no se aprestó a recibirles. Una desasosegante impresión se adueñó de la frágil mente de Teresa. En el puerto, un cordón de uniformados y policías de paisano retenía a la muchedumbre. Los guardias examinaron sus equipajes y no dudaron en quedarse con los libros, revistas y periódicos en ruso que llevaban. Impidieron que nadie se separara del grupo a pesar de los gritos de los que esperaban. Les condujeron en autocar a un balneario situado a unos veinte kilómetros, en Villavieja. Era un lugar de vacaciones, en activo, bien conservado, aunque en esas fechas no había clientes. El grupo lo controlaban guardias civiles y agentes, imprimiendo un carácter de reos a los impacientes repatriados. Pasaron a un salón grande donde funcionarios de ambos sexos les esperaban sentados tras unas mesas alineadas mirándoles como, a entender de Ramiro, se mira normalmente a gente poco recomendable. Había unas cincuenta mesas con sus correspondientes máquinas de escribir encima. Sin pausa empezaron las preguntas.

—Tu nombre.

—Ramiro Vega de la Iglesia.

—¿Tienes alguna relación con la Komintern?

—No.

—¿Y con la Lubianka?

—¿Qué preguntas son ésas? La Lubianka no es una organización. Es un edificio, la sede del KGB.

—Limítate a responder. ¿Perteneces al Partido Comunista ruso?

—No.

—¿Al Partido Comunista español?

—No.

—¿Perteneciste antes?

—No.

—¿Eres de algún Konsomol?

—No.

—¿Actúas en los sindicatos comunistas?

—No.

—¿Qué piensas hacer en España?

—Buscar a la familia de mi mujer y trabajar.

—¿En qué?

—Soy ingeniero aeronáutico. Pero puedo trabajar en lo que sea.

—¿Ingeniero aeronáutico? —El funcionario le miró de forma diferente.

—Sí.

—Pase allí —dijo, olvidando el tuteo—. Siguiente.

El ruido y el murmullo eran tremendos, con tantos preguntando y contestando a la vez y los teclados golpeando frenéticamente. Les colgaron un cartel de madera de los hombros, como si fuera un doble babero: su nombre en el de delante y un número en el posterior, y les tomaron fotografías de frente, de ambos perfiles y por detrás. Con esos datos confeccionaron un carné amarillo, que les fue entregado. Cumplimentados los requisitos, lo que les llevó todo el día con parada para almorzar por turnos, volvieron a pasar al gran comedor, donde les obsequiaron con una cena abundante, esta vez juntos. Fue una fiesta memorable donde hubo risas, canciones y lágrimas porque muchos de los niños eran de esas zonas y allí se quedarían, en su destino soñado. Había camas suficientes en el centro vacío y allí pasaron la noche tiritando de frío pues el balneario carecía de calefacción y de mantas al ser para uso vacacional veraniego. Por la mañana, tras el desayuno, se admitió la visita de los esforzados familiares, que llegaron muy temprano desde distintos puntos de las cercanas provincias. No hubo grandes despedidas, todos deseando rendir el viaje. Los de otros lejanos lugares fueron conducidos a la estación de ferrocarril y distribuidos en vagones de tercera clase. Ya en marcha el tren, Teresa apoyó su frente en la ventanilla helada, no para mirar el gris mortecino del otro lado sino para ocultar sus ojos. Volvían dos años después de los últimos repatriados de la División Azul, aquellos a quienes, como a ellos, les fueron negando el retorno como si fueran hijos de nadie, gentes de ningún sitio. Ramiro le puso una mano tranquilizadora en su hombro.

—¿Qué país es éste, que tanto añoramos durante años? —dijo ella, al rato y sin volverse—. ¿Cómo comparar la forma en que nos tratan con el recibimiento que nos hicieron en la Unión Soviética en 1937? ¿Cómo igualar este miserable tren con el que nos llevó de Moscú a Odesa la semana pasada?

Ramiro apretó su hombro. Sobre el traqueteo infame animó:

—Hemos venido a buscar a tu madre, no lo olvides. Debemos intentar comprender lo que vemos y sus recelos. Venimos de un país que no es amigo de este Gobierno porque consideraron que su presencia en España durante la guerra fue una invasión.

—Eso no justifica sus miradas inamistosas ni sus modales autoritarios. Nos tratan como a presos —opuso Maxi.

—En el fondo es así. Estamos en libertad vigilada. Pero las cosas se arreglarán.

De un bolso Maxi hizo aparecer una botella de vino tinto.

—¿De dónde la has sacado? —se admiró Teresa.

—De la cocina del balneario. Brindemos por nuestro regreso.

Los cuatro bebieron de la botella, pero Maxi se asignó la misión de acabarla. El tren estaba colmado y la alegría era manifiesta en los viajeros, sobre todo en los vocingleros vascos. Maxi sacó otra botella. Ramiro le miró de forma sombría.

—¿Cuántas más has birlado?

—Sólo la otra y ésta.

—Dijiste que lo dejabas.

—Claro que lo dejé. Esto es sólo para la celebración. ¡Eh, eh!, ¿qué os pasa? Todo el mundo ha cogido botellas. En los otros vagones está corriendo el vino español, y de Rioja, nada menos, ¿no os dais cuenta? Después de tantos años no podemos despreciar los productos de la patria.

Ramiro observó los ojos de Irina y la verdad habló sin palabras. Maxi fue consciente de esa mirada. Se obsequió con un buen trago y ofreció a los demás, que rechazaron.

—¿Qué coño os pasa? Es un momento grande, inolvidable, como pocos en nuestra vida, y andáis estreñidos.

—No es eso —dijo Tere—. No te hagas el tonto. No tiene nada que ver con la celebración.

Maxi se acercó a Irina y la abrazó.

—Te juro, amor, que se acabó en cuanto lleguemos a Madrid —dijo con voz solemne, y todos aceptaron que quizás esta vez decía la verdad.

Atardecía cuando el tren se acercaba a su destino. Miraron el desolado paisaje, sin árboles apenas. Sequedal con solitarias casuchas resignadas, esmirriados poblachos estremecidos de monotonía, carreteras estrechas, circulación escasa, coches no mejores que los de la Unión Soviética. Luego, a la derecha, desperdigadas colonias y barrios obreros mancillando el campo huero y pelado. Vallecas, casas humilladas de languidez. La estación de Atocha apareció de repente, al final, llegando, como si estuviera situada al final de la ciudad magnificada en sueños y lágrimas. Todo el tiempo la estepa y de pronto la estación, sin transición, a pesar de hallarse casi en el centro de la capital. Estaba muy animada de gente aunque era una miniatura en comparación con la de Moscú. Fueron separados por grupos, siendo mayoritarios los destinados a Bilbao, quienes se despidieron de ellos ruidosamente y con grandes protestas de amistad. Sólo unos pocos quedaban en Madrid. Algunos tenían domicilio al que acudir, como Maxi. Su madre había vendido la tierra y regentaba una portería en la calle Fernando el Católico de la capital. Lo estaba esperando con sus otros hermanos. Ramiro observó la emoción del grupo al abrazarse. Irina y los niños aguardaban apartados y supo que tenían el corazón encogido de temores ante la extraña tierra porque él tuvo el mismo sentimiento tantos años atrás. Luego la madre de Maxi vino hacia él. La hermosa y bella mujer que él recordaba se había desvanecido. Ahora soportaba un cuerpo rezongón coronado por un rostro transgredido, totalmente en desacuerdo con su nombre maravilloso.

—Qué grande te has hecho —dijo al abrazarle, prolongando el río de lágrimas—. Eres como tu padre.

—Nos vemos mañana en la Puerta del Sol —acordó Maxi, pugnando por mantener la serenidad—. Nos irá bien, ya lo verás.

—Es posible.

—Seguro. Olvida la posibilidad de volver a la Unión Soviética. Esa etapa ya pasó.

A Ramiro y a Teresa y a los que carecían de familiares los llevaron en taxis a la pensión Las Once, en el número 5 de la calle de Echegaray, en pleno centro de la ciudad. Era una vía estrecha, de casas de principio de siglo y anteriores, muy circulada y grandemente albergada de tascas, restaurantes y mesones. Más tarde supieron que era una zona de prostitución, aunque no creyeron que hubiera doble intencionalidad en instalarles allí.

—Aquí estaréis hasta que tengáis un lugar donde vivir por vuestra cuenta. Tanto el alojamiento como la manutención correrán a cargo del Gobierno español, por supuesto —dijo uno de los funcionarios, recalcando lo de «Gobierno español»—. Supongo que tendréis medios económicos para vuestras cosas.

—Por ahora algo tenemos. No se preocupe por eso —contestó Ramiro, ocultando la importante cantidad en dólares que el Gobierno soviético les dio en Moscú a cada uno. Tal y como se comportaban no estaba muy seguro de que siguieran ayudándoles si lo supieran o, incluso, que no les intervinieran el dinero.

El tipo de la recepción los miró sin curiosidad, lo que aseguró a Ramiro que estaba al tanto de quiénes eran. Al fin, ésa era la cuarta expedición de niños repatriados y seguramente algunos habrían dormido allí. Gutiérrez se encargó de los trámites. Luego dijo:

—Tenéis el día libre. Mañana os presentaréis en la Dirección General de Seguridad. Os estarán esperando. Mostrad el carné que os dieron en Castellón. Preguntad por el comisario Bermúdez. Después, a mi despacho de la Casa Sindical, en el paseo del Prado, frente al museo. Allí veremos si vuestros conocimientos nos permiten encontraros un trabajo. Ah, una cosa más. Si queréis seguir en España, y para poder percibir ayudas o conseguir un empleo, deberéis legalizar vuestra situación matrimonial casándoos por la Iglesia. Ahora estáis amancebados. —Otra sonrisa—. Pensadlo. No hay prisa pero no lo demoréis.

Subieron las desvencijadas escaleras de madera hasta el cuarto piso, el último. La habitación era pequeña y sombría, con dos camas, una mesa, dos sillas y un armario. La ventana de madera, que no cerraba bien, daba a un patio interior desconchado. Desde ella se veían las terrazas de tejas curvas de su niñez, las mismas por las que fulguraban los ojos hipnóticos de los gatos en las noches miserables. El retrete común, igual que en Moscú, estaba al fondo del pasillo. Tere se sentó en una cama junto a su hijo y le acarició la cabeza, una tenue sonrisa enmascarando su estado de ánimo. Ramiro los miró. Notó la vulnerabilidad de ella y los interrogantes de ese chico alto, disciplinado de silencios, fiel reflejo de lo que él fue. Su hijo se criaba sano y feliz. Y ahora rompían su mundo como hicieron con él veinte años atrás, casi a su misma edad. Sabía lo que sentía y que echaba de menos Moscú, donde nació, y a sus amigos. Sin embargo, había una diferencia positiva a favor del niño: tenía padres.

—Salgamos a cenar —les dijo, poniendo convicción en su gesto animoso—. No os recreéis en la desilusión. Estamos en Madrid, tu ciudad, Tere. Disfrutemos del buen ambiente reinante. Mañana vendrá con luces nuevas y florecerán las sonrisas. Y empezaremos a buscar a tu madre.

Cuarenta y uno

Febrero 2003

El Cerro de Alarcón I es una urbanización de chalés unifamiliares comenzada en los años cincuenta y situada junto al pantano del mismo nombre, en las afueras de Valdemorillo, al noroeste de Madrid. Son grandes casas construidas siguiendo los tradicionales diseños donde el granito y la pizarra constituyen los elementos comunes y primordiales. Las parcelas no son menores de dos mil metros y algunas están en montículos, todas con abrumadora presencia arbórea. En su día la urbanización era privada y contaba con una cabina de vigilante. El tiempo trajo Cerro de Alarcón II, con parcelas de menor superficie y chalés de ladrillo visto con techos de soluciones variadas.

Con el adecuado disfraz en su rostro, Jacinto, bombero de profesión, preguntó en el Club Social por Verde. No existía tal nombre pero había un Siempreverde y la ignorancia sobre su propietario podría corresponder con lo buscado.

Siempreverde es un predio cerrado con una alta valla de piedra. Altos y viejos árboles intentan ocultar la gran casa de granito situada en lo alto, a unos treinta metros de la entrada. El portalón es de hierro ciego y una cámara indica que desde dentro se controla el paso. Dimos la vuelta con discreción interpretando las parcelas anejas. En una calle posterior vimos una puerta sin nombre que no correspondía con las propiedades adyacentes. No nos cupo duda de que era una salida trasera de la finca. Llamé a la finca de la parcela situada enfrente. Ensordecido por los ladridos de los perros un hombre entrado en años abrió la mirilla situada en la sólida puerta metálica y me examinó con precaución. Como mis eventuales compañeros, también yo vestía un mono de trabajo, acolchado por dentro para simular gordura. El bigote postizo y las gafas oscuras completaban el camuflaje.

—Nunca los he visto. He oído que suelen venir de madrugada. No sé quién es el dueño. La verdad es que los vecinos apenas nos conocemos. Estos chalés son antiguos y sus propietarios murieron o vendieron. Hay gente nueva y no es como antes, que todo el mundo se hablaba.

Sólo teníamos que aplicar la paciencia y luego la audacia. Mis compañeros eran cinco, todos hombres entrenados por Ishimi, quien no sabía de nuestro plan. Son decididos y mantienen un odio razonablemente profundo hacia los chulos, traficantes de mujeres, pederastas y demás especies. Esperamos en dos coches en lo que venía a ser una actuación no policial que yo dirigía por simple mandato de amistad.

—Espero que nuestra lógica funcione —dijo Antonio, otro bombero—. Se supone que la madrugada del lunes es el mejor día.

Antes de la amanecida cuatro faros aparecieron por una esquina. Dos coches se detuvieron ante la puerta, que empezó a abrirse por mando a distancia. Nos pusimos los pasamontañas y los guantes. Andrés y José, nuestros dos policías, se aproximaron y apuntaron sus armas a los dos conductores mientras se instalaban en los asientos del copiloto. Los coches pasaron a la explanada de la finca y detrás colamos uno de nuestros automóviles con las matrículas tapadas. En él íbamos Jacinto, Antonio y Javier, que es agente de seguridad, y yo. Aparcamos junto a otros tres lujosos turismos. No había más hombres en los coches interceptados, pero sí dos chicas en cada uno, a las que logramos convencer de que íbamos a ayudarlas. La casa estaba en silencio y el interior apagado. Dos perros dóberman se acercaron y uno de los hombres los ató.

—Ahora —dijo Andrés—, mutis total.

Jacinto se hizo con el maletín que portaba uno de los asaltados. Inmovilizamos sus manos por detrás con cinta adhesiva y entramos todos. La calefacción era excesiva. Les obligamos a tenderse boca abajo en el suelo de un enorme salón.

—¿Cuántos hay dentro? —susurró José.

—No sé.

José amartilló el arma y se la puso en la cabeza.

—Dos, más el jefe.

—¿Cómo se llama?

—Mendoza.

—¿Alguno más vigila la parte trasera?

—No.

Entramos en las habitaciones indicadas del fondo, sorprendiendo a los dos tipos en pleno sueño. Los maniatamos como a los otros, los metimos juntos en una de las piezas, quedando Andrés para vigilarlos mientras Javier se hacía cargo de las chicas y les urgía a que recogieran sus pertenencias. Jacinto, Antonio, José y yo subimos a la planta superior guiados por el que llegó con el maletín. Aunque nos señaló una habitación, verificamos todas las de la planta. Sólo estaba ocupada la indicada, de unos cincuenta metros cuadrados. En una cama redonda de unos tres metros y junto a una chica blanca dormía desnudo un adonis rubio, bello como un griego de Miguel Ángel, que se desperezó cuando encendimos las luces. Su maxilar inferior le sobresalía como un yunque, confiriéndole una imagen de gran poderío. Nuestra presencia armada no evacuó del todo sus sueños.

—¿Qué pasa, tío? —preguntó a su secuaz, incorporándose—. ¿Quiénes son estos capullos?

—No lo sé, jefe. Estaban esperando fuera. Nos sorprendieron.

—¿Os sorprendieron, inútiles? ¿Para qué cojones os pago? —Se volvió a nosotros—. ¿Qué coño queréis, cabrones? ¿Venís a chorizarnos? ¿Sabéis con quién tratáis?

José le dijo a la chica que se vistiera y bajara con las otras. Luego fue hacia el hombre, que, temerariamente, se lanzó hacia él sujetándole e intentando quitarle el arma. José ejercitó una llave y el musculado cayó al suelo con estrépito.

—Las llaves del sótano —dije, tras dejarlo bien amarrado.

—¿Qué llaves?

Antonio le dio una patada en los genitales. El macarra no soltó ningún sonido.

—Que os jodan, mamones —dijo, cuando el dolor lo dejó hablar.

Jacinto arrancó una sabana de la cama y le prendió fuego.

—¡Para eso, para! —gritó el mandibulero, repentinamente consciente de que la cosa iba en serio.

—Quemaremos la casa. Tú decides —insistió Antonio.

—¡En ese cajón! —señaló con la cabeza.

Fui al mueble mientras el bombero eliminaba las llamas. Bajé con Jacinto y localizamos la puerta de la bodega. Al encender la luz tres mujeres asustadas nos miraron envueltas en las sábanas de sus yacijas. Como las que venían en los coches, eran jóvenes, rubias y atractivas.

—¿Quién de vosotras es Tonia?

—No está aquí. Se la llevaron hace días.

Dejé que las chicas funcionaran bajo el cuidado de Jacinto, para llevarlas con las demás compañeras, y regresé al piso de arriba.

—¿Dónde está Tonia? —pregunté.

—¿Qué Tonia?

Antonio cogió la sabana y encendió el mechero.

—Vale, vale. ¿Hacéis todo esto por esa puta?

—Contesta —dijo Antonio, dándole un bofetón que le llenó la boca de sangre.

—La vendí.

El bombero prendió la sábana y Mendoza confesó.

—Dinos dónde está la caja fuerte y danos la clave.

—Y una mierda.

Antonio respondió con un golpe que le partió la nariz. Entre quejas el chulo hizo lo pedido. Arramblamos con todo lo que había: dinero, pasaportes y papeles.

—Lo pagaréis caro, hijoputas. Os buscaré, daré con vosotros.

—No lo harás. Acepta las cosas como son —aconsejó José—. Contabilízalo en pérdidas, como una mala gestión. No busques venganzas con otras chicas. Recuerda que podemos volver y quemar la casa con vosotros dentro. Créetelo, cerdo. Somos muchos más que los que ahora ves.

La casa no tenía red telefónica fija pero sí Internet. Borramos toda la información de los ordenadores. También les aliviamos de sus documentaciones y teléfonos móviles y, tras un registro minucioso, levantamos una apreciable cantidad de armas cortas y no menos de estupefacientes. Pensé en el inspector Barriga. Estábamos casi repitiendo lo mismo que él y sus compañeros hacían treinta años atrás. Pero había diferencias. Lo de aquella gente era habitual mientras que nuestra acción era inusual y no íbamos en busca de botín. Además, salvo dos ninguno de nosotros era policía. En cuanto a ellos, sabía que estaban sosegados de conciencia.

Encerramos en el sótano a todos, bien amarrados. Las chicas esperaban con sus escasas pertenencias. De entre los pasaportes confiscados cada una recogió el suyo entre exclamaciones de alegría. Andrés nos llamó aparte.

—¿Qué hacemos con el dinero?

Era mucho, sumando el de la caja y el del maletín.

—Repartámoslo entre las mujeres para compensar sus torturas. ¿Os parece?

—De acuerdo —dijo Andrés tras la total aquiescencia—. ¿Y qué haremos con ellas?

—Llevarlas al aeropuerto y que vuelvan a sus países. Con todo ese dinero les será fácil iniciar nuevas vidas —opinó José.

—Puede que algunas necesiten visados y tengan que ir a sus consulados.

—Eso es peligroso. Estos cabrones se desatarán en cuanto nos vayamos y se pondrán en marcha. Conectarán con otros de la banda o con otras afines. Buscarán a las chicas y, si no han escapado, volverán a atraparlas.

—Tampoco podemos dejar que ellas nos vean los rostros. Lo que decidamos tendrá que ser aquí y ahora.

José las llamó y examinó expertamente los pasaportes.

—Están en regla, los visados en fecha. Así que podéis volver a vuestras casas y con vuestras familias.

Hablaban mal el español, pero lo entendían.

—No sabemos cómo hacer. Siempre hemos sido conducidas —dijo una.

—Yo me encargo de llevaros al aeropuerto y sacaros los pasajes —se ofreció Javier—. Si hace falta dormiréis en un hotel cercano. Estaré con vosotras.

—Voy contigo —dijo Andrés—. No podrás llevarlas a todas.

Fueron a una habitación y volvieron sin pasamontañas pero con pelucas, bigotes y gafas negras. Andrés les entregó el dinero, que habíamos dividido en ocho partes iguales. Ellas no daban crédito a lo que veían y rompieron a llorar.

—Bien. Enviaremos todo lo demás a la policía. Les servirá para encontrar a otras chicas si no están muertas. También las documentaciones de Mendoza y acólitos junto a una nota explicando a qué se dedican.

—Mejor es destruirlo todo —apuntó José—. Podemos tener problemas si dejamos cabos sueltos.

—No pueden relacionarnos. Y si destruimos este material no habrá prueba de sus delitos.

—Venid a ver esto —llamó Jacinto desde una puerta.

Era una sala de unos doscientos metros. Entramos todos y miramos en silencio. Había toda una fauna de animales salvajes disecados: oso pardo, león, tigre, pantera negra, leopardo, rinoceronte, elefante, hipopótamo, oso panda rojo, lince... Algunas piezas estaban enteras, otras sólo eran cabezas y de algunos animales había doble representación. El museo estaba limpio y el taxidermista había hecho un buen trabajo al darles formas dinámicas, como captados en pleno movimiento. Parecían estar vivos y querer huir a la luz y a los sonidos de sus praderas. Estremecía ver aquella colección de animales salvajes sacrificados por un deseo incomprensible para nosotros. Nos miramos y vi la rabia haciéndose hueco en algunos de mis compañeros.

—Hay que quemar esto. Este tío es un hijoputa.

—Dejadlo para otra ocasión.

Salimos e inutilizamos los tres coches que encontramos aparcados al llegar. Las mujeres se acomodaron en los dos que llegaron, que se abandonarían en el aeropuerto al término de la misión. La luz del día nos permitió admirar el cuidado jardín, con enormes rocas redondeadas que parecían brotar del verdor para intentar impedirnos el paso. No vimos a nadie por las cercanías.

—¿Qué haremos en cuanto a la chica que buscas? —me preguntó José, a mi lado cuando volvíamos en uno de nuestros coches. En el otro regresaban Jacinto y Antonio.

—Vosotros nada. Habéis cumplido. Yo requeriré la presencia oficial de la policía para investigar el local que dijo el macarra. Allí no es posible hacer lo que hemos hecho aquí hoy.

Cuarenta y dos

El aire el huerto orea
y ofrece mil colores al sentido,
los árboles menea
con un manso ruido
que del oro y del cetro pone olvido.

FRAY LUIS DE LEÓN

Enero 1957

Ramiro limpió de vaho el cristal del trepidante autocar y observó las nacaradas montañas. Desde hacía días todo el norte de España estaba inmerso en un temporal de nieve, con temperaturas muy por debajo de cero. La mayoría de las carreteras se volvieron intransitables. Llegaban a Cangas del Narcea tras muchas horas de un viaje plagado de incomodidades, primero en el vagón de tercera en el expreso de Madrid a Oviedo que los llenó de carbonilla y luego por la increíblemente estrecha carretera de las mil curvas, amagando patinazos, por la que una vez pasó en sentido contrario. Estaban helados porque ni el tren ni el autocar tenían calefacción eficiente. Fue doloroso constatar que los medios de transporte distaban de tener el confort de los soviéticos, donde los gobernantes, en ese sentido, dieron ejemplo de estar cerca de las necesidades del pueblo. Cangas era una población fea, sucia, de casas agolpadas en la que no había nada nuevo y donde la basílica de Santa María Magdalena seguía siendo el edificio más alto y representativo, aunque nada que ver con la imagen que guardaba en su memoria. Al lado de los vistos en Moscú, no dejaba de ser un pequeño templo sin relevancia. En la plaza donde el autocar rindió viaje, una pareja de tricornios, capotes y bigotes, los estaban esperando. El cabo iba mirando a los pasajeros según descendían. No vacilaron cuando vieron la alta figura de Ramiro bajar y ayudar a su mujer e hijo.

—Ramiro Vega de la Iglesia y Teresa Reneses Marrón.

—Sí.

—Venid con nosotros.

El grupo echó a caminar por la calle Mayor, levantando la expectación en los gestos invariados de bocas abiertas y miradas fisgonas. Hacía mucho frío, las aceras estaban nevadas y el cielo lleno de acero. El cuartelillo tenía una puerta estrecha y lo custodiaban dos bigotudos, como si fuera una entrada sin salida. Teresa apretó la mano de su marido con temor y él la tranquilizó con su mirada confiada. Los hicieron pasar a un despacho de paredes desconchadas que reclamaba una pintura a fondo y en el que sobraba la atmósfera amenazante. O acaso es que ambas cosas iban parejas. En un rincón una estufa al rojo distanciaba el frío. A Ramiro se le antojó, en una primera impresión, que el sargento sentado al otro lado de la mesa había obtenido la comandancia del puesto por su descomunal bigote, tan poblado que le llegaba hasta la barbilla, sepultándole la boca. Pero cuando miró sus ojos supo que ese brillo duro tenía mucho que ver con la subida en el escalafón.

—Te llamas Ramiro Vega de la Iglesia. Vaya apellido para un comunista —dijo, sin levantarse.

Ramiro no respondió.

—Contesta. ¿Es ése tu nombre?

—Sí.

—Di «sí, señor».

Hubo un momento de miradas cruzadas.

—¿No has oído? —bufó el sargento.

—Perfectamente y no le llamaré señor. No estoy bajo sus órdenes. Soy un ciudadano libre.

—No eres un ciudadano ni eres libre. Ninguna de las dos cosas. Eres un súbdito y estás bajo vigilancia, ahora en la mi jurisdicción.

—Lo que usted quiera. Pero soy un civil y estoy aquí bajo los auspicios de la Cruz Roja Internacional y con la autorización de la DGS.

El sargento estuvo un momento sopesando la situación. Miró a la mujer y al niño. Finalmente decidió no continuar por ese camino.

—Vuestra identificación y los salvoconductos.

Ramiro le dio los carnés amarillos y las tarjetas. El sargento las examinó y anotó algo en un papel. Luego le devolvió los carnés.

—Me quedo los salvoconductos. Al marchar te los vuelvo.

—No. Debemos llevarlos con nosotros en todo momento. Ésa es la disposición.

El suboficial incrementó la furia en su mirada. Estaría sobre los cincuenta. Su negro y compacto cabello le devoraba la frente hasta casi juntarse con las rotundas cejas, dándole apariencia de puerco espín. Se levantó y midió su estatura con la de Ramiro. Era tan grande como él. Le miró como si fueran dos ciervos en la berrea.

—Sé quién eres. He leído tu expediente. Tu padre fue fusilado por rojo y seguro que si tú no te hubieras escapado habrías corrido la misma suerte. La mala hierba. No sé qué coño hacéis en el mi Concejo los hijos de Stalin. Nunca debieron dejaros volver. A mí no me la das. Eres un comunista y algo traes.

—He venido a ver la tierra en que nací.

—No me lo trago. Estaré encima de ti como la uña en el

dedo. Te presentarás pasado mañana aquí y cada dos días mientras estés en la comarca. Sabes que no puedes ir a ningún lugar fuera de este Concejo y del de Allande. Y ahora largaos.

Tomaron un coche de la línea Autocares Luarca, que les llevó a Pola de Allande. Y si Madrid y Cangas, desconocida una e idealizada en tantos años la otra, le habían decepcionado, la realidad de Pola afligió a Ramiro. Era tan minúscula que ni la basura tenía cabida. Sólo la iglesia de San Andrés ponía algún valor a los escasos y amontonados edificios. El aire fue amenazándose de niebla pero el frío no se acobardó y el aguanieve siguió azotando. Entraron en la taberna-posta situada frente al Ayuntamiento para esperar el coche de Autocares Pérez, otra línea regular. Era un local grande y estaba lleno de humo y de gente vocinglera. Todos se volvieron a mirarles y por un momento cesó el parloteo. Conscientes de su papel de extraños se apartaron a un lado, apreciando que todas las mesas se hallaban ocupadas. Poco a poco las voces retornaron. Después de observarles un rato, un hombre de ojos saltones y alta estatura se desprendió del mostrador y se acercó a ellos.

—Eres Ramiro, de casa Vega, ¿verdad? —Le miró, tratando de recordar—. Joder, eres tú, ¿no te acuerdas de mí?

Tenía más o menos su edad y estaba lleno de campo. Indagó en su memoria y encontró el nexo.

—Avelino. Avelino García.

—Claro, amigo. Te largaron a Rusia. ¿Vienes de allá?

—Sí.

A un gesto, otros dos hombres que rondaban la misma edad se les unieron sin quitarles los ojos de encima. Uno era tan alto como él pero el otro soportaba estatura constreñida, como si le hubieran dado instrucciones de no crecer. Tenían el rostro rojo de la intemperie y las manos grandes y calmadas.

—Éstos son Manolón y Félix, de Berducedo, hermanos aunque no cuadren.

Se dieron la mano, Ramiro notó cierta reserva en ellos, la mezcla de curiosidad y cautela de todos los lugareños del mundo. Quizás, además, no estuvieran exentos de prejuicios sobre la Unión Soviética.

—Espera, arrendaré una mesa —dijo Avelino.

Se acercó al fondo para hablar con unos hombres que estaban sentados, y que se levantaron al momento para dejarles el sitio. Avelino hizo una seña y todos se acomodaron. Pidieron una botella de vino, gaseosa para Teresa y el niño.

—Joder, sí que ha pasado el tiempo. Te recordé a veces. ¿Qué tal te fue?

—Bien. No puedo quejarme.

—Se dice que allá se trabaya en las fábricas como esclavos; por la comida, la ropa y poco más; que nada ye de nadie por mucho que se trabaye.

—¿Eso se dice? —Sonrió Ramiro, mirando a Teresa—. En cuanto a lo de tener, ¿cuáles son vuestras riquezas?

—¿Riquezas dices, me cago en Dios? —habló Manolón, el alto. Tenía la voz rocosa y retumbante, el mismo sonido que las olas al suicidarse en los rompientes. Empinó su vaso y eructó, repartiendo su agravio por la mesa—. Asturies ye una tierra de probes en un país de probes. Éste y yo venimos de Madrid. Trabayos haylos pero malos y mal pagados; los peores, de albañil. El país está en ruinas y por estos pueblos ya ves: la misma cagada. De los nuestros míseros prados poco hay que sacar.

Ramiro admiró la contundencia del hombre y vio a los otros asentir con la cabeza.

—He visto el país muy atrasado y gente pidiendo en Madrid. Pero no la miseria que había cuando me fui. Además, en los pueblos se resiste mejor. No hay más que veros. No sois precisamente la representación del hambre —dijo Ramiro, ponderando sus anchas y recias anatomías.

—Pues hayla, y mucha, como siempre. ¿Acaso olvidaste cómo se vive acá? Si no fuera por la caza estaríamos como en esos países de África. Gracias a los jabalíes, corzos, liebres y urogallos podemos contarlo.

—Ye una mierda todo —expuso Félix con gesto espeluznado, como si tuviera hora con el dentista.

—Seguimos recogiendo los frutos de los árboles, como nuestros antepasados. Ni de la leche podemos vivir. Sabes que las nuestras roxas no son vaques lecheras sino para carne. La leche que dan ye sólo para uso casero y para hacer quesos, no para la vender fuera.

—Pero ye mejor que esa en polvo que traen los americanos —sentenció Avelino.

—Aquellos que tien gochus siguen cambiando los jamones por el tocino blanco, ese del barco que nadie sabe de dónde coño ye. Todos seguimos comiendo ese maldito tocino como si fuera una condena más que un alimento.

—Ye una mierda —sintetizó Félix.

—Hace diecisiete años que terminó la puta guerra de los nuestros padres. ¿Y qué ye de nuestra vida? Me cago en la puta Virgen. Ellos tuvieron la oportunidad de conseguir un futuro meyor. Sólo pudieron lo conseguir quienes ganaron, los de siempre, y no todos. Esa mierda ye un lastre que debemos lo romper y buscar otros paisajes.

—Ésta fue siempre tierra de emigrantes y Allande la que más —recordó Manolón—. A cientos marcharon a América, pero esos países están en quiebra. Pocos viajan allá. Ahora el destino es Australia y la Europa del norte. Éstos y yo partimos para Alemania en quince días.

—Marchamos sin contrato, a la buena de Dios, echándole pelotas —señaló Avelino.

—No podemos esperar los seis meses que tarda el puto contrato. El Gobierno ha creado el Instituto Español de Emigración en colaboración con la Organización Sindical. Dicen que para conseguir contratos legales y subvencionar el viaje. Me cago en la puta subvención. La realidad es la venta de esclavos encubierta. Organizan el abandono de las nuestras tierras. ¿Qué moral es ésa? ¿Por qué en esos países tien trabayo para dar y en éste no?

—El capital de acá ye cobarde, como siempre. Con tanto por hacer... No haría falta que marcháramos ninguno por ahí a tomar por rasca.

—Los alemanes. Esa gente es la hostia. Aquí todo ye una mierda —reiteró Félix ampliando su argumentación.

—Pronto habrá una desbandada. Nosotros vamos de turistas —habló Manolón con nerviosidad—. Así nos lo han aconsejado unos paisanos que están allá y que nos ayudarán. Ye tanta la demanda que esperan a los españoles en la misma estación. Luego dan un curso rápido en una fábrica y un sitio en un barracón acondicionado donde vivir al principio. Allá tien sueldos muy buenos, algunos consiguen más de mil marcos mensuales. Imagínate la pasta que ye si dan treinta pesetas por marco.

—Las nuestras familias, muyeres y fíos, quedarán acá. En cuanto asentemos mandaremos por ellos.

—De puta madre le viene al Régimen esta nueva emigración —señaló Avelino—. Ya acabaron con los maquis y ahora acabarán con el paro y el descontento. Sabemos que Rusia no ye un paraíso de libertades, pero aquí garrotazo y tentetieso al que se mueve. Como ves son muchas las razones para no quedar en España.

—Y allá, ¿también escasea el curro?

—No, en la Unión Soviética no existe eso del paro. Todo el mundo tiene trabajo.

—No jodas. Oí que llegáis varios cientos para quedaros, no de turistas.

—Sí, pero no tiene nada que ver con el trabajo. Volvimos para reencontrarnos con la familia partida, con la tierra donde nacimos. Intentamos recuperar nuestras raíces. Mi mujer tiene madre y se ha pasado veinte años añorándola. Yo quiero saber si aún me queda algo o alguien en la aldea.

—Dudo que encuentres algo que te atraiga. ¿Qué hacías allí?

—Soy ingeniero aeronáutico.

Los otros eran hombres simples, sin estudios, apenas las nociones para esquivar el analfabetismo. Le miraron con admiración.

—Eso tiene que ver con los aviones, ¿no? ¿Sabes hacer aviones?

—No es difícil construir un monoplano. Hacer una aeronave de pasajeros es otra cosa. Se requieren estudios conjuntos. Yo diseño parte de esas aeronaves.

—¿De dónde sacaste la pasta para conseguir la carrera?

—El Estado soviético paga la enseñanza a todo el que quiera estudiar. Toda la educación es gratuita.

—Joder, qué suerte habéis tenido. Ojalá me hubieran enviado allá a mí también.

—Y a mí —dijeron los otros al unísono.

—No lo diréis en serio. Aquí estabais con la familia, con...

—Con mierda. ¿Qué serías ahora si no te hubieras ido? Un ignorante como nosotros —bufó Avelino—. La familia... ¿Para qué vale?

—¿Qué pregunta es ésa?

—La verdad. ¿Qué padres hemos tenido, haciéndonos trabayar desde nenus como burros? ¿Qué neñez tuvimos, me cago en Dios? ¿Era amor de padres las palizas, el no tener escuela, el cuerpo lleno de mataduras? —barbotó dando un puñetazo sobre la mesa y volcando los vasos.

El niño tuvo un respingo y miró al hombre con alarma. Nunca en su corta vida había presenciado tal arrebato. Luego miró a su padre y su quietud le confortó. Vio a Félix enderezar los vasos y a Manolón limpiar la mesa con la manga de su chaquetón en un gesto aún airado.

—¿Eso era así? —se admiró Teresa.

Manolón la miró casi con rencor.

—¿Que si era así? Pregúntaselo a tu hombre. —Movió la cabeza—. Puede que entonces aquello que os pasó fuera un drama, los niños lanzados a una aventura, todo eso. Pero hoy está claro que el drama fue el habernos quedado aquí. Debimos marchar todos los rapaces.

—¿Crees que habrá sitio para nosotros en Rusia? —se esperanzó Félix.

Ramiro esbozó una sonrisa.

—No es un lugar para hacer dinero. Es un concepto diferente. Creo que para vosotros lo de Alemania está bien.

—Así están las cosas —dijo Avelino—. Como dice Manolón, habrá una emigración masiva. Quizás algún día cambie el signo y pasemos de ser un país de emigrantes a uno de inmigrantes.

—¡Qué disparate! Eso es imposible. ¿Quién va a venir aquí? Ni los negros —dijo Manolón. Su voz tenía la convicción de un estornudo—. Estaremos aperreados toda la vida buscando un país mejor.

—Sí, todo ye una mierda —epilogó Félix.

Llegó el autocar y montaron. Aunque la cellisca había pasado, daba pereza abandonar la taberna para meterse en el helado vehículo. Ramiro intentó organizar sus pensamientos ante el encuentro inminente. Esforzó su mirada para penetrar la niebla contumaz. A veces se rasgaba y podía ver los montes y valles disputándose el horizonte. La carretera zigzagueaba en curvas suicidas. Parecía mentira que tan estrecha y mal cuidada cinta fuera la vía principal de comunicación con Galicia por esa zona. Manzanos, castaños bravos, avellanos, nogales, robles y texos inundaban las laderas sembradas de ganzo y argoma, todo uniformado de blanco. Pasaron el Puerto del Palo, una nívea cúspide pelada, y fueron descendiendo al otro lado del monte Panchón. Estaban llegando a Lago, su aldea, y Ramiro abarcó con la mirada el villorrio sepultado buscando ecos que lo enlazaran con la imagen. Parecía un pueblo fantasma, ajeno de vida. Sólo el humo de las pocas chimeneas sugería que alguien respiraba debajo. El autocar se detuvo delante de Casa Julián, posta y taberna a la vez. Bajaron y Ramiro se identificó. Se corrió la voz y en un momento los pocos vecinos se congregaron para verles, sus rostros expresando simpatía y sorpresa. Ramiro no vio a nadie conocido a primera vista aunque luego situó esas caras extrañas en la memoria que tenía de algunos.

La niebla seguía impidiendo ver el cielo, y la tierra reclamaba más nieve. Todo seguía igual: el templo de Santa María de Lago del siglo XVIII advirtiendo derrumbes, el pueblo sin cambios como veinte años atrás, el silencio de siglos gravitando inalterable. Como cuando era niño volvió a extasiarse ante el texo milenario, magnífico de altura y frondosidad, indestructible. Recordó a su madre: «Algún día serás tan alto como él». Luego siguió hasta el centro del camino y vio la derruida casa de la familia de Maxi. Buscó la suya, donde nació; su hogar, que de tanto anhelarlo se habían gastado los bordes de la realidad. Allí estaba, cruelmente real; sus muros más envejecidos; el hórreo igual; el hueco para el estiércol repleto de cagazón. La puerta de *su* casa se abrió y apareció una mujer en la cincuentena con el uniforme de pueblo. En eso no había diferencia con la gente de los koljoses, allá en Rusia. Las mismas ropas esclavizantes para una vida repetida. Ya sabía que la casa no era suya. Había sido confiscada tras el fusilamiento de su padre en 1938, «para hacer frente a las responsabilidades pecuniarias emanadas de sus actividades criminales». Años después fue puesta a la venta al no haber reclamación ni retracto. Qué importa. Él sabía que su vida no estaba en la aldea. Pidió permiso a la mujer para entrar. Todo estaba dolorosamente igual. Ningún cambio salvo platos de loza donde antes había de aluminio. Tuvo una punzada de añoranza, inmediatamente desechada. Les trajeron café y hablaron, las palabras escasas, el entusiasmo ausente, las miradas jugando al escondite.

Quiso ver la habitación donde murió su madre, la única de la casa. La cama, donde en noches tormentosas ella le permitía dormir a su lado y alejar los temores, ya no estaba. La punzada le golpeó de nuevo y algo subió a sus ojos, pero él lo domeñó con empeño. Fue al sitio sin señal donde tantos años atrás enterró a *Cuito* y puso una mano sobre la tierra inclemente, buscando un latir desvanecido. Nadie sabía que allí se ocultaba un poso de sí mismo. Luego salieron. Su hijo y unos guajes se mantenían apartados mirándose con recelo por entre los interminables copos, la desconfianza sumada de los años distantes, dos mundos que el destino decidió y que pudieron haber sido uno solo.

Tiempo después Ramiro dijo a Teresa que le esperara con el niño en la taberna. Cruzó la carretera y bajó al cementerio, tan pequeño que se abarcaba de una sola mirada. Como si hubiera habido un pacto fantasmal cesó de nevar. Quitó la nieve de la tumba de su madre y de sus abuelos. La tierra y el clima se habían apoderado de ella. No se podían leer las letras de la lápida arrasada por el tiempo. Buscó una pala y puso orden y limpieza en el sepulcro y en el entorno; luego lavó con la propia nieve la piedra hasta que, como un milagro, surgieron los nombres y las fechas ausentadas. Allí estaban, como cuando siendo niño los vio descender hacia el Cielo en el que ellos creyeron. Estuvo mucho tiempo sentado en soledad sin arredrarse ante el frío que campaba montado en el reiterado viento. La lápida había quedado limpia como los chorros del oro, frase que su madre repetía siempre. Quizá fuera ésa la última vez que alguien la limpiara. El tiempo y la tierra la cubrirían poco a poco y los nombres volverían a desvanecerse. Oyó el rumor de la eternidad entre los árboles de los inmutables montes de enfrente, más allá del río. Sabía ya que no volvería a ese lugar en muchos años, quizá nunca. No se entristeció. Era consciente de que la vida se alejaba cada día y que el recuerdo de los muertos, como él sería algún día, no debía suplantar la dedicación a los vivos queridos. Porque el amor y la bondad deben explicarse en vida. Pensó en su padre, en tumba desconocida y descreído del Cielo. Quizá su espíritu, a través de él, su hijo, estuviera sentado ahora a su lado mirando la tapa de piedra que ocultaba a quienes alguna vez fueron vivos amados y tuvieron un poco de la huyente felicidad.

Más tarde tomaron el autocar de vuelta. Las nubes dejaron caer el orbayu contenido y la niebla fue destruida. Llegaron a Cangas. Dormirían en la pensión y al día siguiente partirían a Madrid. Ramiro nada tenía allí y no quiso que le acompañara el recuerdo.

Cuarenta y tres

Febrero 2003

Hay zonas de Madrid con pasadizos subterráneos secretos. Todo un laberinto de conductos, algunos de los cuales se hicieron y utilizaron en la guerra civil. La ciudad se asienta en siete colinas y fue frente de guerra con los ejércitos musulmanes hasta que Alfonso VI la tomó. De entonces viene la construcción de estas galerías. Se sospecha que hay muchas sin descubrir. La zona de Gran Vía donde está el hotel Emperatriz se realizó sobre esos caminos antiguos, algunos sacados a la luz como las tiendas de Los Sótanos. La mayoría están en la zona de los Austrias y fueron muy utilizados por la Inquisición según los expertos.

El operativo policial estuvo dirigido por el comisario Contreras, jefe de Ramírez y reciente en el mando. Era un cincuentón de mirada firme, que no descabalgó de la mía mientras el inspector le recomendaba mi presencia en la operación, dado que yo había aportado la pista.

Cuando llegué con Ramírez y otros policías nadie imaginaba que el mesón de la calle de las Fuentes, cerca de la Plaza Mayor, tenía en el subsuelo parte de esa red medieval. El establecimiento es de aspecto tranquilo pero, según los vecinos, faunado normalmente de clientela masculina. El arrendatario, con antecedentes policiales, había confesado el día anterior después de agotadoras sesiones, así que esa mañana el local fue acordonado y los agentes empezaron a buscar. En el salón de comensales una puerta con el rótulo PRIVADO, tras ella, una escalera descendente y otra puerta; luego dos salones, en uno de los cuales dormían tres chicas de las que se hicieron cargo unos policías. En un rincón otra puerta nominada como «Servicios Privados» que daba a una especie de almacén. El fondo de un armario resultó ser una puerta disimulada. Otro pequeño almacén. Camuflada en el revestimiento de azulejos, la puerta al infierno. La policía procedió a derribarla con mazas a falta de llaves. Un nuevo pasadizo descendente nos llevó a otra puerta que sufrió el mismo trato. Detrás del polvo apareció una galería de unos setenta centímetros de ancho por ciento setenta de altura que, a la luz de los focos, se mostró limpia y en buen estado. Las paredes eran de ladrillo visto y el techo tenía la forma de arco característica. Había un hedor inclasificable, casi con cuerpo, como si fuera gelatina. Caminamos unos treinta metros en dirección a la Plaza Mayor. Había un cruce en el que desembocaban otras tres galerías más o menos de la misma anchura. Las ratas corrían a lo lejos y los conductos estaban ligeramente húmedos, el discontinuo suelo sin agua. Nos dividimos. Un momento después oímos la llamada de uno de los grupos. Había encontrado algo en el lienzo de ladrillo original. Una parte era de rasillas y cegaba el vano rectangular definidor de una entrada. Al derribarla, la peste salió disparada como esas nubes que cabalgan sobre el viento. Se trataba de un pasadizo sin salida, como una habitación alargada. Los esqueletos sujetos del cuello por argollas fijadas al muro reflejaron las luces de las linternas, las estáticas risas en sus bocas descarnadas. Tanto los jirones de sus ropas como los cabellos indicaban que fueron mujeres.

Días después el informe de los forenses confirmó que los restos pertenecían a cuatro mujeres entre los veinte y treinta años y que llevaban muertas un periodo de entre seis años la más antigua y trece meses la más cercana. La muerte no fue por consunción, a pesar de que las dejaron morir. La inanición les hizo desplomarse y las argollas les quebraron el cuello. El trabajo posterior quedó a cargo de los roedores. Sorprendentemente había una quinta chica que seguía con vida aunque en muy mal estado y ya con mordeduras. Era evidente que no llevaba allí muchos días. Colgaba del collar de hierro, que le partió la mandíbula pero no le afectó las vértebras cervicales; una especie de milagro. Pudieron establecer sus nombres y procedencias aproximadas por la declaración posterior del arrendatario del local y titular del mesón, que confesó ser el asesino múltiple y se justificó diciendo que ellas eran carne podrida a las que había que salvar enviándolas al infierno. Eran dos rusas, una rumana y una ucraniana. También era de Ucrania la superviviente. No todas las que llegaban allí corrían la misma suerte, decisión que correspondía al individuo según sus propias valoraciones. Tonia no estaba entre las víctimas porque era carne muy fresca. El propietario del local, un hombre que tenía varios en alquiler, no estaba implicado. Al conocer la noticia le dio un colapso. Confesó, sin embargo, que sabía de la existencia de esos pasadizos. Se descubrieron cuando el arrendatario hizo la obra de reforma. Él fue informado y ordenó cerrarlos porque si se ponía en conocimiento del Ayuntamiento llegarían los de Arqueología, detendrían la obra y hasta podrían incautarle el local. Mandó tapiarlos, como hicieron antes otros propietarios de la zona en sus sótanos. Ignoraba que el otro había hecho la puerta secreta. La policía registró sus otras propiedades situadas en barrios distintos de la ciudad y no encontró nada irregular.

Me permitieron estar en el interrogatorio concreto sobre Tonia. El asesino era un ser antropomorfo de rostro desaconsejado y cincuenta años renegados. Parecía sentirse a gusto con la repulsión que provocaba. Tenía los dientes escatimados y una saliva amarillenta, como el rastro que dejan las babosas, manaba entre los huecos para instalarse en las comisuras del escatológico agujero.

—¿Qué coño quieren saber? Un moro desconocido apareció una noche en la madrugada, con un sicario. No dio su nombre ni dato alguno. Llegó aposta para ver a la puta, que alguno de los suyos habría filado antes. Era un fulano elegante que casi no soltó el mirlo, pero su cristiano era fetén. Trabajaba para alguien. No podía disimular su jeta de esbirro. Así que pensé en estrujarle y empecé a regatear. Pero el cabrón puso diez mil pavos sobre la mesa y me cortó el hipo. Se fueron con la carne y no volví a olerles.

Más tarde hube de rendir visita obligada a la comisaría, donde me recibió Rodolfo Ramírez. Ángel Martínez, *el Costra*, estaba a su lado en su papel de chaqueta.

—Te he llamado sólo porque se están haciendo preguntas y algunas creo que te conciernen. —Me miró e intentó poner gesto adusto sin conseguirlo—. ¿Cómo sabías que podíamos encontrar en ese local todo lo que encontramos?

—No lo sabía. Ni imaginar siquiera tal monstruosidad.

—¿Cómo conseguiste la dirección?

—Me la dio un informador por teléfono.

—Por supuesto, no te dijo quién era.

—Bingo.

—Vaya, vaya —intervino el acólito, subido en su triángulo—. Qué casualidad. Resulta que un tal Mendoza, según parece propietario de un chalé en Valdemorillo, dice que un grupo encapuchado le asaltó, le golpeó y le robó. Y, además, le pidieron el paradero de esa chica que buscas, ¿qué te parece?

—¿Qué me dices? Sí que es casualidad.

—Porque tú no tienes nada que ver con ese grupo, ¿verdad?

—Siempre actúo solo.

—¿Quién más puede estar interesado en esa chica? —prosiguió el patizambo, asignándose la dirección del interrogatorio.

Quedé atrapado por la pregunta. ¿Tendría alguien presente a Tonia, aparte de su familia, de Mariano García y de mí? Y esos cadáveres encontrados, chicas que habrían estado buscando espacio a sus anhelos juveniles, ¿vibrarían en el recuerdo de alguien? Pensé en la muerte tan inhumana que recibieron. ¿Cuánto tiempo antes de morir les abandonó la consciencia? ¿Cuánto duró su agonía?

—¿Es que no me oyes? —vociferó el geométrico.

—Disculpa el lapso. Tu pregunta es absurda. Hemos hecho correr la voz y no son pocos los que conocen la historia.

—¿Tantos como para actuar de esa manera?

—Robaron, has dicho. Posiblemente sean los que le dieron la paliza a David. ¿Lo has pensado?

—Barajamos todas las posibilidades menos ésa.

—¿Por qué?

—Aquéllos eran tres y actuaron a cara descubierta. Éstos eran más y llevaban las caras tapadas. Y otra cosa, algo muy curioso. Alguien nos envió unas cajas con armas, drogas, documentos y teléfonos móviles. En un sobre aparte tarjetas de identificación del tal Mendoza y otros con una nota indicando que son una banda de secuestradores de chicas para obligarlas a la prostitución, y que todo el material son pruebas. Por eso supimos de la existencia del fulano y pudimos hacernos cargo. Hay pasaportes de mujeres con otra nota sugiriendo que pueden haber sido desaparecidas. Todo muy minucioso, ordenado... Y sin huellas. ¿Qué te parece?

—Que todavía queda gente anónima intentando ayudar a la policía.

—No me lo trago.

—Demuestras poca confianza en los ciudadanos de a pie. ¿Qué os confesó ese Mendoza?

—Se declara inocente de esos asesinatos y de las imputaciones de tráfico de mujeres. Dice que ellas acuden a él libremente, buscando trabajo y protección. Y que ignoraba lo que el monstruo hacía luego con las chicas que le proporcionaba.

—¿Y de ese material?

—Perjura que está limpio y que las armas y drogas no son suyas, que los asaltantes debieron de ponerlas allí.

—Supongo que no le creeríais.

—A quien no creo es a ti.

—¿De dónde vino la caja?

—Tres cajas. De una oficina de Correos de Madrid.

—¿Quién lo remitía?

Me miró un rato reteniendo la respuesta.

—El remite era del mismo Mendoza y de su chalé de Valdemorillo. Está claro que él mismo no hubiera hecho cosa semejante.

—¿Interrogasteis a las chicas?

—¿Qué chicas? No había ninguna. Dicen que eventualmente les acompañan sus novias pero que esa noche no estaban.

—Es una oportuna casualidad. ¿Qué vais a hacer?

—Los tenemos en el trullo, no sabemos por cuánto tiempo —participó Ramírez—. Sus abogados están encima. Por supuesto lo estamos investigando.

—Hay más —dijo el despatarrado—. Mendoza dice que la panda le robó mucho dinero.

—O sea, lo que decís haber recibido de forma anónima.

—Déjate de hostias. No había un puto duro en la caja. Se quedaron con la pasta.

—¿Sí?, vaya. Supongo que habrán hecho sus cálculos y que necesitarán pagar sus hipotecas. En todo caso el dinero no es necesario para la investigación policial. Seguid las pistas.

—No hay la mínima huella, ni siquiera de calzado.

—Siempre hay algo. Y tú, que eres un buen policía, darás con ello.

—¿No estás siendo muy críptico? —dijo Ramírez.

—Lo que pasa es que nos oculta cosas —abonó Martínez mirándome de forma atravesada, y lo imaginé en los tiempos de Barriga—. Te lo tomas con zumba. No parece que estés muy afectado por no encontrar a tu chica.

Me puse en pie lentamente, mirándole, y fui consciente del ramalazo de temor que cruzó por sus ojos.

—Venga, Corazón, no te cabrees —dijo Ramírez—. Ya sabes que éste es un tocapelotas. No lo tomes en serio.

Caminé hacia la salida. Martínez recobró el resuello.

—No hemos terminado con lo del robo al Mendoza. No creas que nos chupamos el dedo.

Cerré la puerta tras de mí y traté de acompasar mi ritmo cardiaco. Endorfina. La necesitaba *ahora*. ¿Cómo era? «Piensa en bello, en la estrofa que te hizo temblar, en la melodía sublime nunca olvidada, en aquel beso ante el sol naciendo...» Rosa... Sentí la sustancia relajante en mi cuerpo y me olvidé de El Costra.

Cuarenta y cuatro

No tendrán que buscarme nunca.
Estaré donde me esperen.

CRISTINA ÁLVAREZ PUERTO

Enero 1957

—Ahí tienes papel y lápiz. Dibuja las instalaciones de la fábrica donde trabajabas y haz un memorándum de los trabajos que allí hacías. Y en este otro papel pon los nombres exactos de todos tus amigos. Tómate el tiempo que quieras. No hay prisa.

Ramiro estaba sentado en un cuartucho del edificio de la Dirección General de Seguridad con entrada por la calle de San Ricardo, a espaldas de la Puerta del Sol. Había estado allí en dos ocasiones anteriores. Era un menoscabado despacho apretado de ficheros e informes, agobiado con dos mesas que soportaban destartaladas máquinas de escribir, una ventana casi tapiada de legajos con balduques y unos tubos de neón parpadeantes. La luz del día apenas penetraba en el recinto. Más allá, un pasillo se difuminaba hacia otras dependencias igual de inquietantes. Miró la al parecer sempiterna cara inamistosa del elegante comisario, acoplado en un sillón al otro lado de la mesa, y luego a los dos agentes mal encarados que disimulaban su condición de guardaespaldas moviendo papeles en la otra mesa. No eran los de los otros días pero llevaban idénticas muecas y el mismo traje cuyo color y corte certificaban que habían sido adquiridos en el mismo lote. Se preguntó si sus gestos eran los requeridos para ese tipo de cometido o estaban capturados por las invariables circunstancias.

—Es la segunda vez que me viene con eso. Se ve que no me explico con claridad. No le voy a decir nada de lo que me pide. Pertenece a mi intimidad y a mi trabajo. No tiene nada que ver con mi venida a España.

—Precisamente para conocer las verdaderas intenciones de tu venida es por lo que te exigimos esa información —reiteró el policía con displicencia. Tenía los ojos tan esquinados que miraba de lado, como las gallinas, girando la cabeza una y otra vez.

—Ya expliqué mis motivos en la Delegación de Repatriados de Rusia que tienen en la calle Orense.

—En la Oficina de Encuestas de esa delegación se os tomaron los datos, fundamentalmente para saber vuestros conocimientos profesionales y buscaros un trabajo adecuado. Nada que ver con lo que aquí necesitamos.

—No. También repitieron los interrogatorios de Castellón. Como usted hace. No sé por qué debemos pasar por tantas oficinas y tanta machaconería.

—¿Te lo digo otra vez? La mayoría de vosotros pasó el examen. Pero otros debéis aportar datos que eliminen la sospecha de que mentís sobre vuestros verdaderos objetivos. Tu caso es de los especiales. Tenías un alto cargo en una fábrica aeronáutica. Según nuestras informaciones, a esos cargos sólo se accede siendo miembro del Partido Comunista.

—Están totalmente equivocados. Los comisarios políticos son funcionarios, no profesionales con tareas de producción.

—Eres piloto de aviones, luego te ha enviado la NKVD.

—Qué dice. La NKVD no existe. ¿Sabe lo que era?

—Lo sé. Espías.

—Era el Servicio de Información del Estado, o si se quiere, policía de seguridad, uno de los cuerpos de los que procede el KGB.

—Esa policía política soviética hizo un gran servicio de espionaje en nuestra guerra.

—¿Qué tengo yo que ver con ellos? No soy ruso.

—Como si lo fueras. Te criaste allí y te hiciste piloto.

—No soy piloto. Lo he dicho claramente.

—Vamos. Dices que eres ingeniero aeronáutico, luego eres piloto.

—¿Qué tiene que ver una cosa con la otra?

—¿Eres o no eres piloto?

—Canseco.

—¿Qué?

—Que se repite como el ajo. No sé en qué idioma decirle las cosas para que me entienda. ¿Usted es falangista?

El comisario desorbitó los ojos y rechazó de inmediato:

—¿Yo? ¡Qué cojones voy a ser falangista! ¿A qué viene esa pregunta?

—Pues yo no soy comunista ni pertenezco a ninguna organización ni soy piloto. Lo he dicho en todos los interrogatorios.

—No son interrogatorios.

—Sí lo son. Y no tienen derecho a someterme a estas situaciones.

—¡No me cabrees, joder! Estás aquí viviendo gratuitamente. ¡Claro que tenemos derecho a pedirte que colabores!

—No piden colaboración sino delación, espionaje. No soy la persona adecuada para sus propósitos. Jamás pagaré con vergonzosos chivatazos lo que esa gente hizo por mí.

—¿Qué coño hicieron por ti? Separarte de tu familia, quitarte la fe en Dios.

—Me dieron una educación y una profesión. Y lo más importante: me enseñaron a ser una persona de bien y un ciudadano útil para la sociedad.

—Te haces el tonto, como que no entiendes. ¿No sabes que en febrero del pasado año tus jefes rusos Malenkov y Jruschov se reunieron con tus jefes españoles *Pasionaria* y Carrillo, con motivo del XX Congreso Internacional del Partido Comunista? Y si el ladrón de Negrín no hubiera cascado en París ese año, también habría estado con esos dos pájaros.

—No sé de qué me habla. Esas personas no son mis jefes.

—Esa reunión sirvió para colocar espías entre vosotros, agentes de la Komintern con instrucciones de infiltrarse en nuestro sistema y en nuestros sindicatos. Ya han sido detectados varios, algunos confesos.

—Me extraña eso que dice. Repito que estamos aquí por amparo de la Cruz Roja y tras una decisión espontánea nuestra, de los niños de Rusia, que tanto el Gobierno soviético como el Partido Comunista español quisieron impedir. ¿Cómo van a formar y meter espías entre nosotros si ellos hicieron lo imposible para que no viniéramos?

—Seguiremos nuestro programa de preguntas a todos los que habéis venido. Las próximas tendrás que responderlas en el Centro de Investigaciones Especiales y en presencia de los americanos de la CIA, que tienen métodos precisos de detección de mentirosos.

—¿Los americanos? ¿Qué pintan los americanos en todo esto?

—Nos ayudan y nosotros a ellos. ¿Acaso no sabes que hay una guerra entre los Estados Unidos y la Unión Soviética?

—¿Cómo que hay una guerra?

—Sí, cojones; no están a hostias pero son dos bloques antagónicos y entre ellos hay una guerra fría.

—¿Y qué?

—¿Cómo que «y qué»? ¿Tan difícil es entenderlo?

—O sea, que ustedes quieren que haga espionaje para los Estados Unidos.

—Quieren saber lo que nosotros: a qué venís realmente.

—Bueno, ya se cansarán.

—¿Por qué defiendes a ese régimen? ¿No sabes lo que acaban de hacer en Hungría, los tanques por las calles, cientos de muertos?

—No tengo nada que ver con el Gobierno ruso ni quiero tener nada que ver con el español. Así que no insista en pedirme datos.

—Escucha, tú, tío mierda. Estoy harto de perder el tiempo contigo. ¡Ingeniero aeronáutico! Ya sé qué tipo de ingenieros sois los rusos. Especialistas en una sola cosa. Aprietatornillos, como Charlot. ¡Ingenieros...! Aquí no serías ni perito, ni siquiera oficial mecánico. Así que no te des importancia conmigo ni me toques más las pelotas.

—Si es así, ¿cómo quiere que le dibuje planos y le informe de proyectos? La incapacidad técnica que usted me atribuye me impide conocerlos. —Se miraron fijamente durante unos momentos. Ramiro añadió—: Usted acaba de poner la solución.

—¡Empecemos de nuevo! —insistió el comisario golpeando la mesa con el puño. Luego miró el cuestionario que tenía frente a sí y en el que iba garrapateando notas—. A ver. Háblame de la GPU.

—¿GPU? —Ramiro lo miró dejando constancia de su incredulidad—. GPU era el órgano de la policía soviética que se sustituyó por la NKVD. Aprecio un notorio desconocimiento en usted sobre estos asuntos.

—¿Me llamas ignorante? —Se sulfuró el comisario.

—Me pregunta sobre cosas inexistentes desde hace muchos años. Si lo sabe no entiendo la intención en hablar de ello.

—Tú limítate a contestar. ¿Tienes algo que ver con la GRU?

—¿La GRU? Eso es el Servicio de Seguridad Militar y yo soy un civil, siempre lo he sido.

El policía no se achicaba.

—Dijiste que no perteneces al Konsomol.

—Sí, eso dije.

—Ocultaste que perteneciste a él. Mentiste.

—No me preguntaron eso.

—El Konsomol es la Unión de Juventudes Comunistas Leninistas. Nada menos. Un hervidero de comunistas. Eres un comunista.

—Le diré lo que es el Konsomol. Son centros de las Juventudes Comunistas, claro, pero sus funciones no son políticas sino sociales y educacionales: ampliar los conocimientos de todos, enseñar a leer a los mayores, cuidar de los ancianos y enfermos, trabajar en los koljoses y ayudar en las obras públicas en las vacaciones; es el tramo educacional que sigue al de los pioneros, es decir, para los más jóvenes, lo que yo no soy. Pero hay más. Sus representantes son parte de las comisiones que determinan el acceso a los centros de enseñanza superiores, la concesión de becas, la asignación de trabajos a los titulados. Son la parte más importante del Consejo de la Escuela Superior de la Unión Soviética. Como ve, nada que ver con la política sino con el conocimiento. Del Konsomol muy pocos van después al Partido Comunista, que, en contra de lo que aquí se cree, es minoritario entre la población.

—Ya, una mierda. Vaya discursito engañabobos. Sois todos comunistas perdidos. ¿Y qué es eso de los pioneros?

—Todos los niños hasta los catorce años lo son. En los centros de enseñanza se iza la bandera por las mañanas, se hace gimnasia obligatoria y se estudia con gran disciplina. Por eso se les llama pioneros.

—Pioneros es otra cosa, ignorantes. Pero no te apartes del asunto. Quiero que hagas lo que te digo en cuanto a la información pedida.

—No lo voy a hacer ni puede obligarme.

—Claro que puedo obligarte. Y puedo meterte en la trena y pedir que se te enjuicie por espía.

—Usted no va a hacer nada de eso. No puede imputarme ningún delito ni presentar cargos contra mí. Y no olvide que estoy bajo la protección de la Cruz Roja Internacional y por mandato y auspicios de las Naciones Unidas.

El comisario cogió un secante y se lo lanzó a la cabeza. Ramiro lo atrapó sin descomponerse como si hubiera sido una bola de béisbol lanzada por el *pitcher*.

—Comunista de mierda. ¿Por qué no te quedaste en tu país?

—Éste es mi país. Y le diré más: allá nunca nos dieron un trato tan vejatorio. Todo lo contrario. Se desvivieron por nosotros.

—Naturalmente. Ya pudieron hacerlo con todo el oro que robaron a España. —Vio la sorpresa en los ojos calmados de Ramiro—. No me digas que no lo sabes. Joder, cómo ocultan las fechorías. Los comunistas españoles, tus amigos, se llevaron todo el oro del Banco de España a Rusia y dejaron al país sin un puto duro, en la miseria. Tuvieron dinero de sobra para pagarse la guerra contra los alemanes y adoctrinaros en las consignas bolcheviques.

—No sé de qué me habla ni me interesa. No me atraen las cosas del pasado. Y tiene razón en una cosa: es pura pérdida de tiempo porque donde no hay no se puede sacar. En vez de seguir con este asunto deberían ayudarnos a buscar a la madre de mi mujer. Les di los datos hace una semana. Con los medios con los que cuentan debería ser fácil para ustedes encontrarla.

El comisario vio chispazos de decepción en los ojos azules de ese hombre grande y tranquilo, y notó que su ira carecía de justificación. Le habían apretado las clavijas pero no saltaba la luz. Quizá fuera mejor acampar el procedimiento y darle una de cal. Se esforzó en parecer conciliador.

—Dejaremos el asunto por ahora. Tendrás que volver. En cuanto a lo de tu suegra, no somos insensibles. Hemos buscado y tenemos algo.

Ramiro achicó los ojos. ¿Una trampa?

—¿Qué han encontrado?

—Su domicilio actual.

—¿Están seguros de que es ella?

—Sí. —Lo miró de forma enigmática durante demasiado tiempo—. ¿Seguro que no sabéis nada de ella?

—¿Qué intenta decirme?

—Bueno, lo comprobarás por ti mismo.

Ellos estaban acostumbrados a caminar por las largas y anchas calles de Moscú. Así que decidieron ir andando. Salieron a la Puerta del Sol y pasaron a la calle de Preciados, que, según decían, era la más comercial de Madrid. Se extrañaron de que en calle tan estrecha y concurrida de peatones circularan automóviles, formando verdaderos tapones y dando insoportables bocinazos. Pasaron a la plaza de Callao y luego a la Gran Vía. Se sorprendieron por la gran cantidad de cines que había, casi todos exhibiendo películas americanas y unos carteles enormes que tapaban buena parte de las fachadas. Teresa fue apuntando en su cuaderno de notas: Imperial, Avenida, Palacio de la Música, Callao, Palacio de la Prensa, Capitol, Rex, Rialto, Lope de Vega, Gran Vía, Azul y Coliseum; todos en menos de un kilómetro. El tráfico era intenso pero la nieve se había diluido y las aceras estaban llenas de agua. Todo el mundo iba deprisa, como si tuvieran cosas urgentes que atender. Las mujeres llevaban zapatos de tacón alto y mostraban sus pantorrillas con medias de cristal, algo que no existía en Rusia. Como los hombres, se enfundaban en abrigos y gabardinas y, como ellos, iban arrecidas. Teresa comprobó una vez más que había en todos ellos una elegancia que no existía en Rusia. La forma de vestir de los españoles era una de las cosas que más le había impresionado: todos se esforzaban en llevar sus ropas con el mayor esmero y no era fácil adivinar su nivel social, descartando a los que llevaban el mono de obrero.

En la plaza de España vieron el esqueleto de un rascacielos, la Torre de Madrid, que decían iba a ser el edificio más alto de Europa. Estaba claro que no conocían la Universidad Estatal Lomonossov de Moscú y las grandes torres que se estaban levantando en Rusia. Finalmente llegaron a la plaza de la Moncloa. La vivienda que buscaban estaba situada en unas casas para militares construidas en medio de dicha plaza, justo enfrente del enorme edificio del Ejército del Aire. Un poco más allá, el Arco de la Victoria se erguía celebrando el triunfo militar de media España sobre la otra media. Chispeaba y la mañana languidecía velozmente. El portal correspondía al 94 de la calle Princesa. Una criada les abrió la puerta. Les esperaban.

Pasaron a un salón espacioso bien condimentado de cuadros, muebles y bellos objetos. ¿Cómo era posible que su madre viviera en un lugar así? Nunca habían visto un hogar semejante, y menos para una sola familia. En Rusia algo así era impensable para la mayoría de la población. Se decía que los altos cargos del Partido y del Gobierno vivían en mansiones, como en la Rusia de los zares, pero nunca tuvieron ocasión de comprobarlo. Ramiro supuso que en España la gente obrera tampoco tendría posibilidades de habitar una casa del nivel que veía, aunque sabía que el concepto de propiedad privada estaba en la forma de vida española, algo que el sistema comunista rechazaba. La carpintería de las ventanas era de hierro pintado de verde y a través de los cristales se divisaba el parque del Oeste y, más allá de la arboleda y del Arco, se insinuaban las nevadas montañas de la sierra de Guadarrama. Era un paisaje maravilloso, sin humos, boscoso, tan diferente del moscovita.

Por una de las puertas del salón apareció un hombre

alto y delgado, en la cincuentena, rostro aconsejado de disgusto.

—Me llamo Blas Melgar —dijo, sin darles la mano. Los invitó a sentarse, mirándoles como si fueran especímenes raros, deteniéndose con insistencia en el rostro de Teresa—. Explicad eso de que sois los hijos de María Marrón —añadió, manteniéndose de pie y dando la sensación de que no cambiaría de postura.

—Ella es la hija, no yo —dijo Ramiro, obviando el gesto desalentador del hombre.

—Creí que tú eras Jaime, el hermano.

—Jaime murió, él es mi marido, Ramiro.

—Espero que tengáis documentos probatorios.

Teresa buscó en su bolso cartas y fotografías y se las dio al hombre, que las examinó minuciosamente. Luego hablaron de cosas triviales sin que Blas aliviara la gravedad de su rostro.

—¿Dónde está mi madre?

—La veréis pronto. Pero antes he de advertiros que ha perdido la memoria.

—¿Cómo dice?

—No recuerda nada de su pasado, no reconoce a la gente. Es como si todos fuéramos nuevos para ella.

—¿Qué le ocurrió?

—Un día se levantó sin recordar quién era. No reconocía a nadie.

—¿Qué dicen los médicos?

—Hemos acudido a los mejores especialistas. Coinciden en la recepción de un choque emocional y que probablemente requiera de otro choque igual para salir de ese estado.

—¿Cuándo sucedió?

—En febrero del año pasado.

—¡El año pasado...! No puedo creerlo. Si hubiéramos venido hace un año...

—Así son las cosas. Ahora toca esperar a que llegue ese

momento de que hablan los médicos. Quizás al verte se produzca la reacción.

—¿No se puede hacer otra cosa que esperar? ¿No hay ejercicios de estimulación?

—Los médicos hacen lo que pueden.

—¿De qué forma ha afectado a su vida?

—En realidad sólo a su pasado. Realiza sus funciones con normalidad y no se extraña de nada de lo que la rodea. No es como si hubiera nacido ahora. La amnesia es en cuanto a ella misma y a las personas de su entorno. Naturalmente el no recordar su vida anterior le produce tristeza. A pesar de ello no ha perdido su encanto.

—Ustedes le habrán explicado cosas de su vida, le habrán mostrado nuestras fotos y cartas.

—No hay fotos ni cartas vuestras.

—¿No? —casi gritó Teresa.

—No. Sólo fotos de sus otros hijos, Carlos y Julio. De Carlos no hay ninguna de sus primeros años.

—¿Julio? Sólo sabíamos de Carlos —dijo Teresa con asombro—. Nunca nos habló de Julio en su correspondencia interrumpida. O sea que tengo dos hermanos.

—Para ser exactos, dos hermanastros —puntualizó el hombre.

—Bueno, sí... —dudó ella—. ¿Cuántos años tiene Julio?

—Doce. —Arrugó el entrecejo—. ¿No sabías que estaba casada?

—¿Casada? —repitió Teresa—. No tenía ni idea. Ya le dije por teléfono que llevamos años sin comunicarnos. ¿Es usted el marido?

—No. Soy el primo de su marido, que... bueno, desapareció. Mi mujer está con tu madre. Ahora las veréis. Nos estamos ocupando de todo.

—¿Qué es eso de que su marido desapareció? —dijo Ramiro.

—Ni más ni menos que lo que habéis oído.

—¿Dónde están mis herma... mis hermanastros?

—Carlos en Ceuta, en el Ejército. Julio con sus amigos. Quizá le veáis luego.

El hombre, groseramente de pie, se encerró en un mutismo avinagrado como si ya lo hubiera dicho todo. Hubo un ruido. Dos mujeres entraron en la sala. Teresa se levantó, deshechas sus defensas. Su madre era una de ellas. La habría reconocido entre mil. No había cambiado en lo esencial. Tenía el pelo aún negro y mantenía la figura recordada, con adornos de una juventud conservada. Quizás era una compensación milagrosa a cambio de la memoria perdida. Se acercó a ella, la abrazó y la besó reiteradamente. Luego buscó sus ojos y tuvo un atisbo de esperanza en la larga inspección, que se deshizo al poco tiempo.

—Me dicen que eres mi hija —dijo con simpatía.

—Lo soy. Permíteme —dijo Teresa, cogiéndole de una mano y llevándola frente a un espejo—. Míranos.

María observó ambos rostros y apreció el parecido. Luego se volvió a su hija y la abrazó de nuevo, negando con la cabeza.

—Te creo. Es una prueba evidente. Pero no te recuerdo, lo siento. Sin embargo es lo mismo. Es un regalo saber que tengo una hija desconocida.

—No te preocupes —dijo Teresa disimulando su decepción—. Procuraré ayudarte para que lo recuerdes.

—¿Y estos mozos quiénes son?

—Mi marido, Ramiro, y tu nieto. —Miró al niño—. Dale un beso a tu abuela.

El niño obedeció tímidamente. María se agachó y puso sus ojos al mismo nivel. Algo se removió dentro de ella durante unos largos segundos y todos lo notaron, apreciando que el titubeo se desvanecía.

—Vamos a hablar de muchas cosas, porque os quedaréis a almorzar —dijo María—. ¿Conocéis a Leonor? Es la esposa de Blas, mi gran amiga.

Teresa no vio felicidad en el rostro de Blas ante la invitación a comer. Llegó Julio, un niño desgarbado, estatura media y grandes ojos interrogadores. Su parecido con su madre era escaso y su presencia no aportó calor. Se mantuvo en una posición discreta y apenas habló, mirando con precaución a los invitados. La velada discurrió con una amabilidad forzada por parte de los anfitriones. No así por María, que mostró de forma expresiva lo muy a gusto que se sentía con la hija que le vino del misterio. Teresa captó algo que entorpecía la aparente armonía del matrimonio. No se miraban y apenas se hablaban, y cuando lo hacían usaban frases protocolarias y miradas misteriosas, como actores recitando ensayos, con una deferencia tal por parte de él que parecía sobreactuada, mientras que ella sonreía con timidez, algo incongruente con su porte altivo. Era una mujer rotundamente bella y estaba impregnada de juventud, pero había algo de sumisión en su actitud, o quizá temor. Teresa tuvo esa sensación, que quizá no obedeciera a algo real sino a una exagerada dosis de imaginación por su parte. También le extrañó mucho que en toda la velada nadie hablara del marido desaparecido. Cuando ella lo mencionó, la conversación fue derivada por Blas a otra dirección en una clara indirecta de que el asunto no debía ser tocado.

Más tarde María vio las fotos que su hija le mostraba donde aparecían Teresa y Jaime antes del 37. Esas fotos, y las de Carlos de pequeñín, las había enviado ella misma a Rusia. A pesar de ello no pudo conectar con el pasado que testimoniaban. No reconoció la letra de sus propias cartas, recibidas por Teresa antes de 1941, diferente a la que ella tenía ahora, una consecuencia más de la quiebra de su memoria. Y lo que resultaba enormemente extraño era su carencia e ignorancia de fotos y cartas de ese periodo borrado, tanto de las que Jaime y Teresa le enviaron desde Rusia como de todo lo que ella hubiera debido tener por lógica. Ningún papel de su pasado, lo que avalaba la sospecha en

Teresa de que alguien intervino para eliminar todos los testimonios. Blas se limitó a decir que ignoraba que existieran tales documentos.

Al final de la tarde María dijo que al día siguiente habilitarían una habitación para que se instalaran allí Teresa, Ramiro y el niño, lo que motivó una llamada aparte de Blas. Teresa observó los gestos indudables de reconvención del hombre a ese ofrecimiento. María retornó, como un niño cuando ha cometido una travesura.

—Bueno, la realidad es que no tenemos sitio, pero venid a verme todos los días, por favor. Me encuentro bien con vosotros y necesito recordar.

Les acompañaron a la puerta y Blas buscó un momento final con ellos.

—Bueno, ¿qué pensáis hacer?

—Vendré a diario, como ella ha pedido.

—Perdéis el tiempo. Os sugiero que organicéis vuestra vida desde otra perspectiva. Ella está bajo los mejores cuidados.

—Soy su hija —desafió Teresa con voz serena—. No me impedirá que la vea.

—Claro que puedo impedirlo, pero no lo haré. Apelo a tu buen criterio. Sólo intento que seamos prácticos.

—¿Qué quiere decir con eso de prácticos?

—Es tu madre biológica pero hay muchos años por medio, además de su falta de memoria. No os recuperaríais una a la otra, si acaso tendríais una amistad. ¿Es eso realmente lo que quieres?

Cuarenta y cinco

Febrero 2003

Olga no había exagerado en la descripción del despacho de Jesús. Un ala estaba ocupada totalmente por una vitrina llena de figuras de porcelana de entre las que destacaba en lugar preferente un Quijote de Lladró, serie numerada. Diseminadas, varias reproducciones en bronce en tamaños pequeños de esculturas famosas conferían al despacho un aire de museo. Le había llamado tres días antes para proponerle la entrevista, a lo que se negó. Tuve que emplear argumentos irrechazables. Llegamos a las nueve de la mañana porque a las doce él tenía un compromiso ineludible. Y ahí estábamos sentados alrededor de una mesa redonda situada en un extremo del enorme escritorio, esperando a que en el despacho de al lado el magnate terminara de tratar asuntos de trabajo con su secretaria. El ruido exterior estaba derrotado por los cerramientos de PVC y la atmósfera se rendía ante la inminencia de las posibles confesiones.

El hombre entró y su masa provocó un notorio desplazamiento de aire. Se sentó en un sillón a su medida con gesto mezclado de resignación y desaprobación.

—¿Cómo está la abuela? —inició, sin intentar modificar su gesto desabrido.

—Bien, bien. ¿Y Blas?

—No tan bien. Pero vamos a lo nuestro —dijo, mirándome sin cautela.

—Como sabes, María Marrón está en un tratamiento especial para ver si es posible eliminar su amnesia, lo que permitiría que explicara misterios que afectan no sólo a su propia persona. Por eso me solivianta lo que hiciste para evitar la investigación. —Me miró sin decir nada—. Tú enviaste a aquellos matones a desvalijar mi agencia y a golpear a la gente. Lo sospeché en su momento.

—¿Sospechaste de mí?

—Era fácil. La primera impresión me llevó a creer que las agresiones indicaban por dónde debía buscar. Casi caigo en el engaño. Cuando analicé este caso aprecié que es tan intrigante como los otros dos, más si cabe. Pero aquí no hubo agresión al cliente. ¿Por ser mujer? Los que obran con tal contundencia no hacen distingos. Por tanto, el inductor no quería dañar físicamente a Olga. Ahí estaba la clave. Sólo podía tratarse de alguien que la quisiera, que hubiera vivido el pasado de la familia y que tuviera solvencia económica. Tú encajabas en el personaje. Los datos obtenidos de los bravucones sólo confirmaron tu culpabilidad. Los otros dos casos fueron para despistar.

—Es verdad que quiero a Olga —añadió, mirándola—. Aunque ella no sienta lo mismo, y no sé por qué, en modo alguno le causaría dolor.

—Quiero una explicación plausible.

Vaciló durante unos momentos. Pareció estar haciendo acopio de energía como una batería recargándose.

—Decidí la irrupción en tu agencia cuando a Julio se le escapó la confidencia de Olga respecto a la nota recibida de Leonor y quise impedir que cierto secreto dejara de serlo. El encargo era el de robar los archivos. Sólo quería que se cancelara el proceso de investigación sobre el pasado de la familia. Luego, cuando examiné los contenidos de los últimos casos que investigas y vi la foto de María en el dossier de John

Fisher, quedé helado; la reconocí a pesar del mal estado de la imagen. Era una coincidencia extraordinaria. Lo de la prostituta fue totalmente circunstancial, un caso perfecto para desviar las sospechas. Acertaste en tu diagnóstico aunque sólo en parte —aceptó, clavándome su apaciguada mirada—. Envié a esos individuos contra el hombre de Colmenar y el inglés con el solo propósito de amedrentarlos, no para agredirles, ignorando lo que ya habían hecho con tu ayudante. —Se tomó un respiro—. La violencia no entra en mi escala de valores. Esos tipos, que me recomendaron como especialistas, se propasaron. No tenía idea de cómo actuaban. Créeme que lo siento. ¿Sirve de algo expresarte mis disculpas? —Nos miramos sin titubeos. Sus ojos no mostraban temor. Era hombre determinado y parecía asumir los hechos como inevitables—. Comprendo que tengas sentimientos de venganza. Pero desearía que hayáis quedado satisfechos ese Fisher y tú con el recital que disteis en Barcelona a esos animales. Por supuesto que deseo lo mejor para tu ayudante. Y estoy para lo que necesites.

—Habida cuenta de que lo de John y el industrial madrileño fueron ejercicios de distracción y despiste, tanto interés en la ocultación presupone que tienes algo que ver con la desaparición del coronel.

—Una apreciación errónea. El coronel murió ahogado. Así consta en su expediente personal.

—¿A qué entonces tan contundente obstrucción?

—Lo he dicho. Mi deseo es impedir que salga a la luz algo tenebroso. No sabes el dolor que vas a causar con tu eficacia investigadora.

—Quiero saber, para bien o para mal —dijo Olga.

—En algunos casos es mejor permanecer en la ignorancia. La verdad muchas veces es agresiva con la felicidad. ¿Por qué a estas alturas ese interés en comprobar lo ocurrido al coronel?

—Fue la carta de Leonor lo que avivó la curiosidad, porque establece dudas sobre la versión oficial —dijo Olga—. En cualquier caso, ¿a quién no le interesaría descubrir un misterio tal en el pasado de la familia? ¿Tan grave era lo que ocurrió que crees necesario impedir que se sepa?

—Lo hice por Leonor, por María y por mi padre. Quise evitarles un sufrimiento innecesario en estos momentos de su vida. Ya sabes lo delicado que está Blas, su corazón, agravado ahora después de la muerte de Leonor. Y aunque no lo creas también lo hice por ti.

Olga quedó un momento absorta como el niño al que sorprenden saqueando la hucha.

—¿Lo hiciste por Leonor?

—Naturalmente. ¿Olvidas que era mi madre? ¿De qué te extrañas?

—Ella no te envió la nota porque sabía que te opondrías a sus propósitos. A la vista está. ¿Cómo puedes hacer creer que tu intervención era para evitarle un sufrimiento? ¿Qué sufrimiento? Es una incoherencia, porque ella estaba totalmente cuerda y sabía lo que hacía.

El hombre pareció haber sido cogido en un renuncio, pero sus ojos se mantuvieron firmes.

—Obró equivocadamente. Se dejó llevar por emociones que no vienen al caso.

—Claro que vienen al caso. Demostró que hay cosas escondidas que...

—Que no es necesario ni útil divulgar.

—¿Por qué no? Explícate.

—No tengo nada más que decir.

—Se dice en los informes que el coronel desapareció cuando regresaba de una celebración particular con antiguos compañeros del Tercio. He leído varios informes oficiales y ninguno se aparta de esa versión. Pero no es aventurado mantener la sospecha de que aquel viaje obedeció a una importante misión secreta para España. En cualquier caso se resalta su dignidad como soldado y persona. Lo tildan de ejemplo.

Merece que se sepa más de él para refrendar su figura y saber la verdad. Deberías contarlo.

—No creo estar autorizado para decirlo todo.

—¿Quién debe dar esa autorización?

—Nadie. Es nuestra propia intrahistoria la que manda.

—¿No puedes hablar ni siquiera sobre aquella misión?

El hombre cerró los ojos como buscando argumentos. Luego miró a Olga.

—La misión. ¿Por qué no? A estas alturas no creo que el informar sobre este punto concreto perjudique a nadie. Aun así sólo hablaré si no hacéis divulgación de ello.

Obtenida nuestra aquiescencia se tomó un largo trago de agua y pidió a su secretaria por el interfono que sólo le avisara para algo importante.

—Debo empezar por recordar un poco de nuestro pasado, la hegemonía mundial que España detentó en un tiempo. Perdimos el Imperio, pero en la mayor parte de las tierras que descubrimos y conquistamos dejamos nuestra huella en forma de lengua, cultura y religión. Nuestras peleas con los seculares adversarios europeos, Inglaterra y Francia, no nos han hecho enemigos porque formamos parte de la cultura europea y son muchas las cosas que compartimos. Por el contrario, España siempre tuvo argumentos de discusión con el vecino de abajo. Primero con los Omeyas, que, en su afán de conquista del Mediterráneo sur, nos invadieron desde el califato de Damasco; después con los almohades y almorávides, y finalmente, hasta el momento actual, con los marroquíes, con quienes nunca hubo buena relación vecinal se diga lo que se diga. —Se tomó un respiro—. En la antigüedad, el norte de lo que ahora conocemos por Marruecos estuvo aislado del Magreb. Hace seiscientos años muchas partes de ese Magreb, conformado por Marruecos, Túnez y Argelia, eran *terra nulis* habitada por tribus nómadas.

—¿Nos vas a explicar la historia de Marruecos?

—Lo que quiero decir es que el norte del Marruecos

actual no perteneció a ese país hasta hace poco. Incluso puede asegurarse que los marroquíes jamás tuvieron un concepto de Patria, tal y como se entendió siempre por el pensamiento occidental. Para la mayoría de ellos su patria era su cabila dentro de la extensa y nebulosa Berbería que siempre careció de límites territoriales concretos. El sentimiento nacionalista general lo desarrolló el Protectorado, que fijó unas fronteras que jamás existieron. Hasta entonces, aparte de las tribus, sólo estaban los cinco reinos tradicionales, independientes entre ellos: Mequinez, Fez, Tremecen, Marraquech y Tafilete, que se miraban al ombligo y que desconocían la Zona Norte. Ellos eran Blad el-Majzen, territorio gobernado por el sultán, mientras que en el Blas es-Siba o territorio disidente estaban los países del Rif, región pobre, montañosa y lejana a sus afectos. El Protectorado, al fijar los bordes de Marruecos, la integró en el sultanato nominalmente. De un plumazo surgió un país donde nunca lo hubo como tal, anexionándose la lejana tierra. Ningún sultán la visitó nunca hasta Mohamed V en 1958 y pocos se sentían súbditos de un monarca lejano y diferente en costumbres e incluso raza. Y no era un sentimiento desde un lado. Para el sultán los rifeños no eran exactamente marroquíes sino bereberes puros, o lo eran entonces. ¿Por qué extrañarse de que una parte del Magreb quisiera independizarse de la impuesta pertenencia a la autoridad jerifiana? Si Marruecos quería su independencia, ¿por qué no podía tenerla el Rif, o sea, la llamada zona española? ¿Qué derechos podrían esgrimir unos sobre otros cuando lo que manda es el deseo de la población? Incluso en 1925, en plena guerra con Abd el-Krim, los franceses llegaron a proponer un Estado rifeño usando la mayor parte de la zona española; territorio en el que el sultán sólo conservaría una soberanía religiosa parcial y el jalifa cedería toda autoridad.

Hablaba lentamente, con pulcritud, como pidiendo permiso a las palabras para que salieran de la forma debida.

—Ahí los franceses demostraron una gran generosidad al dar algo que no era suyo —dije.

—Bueno, en puridad habría que decir que actuaban bajo derecho. Sí, no te sorprendas. El tratado de Protectorado fue firmado entre el sultán y Francia, lo que confería a los franceses el monopolio de representación diplomática sobre el conjunto de Marruecos, quedando España como cesionaria de parte de ese tinglado. Es decir, el llamado Protectorado español era, legalmente, sólo zona de influencia de España del Protectorado francés.

—Desearía saber adónde quieres llegar.

—¿No me has pedido que te aclare el misterio? Para ello debo insistir en lo que la mayor parte de la gente del norte quiso siempre: un país propio, independiente de Marruecos, algo que ya intentó Abd el-Krim cuando combatía a los españoles en esa guerra tan dolorosa para España. Los rifeños no luchaban por el sultán ajeno, cuya autoridad negaban, sino por el nacimiento de la República del Rif proclamada en 1923, algo que España también deseó en 1956. En aquellas fechas, Abd el-Krim envió representantes a la mayoría de los países europeos y propuso su entrada como país independiente en la Sociedad de Naciones, además de enviar mensajes a los Estados Unidos por medio del *Chicago Daily News* comparando sus deseos de emancipación con los que tuvo el pueblo americano en su día. Incluso tenían una bandera: la media luna roja y la estrella verde de seis puntas de David sobre fondo rojo. Te daré un ejemplo más actual, el del Sáhara Occidental, el antiguo Sáhara español. Marruecos lo quiere suyo pero los saharauis rechazan esa idea porque sostienen que ellos no son marroquíes y que el Sáhara nunca fue parte de Marruecos. Lo del Rif era igual. Como ves, había argumentos precedentes para que el plan español saliera adelante.

—Puedo creer en las ansias de los norteños por conseguir un país propio, pero si para España era importante,

¿por qué no lo pensó antes? Se hubiera ahorrado el guerrear, los miles de muertos, y Abd el-Krim hubiera conseguido su independencia.

—Aquello era un asunto de dignidad nacional. Había que dominar a la fiera para no quedar en ridículo en el mundo entero después de nuestros desastres de Cuba y Filipinas. De ahí lo de Alhucemas. Pero treinta años después las razones eran otras porque la política es el arte de comulgar con las realidades que van creándose. España nunca creyó que el Protectorado se cancelaría tan pronto. ¿Quién puede predecir el futuro?

—Vale, pero ¿qué beneficios podía tener para España ese Estado independiente?

—Muchos. En primer lugar, la razón económica. España llevaba gastados miles de millones de pesetas en el Protectorado. Lentamente se empezaban a recoger algunos frutos. Se necesitaba tiempo para rentabilizar el esfuerzo realizado en esa tierra pobre tan diferente a la rica zona que se asignaron los franceses en el reparto. Al ayudar a los rifeños a desarrollarse se crearían también nuevas industrias en nuestro país y habría una interdependencia beneficiosa para ambos. Y tendríamos todas las opciones. Nuestro Gobierno asumió que la independencia del Rif hacia Marruecos supondría la eliminación de nuestra influencia, porque Marruecos siempre tendería hacia Francia. En segundo lugar, la razón emocional. Sería como una extensión de nuestro país, con un pueblo que entendería nuestra cultura y lengua aunque con diferente religión; una reedición de la España musulmana o, yendo más lejos, la extensión de la Hispanidad americana en tierras africanas. Y en tercer lugar los motivos estratégicos. Desde esa parte de África siempre nos han invadido los musulmanes por diversas razones. Antes, armados y con la mística de su expansionismo religioso. Ahora, impulsados por el hambre. La creación de la República del Rif era una teoría de seguridad para España en el futuro porque, al integrar Ceuta y Melilla, esas dos ciudades no estarían en la adivinada reclamación del imperialismo marroquí sino en tierra fraterna. De esa forma, Marruecos nunca podría reclamar algo que jamás estuvo dentro de su entorno territorial y que ya nunca estaría.

—Pero ese país tapón también era o sería musulmán.

—Cierto, pero con diferencia. Los rifeños nunca tuvieron ansias expansionistas, contrariamente a quienes los sojuzgaron. Ellos sólo querían su tierra. El dársela supondría tener un país agradecido, por tanto amigo, justo enfrente de nuestras costas. Un país moderado, casi un trozo de España. La idea fue una previsión en clave de futuro con base en el pasado.

—Cabe pensar que el sultán, y más el FLM, procederían en consecuencia y habría luchas, actos de terror o incluso guerra. Además, el signo de los tiempos estaba cambiando por esa época y había en marcha un imparable sentimiento anticolonialista. Se quebrantaría el principio de autodeterminación de los pueblos y la Carta del Atlántico de 1941. Conozco bien ese tema. Ningún país estaría a nuestro lado. La comunidad internacional no iba a permitir la perduración de esa anomalía de tiempos pasados.

—¿Acaso no me explico? No habría colonialismo sino un país nuevo que pediría nuestra protección. Hay antecedentes. Cuando los Omeyas crean el Califato español, un Estado berberisco del Rif se coloca bajo su protección. Como Filipinas con los americanos cuando terminó la guerra del Pacífico. España reconocería a la República del Rif de inmediato, como Alemania hizo con Eslovenia cuando ésta se separó de Yugoslavia. Incluso, quién sabe, podría ocurrir que con el tiempo, cuando los lazos soñados se hubieran estrechado, el país del Rif pidiera integrarse en España como hizo la República Dominicana cuando solicitó su anexión a España en 1861 y permaneció en ese estatus hasta 1865. Es decir, no fue un plan perverso porque beneficiaba a un pueblo ansiado de libertad y sólo mutilaba las ideas imperiales de una monarquía indeseada. Y para España era una cuestión de alto interés, por lo que se puede concluir que a nuestros gobernantes les animaban las mejores intenciones para con la Patria.

—Parece una locura.

—¿Locura? ¿Qué me dices de quienes en España quieren crear naciones donde sólo hay una? Ésa sí es una locura, no la de los protagonistas de aquellos años.

—¿De quién fue tan brillante idea?

—Cuando el movimiento independentista marroquí fue tan evidente como imparable en la zona francesa, con cientos de muertos y atentados, Francia trasladó a Mohamed V a Niza desde su destierro en Madagascar en agosto de 1955 y empezaron las primeras reuniones para crear un Consejo del Trono. El general García Valiño, Alto Comisario de España, fue a ver con urgencia al Residente General francés, quien le dijo que, efectivamente, el Protectorado sería disuelto, con lo que España tendría que marcharse. Alguien de la delegación española filtró después que, cuando nuestro general quiso oponer razones, el francés le dijo: «¿A qué viene la queja cuando usted ha permitido que los terroristas del FLM tuvieran refugio y ayuda en su zona? ¿Sabe la destrucción que causaron? No hubieran podido hacer sus salvajadas sin la guarida que usted puso a su disposición. No tenían territorio donde esconderse. Pudo hacer causa común con nuestra política e hizo lo contrario. Se pasó de listo. Esta situación de precipitación y agobio no debió haberse producido. Esperábamos hacer un traspaso de poderes varios años más tarde y sin traumatismos ni improvisación. Ahora todo acabó. ¿Creía que la independencia iba sólo contra nosotros? Nunca vi a nadie tan estúpido. Quien más perderá será España, que dejará de existir en estas tierras.» Ya veis. Años después esa misma política ciega tuvieron los franceses con respecto a los etarras, que mataban en España y se refugiaban en Francia, hasta que se dieron cuenta de que ETA es enemigo común.

—¿Cómo fue el desarrollo de la idea?

—García Valiño fue llamado a consulta a El Pardo y allí Franco le reprochó su equivocada política de colaboración con el FLM. En realidad, y aunque equivocadamente, García Valiño luchó con todas sus fuerzas para que no hubiera independencia de la zona española de Marruecos. Se comprometió al límite, incluso permitiendo que una hija suya se casara con un marroquí. Pero los hechos le desbordaron. El Caudillo insistía en que la independencia era demasiado pronta, que el Protectorado debería durar una generación más. Esa conjunción de deseos dio lugar al proyecto. Es posible que fuera Carrero Blanco quien sugiriera la idea de independizar el Rif bajo nuestra tutela.

—¿De qué forma se concretó el pacto?

—Hay una gran nebulosa sobre ello. Parece que por parte española fueron tomándose decisiones sobre la marcha a remolque de los acontecimientos. Fundamentalmente, después de que en noviembre del 55 Mohamed V se plantara en Rabat procedente de París y fuera recibido en olor de multitudes. Se habla de que el representante del Sultán, el jalifa Mulay Hassan ben Mehdí, hacía demora cuando no negligencia en seguir las instrucciones del equipo de Mohamed V, tendentes a conseguir compromisos de las autoridades españolas para la emancipación de su zona. Queda en los mentideros que el jalifa, instigado por García Valiño, deseaba retrasar la independencia del Protectorado español para, en su momento, hacerlo bajo su égida, ya que contaba con currículo suficiente para constituirse en sultán independiente. Era de sangre real, hijo del anterior jalifa Mulay el-Mehdí y bisnieto del sultán durante la campaña de 1860 contra España. Además, estaba casado con Fátima Zohra, hija de Mulay Abdelaziz, que fue sultán de Marruecos al terminar el siglo XIX.

—¿Él participó personalmente en el plan?

—Nunca se demostró. Los emisarios dijeron actuar en su nombre y como tales fueron aceptados. Tiempo después se especuló sobre si eran suplantadores en vez de representantes.

—Me pierdo. Vamos a ver, ¿era ésa la independencia soñada por los rifeños u otra paralela?

—En principio era la misma. Pero el jalifa se equivocó en dos cosas. Una, que era marroquí, y los rifeños no lo aceptarían. Y dos, que estaba muy vigilado en sus actos por gente adicta a Mohamed V. Sobre todo por el líder nacionalista Abdeljalek Torres, un verdadero agitador de masas y promotor de atentados y sabotajes en la zona española, y que por sus esfuerzos en integrar el Protectorado español en una sola corona fue recompensado irónicamente más tarde con la embajada en Madrid.

—Sería entonces una reunión poco propicia a acuerdos.

—En realidad fueron dos. García Valiño habló con el jalifa, con el bajá de Villa Sanjurjo, con los caídes de las tribus Beni-Urriaguel, Bukoia, Temsaman y otros.

—Hablas con gran conocimiento de todo.

—Nací y viví en Melilla hasta los ocho años. Viajé mucho con mi padre por Marruecos y aprendí su geografía. Me sé de memoria todos los pueblos del norte, como las preposiciones. Ahora es imposible encontrar muchos de esos nombres en los mapas porque los cambiaron.

—Debió de haber sido una gran concentración de personas.

—Eran los bajás y notables más importantes del Gomara, el Rif y la Región oriental. Entre los contactados del Majzen, algunos formaron parte de la comisión jalifiana que visitó El Pardo en febrero del 54, aunque la propuesta era ahora notoriamente distinta.

—Llamarían la atención a la gente adicta a Mohamed V. ¿No hubo sospechas?

—No. Estaba la gente del jalifa y la sensación, en aquellos momentos de euforia desbordada, era que se trataba de una reunión para la independencia del Protectorado español a favor de Marruecos. Nadie podía imaginar una independencia fragmentada. Pero en aquella primera reunión quedó claro que no podía haber entendimiento. Eran posiciones antagónicas. Los rifeños no querían ser regidos por un marroquí, sino por sí mismos. En vez de Sultanato habría una República con un Consejo de Estado formado por los jefes de las tribus y familias, que actuarían como un Senado. Por el lado del jalifa quedó la amenaza de que, si no entraba en el juego, podría haber filtraciones a la fuerza armada que apoyaba la independencia conjunta, el FLM, embrión de las FAR creadas posteriormente.

—¿Qué solución se buscó?

—Siempre según fuentes orales, imposible de contrastar, parece que sólo había un medio para conciliar ambas posiciones: dinero. Dinero para la independencia rifeña y para el jalifa y allegados. Para los primeros, España haría mayores inversiones en infraestructuras con el fin de desarrollar aquellos yermos roquedales. A cambio, obtendría el compromiso de seguridad y de permanencia para las familias españolas, y sus bienes, allí instaladas. Había que formar un Gobierno, una Administración y una policía. Y aunque no un ejército, porque estaría el nuestro, sería necesaria una fuerza militar bien dotada para contrarrestar posibles incursiones del FLM. El armamento no lo facilitaría España sino que lo adquiriría el naciente Estado rifeño en el mercado internacional.

—El otro grupo, ¿qué haría con su parte?

—Guardársela. Era el pago de su silencio. Por tanto, se necesitaba mucho dinero en calidad de urgencia y al margen del presupuesto habitual.

—¿De cuánto estamos hablando?

—De cuatrocientos millones de pesetas, que al cambio

de ahora podrían ser unos ciento sesenta mil millones; más o menos novecientos cuarenta millones de euros.

Se hizo un silencio espeso como cuando en el bosque los animales enmudecen presintiendo la tormenta. Olga cruzó una mirada asombrada conmigo.

—Eso parece una barbaridad de dinero.

—Lo era, pero una minucia al lado de lo ya gastado. Sólo en los ocho años que precedieron a la disolución del Protectorado, España fundió unos mil millones de pesetas de entonces por ejercicio. Inútilmente. Así que Franco llamó a reunión a los titulares de Ejército, Asuntos Exteriores y Hacienda. De allí salió una orden urgente para el Banco de España. Había que preparar el dinero en billetes. Ahora hacía falta encontrar al hombre adecuado para la misión de entrega, ya que el asunto era de alto secreto. El ministro del Ejército, entonces general Muñoz Grandes, eligió al primo de mi padre por su consolidada reputación de buen soldado. Era un experto en misiones arriesgadas, como el legendario Otto Skorzeny, el que liberó al Duce en el Gran Sasso. En su etapa de espionaje durante la Guerra Mundial, el coronel demostró su arrojo en los transportes de documentos secretos de y para la *Abwehr* y de dinero del Reich para Franco.

—¿Espionaje? —se sorprendió Olga—. ¿Quieres decir que fue un espía?

—Sí, eso ocurrió antes y ahora no viene al caso. Lo que importa es que por esos servicios consiguió el nombramiento de coronel. Y que para los mandatarios era el candidato perfecto. —Por un instante me pareció vislumbrar al personaje, deslumbrante en su intrépida juventud. Miré a Olga y noté que tenía la misma sensación. Jesús continuó—: El procedimiento fue sencillo. El dinero salió en una ambulancia, dentro de veinte maletas de veinte kilos cada una. Naturalmente, y aunque ello fuera de secreto extremo y absoluta la confianza en el enviado, se debían cumplir las normas de seguridad correspondientes. La ambulancia no podía ir precintada por razones evidentes de su condición, pero iba cerrada por dentro y las veinte maletas sí estaban precintadas. Además, iban enlazadas con una cadena cerrada con candado y cubiertas con una lona. Nadie fuera del secreto podía imaginar que allí se camuflaba esa fortuna. Un coche del ejército con un capitán, un sargento y dos soldados seguía a distancia a la ambulancia. Y más atrás, cuatro policías en un coche del PMM. En la ambulancia sólo iban el coronel y un sargento de conductor, ambos en bata blanca pero con sus distintivos. El viaje transcurrió sin contratiempos. La ambulancia embarcó en Málaga y los seguidores protectores se volvieron a Madrid. El dinero ya estaba a salvo viajando a Melilla, donde sería hecho el traspaso por el coronel al comandante general de la plaza.

—Intuyo que el cargamento no llegó a su destino —dije.

—Sí llegó... en parte. Pero eso no lo voy a contar.

—¿Cómo? —dijo Olga—. ¿Nos vas a dejar así?

—No puedo decir más. Es una de las partes negras de la historia.

—Hemos venido a buscar lo oculto —recordé—. Hasta el momento sólo has historiado. Debes estar a la altura.

Se resguardó en una posición de reto, con el entrecejo arrugado.

—Bien, por qué no —dijo, tras un rato de meditación—. ¿Por dónde iba?

—El cargamento —dijo Olga.

—Sí. Durante la noche dos hombres bajaron a la bodega del barco y abrieron la ambulancia. El sargento conductor estaba durmiendo en su camarote, al igual que el coronel, ya que a nadie se le permitía dormir dentro de los vehículos durante la travesía.

—No parece que fuera una vigilancia a la altura de tan importante carga.

—Resultaba suficiente. No había ningún peligro. ¿Qué iba a ocurrir en medio del mar, quién imaginaría que había una fortuna viajando?

—Puede tener sentido.

—Los dos hombres sacaron cinco maletas y las trasladaron a otra furgoneta con rótulos de Talleres Mecánicos del Ejército y matrícula ET, que ellos habían embarcado. En su lugar colocaron otras cinco maletas. Cuando el buque atracó, el coronel y el sargento conductor desembarcaron la ambulancia y la condujeron al cuartel de la Legión donde fue depositada. Por supuesto que no había órdenes por escrito pero el comandante de la plaza ya había sido informado personalmente del plan en visita previa que realizó a Madrid bajo llamada. El vehículo quedó albergado y custodiado en una estancia del cuartel en espera del día, lógicamente cercano, en que se realizaría el pacto con los notables magrebíes.

—¿Me estás diciendo que nadie descubrió que cinco de las maletas eran falsas y que faltaban cien millones? —se extrañó Olga, capitalizando el interrogatorio.

—Así es. La carga de la ambulancia era la misma que al embarcar porque las maletas cambiadas estaban rellenas de trapos y ajustadas al peso requerido. Actuaron expertamente. Desengancharon la lona, cortaron el candado y, una vez efectuado el cambio, pusieron nuevo candado y volvieron a enganchar la lona. La inspección sumaria no pasó de verificar que la lona estaba intacta, lo que aseguraba la inalterabilidad de la carga escondida debajo. Todo se había ejecutado exactamente según el plan secreto, con personas de confianza y sin riesgos previsibles. El coronel pasó el día con sus antiguos compañeros en el club de oficiales, y por la noche subió al barco de vuelta a casa. Su misión de transporte había terminado. Nadie volvió a verle.

—¿Tu padre estaba en el secreto?

—No en ese momento, aunque sospechó que algo extraordinario estaba ocurriendo pues no era normal que un coronel del Estado Mayor del Ejército llevara personalmente una ambulancia a Melilla.

—¿Quieres decir que, a pesar de tantos años juntos y de

tan estrechos lazos, ni siquiera se lo insinuó a su primo y amigo?

—Así es. El coronel era del Servicio Secreto y mi padre no. Y aunque lo hubiera sido, cada misión era confidencial.

—¿Qué pasó en la segunda reunión del Protectorado?

—Era el 10 de febrero de 1956. Antes de partir para Villa Sanjurjo, lugar de la cita, se descubrió el cambiazo. Ya se había echado en falta al coronel porque la familia habíamos dado la alarma ante su desaparición. Hubo llamadas frenéticas de García Valiño a El Pardo, pidiendo instrucciones. La conmoción en el Gobierno fue enorme. Tuvieron que improvisar y dieron la orden de que se ejecutara el plan, que mandarían el dinero restante en unos días.

—Por tanto, el acuerdo podía suscribirse por ambas partes.

—Está claro que ignoras cómo son los acuerdos de alto secreto. Nada debe fallar y todas las partes deben cumplir escrupulosamente las condiciones pactadas. Lo convenido era la entrega de cuatrocientos millones, no de trescientos, cosa que rompía con lo esperado. Sin embargo, los rifeños estaban dispuestos, no así la parte jerifiana, que se acobardó de repente. Barruntaron por simple adivinación que había gato encerrado, lo que podía significar que el proyecto dejara de ser secreto antes de tiempo y que provocara una reacción anticipada, que devendría violenta, de aquellos a quienes deseaban dejar al otro lado de la ansiada frontera. Fue una reunión tensa, mal avenida. El pacto se diluyó como sal en el agua y la historia no pudo ser cambiada. El 2 de marzo de ese año se firmó el acuerdo de independencia franco-marroquí y el 7 de abril se firmó el hispano-marroquí. Un territorio de más de veinte mil kilómetros cuadrados perdió la oportunidad de ser independiente y el millón aproximado de habitantes fueron obligados a convertirse en súbditos de una jerarquía que rechazaban. El sueño de libertad quedó truncado.

—O sea, que si no hubiera habido robo, la historia podría haber sido cambiada.

—Exacto. Porque los rifeños, aun desarmados y sin medios, siguieron clamando por su identidad perdida. Dos años más tarde las recién creadas FAR, al mando del Príncipe Hassan, masacraron a los rifeños, produciendo más de diez mil muertos y miles de heridos y ensayando bombas de napalm. ¿Qué gobierno hace eso contra su pueblo, en ausencia de guerra civil? Aquello fue la acción de terror de un pueblo sobre otro distinto, de la ocupación de un país por otro diferente. Y un hecho más: durante su largo reinado, Hasan II nada hizo por desarrollar la Zona Norte ni por mejorar las condiciones de vida de sus habitantes, a quienes consideraba rebeldes, lo que implicaba de facto la aceptación de que eran diferentes.

—No has dicho nada del sargento conductor.

—Fue sometido a interrogatorio. Quedó claro que no tenía idea de nada porque ignoraba la carga que transportó. Era un simple suboficial sin imaginación perteneciente al Tercio de Melilla, de donde le ordenaron presentarse en Madrid y ponerse a las órdenes del coronel. Una muestra más del sigilo de la operación. Nadie de los Ministerios ni relacionado con ellos.

—¿Dónde estuvisteis tú y tu padre durante todo ese tiempo?

—En Madrid. Él en su destino del Estado Mayor y yo en el estudio de arquitectos donde trabajaba desde que regresé de la universidad con el título. Consta en los archivos.

—¿Qué archivos, si todo está velado de secreto? —porfió Olga, añadiendo sin ambages—: Esos hombres fuisteis vosotros, Blas y tú. De ahí vuestra fortuna.

Jesús la miró y una sombra de pesar cruzó sus ojos.

—Sacas conclusiones muy apresuradas, señorita sabelotodo. Lamento que nos tengas en tan baja consideración para creer que somos capaces de idear una acción tan disparatada. Quizás algún día te duelas de ello.

Olga no se arredró por la amargura que trascendía de las palabras del magnate.

—¿Cómo si no ibas a saber con tanta exactitud todo eso y lo de los dos hombres si tu padre estaba al margen, lo mismo que en lógica estabas tú?

—Lo supimos después, como algunas otras cosas —dijo, dejando en libertad todo tipo de interpretaciones.

—No me cuadra. Sigo creyendo que estáis involucrados en el robo y que algo sabéis sobre la desaparición del pobre coronel.

Parecían haberse olvidado de mí relegándome al papel de una grabadora. Era una apariencia porque Olga manifestaba un atrevimiento que no tendría si yo no hubiera estado allí, y dudo que él hubiera tenido la paciencia de soportar a solas tales acusaciones.

—Te diré una cosa —insistió Olga—. Sabes que, cuando el coronel desapareció, mi padre estaba en una edad en la que se graban muchas cosas de forma indeleble. Está claro que, por el motivo que sea, él guarda silencio sobre algo que vivió en ese pasado tanto tiempo oculto. Pero en algunas conversaciones se deslizó que entre el coronel y vosotros dos, tú y tu padre, no hubo el aprecio que ha sido lo representado por la familia durante tantos años. En realidad, tengo la sospecha de que lo que hacéis por la abuela no es por el coronel sino por ella misma.

—Mira por dónde, tenemos a un detective en la familia. Podías haber prescindido de Corazón.

—A mi padre una vez se le escapó que le amenazaste, aunque luego mantuvo circunspección respecto a ello. Ahora podría ser un buen momento para que aclararas algunas cosas.

El hombretón se miró las manos y se sumió en un largo silencio durante el que pareció que su parte vital se desvanecía dejando el cuerpo como si fuera un enorme oso de peluche.

Cuarenta y seis

*... y fuime en casa del capitán, que ya amanecía, y
llamé a la puerta. Respondiome un criado flamenco.
Díjome que su amo dormía, pero lo mandé despertar. Vistiose y mandó que entrase; entré, y empu-
ñando la espada le dije que era ruin caballero y que
le había de matar. Él metió mano a espada y bro-
quel; pero como la razón tiene gran fuerza, le di una
estocada en el pecho y di con él en tierra.*

CAPITÁN ALONSO DE CONTRERAS

Septiembre 1955

El Ministerio del Ejército estaba en el Palacio de Buena-
vista, que se yergue sobre un altozano en plena plaza de
Cibeles frente al Banco de España. El cabo de guardia, muy
imbuido de la importancia de su tarea, detuvo a Jesús ante la
verja y le indicó la salita de control. Entró y mostró su carné
al soldado de turno, tan displicente como el anterior. Jesús
tuvo un acceso de desprecio hacia ellos por arrogarse una
importancia sin base: eran los modos que el Régimen mantenía en la nueva sociedad piramidal y muchos participaban
de ella en mayor o menor medida. Se manifestaba en las ín-
fulas despreciativas hacia los de abajo y, concretamente, en
el predominio de cualquier tipo de autoridad real o suplan-

tada sobre la morralla civil. Si hubiera ido de uniforme y con su estrella de alférez de milicias en vez de traje de calle estarían ahora más tiesos que la mojama. Jesús sabía que eran *tronchos* de reemplazo agraciados por la fortuna o el padrinazgo para cumplir la mili en tan singular lugar, pero se mostraban como generales en el trato a los civiles. Recordó a los *pipis* de su campamento, todos cagados de miedo porque a diario se rifaban cientos de hostias inevitables; miles de reclutas que penaban en lejanos cuarteles de ingratos escenarios. Las diferencias de la vida. El soldado descolgó el teléfono y marcó un número.

—Hay aquí un señor llamado Jesús Melgar. Quiere ver al coronel Melgar. Dice que es su sobrino.

Tras un rato de espera, escuchó y miró al visitante.

—Me dicen que vaya a su casa esta tarde, que le atenderá allí.

—No. Dile que necesito verle ahora mismo.

El mensaje fue transmitido y un momento después llegó la autorización. Con el pase correspondiente, Jesús caminó hacia el bello palacio de tres plantas balconadas cuya fachada y arquitectura aristocrática de estilo francés le conferían una gran armonía. Se admiró del pequeño bosque que llenaba el espacio hasta las mismas verjas exteriores. Era un milagro ver esos árboles gigantes enriqueciendo la fachada palaciega y aportando paz y refugio a los pájaros en tan concurrida plaza. A la entrada un sargento le señaló los ascensores. Salió a la tercera planta y se topó con un soldado tan pulcro como los anteriores. Estaba leyendo el *Marca* tras una mesa y le lanzó una mirada distraída; reparando en que no iba uniformado y detectando que era un civil, preguntó con cierta negligencia qué quería. Jesús se plantó delante de él sin contestar. El soldado se percató entonces de la masa de músculos que tenía delante y dio un salto, la galbana erradicada. Miró el pase y le indicó tembloroso el lugar. Jesús anduvo por el largo pasillo llamado coloquialmente «el tren» por su similitud con un vagón de pasajeros, ya que a la derecha, y tras una pared de cristal translúcido, se esconden pequeños despachos como departamentos de viajeros donde se atosigan dos o tres capitanes o comandantes con el sitio justo para respirar. Al fondo accedió a un despacho más grande, tradicional, de techo alto, en el que dos oficiales se entretenían sentados tras sus mesas. Uno de ellos, estrellas de capitán en su pecho, se levantó.

—¿Sobrino? —dijo, sin tenderle la mano.

—Bueno, no exactamente.

El oficial fue a un extremo y abrió una puerta.

—Mi coronel, el señor Jesús Melgar.

El visitante entró al despacho en el que dos coroneles ocupaban unas mesas distanciadas. Su mirada de arquitecto analizó los grandes balcones que daban al primer patio interior y que proporcionaban una luz tamizada al ennoblecido espacio. Una maravilla aunque él estaba en un equipo que intentaba la renovación arquitectónica. El coronel Melgar miró a su compañero.

—¿Me disculpas?

—Ningún problema —concedió, dejándoles solos.

—Qué se te ofrece —dijo, mirándole sin pizca de agrado y sin abandonar su asiento tras la mesa de trabajo.

Jesús se acercó a un sillón frente a él y se sentó.

—No he dicho que te sentaras.

—Así que ésta es la guarida del tigre.

—Tus modales no están a la altura de tus estudios.

—Eso de la educación me gusta. Verá, coronel, vengo con una misión específica. A decirle que se acabó. Es mi último aviso.

El militar achicó los ojos. Su rostro empezó a verdear y luego pasó a bermejizo.

—Explícate.

—¿Se hace el tonto? Sabe de sobra a lo que me refiero.

El coronel se levantó inundado de ira.

—¿Quién eres tú para hablarme en ese tono y darme órdenes?

Jesús abandonó su asiento y le miró con frialdad desde su alta estatura.

—Hace tiempo que alguien debió haberlo hecho. Hágame caso. No habrá otros avisos. Si no, ya sabe lo que le espera.

—¿Qué me espera? ¿Chantaje?

—No necesito recurrir a acciones ajenas.

El coronel apreció la atlética figura del joven, sus músculos forcejeando con la chaqueta, su cuello intentando romper el dogal de la corbata.

—¿Te has parado a pensar en los sentimientos de la gente?

—Los sentimientos nada tienen que ver con la indecencia.

—¿Indecencia? Te equivocaste de destinatario. Lo tienes muy cerca.

—Sé a quién hablo. No desvíe su responsabilidad.

—Cualquier cosa que hagas, además de inútil, será mala para la familia. ¿Pretendes denigrar nuestro nombre?

—No soy yo quien lo está denigrando.

—¿Te has preguntado alguna vez por qué suceden las cosas?

—Cientos de veces. Y hay cosas que no deben ocurrir.

—Pero ocurren. Pregúntale a tu padre.

—Déjele al margen.

—¿Al margen? ¿Cómo puede quedar al margen? Es actor principal.

—No es éste el momento para murgas de sociología. No vengo a perder el tiempo. Basta ya. A partir de hoy.

—Me cago en tus fuerzas. —Se encolerizó el militar—. No te tengo miedo. Hablas con un soldado del Tercio. Si vuelves a amenazarme te demandaré por coacción e irás a la cárcel. Y si fuera necesario... —Abrió un cajón, sacó una pistola y la puso sobre la mesa.

—Mencionó la cárcel. Nadie está libre de entrar en ella. Y guárdese eso. No me impresiona.

El coronel tocó un timbre y apareció el capitán.

—Este hombre se va.

—No olvide lo que le he dicho —dijo Jesús yendo hacia la salida.

La puerta se cerró y el coronel miró la pistola durante un rato. Luego la regresó al cajón y se sentó.

Cuarenta y siete

Febrero 2003

Jesús abrió los ojos.

—Creí que te habías dormido —dijo Olga.

—Se me fue el santo al cielo.

Yo miraba una reproducción en bronce del monumento al Cid Campeador cuyo original, según rezaba una placa, está situado en la plaza del Mío Cid de la capital burgalesa y es obra de Juan Cristóbal González Quesada. Es una escultura con fuerza. Pero en realidad estaba reflexionando sobre lo escuchado. Olga me espetó:

—Di algo, Corazón. No has venido a admirar las figuritas.

—¿Qué quieres que diga?

—Tu opinión sobre la autoría del robo y lo que ha dicho Jesús.

Me tomé el tiempo justo para aquietar sus disputas.

—Vayamos por partes. Los datos sobre el robo que tan prolijamente detalla Jesús sólo pudo obtenerlos por tres medios. Uno, por él mismo si hubiera sido el ejecutor. Dos, de la investigación policial. Tres, que se lo explicaran más tarde los mismos actores. —Hice la pausa adecuada—. Analicémoslos. Uno. Jesús no fue porque de serlo no se involucraría en una información que podría sugerir su culpabilidad.

»Dos. Hace poco, un antiguo residente en Marruecos me dijo que Franco cambió a los tres ministros que probablemente participaron en ese proyecto fallido del Rif. Aunque todo es posible, y más habiendo dinero por medio, no es imaginable que ellos ni nadie del Gobierno vulneraran el secreto que los unía en tan importantísima empresa ni que participaran en el hecho delictivo. Era gente con sus necesidades políticas y económicas cubiertas. Estaban en lo más alto y es de asumir que totalmente interesados y comprometidos en que el plan saliera bien porque ése sería su mayor premio. Aunque el robo de cien millones habría causado gran perturbación, al ser de alto secreto gubernamental lo mantendrían en informes internos. Pero, a pesar de la censura, hubiera sido difícil silenciar una sentencia a los culpables, de haber sido hallados. Porque el delito no prescribe aunque el bien se devuelva. Puede ser un eximente pero hay que pagar la pena por la fechoría. Mas aquí no hubo proceso judicial y ningún familiar pasó a prisión, lo que significa que Jesús no obtuvo de la intervención policial la información que nos ha brindado.

»Antes dije que no hubo inculpación familiar. ¿Por qué lo de familiar? Porque la lógica me lleva a considerar que sólo de la familia procedieron los hechos y su desarrollo. Aparte del Gobierno, el coronel era el único que disponía de esa información. Debo entender que algún pariente, por descuido en la custodia del secreto o por otras causas, pudo detectar que algo extraordinario acontecía en la vida del jefe militar. El captador tenía que ser alguien cercano, de confianza. Y dada la magnitud del asunto es por lo que descarto la intervención ajena, porque desbordaría su aplicación. Al llegar aquí, los sospechosos quedan definidos. ¿Quiénes de la familia eran jóvenes, fuertes y conjuntados? —Miré a Olga—. ¿Quiénes vivían en la acción?

—¡Los mellizos! —exclamó, redondeando sus ojos.

—Exacto. Eran tenientes legionarios, activos por definición y tenían su base en Ceuta; es decir, andaban por esos parajes. Ya tienes ahí el tercero de los puntos de reflexión. Ellos informaron a Jesús de todo lo que nos ha contado.

—O sea, que los mellizos usaron de una teórica indiscreción del coronel para enterarse del plan. ¿Cómo pudieron detectarlo si ellos estaban en África y el coronel en Madrid? —dijo Olga mirando a Jesús, que se encogió de hombros—. Y si tú y los mellizos no os hablabais, ¿cómo pudiste saberlo a través de ellos?

—Ellos no me hablaron de sus planes. Yo estaba avisado. Lo que hice fue llamarles, superando mis escrúpulos, para que desistieran del robo.

—¿Quién te avisó?

—La misma persona que te envió la nota que puso en marcha esta investigación —intervine.

—¡Leonor...! ¿Y cómo lo supo ella? ¿Por otro descuido, esta vez de los mellizos?

—Posiblemente —dije, mirando a Jesús, que se mantuvo callado.

Olga lo miró a su vez y reflexionó en voz alta.

—Entonces tu madre te informó para que frenaras a tus hermanos, aunque tarde según parece. —Jesús continuó fiel a su silencio—. Pero entonces los mellizos embarcarían en Málaga, en el mismo barco que el coronel. ¿Cómo es que no se vieron?

—No era tan fácil —razonó Jesús—. Los transbordadores siempre iban llenos. Eran cientos de viajeros, la mayoría militares en aquellos años. Todo tipo de uniformes, galones y estrellas. Además, los mellizos procuraron hurtarse a cualquier reconocimiento.

—¿Adónde fue el dinero robado? —inquirió Olga.

—Se lo quitamos. Abortamos el plan y les obligamos a confesar dónde lo escondían. Ya para entonces los investigadores habían tenido conocimiento de que la furgoneta había sido robada de los talleres del cuartel de Caballería motorizada de Sevilla. Le siguieron la pista y la encontraron una semana más tarde a las afueras de Badajoz con todo su equipo completo de herramientas y piezas de repuesto, por lo que la policía creyó que el botín podía haber pasado a Portugal. No estaba allí sino en un furgón aparcado en el pueblo de Barajas, cerca del aeropuerto.

—Ah, ésa es la explicación de que os hicierais ricos en poco tiempo. Los cien millones que os quedasteis.

—Tienes obsesión con eso. El dinero fue devuelto al Estado.

—¿En serio? ¿Cómo lo hicisteis?

—Por teléfono dijimos a la policía dónde podían encontrarlo. No dejamos pistas. Por supuesto, no hicimos delación de los mellizos.

—¿Y ellos? ¿Confesaron sin más?

—Mi intervención para que devolvieran el dinero les enfureció. Su sueño de hacerse ricos de golpe se eclipsó. Pero su decepción fue tan absurda como insensato era el plan. No tenían posibilidades.

—¿Por qué carecían de posibilidades?

—Porque con ese dinero no podían ir lejos —tercié—. La lógica dice que los billetes estarían numerados; es decir, marcados. Nunca podrían usarse salvo para el fin propuesto.

—En efecto. Obviamente la policía continuó la investigación en busca de la autoría. No llegaron a una conclusión definitiva porque la desaparición del coronel les impidió un testimonio posiblemente claro. Con el dinero recuperado, las motivaciones para la investigación dejaron de tener peso y al final se archivó el caso.

—O sea, devolviste la pasta por inservible.

—No. Por dos razones. Porque, aunque te decepcione, Blas y yo somos honrados y lo hubiéramos hecho igual aun valiendo el dinero. Era un mal que debía repararse. Y en segundo lugar, y en no menor medida, porque si no aparecía todo gravitaría negativamente sobre la familia, quizá de por vida, lo que sería insoportable a la larga. No tendríamos futuro, sometidos a vigilancia y sospecha para los restos.

—Dices que tu irrupción les enfureció. ¿Qué pasó luego?

—Cuando entendieron que el dinero no valía y que podrían haberse quedado sin porvenir, quisieron hacer las paces y buscaron restablecer la relación perdida. Fue un intento fallido. La distancia entre nosotros era antigua e infranqueable.

—Debieron de ser muy poderosos los motivos para que no renunciaras a mantener esa distancia, que dura tantos años.

—Lo fueron.

—Tuvieron audacia esos chicos al dar el golpe —opiné.

Hubo en sus ojos un chispazo, algo parecido a la admiración. Como si en el fondo estuviera orgulloso de sus odiados hermanos.

—A pesar de la estupidez del asunto, porque nunca podrían disfrutar del dinero, como misión en sí fue perfecta, de eso no cabe duda. Al desembarcar en Melilla a las ocho de la mañana condujeron la furgoneta hasta Ceuta, pasando sin inspección la «frontera» nominal de Beni Enzar y entraron en el Protectorado. Todo el territorio estaba pacificado porque el FLM sólo actuaba en la parte francesa, pero había que tomar precauciones con las partidas incontroladas. Cuando los españoles asumieron su papel de protectores no existía una carretera directa de Melilla a Ceuta. Los transportes se hacían por barco. España construyó esa carretera, que, como muestra del interés por esa tierra, fue mucho mejor que la mayoría de las existentes en la Península. Durante el viaje esquivaron Villa Sanjurjo y todas las poblaciones importantes. Pararon en un paraje desértico y trasladaron los billetes a unos cajones, cubriéndolos con materiales de reposición. Luego llenaron las cinco maletas con piedras y las echaron al mar desde un acantilado. Cruzaron la otra «frontera» de Castillejos y entraron en Ceuta, donde embarcaron en uno de los vapores diurnos. Existían, como ahora, las aduanas correspondientes de Málaga-Melilla y Algeciras-Ceuta, pero las que en realidad funcionan son las peninsulares, porque el contrabando pasa de África a España y no al revés. Podía pensarse que habría un escollo en la aduana de Algeciras, al desembarcar. Nada más lejos de la realidad en cuanto a los militares, al menos en aquellos años del Protectorado. Los miembros del Ejército tenían vía libre para pasar a la Península cuanto les pluguiera, tanto a los soldados a su escaso nivel como a los profesionales en su ilimitada medida. Podían traer de todo: coches, electrodomésticos, mil cosas, e incluso tabaco, que era el contrabando tan perseguido entonces como ahora la droga. Así, los cien millones pasaron tranquilamente en esos cajones de madera.

—Pero no sólo fueron audaces sino muy creativos. Concebir una trama así está al alcance de pocos —dijo Olga mirando a Jesús—. Porque, según lo que cuentas, los mellizos serían los diseñadores del plan, ¿no?

—Eso parece —contestó él, parapetado en su hieratismo.

—En cualquier caso no pudieron intervenir en la desaparición del coronel porque cuando ocurrió ellos estaban volviendo a España con el dinero. —No obtuvo respuesta—. Por tanto hubo un tercer hombre, o quizás un cuarto.

—Un momento —dijo Jesús—. ¿A qué viene eso de relacionarlos con la desaparición del coronel, siquiera para exculparles? ¿Y qué es eso del tercer hombre?

—Ya lo dije. Porque la carta de Leonor sugiere algo anormal. Y después de escucharte sobre la trama del dinero, intuyo que el coronel pudo ser asesinado.

—Vuelves a tus locas elucubraciones.

—Por tanto —siguió considerando Olga—, no es descabellado pensar que ese hombre era cómplice de los mellizos y el plan incluía la muerte del coronel. ¿Qué dices a eso?

—Que tienes la mente calenturienta. Es una observación

tan absurda como el pensar que los mellizos desearían ver muerto al coronel. Ellos sentían por él un gran cariño.

—Menudo cariño. Lo demostraron robándole.

—Una cosa es robar y otra matar.

La carta de Leonor no daba pie en modo alguno para las conjeturas que tan descaradamente exponía Olga. Era, sin embargo, una interpretación sugerente: los tres hermanos confabulados en un plan de robo que incluía la desaparición forzada del coronel, al fin un tío-primo segundo. ¿Con qué propósito? Para impedir su inevitable reacción cuando regresara y supiera del robo o para involucrarlo directamente en las sospechas que se abrirían con las investigaciones. La segunda opción sería la más lógica y probable pues su ausencia induciría a situarlo como culpable y por ahí se lanzarían los sabuesos, que es lo que finalmente sucedió. Las suposiciones de Olga estaban avaladas por la actitud cautelosa de Jesús, además de que daba perfectamente el perfil de ese tercer hombre asesino, en el supuesto de que hubiera existido. Pero ello contrastaba con la impresión de sinceridad que me produjeron los mellizos respecto a su cariño hacia el coronel, lo que invalidaba un acuerdo de ese calado. Claro que nada es inverosímil en esta vida y yo también me equivoco. Quizá lo de Olga no era insensatez sino intuición.

—Ni se te ocurre considerar como cierta la versión oficial —dijo Jesús con notorio hastío.

—¿Lo de que se ahogara?

—Sí, la de que por accidente cayera al mar y nadie lo viera.

—Es difícil de creer que el coronel fuera tan torpe.

Él miró la hora en su reloj de oro. Su respuesta estaba colmada de aburrimiento.

—En el Mediterráneo, el mar de la civilización, han estado ahogándose personas desde el principio de los tiempos. Millones. Tontos y listos, jóvenes y viejos, en paz o en guerra. No es muy brillante por tu parte haber cuestionado ese veredicto.

En ese momento sonó un zumbido. Jesús descolgó un teléfono y escuchó. Luego dijo:

—Vaya lenguaje. Dicen que «María da síntomas de que sus procesos psíquicos inconscientes pueden estar preparados para el intento de la expulsión de su amnesia». El profesor Takarada pide que vayáis a Llanes y «estéis presentes para cuando recupere sus recuerdos».

—¡Qué gran noticia! —dijo Olga, llena de júbilo. Su expresión ceñuda había cambiado. Añadió—: Vendrás, ¿verdad?

—Cuando la enviaste allá nos prohibiste a Blas y a mí que fuéramos. No iremos ahora. No queremos verla sufrir. Esperaremos a que le llegue el sosiego que ahora queréis quitarle, si es que le llega.

—¿Qué tonterías son ésas? ¿Por qué sigues empeñado en que no se desvele el misterio?

—Hemos gastado el tiempo. Ya no es necesaria vuestra presencia aquí.

Cuarenta y ocho

> *Y busco en mis afueras mis ansias prolongadas*
> *por esos horizontes de duración sin tiempo*
> *que un párpado promete levantándose lento.*
> *Y llamo, llamo a gritos.*

GABRIEL CELAYA

Enero 1957

Salió del metro de Sol y caminó hasta la plaza de Santa Ana por las estrechas callejas repletas de animación a pesar del frío. A la izquierda, el Teatro Español lucía su espléndida y blanca fachada y los carteles anunciando *Las brujas de Salem,* con Francisco Rabal y Asunción Sancho bajo la dirección de José Tamayo. En el otro extremo, el edificio Simeón magnificaba el área. Junto al parterre que circundaba la estatua de Calderón de la Barca, adivinó a la pareja buscada. El hombre, alto como él pero grande y aplomado; la mujer, estatura mediana, delgada, morena. Un niño con una mano cobijada en la de ella miraba jugar a otros niños con las bolas y muñecos de la nieve caída reiteradamente desde días atrás. Estaban de pie y de sus bocas salían nubecillas de vapor. Había cierto patetismo en la soledad de ese grupo aislado, resguardado en burdas ropas, como si el paisaje se negara a aceptarlo. Ella vestía pantalones, lo que era realmente llamativo. Notó una invisible señal, un temblor inexplicable. La mujer se volvió de golpe, aún lejos, tocada por esa señal. No apartaron sus ojos uno del otro. Él no vaciló en aceptar que era quien decía ser porque el parecido descartaba cualquier duda.

—Soy Carlos Melgar, el hijo de María Marrón —dijo, dando la mano al hombre y mirando a la mujer—. Y tú eres Teresa, mi... hermana.

Ella se lanzó hacia él y lo abrazó sin titubeos. Por un momento Carlos no supo qué hacer. No eran habituales ni bien vistas esas efusividades en público, aparte de la influencia que sobre él ejercía la rigurosa educación recibida. Pero la vacilación fue tan efímera como el fogonazo de un flash. Se vio a sí mismo abrazando a esa mujer desconocida y añorada, su hermana ausente.

—Tanto tiempo —susurró ella, sin quitar la cara de su pecho.

—Sí —dijo Carlos, intentando enfriar su emoción.

—Viniste a vernos desde tan lejos.

—Desde más lejos venís vosotros.

Recuperado el sosiego, Carlos los llevó a Costa del Jerte, una tasca tradicional de vinos, y a veces de voces, en la semiesquina de la plaza. Tomaron una mesa. Teresa observó que él se quitaba la gabardina y mostraba un traje gris impecable, con camisa blanca y corbata negra, en fuerte contraste con el jersey de cuello alto y la gastada chaqueta que portaba Ramiro. Ese hombre tan joven y atractivo era su hermanastro. Teresa y el niño pidieron Coca-Cola y ellos cerveza.

—Sé que eres medio hermano mío pero no nos parecemos en nada —dijo Teresa—. No te reconozco en tu rostro. No tienes nada de mamá.

—Sólo su sangre. Es suficiente.

—Sí.

Carlos sacó una cajetilla Chesterfield y ofreció a Ramiro.

—Es demasiado rubio para mí. Prefiero éste —dijo,

mostrando la cajetilla de Bisonte—. Es más parecido al que fumaba en Rusia.

—¿Allí fumabas rubio?

—No, el negro Belomor. Es el que más se fuma.

—Mamá, Leonor y yo vamos a intentar que vengáis a vivir a casa. Hay sitio de sobra. Es allí donde debéis estar, junto a mamá, y no en esa pensión.

—Cuánto me gustaría, pero no estaríamos bien. Hay poca sinceridad en ese hogar, a excepción de mamá.

—¿Lo notaste?

—Ese hombre, Blas, es distante. Actúa como jefe absoluto. No nos miró con buenos ojos ni tuvo un solo gesto de amabilidad durante la visita. Parece temer que vayamos a contagiaros de algo. No se mostró muy feliz cuando mamá nos invitó a comer e hizo patente su rechazo a que nos quedáramos allí.

—Es un feroz anticomunista.

—No somos comunistas ni lo hemos sido nunca.

—Venís de la patria del comunismo y lo normal es que la gente lo crea. Puede que quiera protegerla de vosotros sin asumir que por encima de todo eres en verdad su hija, y que contigo sería más feliz.

—Y hay una sorprendente ausencia de trato entre Blas y Leonor. —Miró a Carlos y notó que él no iba a entrar en el tema.

Ramiro hizo una seña con los ojos a Teresa. La conversación no debía convertirse en un interrogatorio.

—Mamá me contó lo que hablasteis y que Jaime murió durante la guerra con los alemanes —dijo Carlos.

—Sí, un accidente —murmuró Teresa, esforzándose por no sucumbir al doloroso recuerdo—. La casa donde está mamá, ¿de quién es?

—Del Ejército. Se la asignaron al coronel.

—¿Qué coronel?

—El marido de mamá, el que desapareció. ¿No te lo dijo Blas?

—No mencionó que era militar. Cortó todo intento de hablar de él. Tampoco nos enseñaron ninguna fotografía, ni siquiera de la boda, lo que, como tantas otras cosas, es harto sorprendente.

—Sigamos con la casa —dijo Carlos, apostando por estructurar la conversación—. Su uso es de mamá y de sus hijos; por tanto, tuyo también ahora... hasta que nos desalojen.

—¿Qué quieres decir?

—Esas casas pertenecen al Patronato de Casas Militares. No están en venta. Cuando el designado cambia de destino o muere, la vivienda debe quedar libre.

—Eso significa que creen que el coronel puede estar vivo.

—Quién sabe. Desapareció el año pasado. Oficialmente no está muerto pero, al haber ausencia luego de un largo tiempo, suponemos que el Patronato, que ha tenido el gesto de no actuar por consideración al estado en que se encuentra mamá, resolverá en consecuencia en su momento. Así que, si no aparece en un tiempo prudencial, habrá desalojo. No se hizo antes porque la desaparición de un jefe del Ejército no es un asunto baladí. El caso levantó una gran conmoción interna en el Ejército. Es de suponer que siguen investigando.

—¿Qué se supone que le ocurrió?

—Hay teorías pero ninguna certeza. Puede que alguien lo sepa. Si es así lo tiene muy callado. Quizás el coronel o alguna pista aparezcan algún día para aclarar el misterio.

—Blas dijo que la desaparición del coronel condujo a mamá a ese estado. ¿Cierto?

Carlos apagó la colilla y se tomó un rato antes de contestar. Miró al niño y la fascinación que sobre él ejercía la Coca-Cola. En una mesa del fondo varios hombres y mujeres reían y hablaban en voz alta y a la vez, cada uno sin escuchar a los otros.

—Pudiera ser, aunque ya venía resintiéndose con depresiones desde tiempo atrás. La desaparición del coronel fue como la gota que colmó el vaso.

—¿Depresión? ¿Qué le preocupaba?

—Es largo de contar. No es el momento.

Ella le miró fijamente y supo que las confidencias por ese lado habían llegado a su fin.

—¿Por qué cuando te refieres a tu padre lo llamas coronel?

—Forma parte de la educación castrense recibida. Estableció... bueno, le gustaba que lo llamáramos así. Incluso mamá lo hacía.

—¿Mamá no recibe asignación del Ejército?

—No. Si hubiera certificado de defunción cobraría una pensión, pero como está desaparecido no hay tal certificado. Es lo mismo que si hubiera desertado de su empleo. Por eso no hay paga.

—¿Blas también es militar?

—Lo fue hasta hace un año. Estuvo siempre junto al coronel desde la guerra de África. Está metido en negocios muy florecientes. Podría llevarla a un buen piso, pero tiene la esperanza de que mamá recobre la memoria. Por eso no quiere llevársela de allí, su hogar. Se ha involucrado totalmente en esa empresa. De ahí ese control que mencionas.

—Es contradictorio. Si así fuera no nos hubiera despachado porque nuestra presencia podría ayudar a que mamá recobrase la memoria, comunistas o no. Aquí hay algo raro.

Carlos se abstuvo de responder.

—¿Qué tal tu relación con él? —indagó Teresa.

—Nunca tuvimos mucho trato. Apenas nos vimos. A partir de la desaparición del coronel eso cambió. Siempre se portó bien.

—Háblanos de ti.

—Soy alférez de Infantería y hago mis últimas prácticas en África para salir de teniente dentro de un año. Nunca llegaré a serlo. Dejaré el Ejército. Haré Periodismo.

Teresa se llenó de incomprensión. Miró a Ramiro y captó su mensaje de cautela.

—¿Tú sabías de nuestra existencia? —dijo, cambiando de tercio.

—Hace dos años mamá me lo dijo —aceptó él mirando los profundos ojos de su hermana.

—¿Por qué no nos escribió?

—Tus cartas dejaron de llegar años atrás, cuando aún estábamos en la otra casa. No contestabas a las muchas que ella te envió sin desmayo.

—Nunca dejé de escribir. Hablamos de ello en tu casa. ¿Qué ocurrió con toda esa correspondencia cruzada? Blas dijo que no sabía nada, lo que es absurdo si tan unido estaba a mamá y al coronel. ¿Tú sabes algo?

—No. Estuve interno en un colegio; luego en Zaragoza y en Ceuta. Muchos años fuera de casa.

En ese momento uno de la mesa del rincón se arrancó por bulerías y los otros batieron palmas. El niño no fue el único en maravillarse.

—Es increíble el desenfado que muestra aquí la gente, su vitalidad —dijo Ramiro—. Allá es distinto.

—Notaréis muchas diferencias.

—Sí. Nos gustó mucho el ambiente navideño, los nacimientos, esos puestos en la Plaza Mayor... Fue una gran experiencia para nosotros, sobre todo para el niño. Y no digamos la cabalgata de Reyes. Fantástico.

—Allí no se celebra nada de esto, claro.

—Stalin fue muy duro con los clérigos, que desaparecieron con la Revolución. La política obligada de ateísmo fue terrible. Se destruyeron algunas iglesias históricas y las demás se utilizaron como almacenes o como locales donde predicar el ateísmo. El culto fue prohibido y miles de religiosos fueron ejecutados. Todo lo relacionado con la Iglesia fue proscrito. Pero cuando llegó la invasión alemana Stalin necesitó de todos los recursos para ganar la guerra, por lo que no podía desdeñar los que genera el clero. Así, en un alarde de oportunismo político, permitió a los sacerdotes que bendijeran las banderas de los regimientos que marchaban a los frentes. La represión fue interrumpida, los templos fueron abiertos, se repuso el Patriarcado y se restableció el Santo Sínodo de Moscú. A cambio recibió las colectas que hacían en las iglesias, con las que se construyeron tanques y cañones, que también eran bendecidos. Además, miles de clérigos fueron enviados a los frentes a luchar como soldados. —Ramiro hizo una pausa—. Aunque no de forma ostensible sí se permite el rito de la Navidad, que celebran normalmente gentes mayores, pero no el día 24 de diciembre, sino el 7 de enero, de acuerdo con el calendario juliano, que es el que sigue la Iglesia ortodoxa rusa.

—Lo que sí se celebra, y con gran pompa, es el fin de año —terció Teresa—. Allí hay dos nocheviejas: la del 31 de diciembre para los que siguen el calendario gregoriano, y la del 14 de enero para los que persisten en el juliano. En ambas fechas se pone el árbol y Papá Noel llega con los regalos. Aquí no hemos visto al hombre de rojo.

—Porque es una tradición pagana de los países del norte. Ojalá no llegue nunca la moda de los árboles. Ya se cortaron muchos durante todas las guerras de nuestra historia —aclaró Carlos. Un rato después se sinceró—: No sabéis la alegría que sentí al saber de vuestra existencia. Quizá si hubierais venido antes mamá no habría enfermado. ¿Por qué no lo hicisteis?

—En el 53 —habló Ramiro—, escribimos una carta al ministro de Asuntos Exteriores, señor Alberto Martín Artajo, y le dijimos quiénes éramos y que deseábamos regresar. Reiteramos la carta y no obtuvimos respuesta, lo que muchos interpretaron como que no les interesaba nuestra vuelta. Debo decir que algunos dirigentes del Partido Comunista español se opusieron a que saliéramos de Rusia. Basaban su negativa en que entráramos en una dictadura fascista como la de Franco. Stalin tampoco nos permitió volver a España. Dijo que los niños le fueron entregados por una República y que sólo los devolvería a otra República. El tiempo ha pasado y con Jruschov hay otra mentalidad. Debido a nuestra presión, y a que recurrimos a las Naciones Unidas por medio de la Cruz Roja Internacional, accedieron a nuestra salida.

—Finalmente parece que el Gobierno español os contestó.

—Sí, el año pasado, cuando ya habíamos perdido las esperanzas. Fue el mismo Martín Artajo quien nos escribió. Lo que ocurre es que el Gobierno de España teme que seamos un nido de espías.

—¿Lo sois?

—Claro —bromeó Teresa—. España es tan gran potencia que la atrasada Unión Soviética necesita copiar sus adelantos técnicos y científicos.

—Vale. —Su rostro se acomodó a la distensión—. Bien. Ahora tendremos tiempo de estar juntos y recuperar nuestra hermandad.

—No tenemos tantos días.

—Tenemos todo el tiempo del mundo. Ya dije que dejaré la milicia. Viviré en Madrid.

—No es eso, es que nos volvemos a Rusia.

—¿Que volvéis...? —dijo Carlos, sin ocultar su asombro—. ¿Por qué?

—No es la España que esperábamos. Y no tenemos a nadie. Allá está nuestro mundo.

—¡Claro que tenéis a alguien! A la familia. Está mamá, estoy yo... —Se miraron con intensidad.

—Mamá es y no es mamá —dijo Teresa—. No me recuerda. Somos extrañas la una para la otra.

—Si conservara su memoria, también seríais unas extrañas. Son veinte años lo que os separa.

—Sería diferente. Estaría el recuerdo y con él volvería el cariño.

—El cariño está asegurado, aunque no te reconozca como hija. Me dijo que le gustaste mucho. Y quiere seguir viéndote.

—Iré a verla mientras esté aquí. La quiero. Pero no puede rehacerse un destino truncado. Por desgracia, nuestros caminos se dividieron hace veinte años.

—Debes de tener especiales razones para pensar así. Una madre es la máxima razón.

—Millones de personas viven lejos de sus madres. La separación se inicia en el momento mismo de la salida del vientre. —Atajó la contestación que iniciaba Carlos—. Sí, ya sé, pero tú mismo estuviste lejos de mamá. A veces es inevitable.

—Trataré de compensarle ese alejamiento. —Su voz estaba cargada de esperanza, como quien busca tesoros perdidos.

Teresa le miró largos segundos.

—Sé que ocultas cosas. Es razonable. Acabamos de conocernos. Pero si tienes algo importante que contarnos, cosas que necesites confiar, hazlo.

Él se encogió de hombros y buscó el auxilio de otro cigarrillo, aunque sus manos eran firmes.

—¿Qué quieres que te diga? —dijo calmadamente.

—Por ejemplo, que Julio no es tu hermano. No puede serlo porque tú no eres hijo de ese coronel. Es absurdo pensar que mamá se hubiera unido a un militar rebelde durante la guerra. —Dejaron que las risas y cantares de sus vecinos aliviaran sus revelaciones—. ¿Quién fue tu padre?

—No lo sé. —Se miraron intensamente y ella no supo si creerle—. Mamá se casó con tu padre por el Juzgado en 1931, y con el coronel por la Iglesia en 1941. Ese hombre ignorado entró en la vida de mamá en el intervalo. Eran tiempos difíciles pero llenos de amor y de esperanza. Supongo que moriría en la guerra. Mamá nunca me habló de ello.

—¿Te habló de nosotros y no de tu padre?

—Así es. Ya ves. Pensé que os lo habría contado en sus cartas.

—Nada nos dijo, como lo del coronel y lo de Julio. ¿Por qué nos lo ocultaría? Tuvo tiempo antes de que se interrumpiera el carteo.

—Quizá creyó que os dolería, que os avergonzaríais de ella por tener hijos de diferentes hombres. No le sería fácil deciros que había tenido una fuerte relación y que luego se había casado con un facha cuando vuestro padre era un rojo, por emplear términos de contexto. Seguramente esperaría hacerlo en el momento oportuno, que nunca llegó.

Lo miró fijamente y en sus ojos de esmeralda vio algo, quizás una súplica para que los rescoldos se apaciguaran. Cedió a la llamada. No era lógico crear un frente de disputa con el hermano soñado.

—Discúlpame, soy una tonta —dijo, cogiéndole una mano. No tenía el calor de las de Ramiro pero era suave y fuerte y la confortó.

—Quedaos —rogó él—. Aquí hay mucho que hacer.

—Ya lo creo. Os queda mucha tarea por delante —dijo Ramiro—. Y vuestro sistema de vida niega el reparto social. Te pondré un ejemplo: el metro. Cuando entramos en el de Madrid, nos quedamos estupefactos ante la fea desnudez de su construcción. Red minúscula, estaciones pequeñas y estrechas, vagones lentos e incómodos, el ruido atronador de las vías mal ensambladas. ¿Cómo ni siquiera intentar su comparación con el grandioso de Moscú, con ese derroche arquitectónico y artístico, y con la luz y el espacio de las estaciones, andenes y trenes? Fue inaugurado en 1935 y debería ser considerado una de las maravillas del mundo. Este ejemplo indica que el Gobierno soviético, en su fe por lo colectivo, ha creado obras para el servicio y disfrute del conjunto del pueblo y no de unos pocos.

—Por lo que dices, el disponer de un coche individual es una inutilidad.

—Casi una provocación. Nadie lo tiene, salvo las autoridades. ¿Para qué si los transportes públicos, los trenes y los aviones funcionan a la perfección? Aquí tenéis esa ridiculez que se llama *biscuter,* y ahora el Seat 600, cuyo precio es una locura. Sesenta y seis mil pesetas. Con los sueldos que hay, nadie de la clase obrera podrá tener nunca un coche. Ni siquiera una furgoneta Citroën, que creo ya se empiezan a fabricar aquí.

—Todo lo que dices es un motivo más para que os quedéis a echar una mano. Hacen falta personas creativas y bien dispuestas para el trabajo.

—Hay tanta desconfianza en las autoridades que no es fácil concentrarse en encontrar un trabajo, inadecuado por otra parte. Nos vigilan constantemente. No lo entiendo. ¿Por eso nos han permitido venir? —Miró a su cuñado, que volvió a admirarse de su gesto estoico y desapasionado, como si estuviera narrando la anécdota que ocurriera a otro—. Aunque eso de la vigilancia, si bien no tanto como la que nos prodigan a los que volvimos, creo que es parte del sistema. No veo que la gente exprese lo que piensa.

—Cierto. Pero en ese sentido no creo que en la Unión Soviética tengáis mayor libertad.

—La libertad es un concepto relativo. Allá, si no tocas la política y cumples las normas, nadie se mete contigo y puedes hacer lo que quieras. ¿Qué más libertad se necesita?

—No debe extrañarte entonces que aquí pase lo mismo.

—Es verdad. Ambos son regímenes policiales. Pero aquí he observado una cosa: la gente cambia de acera cuando va a cruzarse con una pareja de grises.

—¿Te has fijado en eso? Añadiré un dato: nadie mira a los guardias fijamente a los ojos.

—Esto en Rusia no ocurre. Quizás estén pasando cosas peores. Pero no trascienden a la convivencia ciudadana. Y allí los policías son parte del pueblo.

—¿Es mejor una dictadura de izquierdas que una de derechas?

—Ninguna dictadura es buena. Pero con nosotros, los niños españoles, los soviéticos hicieron una excepción sin parangón. Nos alimentaron, nos cuidaron, nos dieron estudios. En ningún momento nos quitaron nuestra condición de españoles ni nuestro idioma.

—En cualquier caso, ni loco quiero un régimen como el soviético.

—Parece que hay muchos que no están de acuerdo con éste. Leí que hubo enfrentamientos en la universidad en febrero del año pasado entre falangistas del SEU y otros estudiantes, y que muchos de estos últimos acabaron en la cárcel. ¿Significa que el Régimen se tambalea?

—Para nada. Está muy fuerte y esas revueltas son ilusorias. Es cierto que hay un sentimiento de insatisfacción y de inseguridad ante el futuro. Pero los cabecillas que organizaron las revueltas son hijos de abogados, médicos, catedráticos, gente del Régimen. Fue una confrontación engañosa, un reto lleno de impunidad porque no les tocaron un pelo. Decían que rechazaban las estructuras sociales burguesas, la universidad clasista y el sistema capitalista, que es lo que ataca precisamente Falange. Era un lenguaje cambiado.

—Me pierdo un poco. Tengo entendido que la Falange de ahora no es la de José Antonio, que es un partido subordinado a Franco. Por tanto, esos estudiantes burgueses protestaron contra el sistema retrógrado.

—Es cierto. Pero se manifestaron los únicos que podían hacerlo. ¿Qué perdieron? Algunos el curso. Pero ¿y el llevar siempre en su historial personal el haber luchado contra el franquismo del que están viviendo cómodamente? Quizás ése fue el propósito, aparte de la ebullición de la sangre. La mayoría son conservadores y lo seguirán siendo en un futuro, y con todos los privilegios de la clase que dicen querer combatir. Los pusieron en libertad en seguida, terminarán sus estudios y muchos se instalarán en la derecha a la que pertenecen.

—¿Quieres decir que fue una revuelta de gente del propio Régimen?

—De hijos de gente del propio Régimen. Por supuesto, hay fuerzas ocultas: el Partido Comunista, la CNT, los socialistas y los monárquicos por ejemplo, que laboran por el fin de la Dictadura. En aquellas algaradas había gente de las izquierdas disimulándose en el follón. Pero ninguno capitaneó la revuelta. Los habrían molido a palos.

—Me da la sensación de que estás de acuerdo con el Régimen.

—Como tú, no me meto en política. Me encuentro a gusto con lo que tenemos. —Le miró de frente—. ¿Te he decepcionado, quizá?

—Me gusta tu franqueza. De todo tiene que haber en la vida. Pero me quedo con el régimen soviético. Por lo que he vivido, es el mejor sistema. No creo que los rusos quieran otra forma de vida.

—¿Crees que el bolchevismo perdurará?

—Es más propio decir el «sovietismo», que significa «gobierno de los Consejos de trabajadores». En términos de comparación es mucho más estable que el franquismo porque ha superado ya la etapa de su fundación. Ya no es leninismo, ni estalinismo. Es una idea en marcha.

—Hay más razones, aparte de lo de mamá, que nos inclinan a la vuelta a Moscú. Una de ellas lo del chico —habló Teresa—. Dicen de ponerle en un nivel más bajo que el que tiene. —Movió la cabeza—. Y luego está que nos obligan a casarnos.

—¿Es que no estáis casados?

—Claro que sí, por lo civil, que allí es la única forma de contraer matrimonio. Un día de diario fuimos al juzgado con dos amigos de testigos, sin ceremonia ni fiestas ni viaje de bodas. Yo apenas había cumplido los dieciocho y era virgen. —Se miraron y Carlos vio en ellos tanto amor que se conturbó. Era como si se hubieran quedado aislados del mundo, solos en la maraña de un sentimiento indescriptible—. Nos dimos el sí y él me regaló un ramo de flores de nenúfar, que sólo resistió ese día porque sólo una vez se dice el sí con amor y convicción. Sólo una vez. Y no hay nada que se pueda comparar con ese momento. —Se cogieron de la mano—. Ya nos habían asignado una casa de la fábrica. Estábamos solos. Un día. Al siguiente volvimos al trabajo... —La rememoración les envolvió y silenció todos los ruidos. Luego ella se desligó del hechizo y murmuró—: ¿Por qué hemos de casarnos por la Iglesia? Y eso no es todo. También nos obligan a bautizarnos, a los tres.

—No es una acción perversa en contra vuestra. El bautizo es condición indispensable para casarse por la Iglesia. Sólo el matrimonio religioso es el reconocido por el Estado y sólo mediante él pueden obtenerse todos los derechos y amparos para las esposas e hijos. Tomadlo como un trámite administrativo.

—¿Y qué me dices del trabajo? Oigo que la gente empieza a emigrar a cientos.

—Muchos lo hacen no por carecer de empleo sino por ganar más. La verdad es que los sueldos son muy bajos, pero hay trabajo.

—En la Casa Sindical, enfrente del Museo del Prado, ¿sabes cuál digo? —Carlos asintió—. Bueno, pues ahí han montado una oficina con gente de los sindicatos, precisamente los que nos acompañaron desde Estambul, para buscarnos trabajo a los niños de la guerra. Yo soy ingeniero aeronáutico pero aquí no hay industria de aviación. Me ofrecen empleo de mecánico, incluso de chófer. Estoy formado para no despreciar ningún trabajo, pero creo que no debo renunciar a mi profesión porque en ella puedo rendir gran provecho.

—Ingeniero aeronáutico. —Le miró—. En verdad que eso aquí no tiene salida por ahora.

—Hubiéramos deseado estar más con la madre de Tere, pero ese tiempo no lo marcamos nosotros. —Ramiro sostuvo la muda pregunta de Carlos—. Hemos sabido que pronto van a impedir el retorno a Rusia de aquellos de nosotros que quieran hacerlo. Como ves, no hay margen para pruebas.

—Y no hablemos de la vivienda —añadió Teresa—. Hay pocas, en malas condiciones, y en ellas viven muchas familias apelotonadas: abuelos, tíos, primos... Dicen que hay un plan de viviendas, pero son de venta. A lo más que podríamos llegar es a vivir de inquilinos con algún matrimonio anciano.

—Dices que vuestra casa era de la fábrica.

—Sí, allí es lo normal. Millones de personas viven así.

—¿Cómo es?

—La compartimos con otro matrimonio, él mecánico y ella médico. Usamos el baño y la cocina en común. Tenemos dos habitaciones para cada uno. Más que suficiente.

—No veo mucha diferencia con lo que aquí rechazáis.

—Sí la hay. Aquí hay que pagar por el alquiler eso que llamáis «traspasos», algo inconcebible en Rusia. Además de que la casa de allá es grande, no pagamos nada; ni luz, ni agua. Es todo gratis. Para ser exactos, pagábamos dieciséis kopecs por el gas y el dos por ciento del sueldo por la vivienda. Allí ganaba mil rublos al mes, y no nos sobraba. Pero aquí me ofrecen ochocientas pesetas por trabajar de mecánico, totalmente insuficiente para cubrir los mínimos gastos.

—O sea, que vivíais a expensas del Estado. Una bicoca.

—No exactamente. Es una filosofía de vida diferente. Todos vivimos del trabajo de todos. El rendimiento personal, lo que se produce, no es para el enriquecimiento de unos pocos sino para el Estado, que distribuye equitativamente entre la población.

—¿Equitativamente?

—Hombre, la mayoría sí. Supongo que gente alta del

Partido tendrá algunas prerrogativas. Pero allá no existe el lujo diferenciador que hay aquí. La garantía de que en el pueblo soviético no hay diferencias de clases se evidencia no sólo en el hogar común sino en los sueldos. El mecánico que vive con nosotros gana con los destajos más que su mujer y que yo. Las horas extra que ambos hacemos, ella en el hospital y yo en la fábrica, no están recompensados económicamente.

—Es casi imposible de creer.

—Créetelo. Tan cierto como que no existen los mendigos.

—¿No hay pedigüeños por las calles? ¿Quieres decirme que todo el mundo vive bien?

—No, allá falta mucho para alcanzar los niveles de Occidente, pero nadie pasa hambre y la mendicidad está erradicada.

—Ya veo que os han adoctrinado a fondo.

—No es tanto eso, que no niego, como la constatación de una realidad. La propiedad privada estimula la desigualdad, el egoísmo y el ansia de poder, en lo económico y en lo político.

—Volvéis entonces a la rutina conocida —se lamentó Carlos.

Ramiro enlazó la mirada con la de su cuñado.

—¿Mantendrías una confidencia?

—La tumba.

—En un lugar secreto de la Unión Soviética hay un centro aeroespacial.

—¿Eso qué es?

—La culminación de la aeronáutica. Una industria nueva dedicada a proyectos para enviar satélites artificiales fuera de la órbita terrestre. La idea es dominar los cielos, la conquista del espacio. Se están invirtiendo enormes recursos económicos y humanos para, en pocos años, enviar un artefacto fuera de la atmósfera y, si se obtiene éxito, mandar a un hombre. Me han ofrecido integrarme en esa aventura. Como puedes comprender, es algo imposible de rechazar. Un sueño al alcance de pocos. Ésa es la razón principal por la que volvemos.

—¿Es posible lograr esa técnica, el sueño de Julio Verne?

—Sólo dos países pueden hacerlo. Los Estados Unidos llevan trabajando en ello desde hace años en Cabo Cañaveral. No tienen idea del programa soviético. Habrá una carrera para ver quién domina esta ciencia. Es un trabajo fascinante; un reto no desdeñable que en España será difícil se pueda dar porque ni siquiera tiene una industria aeronáutica simple.

—Entiendo que no quieras quedarte aquí. Menuda diferencia.

La conversación languideció como si lo hubieran dicho todo, con tanto aún por descubrir.

—Estos viajes, tanto el de venida como el de vuelta, ¿os los pagáis vosotros?

—El Gobierno ruso nos pagó el de venida. Nosotros cubriremos el de regreso, aunque creemos que allí nos lo reembolsarán con su habitual generosidad.

—Por lo que he oído, puede que no haya tal generosidad sino el dinero del Banco de España.

Ramiro analizó a Carlos.

—Es la segunda vez en pocos días que alguien habla de ese dinero. ¿Puedes explicarlo?

—¿No lo sabes? —Vio el desconocimiento en los ojos del asturiano—. El entonces ministro de Hacienda, el doctor Negrín, previo Decreto de incautación, en septiembre del 36 envió todas las reservas metálicas del Banco de España a Cartagena con el fin de salvaguardarlas. Como alguien dijo: «El tesoro de una antigua nación acumulado a lo largo de los siglos.» Hay que decir que España era uno de los países con más reservas de oro, lo que le daba un gran prestigio, ya que, como supongo no ignoras, el oro en aquellos años era la garantía de la economía y la solvencia de un país.

—¿Un solo hombre podía hacer eso?

—No. En realidad estaba amparado por el Consejo de Ministros y tenía el aval y firma del primer ministro, Largo Caballero, y del presidente de la República, Manuel Azaña. Es decir, el responsable fue el Gobierno entero.

—¿De cuánto dinero se trataba?

—Según parece, se trasportaron diez mil cajas que contenían más de dos mil millones de pesetas oro.

—¿Y todo se envió a la Unión Soviética?

—No, pero sí una cantidad enorme, la mayor parte de esas reservas. Unos mil seiscientos millones de oro amonedado y en barras, contenidos en siete mil ochocientas cajas. Más de quinientas toneladas de metal, más de quinientos millones de dólares de entonces. Quizá nada ilustra lo que fue esa cantidad de dinero como la confesión de Walter Krivitsky, jefe entonces del espionaje soviético en España y uno de los implicados en el envío. Dijo: «Era tanto el oro llegado en el último cargamento que, colocados los lingotes unos junto a otros como baldosas, cubrirían por completo los setenta mil metros cuadrados largos que tiene el suelo de la Plaza Roja de Moscú.»

Teresa y Ramiro se miraron.

—¿Por qué se envió a la Unión Soviética?

—Resulta inexplicable por muchas razones que tuvieran o creyeran tener los responsables republicanos. Puede entenderse que se trasladara de Madrid porque en esas fechas la capital parecía que iba a caer en manos de Franco, y si eso ocurría el general sublevado tendría las finanzas necesarias para ganar la guerra. El mismo Gobierno en pleno se trasladó a Valencia. Pero Cartagena era un lugar muy seguro, dentro de la zona republicana más segura de entonces, y allí había diversos cuarteles. Era también importante base naval con astillero y disponía de la mayor parte de la Flota. Muy cerca estaba San Javier con su base aeronaval. No había un sitio que ofreciera más seguridad en toda España. Y además, la guerra acababa de empezar prácticamente y la República controlaba la mayor parte del país y todas las provincias industrializadas. Por todo ello, salvo los actores principales, pocos entendieron la prisa por sacar ese tesoro del país y enviarlo a uno cuyas garantías democráticas, y por tanto sus compromisos legales, eran inciertas.

—¿Cuándo ocurrió?

—En octubre, menos de un mes de su llegada a Cartagena.

—¿Qué pasó con ese oro?

—Nunca se devolvió nada. Los rusos dijeron que se gastó en el material de guerra que enviaron, sin aportar datos. No lo cree nadie. Con el tiempo saldrán papeles justificativos que carecerán de credibilidad. En realidad fue un expolio. Así lo entendieron muchos funcionarios del Banco de España cuando vieron sacar esos diez mil cajones y dejar totalmente vacías las grandes cajas fuertes. Estaban desmoralizados, no se creían lo que estaba pasando e intuían que ese tesoro nunca retornaría. Por eso el cajero principal, cuyo nombre y firma estaban en los billetes circulantes, se suicidó en un arrebato de impotencia y responsabilidad extrema.

Estuvieron mirándose, tratando de entender la magnitud de esos hechos.

—¿Crees que ésa fue la causa de que la Unión Soviética nos tratara tan magníficamente?

Carlos vio un débil brillo de desconcierto en los serenos ojos de Ramiro.

—Aunque hasta hoy ignoraba la forma de vida tan envidiable que tuvisteis, no creo que tenga nada que ver una cosa con la otra. Stalin hizo cosas tan contradictorias que no obedecían a ningún razonamiento lógico. No le veo usando ese oro para vuestro mantenimiento.

—Es lo que creo. Stalin tendría su fórmula de financiación, ya que el Padrecito controlaba el país con mano de hierro, incluidas las finanzas. No necesitaba el oro español para eso. En cualquier caso, el afecto recibido por las autoridades eran genuinos. Y no hablemos del pueblo, la gente normal. Todo el mundo nos acogió de tal manera que es imposible que lo hicieran por razones mercantiles. Seguramente, como nosotros, nadie del pueblo ruso sabía de ese oro.

—Bueno, eso no lo vamos a resolver nosotros. Así que os invito a comer. Por aquí hay buenos restaurantes.

Salieron y Teresa se admiró de los azulejos que lucían las fachadas de Villa-Rosa.

—Es un tablao flamenco nocturno. Aquí vienen artistas de la copla y el cante jondo, y es lugar de reunión de toreros famosos, ganaderos, artistas de teatro y de cine, poetas y escritores. Lástima que con el niño no podamos ir, y no creo que lo que ponen en el Teatro Español le encante —dijo, señalando los carteles—. Creo que os gustará más una película americana de un cine de la Gran Vía.

—Bien —se alegró Teresa—. Me maravilla oír cómo los actores hablan en español.

Más tarde, al entrar en el Capitol para ver *Trapecio*, con Burt Lancaster y Gina Lollobrigida, Ramiro y Teresa se sintieron cohibidos. Nunca habían visto un cine tan lujoso en Moscú.

Cuarenta y nueve

Febrero 2003

El día había llegado. Akira eligió una mañana ausente de viento. El cielo estaba desalojado de nubes y los meteorólogos vaticinaron que ese día el sol nos inundaría. Acertaron. El albor quebraba y los pájaros orquestaban sus trinos como cada amanecer sin lluvia mientras en los inmensos picachos se enganchaban ya los primeros rayos a contraluz. No había otros ruidos ni nadie más que nosotros en ese abierto espacio. El doctor sentó a la anciana de cara a las montañas en el lugar acostumbrado, bien abrigada, y él lo hizo frente a ella, poniendo sus ojos al mismo nivel. Colocó a Olga junto a él de forma que María pudiera contemplarla y llenarse de tranquilidad. Conmigo, apartados y fuera de su visión, estaban Rosa, Julio, Carlos, John e Ishimi.

Akira sujetó las dos manos de la mujer con la suya izquierda mientras que con la derecha le cogía el mentón para inmovilizarla y mirarla de frente. Tras unos movimientos, ambos quedaron quietos, como si se hubieran petrificado. Fue un momento mágico en el que también nosotros nos convertimos en piedras. La mirada de Akira, como un disparo de luz, penetró en la ilimitada nebulosa que ocupaba parte de la mente de la anciana. Al rato, ella se estremeció como si fuera el escalofrío que precede a la fiebre. Me moví con cautela y miré los ojos dilatados de la mujer, el entorno de golpe esfumado. Sólo estaban esos ojos donde el médico había abierto un camino. Y empecé a *ver* dentro de ella. Era un lugar sombrío y mortecino con chispazos como fuego de artificio. Y veía a Akira hurgando en una bombilla apagada que se iluminó de golpe.

María Marrón empezó a notar algo diferente en la bruma gelatinosa que a veces la envolvía. Era un sonido alegre, vitalista. Trinos. Y esos dos puntos fijos, extraños en la siempre gigante nube, taladrándola. Los dos puntos fueron haciéndose más grandes, como los faros de un coche en la oscuridad. Siguió mirando. Ahora habían pasado a ser dos focos enormes, como los que iluminaban a los artistas en los fines de fiesta que organizaban los cines de barrio durante las noches veraniegas. Aquellos cines... Fue como una explosión de luz, como el fogonazo de magnesio de aquellos fotógrafos que, con sus grandes y negras cámaras de fuelle, se ponían en la entrada del Retiro por el acceso de la Puerta de Alcalá para inmortalizar a la clientela. Y entonces se vio a sí misma, de golpe en un recuperado recuerdo.

¿Qué hay en la mente de un enfermo mental o de un amnésico? Mejor dicho, ¿adónde se fue su mente? Nadie puede saberlo, ni siquiera imaginarlo con aproximación creíble. Sólo ellos podrían explicarlo. Pero aquellos que recuperaron la normalidad no recuerdan nada de lo que ocupó su mente, o la sustituyó, durante el desvarío. Akira, ese increíble médico de lo impalpable, entró en la parte oscura de la mente de María, no encendiendo bombillas como trató de ejemplificar Ishimi, sino como si condujera un vehículo espacial por los vacíos infinitos e insoldables. Akira vio el desorden en la inmensa niebla. Con paciencia, habilidad y precisión ordenó los caóticos impulsos cerebrales, estructuró las imágenes por edades formando grupos de pensamientos afines y profundizó en lo más recóndito de ese mundo único, personal, no compatible con los mundos de otros enfermos porque no hay vidas ni recuerdos iguales. Y cuando el orden quedó reestablecido, si bien, quizá, precariamente, Akira fue saliendo con lentitud de la mente recobrada, tirando de ella, guiándola hacia la luz del total entendimiento. Cuando retiró las manos de las sienes de la anciana, sus ojos aún en los de ella, la inteligencia anidaba plenamente en aquella mirada antes confusa. La barrera de la amnesia había desaparecido y todos los recuerdos de su vida estaban juntos.

María se levantó y miró a su nieta mientras Akira se apartaba. Su expresión había experimentado un cambio notorio, como si en ella hubiera habido un trueque entre años vencidos y otros colmados de vitalidad. Pero había algo más en sus ojos. Se levantó y se acercó a Olga, refugiándose en sus brazos.

—Abuela, abuela, ¿cómo te sientes?

—El coronel —dijo, mirando alrededor—. ¿Dónde está?

Cincuenta

Todos desapareceremos sin dejar rastro.

SERGEI KOROLEV

Abril 1961

Amanecería a las cuatro en punto de ese día 12, pero Ramiro ya estaba preparado desde horas antes. Desayunó con apetito, no inquietado por el acontecimiento que, de tener éxito, daría un giro a la historia de la humanidad según algunos, como el viaje de Colón en 1492.

—¿Cómo estás? —dijo Teresa, admirando la serenidad de ese hombre que lo era todo en su vida.

—Bien —sonrió él, devolviéndole su admiración.

—Llegó el día.

—Sí.

El tiempo era estable como casi siempre y ya el calor se insinuaba. Estaban en una vivienda pequeña para ellos solos en el barrio residencial del cosmódromo de Baikonur, bajo control de Rusia, dentro de la Unión Soviética y situado en la parte sur central de Kazakstán, la más extensa de las quince repúblicas de la Unión Soviética después de la Federación Rusa. En ese lugar desértico, a doscientos kilómetros al este del mar de Aral, por donde antiguamente pasaban las rutas de caravanas que unían los grandes mercados de Oriente y Occidente, los rusos fundaron en 1955 el complejo espacial que originariamente se destinó a lanzamiento de misiles de largo alcance. Su elección tuvo que ver con lo deshabitado y tórrido del lugar, donde apenas hay precipitaciones y el sol permanece muchas horas en un cielo normalmente despejado.

Se tomaron de la mano y salieron a la oscuridad del jardín. El silencio les penetró. Ramiro elevó la vista al cielo y sorprendió a unas estilizadas nubes que navegaban como aves migratorias. Miró las estrellas, amontonadas, inacabables, empequeñeciendo las conciencias con su infinitud. Era un cielo tan límpido que esos cuerpos siderales parecían verse en sus tres dimensiones naturales.

—Te subyuga el espacio —dijo ella—. Es como si tirara de ti.

—Mira el cielo.

—Lo he mirado muchas veces, contigo.

Él tardó en hablar.

—Intento buscar sentido a esta enormidad, en qué misterio estamos metidos. ¿Ves esos millones de estrellas? La ciencia no sabe si el Universo es infinito o no, ni lo que es o significa, ni de qué cosa forma parte. Es inmensurable según nuestra escala pero puede que seamos menos que átomos para otras proporciones ignoradas. Y si el cosmos es finito, ¿dónde está metido? ¿En un dedal, gigantesco para nosotros? —Hizo la pausa aconsejada para tal cuestión—. Tenemos sistemas físicos para medir las distancias y el tiempo, pero, aplicados a Astronomía, son puramente teóricos. Por ejemplo, la distancia que creemos hay entre la Tierra y otros planetas y estrellas, y la edad que atribuimos a la Tierra y al Universo. De ellos dos, el concepto de distancia puede tenerse por válido aunque con valores de aproximación. Pero en modo alguno sirve nuestra medida del tiempo, que es puramente terrestre y humano. En el tinglado que vemos, en el orden cósmico aparentemente inmutable y perfecto, puede que la formación de la Tierra esté transcurriendo no en millones de años según nuestro cómputo, sino en décimas de segundo de acuerdo a realidades inconcebibles para nuestro entendimiento.

—Muchos miembros del equipo teorizan sobre la posibilidad de que en un futuro lejano el hombre consiga llegar hasta esos mundos. Y la mayoría afirma que hoy podría ser el primer día de ese sueño.

—No. Nadie ignora que este esfuerzo económico y personal se acomete con fines militares y políticos. Ése es el único objetivo. El proyecto se aprovecha de la balística y de las experiencias con misiles. Los diseñadores somos ingenieros aplicados a la armamentística.

—Pero en el proyecto hay muchos científicos relacionados con el espacio.

—Como los técnicos, su misión consiste en aplicar sus conocimientos y hallazgos a los mismos fines militares. Su aportación es imprescindible, fundamentalmente la de los cosmobiólogos y biomédicos, ya que estamos ensayando el envío de un artefacto tripulado al exterior. Pero somos los ingenieros quienes construimos las astronaves, los instrumentos de orientación y estabilización, los cohetes compuestos, las rampas de lanzamiento, las plantas de combustibles y hasta los deflectores del chorro para dirigir los cohetes. Y sabemos que nuestros trabajos no van más allá de lo planeado por los estrategas del poder militar.

—Siempre está la esperanza de un objetivo superior.

—No hay duda de que es un intento encomiable aunque sólo sea para ser más fuerte que el enemigo. Por supuesto que siempre subyace en el hombre el deseo de ir más allá en todos los campos, porque la curiosidad y el afán de saber son consustanciales con su naturaleza. Pero el viajar a las estrellas es una ilusión vana. Lo que estamos haciendo nada tiene que ver con ello.

—Los avances técnicos como el de hoy eran imposibles

de considerar cien años atrás. La ciencia avanza a grandes pasos. ¿Qué será dentro de cien o de mil años?

—Hoy intentaremos situar un hombre en el espacio cercano, fuera de nuestra atmósfera. Si no lo conseguimos lo lograremos más tarde. Es un objetivo al alcance. Y puede que pisemos la Luna, que está a trescientos ochenta mil kilómetros, incluso Marte, *sólo* a ochenta millones de kilómetros. Pero el hombre jamás podrá viajar al extremo de nuestro sistema solar y mucho menos al espacio profundo, al confín inimaginable del Universo. ¿Tienes idea de lo que hay allá arriba?

—Intento estar a tu altura.

—Te diré lo que sabemos en teoría, según nuestra idea de tiempo y distancia. La Tierra está en un sistema solar de una sola estrella, dentro de una galaxia que llamamos Vía Láctea, donde brotan y se extinguen sin cesar miles de soles y con una «población» de más de cien mil millones de estrellas. Nuestro Sol es una de ellas. Puedes ver lo palpable de nuestra insignificancia e inutilidad. Esta galaxia es una nebulosa en forma de disco, y el cruzarla en su diámetro a la velocidad de la luz, esto es, trescientos mil kilómetros por segundo, llevaría más de cien mil años, lo que supone que tiene una longitud de unos novecientos ochenta mil billones de kilómetros, casi un trillón. ¿Te imaginas? Dentro de nuestra galaxia la estrella más cercana es Alfa, de la constelación el Centauro, que está a cuatro años luz, es decir, a unos treinta y ocho billones de kilómetros. El hombre nunca podrá viajar a la velocidad de la luz. Pero imaginando el absurdo, porque es absolutamente imposible, de que pudiera hacerlo a la de la Tierra, que es de ciento ocho mil kilómetros por hora, tardaríamos más de cuarenta mil años en llegar a Alfa y a sus planetas. Y a esa quimérica velocidad, sólo el cruzar nuestro sistema solar para visitar los otros siete planetas hasta ahora conocidos de «casa» nos ocuparía seis mil quinientos años. —Miró a Teresa, que se debatía tratando de aquilatar esas magnitudes—. La Tierra es nuestra casa, pero también es nuestra prisión. Nunca saldremos de su entorno.

—Es una bella prisión.

—Sí, pero no es de eso que hablamos. Y añado aún. Todas las estrellas de la Vía Láctea giran alrededor de un núcleo central. Nuestro Sol y su séquito de planetas tardan doscientos cincuenta millones de años en circunvalar ese centro y volver al punto de salida. Lo que significa que, en la vuelta que ahora está dando, nuestra Tierra ha visto aparecer los primeros reptiles, los grandes saurios y al hombre, quien apenas tendrá la existencia de un día en este año solar. —Consumió una nueva pausa—. Y estamos hablando de una galaxia. Pero habrá muchas, incontables, antes de llegar a ese borde fantaseado del que te hablaba.

—Siempre me sorprenden tu racionalidad y la forma de expresarla —dijo ella, impresionada por el aterrador misterio sugerido.

—Lo tremendo es que el Universo tiene que obedecer a un propósito.

—¿Dios?

—No hablo de quién o qué lo ha creado, que puede ser una forma de inteligencia fuera de nuestra comprensión. Hablo del fin para el que fue hecho. No es de razón pensar que está ahí sin más. Creo que en este enigma todo está pautado, que nada es aleatorio. Y creo, sin el menor atisbo de duda, que el hombre es un mero accidente, que no cuenta para nada en este inconmensurable misterio. Korolev y la mayor parte de los astrónomos, astrofísicos y cosmonautas del equipo son de la misma opinión.

—¿Sabes qué, amor? Me has hecho tiritar. Si no podemos entenderlo dejemos de preocuparnos. Seamos prácticos y vivamos nuestro tiempo.

Él se rindió a su sencillez y a su lógica doméstica. Mientras le acariciaba los cabellos notó que su mente volaba imantada por los recuerdos. En el viaje que hicieron a España cuatro años atrás no pudieron ver ningún día las estrellas en los cielos del Mediterráneo, Asturias y Madrid. En todo el tiempo las nubes se interpusieron obstaculizando sus anhelos, como una invitación al retorno a lo conocido. Aquí, en el Cáucaso, las nubes eran temerosas y en seguida levantaban el vuelo. Pero uno de los argumentos incontestables de España eran también su cielo y su sol. Y a ellos les fueron negados. Puede que llegaran en el peor momento, tal vez debieron darse una mayor oportunidad. Quizá... Miró a Teresa y ella supo lo que le rondaba, los sentimientos fluyendo como una corriente.

—No te aflijas por mí. Estoy bien.

—¿Cómo sabes...?

—Leo tu pensamiento. Y te quiero.

—Tu amor es lo máximo en mi vida. Pero a veces ello es un desconsuelo porque tu incondicionalidad me hace sentir egoísta. Pienso que te robo tus propios sueños, lo que tú quisieras ser en lo profesional.

—Mi sueño sois tú y los niños. Cuidar de vosotros tres llena mi vida totalmente.

—Tienes una madre en España. Sé que piensas en ella. Sufres. Veo tu rostro cuando recibes sus cartas.

Teresa volvió su rostro y contuvo una repentina lágrima.

—Ella está bien cuidada.

—He leído alguna de esas cartas. Te habla como a una hija pero hay una ausencia notoria de elementos de unión: los recuerdos, el pasado que no existe para ella por más que tú incluyas anécdotas de tu niñez. Quizá debí pensar más en ti y habernos quedado allá. Quizás a tu lado ella se hubiera curado.

—Me debo a ti. Tu presencia me hace gozar.

—Allí también la tendrías.

—Te hubiera robado tu futuro. ¿Qué serías allí? ¿Conseguirías algo parecido a lo que estás haciendo aquí?

Él la contempló en silencio y le acarició el rostro, pero no le dijo lo que en ocasiones le hacía temblar el corazón y le distanciaba de la plenitud. Y nunca se lo diría. Ella buscó el refugio de sus brazos.

—Sólo en los Estados Unidos existen proyectos semejantes pero su arrogancia los retrasa. No imaginan lo que va a ocurrir como no imaginaron lo del *Sputnik I* ni lo de *Laika*.

Vieron acercarse el autobús que recogía al equipo técnico y científico. Las luces de toda la hilera de casas estaban encendidas. Aunque se habían construido apartamentos para todo el equipo humano, hospital, escuelas, almacenes de alimentación, red viaria y emisoras de radio y televisión, aún quedaba mucho por hacer para que el lugar tuviera las dotaciones de una ciudad. Ramiro subió y el vehículo continuó su ruta. Era uno de los pocos españoles en el monumental centro espacial donde estaban los mejores ingenieros del mundo de la aeronáutica de la Unión y, junto a ellos, grandes especialistas en Matemáticas, Bioquímica y Astrofísica. A pesar de no ser del Partido Comunista, su clara inteligencia y su total aceptación del ideario soviético como forma de vida habían eliminado cualquier sospecha y el rechazo por no ser ruso. En el autobús viajaban la directora de sistemas energéticos y de propulsión, varios arquitectos de instrumentación espacial, y los expertos en comunicación terrestre. También la directora de investigación astrobiológica, y directores, ejecutivos de planta, otros ingenieros y científicos, todos silenciosos como si estuvieran en un concierto. Llegaron a la sala de seguimiento y cada uno tomó su lugar. Eran las tres y las primeras claridades del día estaban apagando las estrellas. Ya estaba allí Vasili Mishin, ayudante de Sergei Korolev, el ingeniero que diseñó este ambicioso proyecto, como todos los anteriores, tanto balísticos como espaciales, y que tan eficazmente había recogido las enseñanzas de Tsiolkovski, el padre de la Astronáutica.

A través del amplio cristal, Ramiro contempló el cohete preparado apuntando al cielo entre las cuatro grúas de apoyo. Días antes había sido transportado sobre raíles desde la nave de construcción hasta la plataforma de despegue y colocado en posición vertical mediante una potente grúa hidráulica. Distaba unos quinientos metros y en su punta no se apreciaba la esfera donde se instalaría el astronauta. Los cuatro propulsores situados alrededor del central daban la imagen definida de una lanzadera espacial, ignorada por la mayoría de la humanidad. Sólo los especialistas en esos proyectos conocían su diseño, que no difería mucho de los imaginados por los creativos de literatura y cine de ciencia ficción. En esencia era un transbordador impulsado por aceleradores distribuidos para actuar en tres fases, que se irían desprendiendo hasta dejar el módulo en órbita.

Vio pararse un pequeño autobús cerca de la base de lanzamiento. Descendieron una docena de hombres de uniforme y de paisano. Y Yuri Gagarin dentro de su traje rojo de vuelo y con el casco blanco en la mano. Los vio caminar hacia el impresionante conjunto. Las cámaras de televisión transmitían toda la escena a la sala. Korolev, con abrigo y sombrero, abrazó al astronauta y le dio los tres besos de rigor. Luego Yuri y sus auxiliares, junto con el cámara de televisión, subieron las escalerillas hasta el ascensor que los elevó hasta la entrada del módulo. Ajustaron el casco a la cabeza del astronauta, que entró con los pies por delante en la cápsula, una esfera de 2,36 metros de diámetro, donde quedó inmovilizado boca arriba y unido a múltiples cables que controlarían sus constantes vitales. No podría moverse de la postura adoptada; sólo sus manos y ojos. La espera se hizo tensa. Korolev entró en la sala de mando, y se quedó en mangas de camisa, insubordinándose de las batas blancas que lucían los demás. Hombre no muy adobado de carnes y con rostro desprotegido de alegría, su habitual escepticismo imponía al resto del equipo. Los intentos fallidos, aunque no muchos, fueron descorazonadores. Hoy no podían fracasar. Revisó los datos con los responsables de cada cometido. A las 6.05 dijo:

—Ignición.

La lanzadera A-1 de doscientas ochenta toneladas y una altura de treinta metros fue surgiendo lentamente del fragor y los gases impulsada por las veinte toberas de los cinco propulsores y quemando con rapidez el queroseno T-1. El cohete tomó velocidad y altura perseguido por chorros de fuego y humo hasta desaparecer de la vista, más allá de las ocasionales nubes. No pudieron ver la expulsión de los cuatro aceleradores externos ni el desprendimiento del cuerpo central ni el del tercer cuerpo y la cofia. La nave *Vostok I* adherida a los depósitos de oxígeno y nitrógeno entró en órbita a las 6.21, después de haber consumido doscientas cincuenta toneladas de combustible. Cuando las unidades de seguimiento confirmaron la consecución positiva del lanzamiento, hubo aplausos pero no la explosión de alegría que una hazaña así requería. Ramiro lo entendía porque su apaciguada forma de ser conectaba con esas frías expresiones de ánimo. En todo momento la cámara situada frente al rostro del astronauta enviaba imágenes borrosas. Cuando el satélite artificial se estabilizó en los trescientos quince kilómetros de altura se oyó la voz de Yuri. Sólo cuatro palabras para decir algo incomprensible y memorable:

—La Tierra es azul.

Cincuenta y uno

Febrero 2003

Por prescripción médica no habíamos vuelto a ver a María. Dos días después del *shock*, todos permanecíamos en el centro esperando acontecimientos. La mañana despegó de pronto, aunque el sol volvió a ser frenado por la cordillera. En una de las luminosas salas desayunábamos Rosa, John, Ishimi, Ramiro y yo. Los «moscovitas» llegaron la noche anterior y no pude verles. Observé al asturiano con ejercitada discreción. Era todo lo que dijo Olga y más. Portaba una chaqueta ancha acoplada mansamente a su cuerpo como una funda; una prenda muy llevada que reproducía las curvas de su espalda, hombros y codos. Daba la sensación de que había una larga amistad entre ellos y que, cuando se la quitaba, le quedaba tiesa como un molde para seguir conversando en silencio. Pelo largo pintado de blanco y gafas encajadas en la proa de la nariz. Su imagen era la del viejo intelectual imprescindible en días de insatisfacción, esos en que hay necesidad de la sabiduría y el sosiego de quienes tanto bueno tienen por aconsejar.

—Todo el cuerpo médico del centro está alborotado —dijo Rosa—. El neurólogo, el psiquiatra y el neuropsiquiatra dicen que lo que ha hecho el doctor Takarada, si se mantiene, debe ser informado al Consejo Mundial de Médicos; que todos los especialistas en psiquiatría deben conocer la técnica que aplica.

—Médicos del mundo conocen qué hace —dijo Ishimi—. No aceptan. Su orgullo mayor que interés científico. Tildan métodos curandero.

—¿Y él qué dice al respecto?

—Desprecia juicios. No afectan comentarios de colegas. A él no interesan fama ni dinero.

Vimos acercarse a Julio y a Carlos, que a diario permanecían con su madre hasta que se dormía mientras que Olga y Teresa hacían guardia a su lado permanentemente. Se sentaron y notamos gran frustración en sus semblantes serios.

—No hay duda de que ha recobrado la memoria pero dice cosas inconexas e incomprensibles. Es como un motor tratando de arrancar pero sin conseguir mantener la marcha.

—¿Sigue en la cama?

—Se levanta con frecuencia y se sienta frente a la ventana. Se abstrae viendo los árboles y las montañas, y es en esos momentos cuando se pone a llorar en silencio. Hay ratos en que está muy agitada. El doctor Menéndez quiere darle calmantes pero Akira se lo impide. María está débil y su corazón sufre y se debilita. Los calmantes le aliviarían según Menéndez. Akira lo admite pero asegura que no le curarían la debilidad cardiaca, además de que esos medicamentos causan adicción y pasados los efectos estimulantes le volvería el nerviosismo. Y él quiere que esa agitación se disuelva con otros estimulantes naturales, como la presencia cercana de los seres queridos.

—Quizá tarde en ponerse al día al ver tantos cambios. Cuando su mente marchó, Julio tenía once años y yo diecinueve —dijo Carlos—. Nos ha reconocido, claro está, pero no somos para ella los que éramos antes de la memoria recobrada. Ahora está el añadido de los años olvidados. Y ella debe unir ambas partes.

—María ha despertado en 1956, como si no hubiera tenido lugar el intervalo —resumió Julio—. No ha olvidado lo vivido desde entonces, pero estos cuarenta y siete años ya no son exactamente los mismos porque están imbricándose con los arrinconados y ese acoplamiento le produce una perspectiva y una interpretación diferentes. Yo creo que eso es lo que le causa la agitación, pero Akira dice que no, que es el pasado lo que le hace sufrir.

Pensé en Jesús y en su advertencia cuando se opuso al experimento. Puede que los hechos le estuvieran dando la razón y estuviéramos provocando dolor donde antes había sosiego. Sentí una gran melancolía, como cuando se ve a las cigüeñas abandonar sus nidos y volar hacia la distancia.

—El doctor Takarada pide cautela —musitó Ishimi—. A veces recuperación es provisional y enfermo vuelve caer en mal.

Teresa se acercaba. Tenía un parecido indudable con su madre y sus grandes ojos estaban llenos de agua.

—Mamá ha recobrado la coordinación y quiere contar cosas. Reunámonos con Olga.

La habitación es una de las más amplias del hospital y dispone de un gran mirador abalconado, usado en el buen tiempo. Ahora las puertas estaban cerradas, pero al otro lado de los cristales todo el incansable paisaje se rendía a nuestras miradas mientras el invierno se reforzaba de lluvia. María, blanca como las nieves perpetuas de los Picos de Europa, estaba sentada en un sillón con ruedas y a su lado permanecía Olga. De pie y sin batas, Takarada y Menéndez ocupaban un discreto lugar. Salvo sus hijos, todos nos colocamos evitando el agobio visual para la anciana.

—Mis hijos, recuperados del todo. Aunque tarde, ahora sé que lo sois, como cuando os llevaba en mi vientre. Falta mi Jaime, tan guapo, tan dispuesto siempre... Nunca más lo veré. —Miró a Teresa—. Y a tu padre, ¿cómo pude olvidarle? Ese impulso avasallador primero, ese asombro a la vida que se abría, nuestras edades apenas despertadas...

—Volvió sus ojos a Carlos—. Lo de tu padre, por el contrario, me alcanzó en plena madurez, a mis veinticinco años, en tiempos de renuncias y de amaneceres inciertos. Ahora, al recordar, lo noto fundido en mí, intensamente. Como si el tiempo no hubiera pasado siento dentro de mi cuerpo el estallido de su dolor, su amor, su desesperanza... Tan breve, tan mágico. —Concedió un respiro a su añoranza y luego tuvo un amago de sonrisa al mirar a Julio—. Mi pequeño. Lo tuyo es diferente, tan diferente... Ven a mi lado, siéntate conmigo.

—No es tarde mamá, nunca es tarde —dijo él, sentándose junto a ella.

La anciana giró el sillón y nos miró a los presentes. Sus ojos se aquietaron cuando se fijó en John Fisher, a quien nunca había visto antes. Quedó extasiada.

—No es posible que seas Charles, pero eres algo suyo.

John se acercó sonriente, le cogió una mano y se la besó.

—Soy el nieto de John, el hermano que luchó a su lado en el frente de Madrid. Él me encargó buscarla y la he encontrado.

Dejamos que un necesario silencio apaciguara el momento. Luego ella resumió.

—Veros aquí conmigo me hace tan feliz que he llorado estas noches últimas pero de forma distinta a cuando no tenía juntos todos mis recuerdos. Me apena que se hayan ido tantos años sin gozar de una plenitud compartida. ¿Cómo os pude olvidar?

Olga se armó de valor y preguntó:

—Abuela, ¿puedes decirnos qué ocurrió cuando te llegó la amnesia?

—Sí, pero ¿dónde están Blas y Jesús?

Cincuenta y dos

Estaba allí, dormida, en las pequeñas cosas,
en el tacto amargo de la luz sobre los ojos,
en la respiración sobrecogida del día,
en el minuto oscuro anterior a la tormenta.

JOSÉ RAMÓN TRUJILLO

Febrero 1956

Eran cerca de las diez de la mañana cuando Leonor abrió la puerta de la casa del coronel y de María. Todo estaba en silencio. Fue al salón biblioteca del espacioso piso. Sus hijos mellizos, llegados ese mismo día de permiso, se volvieron y caminaron hacia ella mientras el coronel los observaba. Se abrazaron con fuerza.

—Tanto tiempo sin veros —dijo ella, enternecida.

—¿Alguna novedad en tu casa, no prevista? —preguntó el coronel.

—No. Blas salió para el Ministerio y Jesús a su estudio. Sólo está la criada.

—¿Notaste en ellos algo diferente?

—No, ¿por qué? Nada saben de la venida de Fernando y de Rafael.

—Ese Jesús es muy listo.

—No tiene la menor idea. ¿Y por aquí?

—Julio sigue en casa de su amigo y la criada tiene permiso. María duerme. Ve a verla por si acaso.

Leonor salió y regresó al rato.

—Tiene el sueño profundo. Quizá me excedí en el calmante de ayer.

—Bien. Creo que podremos desarrollar nuestro plan con una razonable seguridad de no ser interrumpidos por nadie y que el secreto quedará entre nosotros. En una hora habremos terminado. Luego te dejaremos sola esperando a que María despierte.

—Menos mal que esta simulación acabará pronto. Estoy harta de ser un asidero a sus angustias y de estar haciendo de lazarillo. Quiero abrir la ventana a mi vida. Ya es demasiado.

Ella acudía todos los días a la casa para acompañar a María, que sufría depresiones desde tiempo atrás por razones no ignoradas, lo que le hacía permanecer en cama más de lo debido buscando un inútil consuelo. En realidad era una justificación plausible para estar en la vivienda sin sospechas y poder retozar con el coronel aquellas mañanas en las que él desertaba de su obligación laboral, algo frecuente.

—Ya hemos hablado del plan —dijo el coronel mirando a los hermanos—. ¿Alguna duda?

—Bueno... —habló Fernando—. No sabemos con certeza cómo irá el dinero. Dice que en maletas, pero puede que lo metan en cajones laterales o en un solo cajón.

—¿Un cajón de cuatrocientos kilos? —dijo el otro mellizo—. Lo más lógico es dividir ese peso en varias partes.

—La ambulancia tiene que aparentar lo que es, no van a transformarla para que parezca otra cosa. Por eso creo que el dinero irá en valijas que puedan transportarse con facilidad. Pero debéis ir preparados para cubrir todas las posibilidades.

—Bueno, repítalo.

—No, vosotros.

—Bien. Cuando le llamen para hacer el transporte, según usted en unos días, nos avisa al número del piso de nuestra amiga malagueña, donde estaremos a partir de esta noche. Nuestro permiso es de diez días. ¿Seguro que será dentro de ese tiempo?

—Sí.

—Embarcaremos en el mismo buque con el furgón robado. En la madrugada haremos el traspaso desde la ambulancia. Todo el mundo estará en los camarotes o en la gran sala durmiendo. No hay vigilancia especial, pero estaremos prevenidos para neutralizarla si fuera necesario.

—No vestiréis vuestros uniformes. Ningún teniente legionario conduce furgones. Compraréis en el zoco uniformes de Caballería. Uno irá como soldado y el otro como sargento. Modificad vuestro aspecto. Poneos barbas o bigotes. Cuando hagáis el cambio llevad guantes.

—¿Por qué tenemos que desfigurarnos y evitar dejar huellas? Cuando desaparezcamos a la vez que la pasta no tendrán dudas de que fuimos los autores.

—Hay que cubrir la retaguardia, considerar cualquier contingencia. Nunca se sabe qué puede ocurrir.

—Al desembarcar —continuó el hermano—, conduciremos hasta Ceuta y nos trasladaremos a Algeciras. De allí iremos a Badajoz, donde dejaremos el furgón.

—Perfecto —asintió el coronel—. En Ceuta id directamente al puerto, no entréis en la ciudad. Evitad los lugares donde, aun yendo disfrazados, puedan conoceros. Regresaré de Melilla al día siguiente por la noche. La reunión con los musulmanes se hará en días próximos por lo que debemos obrar rápido. En Badajoz compraréis otras maletas y robaréis otro furgón. Buscad un descampado para traspasar el dinero a las nuevas maletas y éstas al nuevo furgón, con el que os desplazaréis hasta Barajas pueblo. Yo estaré allí con Leonor en un coche grande a la salida, justo en el cruce que lleva a Alcobendas o Paracuellos del Jarama, y con los equipajes mínimos de todos. Cargaremos las maletas e iremos a Francia.

—¿Por qué tantas vueltas?

—El furgón en Badajoz hará creer que los ladrones pasaron a Portugal. Y el coche en Barajas inducirá a pensar que pueden haber salido en vuelo. Se trata de confundir a los investigadores en los primeros momentos.

—Como dice Fernando, los investigadores no tardarán en sospechar de nosotros al ver que no aparecemos.

—Para entonces estaremos viajando en barco a Brasil.

—¡Brasil! —cantó Leonor—. A vivir sin límites económicos el resto de nuestras vidas, lejos de las normas, censuras y fingimientos. Al fin los cuatro juntos, mis hijos, su padre y yo. Allí podemos cambiar nuestros nombres y casarnos.

—Lo haremos —ofreció el coronel.

Se dieron un abrazo como si fuera un juramento.

—Una operación limpia, sin víctimas. Nadie sufrirá.

—¿Nadie? —objetó Fernando sin reconvención—. ¿Y los otros?

—¿Qué otros? —dijo el coronel, soliviantando su gesto.

—¿Quiénes van a ser? Su mujer, mi padre postizo, Jesús, Julio, Carlos...

—¿Qué vinculación hay entre nosotros? Poca y mala.

—Pero Julio es su hijo. Hay vínculos de sangre.

—¿Qué es eso de vínculos de sangre? Él es un hijo de las circunstancias. Nadie le mandó que naciera. Yo sólo imponía un castigo a su madre. No nos tenemos ningún afecto. En cuanto a María, no me echará en falta, sino todo lo contrario. Agradecerá el perderme de vista. No me preocupan.

—¿No le queda ninguna pizca de cariño hacia ellos?

—Son un incordio.

—Y tú, mamá, ¿qué me dices de Jesús? —Fernando miró a Leonor—. Es tan hijo tuyo como nosotros.

—Casi no me habla desde que se enteró de lo que hay

entre tú padre y yo. Y no mucho a vosotros desde que supo que no sois hijos de su padre. Algún día me pondré en contacto con él. Puede que el tiempo le haga comprender. —Se abstrajo unos momentos y luego suspiró—. Sólo hay una vida y no quiero seguir desperdiciando la mía.

—Es la ocasión. Ya sabéis la amenaza que pesa sobre mí por parte de ese forzudo, y que ha hecho que lleve tres meses sin acercarme a vuestra madre. No me tiene ningún miedo y no encuentro la forma de neutralizarla, salvo matándolo, lo que no puedo hacer.

—¿Lo mataría si pudiera?

—Es un decir —dijo, desviando la mirada.

—¿Estamos haciendo lo correcto? —valoró Fernando sin mirar al coronel, que le contempló con decisión.

—¿Hemos de volver a lo mismo? ¿Te lo digo otra vez? Estuve siempre en la brecha recibiendo órdenes, viviendo en casas prestadas, nunca en una propia. Jamás holgado de dinero y carente del tiempo suficiente para un largo disfrute. Tengo el cuerpo lleno de cicatrices, algunas heridas casi me acaban. ¿Para qué sirvió todo eso? ¿Y mis medallas? —Su voz disciplinada estaba cargada de resentimiento—. Ésta es una de las pocas ocasiones que se presentan en la vida. Sólo los estúpidos la desaprovecharían porque los años pasan y la juventud se aleja.

—¿Qué va a ser de María, que tanto te quiere y necesita? —dijo Fernando mirando a su madre—. Es una buena mujer. Se vendrá abajo.

—Alguien se ocupará de ella. No podemos dejarnos influir por los sentimientos. El plan no tiene vuelta.

—¿De verdad que María no sospecha vuestra relación ni nuestro verdadero origen? ¿Cómo es que Blas y Jesús lo saben y ella no?

—Como tantas cosas que ignora. Es tonta y aburrida. Yo sí lo hubiera sospechado. Cualquiera lo haría menos esa panoli. —Dejó escapar un suspiro—. Si no fuera por tu padre mi vida no tendría sentido. ¿Imagináis lo que es estar atada a un hombre al que no se quiere y sin poder proclamar que sois hijos del coronel?

Oyeron abrirse la puerta. Allí estaba María, en bata, los ojos dilatados como girasoles en madurez.

—Tú, tú... —inició mirando a Leonor, antes de caer al suelo sin sentido.

Hubo un principio de susto inmovilizador. Luego el coronel corrió hacia su mujer. Le tomó el pulso. Latía. La cogió y la llevó a un sofá. Miró a Leonor.

—Trae una toalla húmeda y las sales, ¡rápido!

—¿Crees que nos habrá oído? —dijo ella, fundida al suelo.

—Qué importa. Ya resolveremos en su momento. Si muere se armará el lío y pueden retirarme del proyecto. Ve a por lo que te digo. ¡Funcionando!

La mujer tardó en traer lo pedido y se quedó dudando con ello en las manos mientras contemplaba cómo los tres hombres trataban de devolver la conciencia a María, cuyo rostro estaba blanco como el de un eremita.

—Trae acá, torpe. ¿Qué coño te pasa? —recriminó el coronel.

Un rato después María abrió los ojos y los miró uno a uno.

—¿Dónde estoy? ¿Quiénes sois?

Cincuenta y tres

Febrero 2003

Jesús apareció en su Lexus LS 430, cuando el alba se aprestaba. Había salido de Madrid nada más saber de la repentina y aguda indisposición que le sobrevino a la abuela. Vació del coche su enorme cuerpo y con ayuda del chófer auxilió a su padre, al que sentaron en una silla de ruedas que dispuso un celador. Ya les estaban esperando Carlos y Julio. Hablaron un momento antes de entrar en el pabellón médico. Al pasar por delante del grupo que formábamos John, Ramiro y yo, Jesús me envió una mirada dura como un puñetazo. Los seguimos a distancia. Rosa salió a su encuentro con el doctor Menéndez, que les puso al corriente de la situación. Luego entraron los cuatro en la habitación donde María había sido trasladada desde la UCI, la misma donde nos habló al recobrar la memoria. Desde el tragaluz de una puerta esquinada, lejos de los ojos de la enferma, observamos a Blas y a Jesús acercarse a la cama con precaución, como si no quisieran quebrantar el silencio. Olga y Teresa se levantaron y les cedieron el sitio. La tez de María tenía tal palidez que apenas destacaba de entre las sábanas. Estaba mirando las copas de los árboles que hacían guardia a la cordillera. Con lentitud se desligó de ese hechizo y volvió la cabeza. Inmediatamente los ojos se le inundaron de lágrimas. Asió torpemente las manos de ellos y se las llevó al rostro.

—Mis amigos, mis protectores... ¿Cómo pude olvidaros? —Fijó sus ojos en el patriarca, un cuerpo disolviéndose en emociones—. Blas, ¿cómo me olvidé de ti en los años primeros, de la ayuda constante que me brindaste desde que nos conocimos? Ven, abrázame.

Él se levantó de la silla, lleno de oscilaciones como una ventana mal cerrada en un día de viento, y se agachó entorpeciendo más su figura. Habría caído sobre ella, pero Jesús lo impidió. Estuvieron de esa guisa durante un tiempo largo en el que no pude ver sus ojos. El rostro de Olga expresaba un asombro paralizador. Era algo inconcebible para ella, equivocada claramente durante toda su vida en la certeza de que su abuela albergaba sentimientos contrarios.

—¿Dónde estabais? ¿Queríais que me fuera sin veros?

—No te irás a ninguna parte sin nosotros —dijo Jesús.

—Siempre estuvisteis dentro de mí, aunque no os recordara de los tiempos primeros.

—Volveremos a andar los caminos —aseguró Blas.

—No te veo con armadura suficiente y Jesús necesitaría rebajar un poco el peso —musitó ella, intentando adornarse con algún signo de sonrisa. Luego volvió a mirar las montañas—. Creo que ya es demasiado tarde.

—No lo es —afirmó Blas.

—Quisiera volver a ver tantas cosas... El edificio de Falange, el barrio de Usera, las calles de Luis Portones y Alburquerque donde viví. Y quisiera ver las rocas blancas de Dover...

Las palabras salieron llenas de luz, como si estuvieran viajando ya hacia esos lugares. Con los ojos convinimos un pacto de silencio viendo a la anciana cerrar los ojos.

El entierro fue en el cementerio de la Almudena. No había hojarasca porque las hojas de los añosos árboles eran nuevas y estaban repletas de vida, renovando el ciclo de los siglos. Había tanta gente en la ceremonia que me sentí insignificante. Toda la familia estaba cercada por amigos y conocidos extendiéndose por entre las tumbas y lápidas como una mancha negra, semejando una plaga de abejorros gigantes. Pensé que quizá Rosa y yo estábamos de más allí, entre esa maraña de gente silenciosa como altavoces desconectados. Pero le debía el natural respeto a esa persona que abdicó de la vida por instancias de su débil corazón y cuya motivación sobreviviría como ejemplo para muchos, yo incluido. Me vi asaltado por impulsos melancólicos. Pensé en lo que dijo el gran poeta:

Ayer se fue; mañana no ha llegado;
hoy se está yendo sin parar un punto:
soy un fue, y un será, y un es cansado.

Después del sepelio no supe qué hacer. Me sentí como esas mariposas atrapadas en un ascensor, buscando desesperadamente una salida. Miré a Rosa y nos alejamos lentamente cogidos de la mano como colegiales haciendo novillos, dejando que la ciudad nos engullera y que el tiempo hiciese su trabajo.

Cincuenta y cuatro

Pero que ya no vea
las rosas de tu cara, madre,
ponerse tristes nunca,
que se me nubla el alma.

MANUEL MACHADO

Abril 1947

Carlos Melgar se alejó caminando de su barrio de Arguelles por la calle de la Princesa. Pasó junto a la derruida Casa de las Flores, donde le dijeron que vivió el poeta chileno Pablo Neruda y que al ser bombardeada durante la guerra se destruyeron todos sus libros y poemas. Eran las nueve de una mañana de domingo y en los jardines de la iglesia del Buen Suceso ya había gente congregada. Un poco más allá de las casas desvencijadas el palacio de Liria se resguardaba entre los árboles del gran jardín verjado. Había estado allí en ocasiones jugando en las calesas con otros niños relamidos. Luego, la plaza de España, demasiado grande para los destartalados y viejos edificios de estaturas rácanas, tan distintos de los enormes que jalonaban la avenida de José Antonio. Llevaba pantalones cortos hasta las rodillas, calcetines altos cubriendo las pantorrillas y zapatos. Aferraba su carpeta de tebeos y se dirigía a los Salesianos, lejos de allí, en un barrio distinto y, según decían, pobre y peligroso, más abajo de la encrucijada de Atocha y cerca del cine Infante. Había conseguido que el coronel le permitiera acudir a los actos artísticos que cada domingo se celebraban en ese centro religioso. Allí hacían teatro, canto y poesía. Pero no era ésa la verdadera razón que lo impulsaba, sino la de acudir al mercado de cambio y venta de tebeos que se celebraba en la calle, a la entrada del recinto, y donde multitud de niños intercambiaban y mercadeaban sus tesoros en busca de los ejemplares necesitados para sus colecciones. Podía haber cogido el metro en la estación de Argüelles y apearse en Embajadores, la primera y la última de la línea 3, pero, salvo en tiempo desapacible, prefería gastarse en mercancía los veinticinco céntimos que costaba el billete.

Subió a la calle de Bailén y pasó por delante de la blanca fachada del Palacio Real, tan enorme para él, y luego por la inconclusa catedral de la Almudena, cobijada tras la valla sólida de pedruscos como si fuera una barricada olvidada y todavía en guerra. Llegó al Viaducto y sintió la atracción del vacío. Se paró y se apoyó en la barandilla de hierro, tan corta que era arriesgado el asomarse. Muchos metros más abajo estaba el empedrado donde algunos arreglaban sus cuentas finales al ceder a la desesperación. Carlos no era un cobarde pero creía que los que decidían el suicidio eran muy valientes. ¿O acaso no era morir lo que realmente pretendían los que se arrojaban sino echarse a volar desde esa atalaya y escaparse hacia la Casa de Campo, que llenaba de verdor el oeste, y seguir volando hasta encontrar mundos sin castigos? Su amigo Enrique, del internado, decía que todos podían volar si tenían fe y que se estrellaban porque, al saltar, en el último momento les fallaba la fe. ¿Podría él tener esa inquebrantable fe necesaria y volar como los hombres halcones de *Flash Gordon*? Prefirió no hacer la prueba. Además, y aunque él no era un niño feliz, a sus diez años entendía que podía haber esperanzas futuras. Sólo necesitaba ser mayor, lo que tardaba exasperadamente en llegar.

Por las callejuelas del barrio de los Austrias llegó a la Puerta de Toledo. A un lado el gran edificio de la lonja de pescados supuraba flujos de putrefacción de años y llenaba toda la plaza de un hedor difícilmente soportable. Bordeó el Rastro, ya en plena actividad y bullicio. Sabía que allí había puestos de cambio y venta de tebeos, pero no era un mercado específico como el de los Salesianos. Finalmente llegó a la calle de Sebastián Elcano y se integró en el barullo. Había tardado una hora. La calle, en su parte final, justo donde estaban el centro y su entrada al lugar de actividades, tropezaba por la izquierda con un viejo caserón y tenía que entrar en escuadra al paseo de Santa María de la Cabeza por la derecha. Ambas fachadas formaban un ángulo recto y espacioso, como una plazuela, lo que facilitaba la concentración y el mercadeo en las aceras y en la calzada. Cuando de tarde en tarde aparecía un coche, los chicos se apartaban y volvían a la bulla. Había chavales de todas edades, incluso adultos amantes de ese género que para la mayoría de los padres era acultural, infantil y marginal de toda literatura que se preciara. No había puestos salvo los de pipas, regaliz, palolú y otros manjares. Las transacciones se hacían de pie o agachados en cuclillas.

Carlos entró en el recinto, presentó su carné para que estamparan el sello demostrativo de su asistencia y luego salió y comenzó su tarea. Las colecciones más demandadas eran *Hazañas Bélicas*, de Boixcar y de Ediciones Toray; *El Guerrero del Antifaz*, de Manuel Gago, y *Roberto Alcázar*, de Vaño, ambas de Editorial Valenciana. También *Pulgarcito* y *Jaimito*, de Bruguera. Pero a Carlos no le interesaban porque él prefería los tebeos «serios». A él le gustaban mucho *El Hombre Enmascarado*, de McCoy, y *Tarzán*, de Hogarth, que eran de Hispanoamericana de Ediciones, en gran formato y muy caros para sus posibilidades.

Pasadas las doce juzgó que debía volver. Había conseguido algunos ejemplares difíciles y vendido a buen precio otros, por lo que consideró que la jornada le había sido propicia y que podía volver en metro para compensar el retraso, sin deterioro de su economía. Caminó hacia la estación, seis calles más allá. Y en ese momento alguien le arrancó la carpeta y lo tiró al suelo de un empujón. Se volvió. Dos chicos de su edad corrían calle de Palos de Moguer abajo. Se lanzó tras ellos por la calzada y fue ganándoles terreno con sus largas piernas. Llegaron a la calle de Embajadores, donde nunca había estado, y los alcanzó frente al cine Montecarlo. Forcejeó con ellos y recuperó su carpeta. En un momento se vio rodeado por un grupo de mal encarados chicos. Se escurrió por entre ellos y echó a correr. Se le echaron encima y empezaron a aporrearle. La carpeta voló mientras le caían golpes y patadas por todos lados entre la polvareda de las aceras de tierra. Intentó defenderse como pudo, devolviendo los golpes hasta que cayó al suelo abrumado notando un dolor intenso en el ojo derecho y la sangre correrle por la cara. Cuando se cansaron le quitaron el dinero y cuanto llevaba en los bolsillos, además de los zapatos.

—Señorito cabrón —dijo uno mayor, con un ojo azulado del tamaño de un huevo grande. Le oscilaba, abierto y de mirada muerta, pareciendo imposible que no se le desprendiera—. Vete a tomar por culo a tu barrio, hijoputa.

Le vio coger un adoquín y lanzárselo. Encogió las piernas y el impacto lo recibió en una espinilla. El dolor fue tan grande que apenas pudo resistirlo. Oyó voces y sintió que lo levantaban. Intentó porfiar.

—Tranquilo, chico —dijo una voz adulta—. Ya se han ido.

Abrió los ojos. Los golfos ya no estaban. Varias personas lo atendían. Sacó su pañuelo y se limpió el barro formado por la sangre, los mocos y el polvo.

—Debes ir a la Casa de Socorro, chavó. Esa pierna necesita cura.

Optó por apañarse a sí mismo. Se lavó con el agua de manantial que surgía constantemente del curvo caño de una fuente de piedra cercana y restañó sus heridas. Se puso el pañuelo en la grieta de la espinilla, por la que asomaba el hueso. Sucio, descalzo, cojitranco, dolorido y con las ropas rasgadas, inició la vuelta a casa entre las miradas de la gente. No lloró en ningún momento y tampoco le embargó la ira. Sólo un sentimiento de pena por la pérdida de sus tesoros y el nuevo disgusto que recibiría su madre, al que se añadiría la amargura del inevitable castigo que le impondría el coronel. No esperaba de él clemencia ni comprensión cuando le viera de esa guisa. Sabía cuáles eran las reglas y las había vulnerado. No le tenía miedo a pesar del maltrato físico y psíquico que les prodigaba a todos, pero lo de hoy iba a ser diferente. Tuvo un sentimiento de fracaso y le brotó un impulso, breve como un parpadeo, de escapar y buscarse la vida como sus héroes de papel, como *Suchai* y *Tom Sawyer*. Pero ellos eran huérfanos y él no, con esa madre sufrida y esforzada que tanto se desvivía por él y por el pequeño Julio. Nunca podría irse de su lado. Se mortificó preguntándose una vez más si servía para algo, si alguna vez podría llegar a tener el conocimiento y la decisión del coronel, ese hombre que parecía tener todos los recursos, todas las respuestas y ninguna vacilación.

Llegó a casa a las tres de la tarde agotado, con su ojo dolorido e hinchado y los pies llagados. La criada le abrió y le miró con aprensión mientras que su madre ya acudía llena de alarma.

—Señora —se oyó la voz del coronel—. Que el recluta pase para dar su informe.

Entraron al comedor. Julio y el hombre estaban sentados, interrumpidos en plena comida. En los sitios de María y Carlos los servicios de mesa estaban en situación de espera. Carlos se acercó al coronel, que había seguido comiendo sin volverse, y se colocó en su campo de visión. El hombre levantó los ojos y le miró, valorando lo que veía.

—Explique con la mayor claridad por qué viene a estas horas y con esa pinta.

Concisamente narró los hechos.

—Supongo que lucharía con todas sus fuerzas contra esos golfos.

—¿Es que no ve cómo está? —gritó su madre yendo hacia él.

—¡Quieta ahí! Orden —dijo el coronel cambiando camaleónicamente a rojo el color de su rostro. La mujer obedeció—. Eso le pasa por ir a parajes de riesgo, sin cobertura de aliados y sin precaución. Hay que cubrir los flancos, y si uno se encuentra solo debe buscar un hueco que guarde sus espaldas y donde el enemigo sólo pueda atacar de uno en uno. Eso hizo Sansón cuando destruyó él solo a un ejército filisteo.

—¿Quiere comparar a un niño con Sansón? ¿Hasta dónde llega su absurda impiedad? —dijo la mujer.

—No vuelva a interrumpirme. Manténgase al margen o será peor —dijo dominando un acceso de furor—. Hay un hecho indiscutible. Estuvo en zona enemiga, donde campean los hijos de rojos, traicioneros como sus padres, chusma indecente abocada a la delincuencia.

Carlos no tenía arraigado ese prejuicio de clase a pesar de las machaconas proclamas del coronel. Para él los chicos eran todos iguales. Pero hubo de convenir que, contrariamente a la posición antagónica mantenida ante los juicios absolutistas del coronel, en este caso tal vez tuviera razón porque los que le atacaron fueron unos cobardes y su pelaje los hacía distantes de los chicos de su entorno.

—Y ha mentido sobre sus motivos de ir a los Salesianos —continuó el hombre sin ocultar su rencor—. En vez de leer a clásicos como Verne, Sabatini o Salgari, se enfrasca en esas porquerías.

—Leo a esos autores, pero no son exactamente clásicos.

El coronel se levantó, secó pulcramente su boca con la

servilleta y a continuación dio al chico un fuerte bofetón, haciéndolo caer al suelo.

—Silencio mientras no se le autorice a que hable. En pie. —Carlos lo hizo, sorbiendo la sangre de su labio—. Una nueva falta de disciplina que hay que corregir. Pondremos remedio a esta insubordinación. Ahora sin comer. La hora del rancho acabó. —Se volvió a la criada—. Baje al capitán Posadas y pídale que venga con el maletín de curas. —Miró a Carlos—. Vaya a la bañera y aséese. El médico le atenderá. Pero antes ya conoce el procedimiento. Espéreme en el baño.

Se dirigió a su despacho, donde cogió una vara de mimbre. En la puerta le bloqueó la figura de María.

—No va a seguir pegando a mi hijo.

Él la introdujo en un cuarto y cerró con llave, sordo a los golpes. En el baño Carlos esperaba de cara a la pared. El coronel le dio seis varazos que le dejaron surcos sangrantes en las posaderas. Carlos aguantó el intenso dolor sin que de su boca surgiera ningún sonido, los labios cosidos con determinación.

—Exactamente, ¿eh? Pues exactamente, señoritingo enterado, va a escuchar con atención. Se acabó lo de los Salesianos y lo de salir los domingos. A partir de ahora el internado será total. Su madre irá a verle cuando corresponda, pero sólo saldrá durante las vacaciones. Así haremos de usted un hombre de provecho. Por supuesto, los gastos de ropa y zapatos que rompió serán a su cargo. Mientras exista la deuda no recibirá ni un céntimo de su asignación. Y en cuanto a los tebeos, le daremos la solución adecuada.

Más tarde, con parsimonia y delectación, el coronel fue rompiendo todos los tebeos y echándolos al fuego de la cocina mientras su madre lloraba de impotencia y Julio, de tres años, gritaba viendo desaparecer sus colecciones de *Hipo, Monito y Fifí* y *Cartapacio y Seguidilla*. Al fogón cayeron todas sus colecciones, las completas, las incompletas, los ejemplares difíciles, todo el mundo interior de Carlos, las fuentes de su imaginación, la evasión de la aridez familiar. Desaparecieron *El Aventurero, Amok, El pequeño luchador, Juan Centella, Jorge y Fernando, Chicos, El enmascarado de Bagdad, Águila negra, El jinete fantasma, El capitán Marvel* y una larga lista. No soltó ninguna lágrima aunque sintió tal desgarro en su interior que sólo pudo resistirlo por la fuerza de un algo interior indefinido. La pérdida de sus tesoros le dañó más que mil palizas.

Aquella noche durmió con sobresaltos obligado a permanecer boca abajo por el efecto de los azotazos e inmerso en dolores por todo el cuerpo. Tenía los pies y la espinilla vendados, esparadrapos por varios sitios y el ojo tapado. Soñó que se le hinchaba más y más y se le quedaba para siempre como el huevo del matón que le agredió.

Cincuenta y cinco

Febrero 2003

La llamada era de Olga. Tenía la voz hipotecada de registros nuevos.

—¿Qué es de tu vida, detective? ¿Perdiste mi teléfono?

—No quise poner un punto de indiferencia en vuestras emociones.

—No te desmerezcas. No eres tan ajeno a los problemas humanos como pretendes aparentar.

—¿Qué tal estás?

—Aplastada, pero voy saliendo.

—¿Y Jesús?

—Es un hombre fuerte. Se le pasará.

—¿Sigue creyendo que nos metimos en camisa de once varas?

—Pienso que no. Desde el entierro nos hemos visto con frecuencia, casi más que en todos los años anteriores. Heredó de su padre el pragmatismo y no inculpa a nadie de lo sucedido. Para él las cosas son simples y vienen como vienen. Una ventaja de ser creyente. —Dejó que una pausa subrayara lo que quizá fuera sólo una opinión. Luego dijo—: ¿Es que no piensas cobrar tu trabajo?

—No estoy seguro de haber cumplido con eficacia. Quedan misterios por aclarar.

—Por eso te llamo. Pusiste en marcha la rueda y ahora

todo es más fácil. ¿Puedes venir al despacho de Jesús la semana que viene? Te informaré del día y la hora. No desertes.

En la mañana del día señalado crucé la plaza de Colón y entré en el horrible edificio. Ramiro, John, Julio y Carlos, los hermanastros sentados juntos, se hallaban en el salón de visitas que ya había admirado con anterioridad. Jesús aceptó mi condolencia mirándome a los ojos y en ellos no vi rencor. Los días transcurridos habían cumplido su función terapéutica apaciguando su gesto, y quise creer que ya no me consideraba su enemigo. Se encontraba en mangas de camisa como en la vez anterior. La prenda era tan blanca que emitía reflejos. Una corbata negra sumergía la punta bajo el oscuro pantalón dando la sensación de que su cuerpo estaba dividido en dos desde el cuello hasta abajo.

Al rato la puerta lateral se abrió y aparecieron Teresa y Olga escoltando a María Marrón, que caminaba sosegadamente auxiliada por un bastón. Su rostro había prescindido de la palidez que la agredía en Llanes y la serenidad que transmitía nos confortó a todos. Se sentó de cara al ventanal como si necesitara la luz para alimentar su energía. Teresa vestía su ropa habitual, patentizando que su vestuario hacía juego con su actitud comedida. Olga había diseñado para su luto una blusa blanca con falda y medias negras, un conjunto que resaltaba su atractiva figura. Huellas endrinas bajaban de sus ojos hacia los pómulos, trazos de azabache donde se adivinaba una confusión que tardaría en sedimentar. Pero fue ella quien rompió los formulismos y mostró el rumbo de los temas a tratar.

—Abuela, ¿seguro que podrás afrontar sin dolor la lectura de tu pasado?

—Con dolor, pero lo afrontaré. Se lo debo a Blas y a su memoria.

—Lo que nos contaste es tremendo. Pero lo más mortificante y desconsolador es lo de Leonor. —Miró a Jesús—.

Su amor por la abuela en todos estos años era una expiación.

—Cuando aquel día aciago vio a María recobrar el conocimiento pero no el recuerdo, algo poderoso le nació y sufrió una transformación inmediata —aseguró Jesús con voz ronca y perezosa—. Observarla perdida en un limbo injusto le reveló todo el mal que le había estado haciendo y el que pretendía hacerle. De repente comprendió el sufrimiento almacenado por quien la creía amiga. Ahí mismo decidió romper con el coronel, con todo lo que le encandilaba, con sus sueños vacíos de nobles contenidos. Fue como una revelación. A partir de entonces se dedicó en cuerpo y alma al cuido de María, tú fuiste testigo y colaboradora cuando tuviste edad. Su meta era conseguir que recuperara la mente extraviada. Corría el riesgo de que si María sanaba pudiera repudiarla, pero no le importó. Fue un acto de contrición sin concesiones y no cabe duda de que ese acto se transformó en auténtico cariño hasta su muerte.

—¿En aquel momento trágico advirtió al coronel que se desligaba del asunto?

—No.

—Pero sí a vosotros.

—A los dos días nos contó a Blas y a mí el plan y todo lo ocurrido, cuando la misión estaba en marcha. Al principio no podíamos creerlo. Era demasiado fuerte aun sabiendo cómo se las gastaba el coronel.

—¿No tratasteis de impedirlo?

—Imposible. Además de que no nos concederían crédito y de que habría una conmoción al descubrirse que un asunto altamente secreto no lo era, tendríamos que haber dado explicaciones que no serían creíbles y que nos pondrían bajo sospecha o quizás en acusación. Por ello todo sucedió según previsiones del coronel, salvo su inesperada desaparición y nuestra delación anónima.

—Así que el coronel no era lo que siempre pensé. Todos estos años equivocada en mis preferencias y afectos —dijo

Olga, rindiéndose a la mirada de Jesús—. Guardasteis la verdad aunque os perjudicaba. Qué puedo decir.

—Lo idealizaste equivocadamente por nuestro silencio y también por el romanticismo que impregna siempre una desaparición misteriosa.

—Me guié por el homenaje a su memoria que le rindió el Ejército.

—Es la tradición castrense de elogiar a sus caídos con independencia de la verdad. Con respecto a su profesión parece que estrictamente hablando sí fue un buen soldado hasta que la ambición lo atrapó, cosa esta que no llegó a saber el Ejército. No hay evidencias de que lo relacionaran con el robo, ni siquiera de sospechas al respecto. Para el Ejército no hay dudas de que fue un militar honorable. En cuanto a que persona, él no era merecedor en modo alguno de calificativos piadosos. Muy al contrario. Es doloroso sacar tanto trapo sucio, pero estamos aquí para eso.

—¿Hay algo más? Lo dicho ya le sitúa en un lugar despreciable.

—Empezaré por lo más difícil de entender. El coronel se casó con María por mandato de sus jefes, no por ella misma. Él no era un asceta ni un misógino, porque no buscaba la perfección espiritual ni rehuía el contacto con mujeres, pero en la práctica todo lo subordinaba a su carrera militar. Su verdadera pasión en aquellos años era la milicia, en el sentido más literal, sin concesiones. Y más después de ganar una guerra dura en la que pudo expresar su verdadera personalidad a través del mando sobre personas y situaciones. Vivía la doctrina militar con auténtico misticismo guerrero. Decía que debería haber nacido antes, que le hubiera gustado estar en Flandes con los Tercios invencibles del duque de Alba. Pidió ir a la División Azul, pero la misión de espionaje que le encomendaron en esos años de posguerra era más importante para sus superiores. Aunque obedeció, porque era pura disciplina, para él fue muy duro no ir a Rusia y ver frustrado su deseo de devolver personalmente a los comunistas en su tierra el daño que ellos nos causaron en la nuestra. Blas estuvo siempre a su lado durante la guerra civil y me contó que no podía olvidar las atrocidades que cometió con los enemigos que se entregaban, sobre todo con los brigadistas extranjeros, a quienes atribuía una perversión absoluta por haber retrasado la victoria de Franco con su intromisión mercenaria. Los odiaba de forma desmedida. Para él no eran hombres sino hez comunista, subproductos de las cloacas mundiales. En Belchite mandó ejecutar a todos los prisioneros a bayonetazos.

—¿Es posible?

—El Tercio de Extranjeros, como así se llamaba, era un cuerpo colonial creado en 1919 sólo para actuar fuera del territorio nacional. España entonces se había quedado sin colonias, pero el Protectorado marroquí tenía apariencia de tal. Así que, en realidad, su misión única era la de luchar contra los rifeños. Nació en esa guerra feroz y su credo simple se basaba en la aniquilación del enemigo. La Legión era una unidad de choque, aguerrida, implacable e invencible, casi independiente. Cuando llegó a España, la mayoría de sus jefes, en distinta medida, practicó ese fervor de la guerra total sin hacer distingos de que el enemigo ya no era moro sino español.

—O sea —dijo Olga—, que Franco y sus africanistas invadieron España como si fuera una colonia y no la metrópoli a respetar.

—En lo estricto fue así —concedió Jesús—. Pero no fue el primero en hacerlo. En el 34, el republicano Lerroux llamó al Tercio para sofocar la revolución minero-separatista de Asturias. Así que, para muchos, la Legión era garante del orden. Pero hablábamos del coronel. Era una espada, la encarnación del espíritu legionario. Dormía pocas horas, siempre estaba vigilante, dispuesto, impecablemente vestido y afeitado a diario, como si estuviera en un desfile y no en los frentes. Sus asistentes no paraban. No consentía la más mínima falta de disciplina o dejadez de cometidos. Mató fríamente disparándoles a la cabeza a legionarios que descuidaron la guardia, se emborracharon o insubordinaron. Se le llegó a tener más miedo que al diablo.

—Pero cuando evitó que aquellos moros violaran a la abuela...

—No es un hecho contradictorio. En el fondo no le gustaban los moros, a los que en el pasado había combatido en el Rif con la misma ferocidad que a los rojos. El que hubieran sido buenos servidores en las duras batallas de la guerra civil no eliminó ese sentimiento. O puede que no le gustara ver hacer a esas alturas lo que él hizo durante la guerra.

—¿Estás diciendo que también era un violador?

—Mi padre guardó discreción a este respecto. Lo que sí tengo por cierto es que no sólo permitió que sus hombres violaran a las milicianas, que después enviaba al paredón, sino que les alentó para que lo hicieran sin limitaciones. Hablaba de no tenerles ninguna consideración porque eran marimachos, unas zorras complacientes con todo el Ejército como la Madelón de los legionarios franceses y la Trini de los españoles.

—Dices cosas terribles.

—Digo lo que Blas dijo que vio. Y volviendo a María, en aquel primer encuentro de Usera se aseguró el control sobre ella pidiéndole sus datos. Por ellos supo que tenía dos hijos en Rusia de su unión con un socialista.

—¿Qué es eso de que se casara con la abuela por mandato?

—Ya destinado al Estado Mayor del Ejército, lo integraron en el servicio de espionaje, dada la convicción general de que las cosas en Europa conducirían a una guerra entre el Eje y las democracias y de que España se vería involucrada en ella. Pasó en principio a la Segunda Sección de Información, en dependencia del coronel Ungría Jiménez, que entonces dirigía el Servicio Nacional de Seguridad y que había sido jefe del Servicio de Información y Policía Militar y máximo responsable de la red de espionaje franquista durante la guerra civil. Pero lo que manejaba Ungría era el espionaje interno. No servía. Era necesario formar un cuadro de información específico para asuntos externos. La *Abwehr*, el servicio de espionaje alemán, ayudó a organizar el para ellos primitivo servicio de inteligencia español a niveles de eficacia a través de los contactos de su jefe, el almirante Canaris, con Muñoz Grandes. Al coronel, entonces teniente coronel, le encargaron la parte dedicada al espionaje de la Unión Soviética por su historial ferozmente anticomunista. Y una de las vías menos sospechosas para obtener secretos de la industria militar soviética podía ser la de utilizar los inocentes relatos de los niños españoles enviados a Rusia. —Miró a Ramiro, que no se inmutó—. Cuando la Operación Barbarroja tomó forma, Francia e Inglaterra, y desde luego Italia y España, contrariamente a lo que se piensa, sabían que Rusia iba a ser invadida. Se dice que Stalin también lo sabía, que sus espías le dijeron incluso la fecha exacta de la invasión, pero creyó que era una falacia de los ingleses para hacerles entrar en guerra a su lado, y no hicieron caso. El tratado de no agresión germano-soviético firmado en agosto del 39 lo había convenido Hitler para tener las espaldas cubiertas en sus operaciones en el oeste. Pero cuando la *Abwehr* aseguró que la Unión Soviética se estaba armando a gran velocidad, decidió que era el momento de anexionarse el inmenso país del este. Y entonces se hizo primordial conocer dónde estaban las fábricas de armamento de los bolcheviques. El coronel fue uno de los designados para esa misión. Y supo hacer bien su trabajo.

—¿Quieres decir que el coronel se casó con María sólo para obtener esa información?

—No era un acto tan descabellado como ahora puede parecer. Esa información era vital para Alemania. Por supuesto que se siguieron cauces de espionaje más ortodoxos, pero en las regiones más orientales de la Rusia europea se generaba casi la mitad del acero, el carbón y la energía eléctrica de la Unión Soviética y allí Stalin instaló su industria pesada, zonas adonde los aviones alemanes de reconocimiento con cámaras fotográficas tenían dificultades para llegar. El utilizar a los niños tenía la cobertura de ser simple correspondencia entre familias separadas. De hecho, María no fue la única mujer que colaboró en este ardid. Todas las que trabajaban en oficinas del Estado y tenían hijos en Rusia cayeron en la red, sin saberlo.

—Es cierto lo que dice este hombre —habló Ramiro, raptando todas las miradas—. Esa información fue aprovechada y varias fábricas de aviación y de carros situadas en el corredor de Sarátov a Ufa fueron bombardeadas y destruidas. Vivimos personalmente esa experiencia. El espionaje soviético lo descubrió con ayuda del Partido Comunista español. Incautaron toda la correspondencia desde y hacia España sin participar de ello a las familias, que siguieron escribiendo sin cesar. Miles de cartas, seguramente destruidas la mayoría como las ilusiones que portaban. Igual que tantas otras cosas, eso lo supimos después. No hubo mano negra familiar en ese hecho, como creímos.

—Si los aviones de reconocimiento no podían llegar a zonas tan lejanas, ¿cómo pudieron hacerlo los bombarderos?

—Los Junker JU-88 saliendo de Polonia y Rumanía podían alcanzar una penetración de dos mil kilómetros en un vuelo sin rodeos. Es lo que hicieron. Sus pilotos eran muy experimentados y decididos. Llegaron más allá del Volga y cumplieron sus objetivos. Incluso más tarde, durante el sitio de Stalingrado, lo sobrevolaron para destruir trenes de tropas y material que llegaban de los Urales en su enloquecido empeño de romper el cerco que asfixiaba al Sexto Ejército de Von Paulus.

—Y tú, abuela, ¿por qué te casaste con él?

—Nunca le tuve amor pero me rendí al agradecimiento por sus atenciones hacia mí y porque me prometió traer a mis hijos de Rusia. Ya antes de casarnos él leía las cartas de los niños, y de forma sibilina me sugería preguntas aparentemente inocentes que yo transmitía. Pero puse una condición a la aceptación. No quería más hijos. Lo había jurado por mis principios esenciales. Y no debía esperar de mí una colaboración sexual inmediata al principio ni frecuente en el futuro.

—No parecen razones aceptables para un hombre tan acostumbrado a hacerse obedecer.

—Pues las aceptó. El deber era el deber. Y la verdad es que en los primeros años su comportamiento para conmigo fue normal, atento, lo que cabía esperar. Influía sin duda el que nos veíamos poco debido a sus frecuentes desplazamientos a Berlín y Roma, de donde volvía exultante al principio, lo que fue cambiando con el tiempo. Sus viajes fueron espaciándose y regresaba muy preocupado por cómo iban desarrollándose las cosas.

—En 1944 —intervino Jesús— estaba claro que sólo un milagro impediría que Alemania perdiera la guerra. Había sido expulsada de Rusia y ya se luchaba en territorio alemán. Todo el tinglado de espionaje montado sobre la creencia en la victoria alemana se mostró inútil y sin rumbo. Las confidencias de los niños habían cesado casi dos años antes y el propio servicio de espionaje alemán era irrelevante con tantos enemigos acosándoles. Todos los que anhelaron que España entrara en guerra por Alemania se volvieron a la defensiva. Había probabilidades de que los vencedores cedieran al impulso de invadirnos presionados por las circunstancias del momento, por los requerimientos de la Unión Soviética y países satélites, y por la actividad de los grupos republicanos en el exilio que exhibían su legalidad para volver al poder. Si eso ocurría, las actividades criminales de los represores votarían en su contra. Ya entonces se hablaba de que los aliados formarían tribunales internacionales para castigar los delitos de guerra, algo en lo que el coronel y tantos otros incurrieron durante nuestro conflicto civil y en la represión posterior. Así que buscaron la fuerza necesaria entre ellos para no caer en el desánimo y se apiñaron en torno a Franco, su líder indesmayable. —Miró a María—. ¿Puedo seguir? Ahora vienen cosas muy duras.

—No importa. Sigue —dijo ella sin vacilar.

Él se acercó y le cogió una mano, con una dulzura insospechada.

—¿Estás segura?

—Lo estoy. No oculte s nada. Mantener el secreto me hace más daño.

—Bien. La presión agravó el carácter del coronel, ya amargado en su vida familiar por los insoportables fingimientos de su relación con mi madre. No era feliz con la imposición de una esposa a la que no quería y de un hijo que no era el suyo. Él no había tenido especial interés en conocer el origen de Carlos porque nunca le tuvo cariño. Una noche pretendió de María un acto sexual, que ella rechazó. Se inició una discusión y él exigió saber quién era el padre del niño adoptado. Ella rehusó decírselo. Él fue al dormitorio y se plantó delante del aparador donde ella guardaba sus objetos personales. «La llave», requirió. «No. Son mis cosas, como tú tienes las tuyas. Prometimos respeto para nuestras intimidades.» Él forzó el mueble ante la resistencia de María y revolvió todos los cajones. En uno de ellos se topó con una foto tamaño postal que mostraba un hombre sonriente de fuerte parecido con Carlos. Llevaba una gorra característica y la estrella de tres puntas sobre la visera. Leyó al dorso: «*To my love, María, for ever. Charles. Enero 1937.*» El coronel la miró casi con terror. ¡Tenía una parte de un brigadista bajo su mismo techo! «¡Este cerdo es el padre de tu hijo!», gritó enloquecido de ira y asco. «¡He dado mi apellido al producto de una infame fornicación con una basura brigadista! ¿A cuántos te follaste?» «No sabes lo que dices. Te prohíbo que me hables así.» «¿Prohibirme? Te hablo como me da la gana. ¿Debo consentir la indecencia de que guardes esa foto? ¿Eres mi mujer y sigues adorando a un cerdo? ¿Es ése el respeto que pregonas?» «No es más que un recuerdo de una persona muerta que no menoscaba mi fidelidad como esposa.» Él quebró el cristal y rompió la foto. Sacó su auténtico yo adormecido, el de la guerra civil sublimada y nunca acabada para él. De milagro no mató al niño, de seis años, que no se enteró porque afortunadamente dormía como un lirón en su habitación, al otro extremo de la casa. —Todos miramos a Carlos, que mantuvo su impavidez habitual—. En el forcejeo violó a María violentamente. Ella le dijo que si volvía a intentarlo lo lamentaría. Él le pegó y luego cogió la pistola y se la puso en la boca. «No se te ocurra volver a amenazarme, furcia roja. Se acabaron las contemplaciones.» Y de ese acto naciste tú —dijo, mirando a un estupefacto Julio—. Puede entenderse que la difícil armonía conyugal quedó destruida.

—¿Cómo sabes tanto de cosas tan íntimas?

—En aquel tiempo vivíamos puerta con puerta en las casas militares de la calle Romero Robledo, mientras se construía el Ministerio del Aire y antes de que se hicieran las de Moncloa. Había una gran relación aparente entre las familias, hasta el extremo de que disponíamos de las llaves de ambas casas. Aquella noche Blas entró al oír los gritos. Se encontró con un espectáculo tremendo, ella sangrando y él furibundo y rompiendo cosas. Se enzarzaron en una discusión que devino en una gran pelea. Venció el coronel, como era de esperar. Ganaba en fuerza y determinación a mi padre. Recogió su arma y le apuntó: «Si vuelves a entrometerte eres un cabrón muerto.» Yo tenía doce años y lo vi todo.

—El espanto no terminó ahí —habló María—. Quemó todas mis fotos, cartas, documentos, mis carnés, los diplomas y todo lo que identificaba mi vida. Quedé como si no existiera. Creí volverme loca.

Algo tan tremendo necesitó de un tiempo para que sus efectos maduraran en nuestras conciencias.

—No fue un maltratador en lo físico pues sólo me pegó aquella noche y nunca volvió a forzarme —siguió María—. Pero su agresión psíquica fue constante. El fatídico día que caí en la amnesia supe por qué no me hostigaba sexualmente. Siempre creí que era por respeto a lo convenido. En realidad no le merecía la pena pugnar por ello cuando tenía un cuerpo más hermoso y complaciente a su disposición. Quizá de haberlo sabido, y al margen de mi dignidad, dudo que me hubiera importado. Aunque, desde luego, Leonor habría quedado al descubierto.

—¿Qué hiciste tras lo que pasó aquella noche? ¿Te conformaste?

—Lo inmediato fue proteger a Carlos, al que veía seriamente amenazado. Pero el coronel buscó una solución dolorosa para mí aunque tranquilizadora al mismo tiempo. Lo ingresó interno en un colegio a pesar de su corta edad. Me dejaba sin su presencia pero allí no podría hacerle daño. En cuanto a Julio, Dios me perdone. Intenté abortar por los medios a mi alcance. No lo conseguí. Él estaba empecinado en vivir. —Le miró—. Su nacimiento fue una alegría inenarrable. Sólo una madre puede comprenderlo. Incluso los no deseados cuando nacen se agarran a nuestro corazón. Julio fue mi consuelo en sus primeros años. Pero el odio del coronel hacia los dos niños no declinó. No por ser su hijo quiso más a Julio ya que fue concebido en circunstancias huérfanas de amor. De ahí que siguiera el camino de su hermano al internado cuando tuvo los años justos. En cuanto a Carlos, lo envió a la Academia Militar General de Zaragoza muy joven, al filo de la edad reglamentaria, siempre lo que más daño pudiera hacerme. Y Julio se libró de ir gracias a su desaparición y a que Blas no era militarista. Lo sacó del internado y lo cuidó como a un hijo, evitando que se criara en la amargura. —Envolvió a sus hijos en una mirada quebrada—. Sí. El coronel tuvo con ellos crueldades innecesarias, especialmente con Carlos.

Ahí estaba la explicación del carácter retraído de Carlos y de su renuencia a traer hijos al mundo. Su traumática experiencia le impedía colaborar en el dolor sumado.

—Siempre creí que el mandarlos a la Academia Militar se enmarcaba en la tradición familiar —aventuró Olga—. Nunca pensé que hubiera crueldad en aquella medida. Allí estuvieron también los mellizos.

—La motivación fue distinta. Ellos no estuvieron de internos y a la Academia no los mandó mi padre sino el coronel, su padre verdadero —indicó Jesús—. A ellos sí los envió con total convicción de que la carrera militar era lo mejor, filosofía que los mellizos aceptaron con alborozo. Ya vemos cómo más tarde cambiaron sus convicciones.

—¿No se extrañaron los mellizos de que prevaleciera en esa decisión la voluntad del coronel sobre la de su padre?

—No hubo tal. Por confesión de Leonor ellos supieron a los quince años quién era su padre biológico. Comprendieron entonces el sorprendente cariño que les dispensaba el coronel desde su niñez, en comparación con el menosprecio que profesaba a Carlos y a Julio, sus hijos oficiales, y entendieron natural que Blas estuviera mediatizado en su trato hacia ellos por la realidad de su origen.

—Como una forma adicional de rompimiento con cualquier atisbo de confianza o intimidad instituyó el «usted» y así se dirigía a todos, exigiendo el mismo tratamiento para con su persona. Se puede calibrar la atmósfera que se respiraba en esa casa para mí y mis hijos —dijo María.

—¿Por qué no te separaste, abuela?

—¿Sabes lo que dices? Eso, que no es tan fácil ahora para muchas mujeres, era imposible en aquellos años. Además, yo no tenía otros familiares. Cuando Julio fue internado me quedé sin propósito. Era madre de cuatro hijos: dos perdidos, quizá muertos, y los otros dos alejados de mi cotidianeidad. —Hablaba lentamente, como el desplazamiento del perezoso en la arboleda—. Busqué llenar el vacio volviendo a mi trabajo en Falange. Pero eran tiempos en que las mujeres no decidíamos sobre nosotras mismas. Estábamos negadas de esa potestad. Nada sin el permiso del marido. Nuestras vidas volvieron a regirse por el Código Civil de 1889 que establecía el sometimiento de la mujer al varón en el marco familiar y desautorizaba cualquier autonomía en el área pública. Desde 1942, con la Ley de Reglamentaciones Laborales, las mujeres estábamos obligadas a dejar nuestro trabajo al casarnos. Y la Ley de Contratos de Trabajo de 1944 implantó que la mujer casada no podría acceder a ningún empleo sin la autorización del marido. Él usó de esa prerrogativa. Como necesitaba estar en activo me refugié en mi profesión. Mi título de maestra había sido invalidado tras la depuración del profesorado republicano. Había una nueva Ley de Primera Enseñanza, redactada por el entonces ministro de Educación José Ibáñez Martín. Fue un rompimiento con todo el sistema habido hasta entonces ya que la Iglesia se asignó el derecho de inspección de la enseñanza en todos los colegios e impuso sus normas. Por ejemplo, se estableció la separación por sexos en las aulas y durante el recreo, y las niñas debían ir uniformadas a clase, donde se priorizaba el aprendizaje de las labores caseras para que llegaran a ser buenas madres y amas de casa. —Hizo una pausa—. Oposité al Cuerpo de Magisterio Nacional Primario y conseguí el título con calificación excelente, que me daba derecho a elegir destino, en este caso Madrid, donde, al menos, podría ver a mis hijos de vez en cuando. Hasta ahí llegué porque el coronel volvió a imponer la legislación. Sin nada que hacer empecé a darle al magín. Gracias a que durante ese periodo tuve dos grandes amigas con las que me entretenía paseando. ¿Os hablé de Amalia? Algún día os contaré cómo era, su dominio de las dificultades. Un día desapareció sin dejar rastro. Nunca supe por dónde le llevaron sus pasos. Cuánto la he echado de menos...

—¿Quién fue la otra?

—Leonor, de quien ni por asomo imaginaba su doblez.

—¿Cómo podía ser tan amiga y al mismo tiempo amante de tu marido sin detectarlo? Siempre hay indicios.

—Engañó a todo el mundo, menos a Blas —aseguró Jesús—. Tenía la facultad intrínseca de saber estar en todos los escenarios de la forma más natural.

—¿Desde cuándo fueron amantes?

—Lo de «eres cabrón muerto» no fue un término banal. Ambos sabían que lo dijo con plena intención. Mi madre era bonita cuando se casó con Blas pero luego se hizo realmente hermosa. —Enmudeció de golpe como si hubiera visto una señal de stop—. Tanto la quise y la admiré; tanto me decepcionó y la odié; tanto la admiré después... Tenía dos años menos que María y carecía de un pasado trágico. Tan diferentes. Mundana en su juventud, sin complejos, ansiosa de vida; las fiestas, los amigos, bailar... La boda fue en Melilla en el 31, mi padre con veinticinco y ella con dieciocho. Mis abuelos maternos pertenecían a la burguesía de la ciudad; eran tradicionalistas y de raigambre castrense. Fueron fundamentales en el matrimonio porque deseaban para Leonor un marido militar. No voy a hablar de ellos. En el 32 nací yo y en el 33 los mellizos, los tres en Melilla. Calcula desde cuándo.

—¿Cuándo lo supo tu padre?

—Lo descubrió enseguida. Más o menos al año de mi nacimiento.

—Si el coronel tenía ya una mujer de hecho, podía haberse opuesto a su boda con María.

—El matrimonio era la tapadera imprescindible en aquella sociedad barnizada de puritanismo. Un hombre de posición tenía que estar casado para concitar la mejor consideración. Es cierto que en ese círculo elitista había mujeres bellas y bien asistidas económica y socialmente pero su vocación de monje guerrero le demoró de aquella obligación. No pudo negarse al matrimonio con María porque era una orden superior. Supongo que entonces se lamentaría de no haberlo hecho antes con mi madre, la única mujer que le importó algo. —Movió la cabeza—. La tarea de espiar a los hijos de María le hubiera sido encomendada entonces a otro y él podría haber ido a pelear a Rusia. Y la historia de la familia hubiera sido otra.

—¿No hubo ningún impedimento para la boda?

—Era norma que cuando un militar de media y alta graduación deseaba casarse debía tener la autorización del Ejército, que investigaba a fondo la procedencia e historial de la novia. En algunos casos se denegaba la autorización y el militar debía romper el noviazgo o dejar la milicia. En éste, la autorización partió del Alto Mando y esa cuestión quedó obviada. Blas celebró la noticia de los esponsales confiando en que cesaría el adulterio. No fue así.

—¿Tu padre no buscó remedio a la situación?

—¿Qué iba a hacer? Nunca pudo competir con su primo. Él no era violento, a pesar de haber sido legionario, y su religión le impedía hacer actos contrarios a la ley de Dios. Y siempre quiso mucho a mi madre. Así que se contentó con sus caricias compartidas. Ella manejaba bien la situación, sabía complacerles a los dos aunque ofreciendo intensidades distintas. Fue una convivencia de aceptación tácita, un matrimonio a tres en el aspecto sexual, algo que nunca entendí desde que lo supe y que me esclavizó en el rencor.

Atrapado en la visión de su pasado se apartó hacia el ventanal y nos vedó su rostro. Parecía estar nutriéndose de las escenas narradas como si fuera la caldera de una locomotora trasegando carbón.

—Ellos disimulaban, como si la cosa no existiera. Pero sin que lo notara, yo veía a Blas mirar a Leonor a hurtadillas con su amor lastimero. ¡Dios mío! Llegué a odiar tanto a mis padres... Desde los ocho en que lo supe hasta los veintitrés en que desapareció la indignidad. Fueron muchos años. Pero con el tiempo entendí que Blas era todo menos un cobarde. Liarse a tiros con los dos hubiera sido lo más fácil. Él optó por el camino humillante, más difícil.

—¿Y tú cómo te enteraste?

Su segura voz enronqueció, como la de un cantaor de jondo.

—Los sorprendí en la cama. —Le miré. Su corpachón se había vuelto transparente como una burbuja, erradicado de carne, y veía su corazón flotar en el aire latiendo de dolor e ira. Dejamos que fuera dueño del tiempo y del silencio. Añadió—: Por Blas supe lo de los mellizos, con los que no congeniaba por el inexplicable desapego que tenían hacia él. Desde entonces estuve soportando a ese par de infiltrados, que se movían en las dos casas con toda impunidad.

—No hay la menor duda de que Blas tuvo una gran inclinación hacia María.

—Ella le impresionó siempre —afirmó, mirándola—. Su trato posterior le convenció de que una mujer así sería un regalo para cualquier hombre normal. Frugal, sencilla en el vestir, ausentada de juicios y cotilleos. Hubiera sido feliz con él y Leonor lo hubiera sido con el coronel si el azar hubiera cambiado los matrimonios.

Olga fue a un sillón y se sentó. Miré a los presentes, que parecían estar en un escenario teatral. Todo convergía en una atmósfera de misterios desvelados por actores haciendo su papel. Pero estábamos hablando de algo serio y real.

—Ahora entiendo bien lo de los viejos agravios. Te quedaste corto. —Movió la cabeza—. Lo que no llego a comprender del coronel fue su decisión de robar. Si estaba bien situado en el Ejército, ¿por qué se metió en algo que desmentía su amor a la milicia?

—Porque pensó que el Ejército le había decepcionado.

—Pero era del Estado Mayor, tenía un buen destino, es de suponer que un sueldo aceptable y el momio correspondiente: largas vacaciones, casa y transportes gratis, economato, viajes y hoteles pagados, coche con chófer, asistente...

—Quizás haya que aclarar conceptos. Hasta 1931, el Estado Mayor Central del Ejército, el único que existía, era un Cuerpo institucionalizado como tal que procedía de los tiempos de Carlos III. En 1843 se fundó la Escuela de Estado Mayor, y el hecho de otorgarse el diploma dio a los titulados un rango diferenciado. Azaña, entonces ministro de Guerra del primer Gobierno de la República, consideró que era un feudo elitista y suprimió el «Cuerpo», instituyendo en su lugar el «Servicio». A partir de esa fecha los nuevos titulados serían del Servicio de Estado Mayor aunque los antiguos conservarían sus titulaciones del Cuerpo de Estado Mayor hasta su extinción.

»Ser del Estado Mayor era un gran prestigio, tanto para los que tenían su empleo dentro como para los que, siéndolo, cumplían en sus unidades y destinos habituales. Un ejemplo lo tenemos con Franco. En 1935 Gil Robles, entonces ministro de Guerra, le nombró jefe del Estado Mayor Central, cargo del que fue cesado por el primer ministro Azaña en febrero de 1936 al nombrarle comandante general de las Islas Canarias. Al terminar la guerra, Franco no perdió el tiempo en hacerse de nuevo con la jefatura si bien, al crearse los Ministerios de Ejército, Marina y Aire, cada uno con su Estado Mayor, él no podía ser jefe de uno solo. Así que en agosto del 39 creó el Alto Estado Mayor a la vez que la Junta de Defensa Nacional, ambas bajo su jefatura. En la práctica la función del Alto Estado Mayor quedó derivada a órgano meramente consultivo ya que las tareas de defensa eran efectuadas íntegramente por cada uno de los tres Ministerios Militares autónomos. Pero nadie le quitaba al Caudillo de pertenecer al Estado Mayor anhelado, ahora engrandecido al ser jefe de los tres Estados Mayores.

»El coronel, integrado en su momento en el Estado Mayor por consideraciones ya explicadas, no había pasado por la Escuela. El general Ungría, primer director de la Escuela tras la guerra, le obligó a cumplir con los dos cursos y las prácticas correspondientes o no podría quedarse en el Estado Mayor. Eso afectó mucho al coronel, hombre poco predispuesto al estudio, que lo asumió como un agravio personal porque, además de que a los coroneles no se les sometía a ese requisito en atención a su rango, hubo casos en que por circunstancias bélicas no fueron necesarias las asistencias a la Escuela para seguir en el Estado Mayor. Eso debía haberle sido aplicado y no se hizo.

—Dijiste que era amigo de Muñoz Grandes. ¿No buscó su ayuda para este trance?

—El general no estaba para ayudar a nadie. También él estaba en el ojo del huracán.

—Explica eso —pidió Olga.

—El Gobierno quería mostrar una imagen distanciada del comprometedor coqueteo que mantuvo con el régimen nazi, por lo que estorbaban todos los que estuvieron fuertemente implicados en el espionaje alemán. Eran una rémora, cuando no unos elementos de riesgo. Muñoz Grandes había sido comandante en jefe de la División Azul y en el proceso de Nuremberg fue condenado por crímenes de guerra. Pese a ello, Franco le echó una mano. No sólo le condecoró con el máximo galardón falangista, la Palma de Plata, sino que lo hizo jefe de su Casa Militar y, más tarde, le dio el mando de la capitanía general de la Primera Región Militar. Así complació a los falangistas y a los militares por igual y se procuró la lealtad de un hombre prestigioso. Pero los militares de grados inferiores tuvieron que pasar el purgatorio y muchos de ellos quedaron en el ostracismo.

»El coronel descubrió entonces que el Ejército no tenía en cuenta lo que él había dado a España con generosidad, ni las numerosas ocasiones en que puso en riesgo su vida durante la guerra y mientras trabajó para la *Abwehr* y el *OVRA* de Mussolini. Por otra parte, el puesto en su antigua unidad había quedado cubierto por lo que, si salía del Estado Mayor, quedaría en situación de disponible hasta que hubiera vacantes y fuera elegido en libre designación o por escalafón, lo que podría llevarle años. Así que clavó los codos y obtuvo su diploma pero no la posibilidad de ascenso, mientras que a Ungría, que jamás pisó un frente y al que hay que echar de comer aparte, le habían ascendido a general de brigada. Fue humillante para un guerrero como él y comprendió que el generalato no le llegaría. Eran muchos los coroneles para tan pocos destinos relevantes y las posibilidades de ascenso por méritos de guerra se habían acabado. En cinco años, a los cincuenta y ocho, pasaría a la Reserva y se acabaría el carbón. Sin patrimonio y con las bicocas recortadas su porvenir no era el imaginado. He ahí otra de las principales razones para involucrarse en esa aventura. No es una reflexión mía. Me lo confesó Leonor.

—Hablando de Leonor, ¿por qué rechazó a tu padre todos estos años desde la desaparición del coronel? Debería haber tenido con él el mismo propósito reparador.

—No le incluyó en su satisfacción al mal causado aunque Blas se prodigara en atenciones y cariño hacia ella para compensar su abnegación y hacerle menos doloroso el arrepentimiento. Escapaba de él, le hacía daño su afecto. Nunca volvieron a hacer el amor, nunca lo volvió a hacer con nadie. En cuanto a mí, me rehuía, no soportaba mi mirada, le hacía daño mi perdón. Y así fue languideciendo, omitiéndose de su juventud y belleza como si el resto de su vida fuera insuficiente para eliminar su culpa. La distancia con los mellizos, sus hijos, fue insalvable. Quedó renegada de afectos salvo a María. Tú puedes atestiguarlo.

—Su tardía decisión de confesar me lleva a creer que no tenía intención de exhumar el pasado y que cambió al presentir que llegaba su noche. Encuentro absurdo el haber estado ocultando algo que en parte era del conocimiento de toda la familia.

—Tú lo ignorabas y, en gran medida, también Carlos y Julio. Ella sabía que nunca te diríamos nada. Es claro que no quería irse llevándose el peso de su culpa aunque se desmereciera a tus ojos y en tu posterior recuerdo de ella. Fue otra prueba de su intento de expiación, como su ejemplar comportamiento con María durante tantos años.

—¿Por qué utilizó el sistema postal para descubrir el misterio en vez de informarme directamente de todo esto? Estábamos juntas casi a diario. —Giró su mirada hacia mí pero la conduje a Jesús.

—Supongo que quiso tener la mayor discreción, y simuló no pertenecer a la familia. Los humanos actuamos de forma distinta según los diferentes condicionantes.

El silencio acudió y se prolongó. Parecía que nada quedaba en el tintero.

—Creo que falta algo con relación al coronel. Se asegura que se ahogó. Pero nadie sabe exactamente lo que le ocurrió.

María se levantó con dificultad.

—Espero sepáis comprender que no quiero conocer los detalles. Os dejo para que os pongáis de acuerdo. Acompáñame al baño, hija.

Las vi alejarse cogidas de la mano, arrinconados los años distanciados. Miré el estoico perfil de Ramiro, su orfandad momentánea de Teresa. Me veía reflejado en él cuando me aparto de Rosa.

—Puede que bajara en Málaga sin contratiempo —irrumpió la voz de Carlos—. Nadie reparó en él, no estaba bajo control.

—Un coronel del Ejército no es figura habitual.

—Sí lo era, sí lo es. Generales, comandantes. Muchos. ¿Crees que viajan de incógnito?

—De acuerdo. Pero eso no ocurrió —dije.

—¿Por qué no?

—Según los planes hubiera ido a Madrid a reunirse con Leonor. Pero ni ella ni nadie le vio. Por tanto, lo de la desaparición en el barco es la única explicación.

—Un veterano de mil combates cayendo al mar como cualquier tonto.

—Creemos erróneamente que los que caen de los barcos son torpes. El coronel pudo sufrir un accidente, un golpe de viento, un brusco movimiento del barco, un mareo... Eso es lo que normalmente ocurre.

Todos contemplamos a Jesús, imponente en su gesto de indiferencia.

—¿Tú qué opinas, detective? —me interrogó Olga.

—La reflexión de Jesús es correcta. Cualquiera puede caer al mar.

—Lo que importa realmente es que desapareció —dijo John—. Y eso alivió la vida a muchas personas.

El comentario quedó enganchado tangencialmente en mis registros deductivos. A falta de argumentos contrarios todos convinimos en aceptar que el destino había intervenido para echar una mano. El coronel, como cualquier mortal, había caído al agua y se ahogó.

Cincuenta y seis

Marzo 2003

El piso está entre la Casa de Campo y el río Manzanares, en un barrio construido en los años sesenta. En la guerra civil fue uno de los frentes más terribles de la batalla de Madrid. Ahora los patos, con protección vecinal para que no se los coman, navegan sobre las escasas aguas, y el teleférico se balancea camino del Cerro de Garabitas. Es grande, de segunda mano y está en obras para una completa reforma. Desde sus ventanas se ven el Palacio Real, la catedral de la Almudena y la cúpula de San Francisco el Grande.

Teresa me había pedido que fuera a verles. Me satisfizo la oportunidad de poder conversar con ambos para, como depositarios que eran de las consecuencias de un proyecto que alteró la vida de miles de familias, conocer más sobre ello. Se hospedaban en el hotel Florida pero el lugar de encuentro se estableció en el piso. Estaba claro que deseaban enseñármelo y luego entendí el porqué. Sólo se encontraba Ramiro.

—¿Qué te parece?

—Es una pregunta que debería hacerte yo.

—Excesivo. ¿Para qué las cinco habitaciones?

—¿Y todo lo paga Jesús?

—En efecto. Ya lo ha escriturado a nombre de Tere y las obras las hace gratis una de sus constructoras. Blas nos maravilló por su comportamiento infrecuente hacia mi suegra. Pero esto colma el asombro. No tengo claro si es una orden testamentaria suya o sale de Jesús. Aunque da lo mismo.

—¿Y el hotel?

—También Jesús cubre todos los gastos. —Movió la cabeza—. Es curioso cómo ocurren las cosas en la vida. Al final de mis días vuelvo a mi país por la gracia de un representante de todo lo contrario a lo que conformó mi existencia.

Le invité a seguir con la mirada.

—Observo que la insolidaridad, que en el pasado desunió a la generación de nuestros padres, sigue instalada en gran parte de los españoles por herencia o por extensión. Y con los mismos prejuicios. ¿Se puede eliminar el estereotipo de buenos y malos? El comportamiento de Blas y Jesús induce a pensar: ¿ellos son la excepción o la regla de los protagonistas de su bando? ¿Quiénes eran los buenos y quiénes los malos? O mejor dicho, ¿un bando era absolutamente bueno y el otro absolutamente malo? He estado fuera del reciente acontecer español, pero sé que mi clase fue históricamente marginada, perseguida y matada de hambre. Siempre estuve seguro de mis actos y convicciones, sin titubeos. He sido obediente con el discurrir de mi vida. Me he movido en una dirección, sin salirme de la ruta. Aquella gente rusa fue buena, espléndida, y ahora Blas y Jesús muestran una generosidad impensada en tan obstinados enemigos de las izquierdas, o lo que es lo mismo, de la masa proletaria despreciada.

—Tu reflexión es simplista. Hay buenos y malos en todos lados. La bondad, como las flores, puede brotar en páramos inclementes. En cualquier caso, Blas no abjuró de sus ideas ni Jesús tampoco. Lo que hace no es por ti ni por Teresa sino por María.

—Eso es cierto, pero podía atender únicamente las necesidades de ella. No tenía por qué incluirnos en su filantropía. Da que pensar.

—Tienes mucho tiempo libre. No lo pierdas tratando de razonar el comportamiento humano ni busques motivos de discusión contigo mismo. Goza de la vida dentro de tus esquemas. Por cierto, ¿dónde están tus hijos y nietos?

—Están en Rusia, cada uno en su tarea. Pero el mundo es cada vez más pequeño. Vendrán cuando quieran, aquí hay sitio de sobra. Tienen la ventaja de que ellos pueden conducir sus vidas, lo que nos fue negado a Teresa y a mí y a varias generaciones de españoles y rusos.

Más tarde llegamos a la suite que tenían en el Florida. Teresa me besó con cierta timidez.

—¿Te ha gustado la casa? —dijo, como una novia de las de antes mostrando su dote.

—Mucho. Y el lugar, inmejorable. —Busqué con la mirada—. ¿Y María?

—En Horizontes. Cuando el piso esté listo, nos la traeremos a vivir con nosotros. —Miró a Ramiro—. ¿Qué tienes, cariño?

—Bueno... Le decía a Corazón mis dudas sobre los sentimientos enfrentados durante nuestra guerra.

Teresa movió la cabeza.

—Tienes obsesión por eso. Sin duda en el bando nacional hubo gente buena, posiblemente tanto o más que en la parte republicana, porque el ser rico no es sinónimo de maldad. Los ricos no son intrínsecamente malos, lo que ocurre es que en general sienten una gran indiferencia por los que nada tienen. Además de que los fachas no eran todos ricos, ni mucho menos. Como ahora, muchos estaban a verlas venir. Pero los militares, políticos y oligarcas que tomaron el poder impusieron un régimen de terror y opresión que duró demasiados años y causó un daño desmedido. Ahí sí hubo maldad. Además tuvieron mucho que ver con nuestro éxodo a la Unión Soviética. Si no se hubieran levantado contra el Gobierno de la Nación nadie habría considerado necesario el envío de niños fuera.

—Puedo coincidir contigo en lo de la brutal represión, pero discrepo en este punto, Tere. Ya lo hablamos. Porque no todos los niños rojos abandonaron el país. La inmensa mayoría quedó en España. Es por eso que nuestro drama no tiene una explicación sencilla. Y no aceptaremos cualquier definición de cómodos historiadores. Ellos no estuvieron expatriados y nosotros sí.

Ella se le acercó y le besó.

—Todo eso ya no tiene importancia, mi amor —dijo. Luego, una vez sentados los tres, volvió a mirarme—. Quería que, bueno... Nos gustaría que te hicieras cargo de la búsqueda de nuestra nieta Tonia. Olga te habló de ella. Sus padres están en contacto con varias embajadas y con Interpol. Pero no hay noticias.

Les miré, puros en sus pensamientos como recién nacidos. Algún día sabrían que llevaba dos meses buscando a la chica. Pero no todavía.

—Veré lo que puedo hacer —prometí con convicción.

Tere no ocultó su alegría, en contraste con el imperturbable Ramiro. Más tarde, y mientras ella iba en busca de unos refrescos, miré a Ramiro.

—¿Qué tal tu adaptación a España?

—Difícil. Rusia es parte de mi existencia. No tengo pesar de la vida que tuve allí. La Perestroika nos hizo ver lo ignorantes que estábamos de la realidad de la Unión Soviética. Soy consciente de que el sistema fue un fracaso y más al tener conocimiento de los millones de muertos que Stalin y otros jerarcas produjeron entre su propio pueblo, las purgas y el terror. Me siento distante de esas barbaridades que la censura silenciaba. En realidad podríamos fraccionar lo que fue aquel sistema o, mejor dicho, a sus protagonistas, en tres grupos definidos. Arriba, y destacando como los depredadores en el esquema natural de la vida salvaje, tendríamos a

Stalin y sus asesinos, entre los que hoy no albergaría dudas en incluir a Lenin. Luego, los entusiastas de la aventura, no todos del Partido: profesores, científicos, médicos que creyeron en la idea de una sociedad sin clases y que universalizaron la cultura, el conocimiento, además de intentar, y puede decirse que lo consiguieron, la eliminación del hambre secular. Y en el plano final, el pueblo, el gran protagonista, el que soportó estoicamente las veleidades del ensayo. Millones de personas atrapadas por la promesa de un orden nuevo. Eso fue la dictadura del proletariado. Pero es innegable que hubo enormes e indudables avances en sanidad, educación, ciencias y agricultura. La Unión Soviética fue la más grande en la carrera espacial hasta su desintegración, con logros nunca superados por los americanos. El cosmódromo de Baikonur, en Kazakstán, era algo impresionante. Tenías que haberlo visto en su momento álgido. Era una gran ciudad con más de ciento cincuenta mil hombres y mujeres de todas las especialidades trabajando en los proyectos, en los edificios de montaje de lanzaderas, en los centros de mando y seguimiento; con aeropuertos, planta productora de nitrógeno y oxígeno, centro televisivo, hoteles, red propia de caminos y vías férreas, entre otras muchas instalaciones. Ese complejo espacial, cuyas dimensiones son tan enormes que se dividió en cuatro áreas, desde la disolución de la Unión Soviética está en territorio extranjero aunque bajo control de Rusia en contratos renovables. Ya no es lo mismo. Entonces había vida, futuro, orgullo. Y ahora... Aunque desde allí se envían laboratorios y nuevos armazones a la Estación Espacial Internacional, no es igual. Muchas partes están desangeladas y la basura espacial se acumula en los alrededores. Sé lo que digo. Estuve allí y viví experiencias espectaculares participando en los programas Vostok, Soyuz, Zenit y los pesados Proton, Energía y otros.

Supuse que tras haber gozado de tan grandes ocasiones, para cualquiera sería normal mostrar un punto de vanidad o siquiera de orgullo. Pero ahí estaba ese hombre, inmunizado de esas tentaciones. Su prosa era limpia y su tono medido como el de quien lee un cuento a un niño en la noche para que se rinda al sueño.

—¿Cuántos niños fueron enviados a Rusia?

—Parece que unos dos mil novecientos.

—¿Todos a la vez?

—No. Nos llevaron en cuatro expediciones. La primera, en marzo de 1937, salía de Valencia. La segunda y tercera en junio y septiembre del mismo año, con salidas desde Bilbao y Gijón respectivamente. La última salió de Barcelona a finales del 38.

—¿Cuántos...? —dejé en el aire la pregunta.

—¿Cuántos quedamos? No llegamos a los quinientos. Pero retén estos datos: cerca de cien fueron matados durante la terrible Gran Guerra Patria, entre 1941 y 1945, en puras acciones bélicas, en los frentes. De ellos, la mayor parte en el sitio de Leningrado, algunos de ellos seguramente devorados.

—¿Devorados?

—Como oyes. Comidos por gente hambrienta. —Me miró como si lo dicho fuera algo natural, no necesitado de estupores—. Luego te hablo de aquello. Sigo con la factura pagada por los niños. Hasta 1950 se conocen unas doscientas veinte muertes en la retaguardia, la mayoría por tuberculosis y otras enfermedades. No hay documentos fidedignos de cuántos fallecieron en esas fechas porque desgraciadamente con la guerra las listas sufrieron daños y no hay exactitud en cuanto a los niños que salieron de España ni del destino seguido por muchos de ellos. Es de imaginar que otros fueron víctimas de aquellas secuelas en años posteriores. A los de datos insuficientes se les dio por desaparecidos. Qué les ocurrió y cómo vivieron es un misterio. ¿Puede encontrarse forma más triste de pasar por la vida? ¿Ser nada? ¿Salir de un sitio y nunca llegar a otro, pertenecer a alguien y luego desintegrarse en la indiferencia? —Me miró como sintiéndose culpable de aquella diáspora.

—Explícame eso de que pudieron ser comidos.

—En agosto del 41 los nazis llegan a Leningrado, que ya no era la capital, pues Lenin había pasado el título a Moscú. Pero no la tomaron. Establecieron un sitio que duró dos años y medio, tiempo que emplearon en impedir que nadie saliera y que no entraran provisiones. El irrompible bloqueo produjo el total desabastecimiento de la ciudad. Ni leña ni comida. La gente quemó los árboles, los muebles y todo lo que pudiera dar calor. Y cuando los animales se acabaron, incluidas las ratas, comieron el cuero, el papel y, luego, a los humanos. No fue una práctica general pero hay testimonios de que parte de la población practicó la antropofagia a escala imposible de concebir. Los niños estaban en las Casas 8, 10 y 12, tan hambrientos como el resto de la población. No es descabellado pensar que algunos de esos niños dados por desaparecidos fueron comidos.

Desvió la mirada hacia un punto interno de sí y consideró la necesidad de un paréntesis.

—En el norte del área metropolitana de la ciudad, que recuperó el nombre de San Petersburgo, hay un cementerio llamado Piskaryovskoie —continuó, sin variar su acento neutral—. Fue construido sobre una inmensa fosa colectiva donde se echaron más de medio millón de cuerpos sin nombre, sin duda niños nuestros entre ellos. ¿Te haces idea? En él hay un monumento a la Madre Rusia y, detrás, un muro con un poema:

> *Sus nobles nombres son incontables,*
> *tantos duermen bajo la tierra eterna...*

Me miró. Sus ojos no estaban abandonados de serenidad.

—Ha sido una larga marcha. Los que persistimos en vivir estamos repartidos por Moscú, Cuba, México, España y otros lugares de la antigua Unión Soviética.

—Háblame de los de Moscú.

—Nos reunimos; bueno, se reúnen en el Centro Español, un piso céntrico en lo que fue sede del Partido Comunista español, donado por el alcalde de Moscú. Hay un gran salón y, como en cualquier centro, se habla, se baila y se lee. Dispone de una gran biblioteca y ha editado algunos libros sobre los españoles que murieron en la Gran Guerra Patria rusa. El disponer de un lugar donde reunirnos fue una larga reivindicación. El príncipe Felipe estuvo el año pasado e inauguró un monumento en memoria de los españoles muertos en Rusia. Nunca he sabido si esa memoria recogía también la de los españoles que murieron en el ejército de Hitler. Porque al fin todos fueron españoles. Y es lo que importa.

—¿Cómo resuelven su vida?

—Con humildad. Aunque al desaparecer la Unión Soviética surgieron cientos de personas que se han hecho millonarias, que ya lo eran sin duda durante el silencio y la censura anteriores, la mayor parte de los rusos vive de su trabajo y es ahí donde estuvimos siempre los niños españoles. Ninguno de nosotros es rico porque no sólo nos dedicamos al estudio y al trabajo sino que creímos totalmente en el mensaje comunista, eso del reparto de la riqueza y todos iguales en todo. —Pareció esforzarse en que el esbozo de sonrisa semejara alegre, pero había demasiadas sombras en sus ojos—. La pensión media mensual que nos asigna el Estado ruso es de unos mil rublos, unos veintisiete euros al cambio. El Estado español añade ciento veinte dólares. Mi paga de mil trescientos rublos me sitúa entre los privilegiados. Puedes entender que no es una vida de lujo, ya que, encima, por la edad, estamos más necesitados de asistencia médica, que es gratuita pero no todo lo demás: medicinas, habitaciones de hospital, material sanitario, etcétera, que es caro y no lo paga el Gobierno. Todos desean venir a España aunque sea de vacaciones. Mi caso ahora es tan excepcional que muchos no se lo creen. No me siento orgulloso.

Su mirada se escapó y estuvo vagando por derroteros internos hasta que fue capturada. Teresa volvió con los refrescos y se sentó con nosotros.

—¿Cómo os sentís? ¿Qué pensáis?

—El sentimiento general es de desorientación. Somos y no somos españoles y rusos. Nos sentimos profundamente españoles pero no renunciamos a nuestro pasado en Rusia y, desde luego, nos enfurecemos cuando oímos hablar mal de ese país. Nos sabemos víctimas de un tremendo doble error, quizás el único en la historia moderna. Primero, el de haber sido apartados de nuestro camino natural por torpeza o errónea decisión de nuestros padres y por intenciones políticas egoístas, cuando no malvadas. Ninguno de nosotros ha entendido esa necesidad. Y segundo, el empeño político de la Unión Soviética y del Partido Comunista español en impedirnos la vuelta a España. Fue un pulso con el Gobierno de Franco. Creyeron que le perjudicaban a él pero sólo nos victimó a los niños. Porque el retorno debió haberse hecho en su momento, como les ocurrió a los enviados a países europeos, que volvieron al poco, no veinte años después, cuando el tiempo se metió por medio para estorbar y desunir. Aquellos niños consiguieron que sus vidas fueran estructuradas, normales, sin rupturas, lo contrario que nosotros.

Oír a ese hombre grande hablando con la dulzura de un niño, ausentes los vanos rencores, me introdujo en una especie de espiral emocional.

—Todo pasó, la Unión Soviética dejó de existir como tantos de los protagonistas de entonces. España y Rusia han cambiado, aunque el pueblo llano de ambos países conserva su inocencia. Pero en lo más íntimo de mi ser permanecerá siempre, limpio e intocado, aquel recibimiento de Leningrado en la soledad de mi niñez ausente; niñez que pude recuperar allí en parte hasta que la adolescencia se impuso. Aquellos momentos los guardaré en mi corazón y me acompañarán mientras viva. Nada, fíjate lo que te voy a decir, nada, ni siquiera Teresa ni mis hijos, me conmovió tanto en la vida como la llegada a Rusia hace tantos años —dijo, mirándola y sabiendo de su comprensión.

—¿Cómo definirías tu particular singladura, tu forzado destino en Rusia?

—¿En qué sentido?

—Si ha merecido la pena, después de todo.

—Ya no se pueden cambiar los hechos.

—Das la sensación de gran equilibrio.

—En realidad estás preguntando si he malgastado o aprovechado mi vida. Ésa es la pregunta que todo el mundo se hace, no sólo los niños de Rusia. Al hacer balance, cuando la vida se ha prolongado lo suficiente, surge la pregunta: ¿conseguí el éxito o el fracaso? Es como si estuvieras en la cima de una montaña y miraras abajo, el camino recorrido. Entonces es oportuno definir qué es el éxito. Hay muchas maneras de triunfar en la vida pero podemos sintetizarlas en dos. Por un lado, los que consiguen notoriedad internacional en vida y pasan a la Historia por destacar en medicina, arte, ciencia, etcétera. Por otro, los que se hacen ricos, los que se forran con los negocios y las finanzas, los que ven el dinero como único fundamento. Los demás estamos dentro de unas escalas donde el premio es caminar por la vida sin aspiraciones desmedidas, sosegando la ambición y agradeciendo la buena salud.

Su voz sonaba como el goteo de la lluvia en un parque, cubriendo de melodía cada palabra.

—Te diré algo. En 1956 volví a España por primera vez desde mi salida de niño. En Pola de Allande me encontré con tres paisanos. Después de hablar quedó claro que mi vida en Rusia había sido mejor que la suya en España. Para ellos yo era un triunfador dentro de la escala correspondiente, alguien a envidiar. Tenía trabajo, una carrera superior y un futuro asegurado. Ellos no tenían nada y renegaban de su existencia con ira, dolor y hasta con lágrimas. Eran hombres de campo, sin estudios, y se aferraban a la esperanza de conseguir un trabajo de obrero en Alemania. —Movió la cabeza y ensayó otra sonrisa—. ¡Qué cosas! Vi a uno de ellos en 1990 cuando vinimos a España invitados por Olga. En Alemania aprendieron a hacer ventanas de aluminio. Al volver pusieron un pequeño taller y cumplieron bien los encargos. Eso hizo que su principal cliente, un constructor, se asociara con ellos. Ahora ya no fabrican ventanas, son extrusionadores de aluminio. Tienen ciento cincuenta mil metros cuadrados de terreno, treinta mil cubiertos. Sus instalaciones cubren una planta de fundición, cuatro de extrusión, dos de lacados y dos de anodizados. Producen sesenta mil toneladas anuales de perfiles de aluminio y dan trabajo a más de trescientos empleados.

»Los tres pasaron enormes estrecheces en Alemania, incluso hambre, pero son millonarios, fuera de la escala normal. Nunca leyeron un libro y sus estudios no pasan de las cuatro reglas. Los tres (bueno, dos en realidad, porque el otro murió de un infarto hace años) carecen de conocimientos contables y empresariales, algo que cualquiera puede obtener estudiando, pero tienen su mente proyectada para el fin en el que triunfaron, como los jugadores de ajedrez, como los genios. ¿Qué te parece cómo son las cosas y cómo es la vida?

Se levantó y se acercó a la ventana que daba a la antigua estación del Norte. Me coloqué a su lado mientras Teresa se refugiaba en el baño. La vida discurría allá abajo poniendo color al gris del día.

—Volviendo a los niños de Rusia te diré que los que regresaron y se quedaron en España, de una manera u otra, progresaron en la vida, entendiendo el concepto en su justo término. Los que permanecimos allá, como bien vaticinó mi querido Maxi, hemos sido unos proletarios de hecho y nos hemos estancado en ese nivel soviético tan diferente del de los proletarios del mundo occidental. Y te hablaré de

Maxi, nacido el mismo día en el mismo pueblo e inseparables durante nuestros primeros treinta años, veinte de ellos en la Unión Soviética. Él quedó en España cuando volvimos en 1956. Su mujer, Irina, políglota, trabajaba de traductora en Exteriores. Iba y venía con el ministro o las delegaciones. Él, un magnífico mecánico, puso un pequeño taller de reparación de coches. Eran años en que no había muchos especialistas y el parque automovilístico crecía a gran velocidad. Su fama trascendió y los clientes hacían cola. Cambió a una nave muy grande cerca de la glorieta de Embajadores y empezó a almacenar dinero, como el Tío Gilito. Sólo le faltaba la pala. Luego entró en el mundo de la importación de vehículos, por libre, fuera de las agencias concesionarias. La mayor parte coches americanos y europeos de gran lujo, para gente de dinero y esnobs. Menudo tinglado montó en San Martín de la Vega. Y, lo mejor: siempre fue un matrimonio feliz y enamorado. Él consiguió sus sueños. Se hizo rico.

—Hablaba con voz sólida, sin hipotecar sus sentimientos.

—¿Has vuelto a verle?

—Se aficionó a la bebida y nunca la dejó. Fumaba como si tuviera dentro la Tabacalera y escupía como un jugador de fútbol. Esos esputos finalmente salían rojos... —Dudó en el recuerdo—. Murió en el 92, justo al cumplir los sesenta y cinco años, la edad de jubilación de acá. Los pulmones y el hígado habían claudicado.

Había algo más que moraleja enganchada en la historia. Ambos convinimos una propuesta de silencio impregnado de sensaciones. Le miré. Me había expulsado de su percepción inmediata y estaba sumergido en sus añoranzas, la mirada detenida.

—Te diré otra cosa que jamás conté ni contaré a nadie más y que lleva instalada en mis registros emocionales desde hace muchos años —dijo de repente, espiando la cerrada puerta del baño como si con la mirada quisiera impedir que se abriera—. No es exactamente un dolor sino una tenue sensación de culpabilidad, un eco como el tañido lejano de campanas. Tiene que ver con Tere, que es mi respiración y la razón de mi existir... Y que pudo no serlo. —Su voz era susurrante como el rumor de un riachuelo entre quebradas—. Se lo debo a un niño de Rusia, como yo. Estaba muy enamorado de Teresa y tenía mi promesa de que yo no me interpondría. Pero cuando vio que ella me prefería se apartó del camino. Murió yendo a pelear contra los alemanes en la Gran Guerra Patria. —Movió la cabeza sin mirarme, aporreado de recuerdos—. Creo que no luchaba contra los nazis sino contra sí mismo. Simplemente fue a morir. Cumplí con Teresa, la hice feliz como él hubiera hecho. Por eso siempre me pregunto si yo merecí ese sacrificio de un pobre muchacho huérfano que se disolvió en la nada. Seguramente nadie más que yo piensa en él, como si nunca hubiera existido. Pero existió. Y si Tere hubiera optado por él sería ahora un hombre vivo y feliz con ella, y su paso por la vida habría sido más largo y más justo. Es por lo que tengo la desoladora sensación de que estoy usurpando su lugar. —Suspiró en profundidad e hizo epílogo de su pesadumbre—. Se llamaba Jesús Fuentes, era de Toledo y tenía quince años.

Pensé en ese chico, en su corta vida, tan breve como la herida que deja un rayo en la noche. Analicé luego la vida de esos hombres y mujeres cuyas historias me llegaban tangencialmente, gentes que jamás vería pero cuyos derroteros atrapaban mi solidaridad, como la de los «niños de Rusia». Surgieron de la nada, se elevaron sobre sus mundos relegados y complacieron sus fantasías o lo intentaron. Gente trabajadora, tenaz, emprendedora; hijos de un tiempo que se desvaneció y que no se reeditará porque España no es la misma y es improbable que se envuelva otra vez en cuatro guerras en menos de cincuenta años. Todos los que descubrí al escarbar en el pasado necesitarían un monumento, porque lo que ahora somos los españoles se lo debemos a gente como ellos. Pero ¿fueron verdaderamente excepcionales?

En realidad fueron tres generaciones atrapadas por un destino común indeseado, épocas de titánicas pruebas. Y no tuvieron otro remedio que estar a la altura. Pensé en la juventud de ahora, tan aparentemente alejada de aquellos valores. No me sentí pesimista porque, si deviniera un futuro adverso, seguramente surgirían héroes sin fama que enfrentarían sus retos. Era una certeza en clave futurible. Pero lo realizado por gente como Ramiro eran hechos, no creencias. Todos me conmovieron, pero ese asturiano gigantón era diferente porque cumplió con la vida sin ambiciones y puede que su premio fueran el amor y la salud que mantenía incólumes a pesar de su avanzada edad.

Estuve contemplándole largo rato y me sentí eclipsado por su aplomo, su forma de ser, su mirada sin sueños. Y pensé que quizás había encontrado a otro hombre con todo el cerebro como la parte derecha.

Cincuenta y siete

Marzo 2003

Ella sabía que estaba en un lugar del sur por el clima soleado y por el color del cielo. Y debía de ser costero porque el aire era húmedo y olía a sal. También que, a pesar de la arquitectura de la casa y de las musulmanas encargadas de su cuidado y vigilancia, no estaba en un país árabe sino en España por ese lenguaje característico de los andaluces que a veces le llegaba traído por el viento. Pero cómo saber el sitio exacto. En sus turnos de salida del sótano, siempre de noche y nunca a solas, paseaba por los jardines floridos entre los espesos árboles. Era un lugar hermoso y tranquilo, pero el rumor del agua de las fuentes le parecían sollozos y el trinar de los extraños y bellos pájaros estaba cargado de tristeza.

A veces soñaba que estaba soñando y cuando despertaba tardaba en determinar si lo hacía del sueño soñado o a la realidad. Y entonces analizaba si esa confusión era inducida por ella misma para ahuyentarse de la injusta prueba a que estaba sometida o si su mente empezaba a desplazarse hacia regiones donde la razón perdía el control. Y entonces se llenaba de terror porque cualquiera de las dos causas significaba que su cordura perdía estabilidad.

Le habían prohibido llorar, pero ya había desistido de ese desahogo paralizador. El hombre que la compró era joven, educado y amable pero sus ojos tenían hierro. Estableció unas normas y no habría castigos si las observaba. Su única función consistía en estar dispuesta en todo momento para complacer sus fogosos requerimientos sexuales, que ejecutaba a diario con una de las cuatro chicas, a veces con dos a la vez. Les atendían, a ella y a otras tres jóvenes más, dos mujeres que hablaban el árabe entre ellas y que les facilitaban alimentos, ropas, cremas y colonias con la finalidad de mantenerlas sanas, atractivas y animosas de gesto. Disponían de biblioteca, gimnasio, piscina cubierta, hilo musical y un reproductor de vídeo y DVD para una gran colección de reportajes sobre naturaleza, países e historia. Después de las palizas y vejaciones anteriores, la actual situación era balsámica y podría decirse que deseada porque no les pegaban ni torturaban; al contrario, las mudas celadoras se extremaban en su esmero y simpatía hacia ellas. Pero no había venido al mundo para acabar en un serrallo. Además, ¿cuánto se mantendría esa situación? ¿Qué pasaría cuando el musulmán se cansara de ella y decidiera renovarla? Sus compañeras de infortunio le dijeron cuando llegó que el amo era metódico e inflexible, y que tenía establecido el número de cuatro esclavas exactamente. Se renovaban cada cierto tiempo. Cuando una llegaba otra desaparecía. La eliminada no era siempre la más antigua. De ahí la zozobra permanente, porque ninguna se hacía ilusiones sobre el destino de las desechadas. Pero nada podían hacer para remediar esa situación. El escapar era imposible por los silenciosos guardianes de apenas vislumbrada presencia. Altos muros rodeaban la mansión y tenían prohibición total de buscar comunicación con alguien del exterior bajo severas consecuencias.

Había perdido la cuenta de los días transcurridos desde que anularon su libertad. Su vida anterior, su niñez y adolescencia, sus ilusiones, acudían a ella como recuerdos añejos, evocaciones ensombrecidas de lejanía. ¿Volvería a su mundo, tan distante ya? Estaba segura de que la buscaban: su familia, quizá la policía. Pero ¿cómo iban a encontrarla en lugar tan armonioso? ¿Quién imaginaría que en él hubiera una prisión secreta? Quizás estaba destinada a morir joven como las vírgenes de los templos de los Dioses en las culturas antiguas y no ver a su bisabuela, aquella a la que robaron sus hijos con la excusa de un proyecto que sólo destruyó familias. Y puede que nunca volviera a abrazar a sus abuelos míticos, aquellos que tuvieron dos patrias y a los que tanto amaba. Muchas noches miraba el inmenso cielo de parpadeantes guiños y sorprendía estrellas fugaces saliendo de la nada hacia la nada. Eso sería quizá su vida, un destello apenas en un mundo real dominado por la insensibilidad.

Oyó el timbre de aviso. Se miraron. Una de las cuatro era requerida. La puerta de la espaciosa sala de holganza se abrió y una de las cuidadoras la miró.

Cincuenta y ocho

Marzo 2003

Fui a ver a Yasunari Ishimi. Me confortó un tanto ver su rostro inalterable, los siglos esculpidos como en los templos prerrománicos.

—¿Qué puedo hacer por Tonia, maestro?

—Usa instinto.

—Ya lo usé.

—Usa más, sin desmayo. ¿Cómo dice eso?: «El arte de vivir y luchar es el arte de saber empezar.» Tú empieza cada día.

Salí y caminé hacia el parque. Los almendros estaban vistiéndose de novia y dentro de unos días habrían dejado el disfraz, breve como tantas cosas. En algún sitio que yo ignoraba, ahora mismo, Tonia estaba sufriendo y acosada de torturas en caso de no estar muerta, y yo no encontraba el camino para llegar a ella. «Una niña de trece años, feliz y dulce, increíblemente bella, con unos ojos verdes tremendos. Siempre estaba preguntando y riendo», recordó Olga de cuando la visitó en Moscú en 1996. Me situé en el banco de la cita, exento de inquilinos en ese momento. Siempre juzgué que los que se sentaban en horas de labor eran desocupados o desproblemados porque jamás tuve ocasión de ejercitar esa inactividad. Supe entonces que esa forma de pensar no carecía de prejuicios. Ahora yo podría parecer un vago a otros ojos. Me propuse perseverar en la ecuanimidad a la hora de formular nuevas opiniones.

En otro banco una pareja adolescente se besaba con fruición sostenida. Ella estaba a horcajadas sobre él, vientres unidos, y sus piernas asomaban por detrás del respaldo donde el chico apoyaba su espalda. Espaciadas convulsiones indicaban que no eran figuras de cera. En lo alto de una torre prefabricada para tal fin vi a unas cigüeñas reformando su nido. Ellas representaban vida y yo no podía rescatar una a pesar de los deseos y las promesas. Cerré los ojos. Olí su perfume antes de sentir sus besos, como una caricia del viento en el mes de mayo. Rosa. Abrí la mirada y me embebí de su contemplación.

—Estás lleno de Tonia —dijo, sentándose a mi lado.

—Cuán largo se hace el camino a veces.

—Nunca te he visto tan indefenso.

—Justo es como me siento.

—No eres de los que desfallecen. Además, no todas las batallas pueden ganarse.

—Debo, quiero ganar ésta. Especialmente.

Moví la cabeza. Los chicos estaban inmóviles. Quizá sus labios pegados en el inacabable beso se habían disuelto para fundirse finalmente y ellos se habían convertido en siameses. En todo caso eran libres y Tonia no.

—Ella está en el infierno. No sé a quién ni a qué invocar para conseguir su rastro.

—Te llegará la inspiración.

Era una variante del consejo de Ishimi. Nos dimos la mano y nos quedamos allí mirándonos y tratando infructuosamente de gozar del tiempo evanescente.

Cincuenta y nueve

Marzo 2003

Los vi llegar a la T-2 del aeropuerto de Barajas y situarse en el mostrador de Spanair para obtener la tarjeta de embarque. Me acerqué y cuatro pares de ojos se unificaron en la sorpresa.

—¡Corazón, qué detalle! —dijo Olga mostrando su rutilante dentadura antes de estamparme dos apretados besos—. Vienes a despedirnos.

John Fisher sonrió al darme la mano, pero Carlos Melgar mantuvo su acostumbrada seriedad, como dándome a entender que yo estaba de más. Cuando besé a María Marrón ella me apuntó fijamente con sus ojos, sosteniéndose en los míos.

—Me han explicado que usted es quien hizo posible que yo volviera a la vida real —dijo, su voz suave como una pompa de jabón.

Miré sus ojos esperanzados, como si el tiempo se hubiera rezagado y fuera aquella joven de los anillos de plata.

—Fue el profesor Takarada. Yo sólo hice las conexiones.

—Tenemos hora y media —dijo John—. Tomemos un café.

—No tomo café —dijo Carlos, a modo de advertencia.

—Yo tampoco —dije.

—Pues yo sí —rio Olga. Señaló un bar—. Vamos allá.

Nos sumamos al inevitable ruido del local y buscamos una mesa apartada. Gastamos un tiempo hablando de generalidades.

—¿Y tu hijo? —pregunté a Olga.

—Como siempre, con el abuelo. Quería venir pero tendrá tiempo. Ésta es una escapada a Londres para conocer el origen de Carlos y que John nos deslumbre con la familia —dijo, mirándolo arrebatadoramente.

—Ya tienes quien te ayude en la tutela diaria de tu abuela.

—Sí. Teresa no la deja en ningún momento. Incluso quería venir, pero no es la ocasión.

—Es digno de mención que Ramiro, tan enraizado en Rusia, decida quedarse definitivamente en España.

—El tiempo escasea. Y él no va a dejar sola a Teresa. Ella es la que marca el rumbo, él la sigue. Es el matrimonio ideal.

—El matriarcado —observó John.

—El amor —dijo ella, rebozándole en su mirada.

—También es de resaltar lo de Jesús. No conozco un mecenazgo semejante. No sólo sigue ocupándose de una familia, que en puridad no es la suya, sino que adopta a Tere y a Ramiro, cubriendo sus gastos.

—No es mucho lo que estos ancianos precisan, además de que ayudan a la felicidad nueva de la mujer que tanto le conmovió durante años.

—Es curioso cómo ocurren las cosas. Si Jesús no hubiera agitado las aguas al mandar a aquellos matones, ahora María seguiría en las sombras, Carlos no habría encontrado la mitad oculta de su árbol genealógico y nosotros —Olga miró a John— estaríamos regentando nuestro hastío.

—Sí —aceptó él cogiéndole una mano.

—Pero no está Blas —dijo María, poniendo orden en tanta complacencia y trayéndonos el peso de su vacío.

—¿No tienes la sensación de ser una carabina? —Miré a

Carlos procurando ser convincentemente despreocupado—. Éstos pregonan su deseo de estar solos. ¿Podemos ausentarnos un momento de esta empalagosa pareja?

Me miró con su forma directa habitual y leyó en mis ojos. Se levantó y caminó a una mesa del fondo. Guiñé un ojo al trío y le seguí. Nos sentamos y quedamos ausentes de apoyo, como cuando a unos ladrillos se les cae la argamasa de unión. Su mirada se impregnaba en su deseo de verme desaparecer. Traté de limpiar una inexistente mancha en mi chaqueta.

—Parece que Olga encontró al hombre que buscaba —comenté.

—Merece ser feliz. Es una chica dulce.

—Creo que ese calificativo es el menos acorde con su personalidad. Excepción hecha cuando trata a su abuela y a ti. Bueno, y ahora a John.

—Ve al grano de una vez. Sé que has venido por mí. No me has separado del grupo para decir banalidades.

—Sólo unas preguntas.

—Dispara.

—Leonor dice en su nota: «Sé todo acerca del coronel.» ¿Qué crees que quiso decir?

—Hombre, qué va a ser. Toda la historia contada por María cuando el japonés le quitó la amnesia.

—Creo que quería decir algo más. Todo es *todo,* incluido lo que *realmente* ocurrió con el coronel.

—Es tu interpretación retorcida. En todo caso si ella sabía esa realidad se llevó su secreto al otro mundo. Es absurdo darle vueltas a este asunto.

—Vamos, una teoría al menos. El coronel no es un personaje como para olvidar.

—Sí lo es. ¿No oíste cómo era y lo que hizo?

—Me refiero a que sería lógico un comentario tuyo sobre su desaparición, dado el gran peso que tuvo en la vida de la familia.

—Coincido con el dictamen general de que está muerto. Son muchos años sin dar noticias.

—No es ésa la pregunta.

—¿Cuál es entonces?

—Tu versión de que un tipo avezado, activo, con muy mala leche y poco más de cincuenta años se eclipsara una noche, todo indica que durante la travesía del Mediterráneo.

—No importa dónde haya desaparecido, sí que desapareció. Los policías de diversos cuerpos lo investigaron. Incluso se avisó a la Interpol. Ya sabes sus conclusiones. Todas coinciden.

—No me estoy explicando bien. Conozco la opinión policial. Te pregunto tu parecer como hijo adoptivo.

—Si el cadáver no apareció, no es descabellado pensar que se perdió en el mar.

—El quid es: ¿se cayó o lo tiraron?

—¿Otra vez? Ya hubo consenso al respecto el otro día en Llanes.

Hicimos un campeonato de silencio en el que yo fui vencido.

—No te caigo bien, ¿verdad?

—No se trata de eso. Lo que ocurre es que terminaste tu trabajo. No vas a cobrar más de lo que hayas estipulado con Olga por mucho que rondes. Y Jesús no te va a adoptar.

—Es una pena. Siempre quise tener un tío rico o recibir una herencia, esas cosas que pensamos la mayoría.

—Tonterías.

—Estuve reflexionando sobre lo que dijo John.

—¿Qué dijo?

—Que la desaparición del coronel alivió la vida de mucha gente.

—¿Eso qué indica?

—Resulta poco convincente que el destino acudiera en ayuda de esa gente. Más bien hay que considerar la intervención humana.

—No te das por vencido, ¿eh?

—Si consideramos esa intervención física, el asunto es averiguar quién lo hizo. Quizá podríamos llegar a descubrirlo si analizamos no quién le odiaba, que eran muchos, sino quién pudo hacerlo, quién tuvo la ocasión.

Nos miramos como en una película de misterio.

—El análisis me llevó a Jesús. Cumplía los requisitos. Su coartada de estar en el estudio no es consistente. Entrenaba para sus competiciones de lucha. Era un atleta en plenitud y nadie controlaría su tiempo. Odiaba profundamente al coronel y no sin motivos. Él convirtió en amante a su madre, le hizo dos hijos que endosó a su padre, a quien golpeó, amedrentó y vejó constantemente. Fue un déspota con todos excepto con los mellizos y Leonor. Muchas razones para actuar. Pudo suceder que, cuando Leonor les contó el plan a él y a Blas, decidiera zanjar las cuestiones y actuara con celeridad. Viajó a África y se las apañó para tirar al coronel al mar. A la vuelta requirió a los mellizos para que devolvieran el dinero y luego informó a la policía de dónde encontrarlo. Así de simple.

—Eso le convierte en un héroe, ¿no?

—Sí, si correspondiera con la realidad de lo que pasó.

—Bueno, a estas alturas cualquier conjetura es tan válida como inútil.

—¿Puedo hacerte una pregunta?

—La harás, de todas formas.

—En 1956 estabas destinado en Ceuta como alférez de Infantería.

—Eso no es una pregunta.

—Según Jesús no era difícil ir de Ceuta a Melilla o viceversa. Doscientos quince kilómetros entonces por una buena carretera y sin controles militares. Dos horas o algo más.

Me miró con gesto de fastidio.

—¿Adónde quieres ir a parar?

—De haber querido, es un ejemplo, podrías haber hecho

ese recorrido en esas fechas para ver a tu padrastro cuando llegó a Melilla con la ambulancia.

—Sólo para tu información te diré que Ceuta y Melilla eran dos mundos distintos aunque, antes como ahora, tengan la misma personalidad. No solía haber mucha comunicación entre ambas ciudades. Y claro que existían controles militares durante el recorrido. En aquel entonces era un territorio que servía de guarida al FLM en sus razias contra los franceses. Y eso provocaba una exigencia de extrema vigilancia. Además...

—Quedó claro —interrumpí— que no mantenías relación con el coronel.

—Ninguna. Desde que me envió a Zaragoza nos vimos en muy contadas ocasiones y de pasada.

—Y era una misión altamente secreta. No podías saber que él iba a viajar a Melilla.

—Exacto.

—Por lo que no había ningún motivo para que realizaras ese hipotético viaje. ¿Por qué ibas a hacerlo?

—Tú lo has dicho. —Me miró intentando que su ceño fuera un argumento disuasorio para más reflexiones. Luego comprobó la hora como dando a entender que había pasado el tiempo de las elucubraciones.

—Sin embargo, sé que te informaron al momento de lo ocurrido a tu madre, su amnesia, y que pediste permiso urgente para acudir a su lado.

—Sí, corrí a verla. Naturalmente. ¿Y qué?

—Nada. Sólo que con ella estaban Leonor y Blas, ambos en el secreto de lo que tramaban el coronel y los mellizos. ¿Sigo?

—Tú sabrás —dijo, levantando la barbilla.

—Bueno, es un decir, pero no es irrazonable pensar que quizás algo se les escapó y tus oídos lo captaron.

Siguió mirándome, pero no se suscribió al debate. Probé de agotar su mutismo, pero me rendí.

—Bueno. Si bien tu familia está ahora integrada, tengo dos casos sin concluir, uno en realidad. No estoy satisfecho con mi actuación.

—¿Cuáles son esos casos?

—Uno es adyacente. Se trata de libros.

—¿Libros?

Le expliqué brevemente lo que al respecto me transmitió John.

—¿Mi madre conoce el secreto? Lo dudo. Me lo hubiera dicho. Soy un enamorado de los libros.

—Te ocultó quién era tu padre.

—Durante la niñez. Pero cuando siendo adulto me lo dijo, también me hubiera informado de esos libros. Una cosa semejante no es para guardarla. Ella no sabe nada.

—Puede que no sepa que lo sabe. En cualquier caso es marginal. Es el otro el que me produce cierta, digamos, incomodidad.

—El del coronel, claro. Parece una fijación.

—Tu sobrina me contrató para saber qué le ocurrió.

—Ella está totalmente satisfecha, ¿no la ves? A nadie le importa otra verdad que la aceptada. Has sacado a la luz muchos secretos, mi madre está curada y, como dices, la familia está integrada. Te has ganado la paga.

—En realidad no es por Olga. Es por mí. Pura deformación profesional. Siempre busco un final que me cuadre. De lograrlo en este caso, quedaría bajo secreto. Nunca lo diría a nadie.

—¿Eres capaz de hacer eso? —preguntó con cautela, tras un silencio. Creí notar un apenas perceptible cambio en su tono, lo que me animó a acentuar mi cercanía con la decepción.

—Sí. Aunque puede que tengas razón y sea mejor dejarlo.

Miré a Olga, acaramelada con el inglés, y fui consciente de ser observado por mi compañero de mesa. Aposté por un calculado gesto de desilusión, como el del atleta que desfallece un metro antes de la meta y pierde el podio. Al rato, y como si viniera de ultratumba, oí su voz aplomada.

—Te contaré algo. Desde la escena descrita por Jesús de la violación de mamá por el coronel en 1943, supe que mi padre fue un brigadista. Estaba bien despierto aquella aciaga noche.

—¿Fuiste testigo de la violación?

—Sí.

Entendí entonces la decidida protección ejercida por Carlos a su hermanastro durante su adolescencia. Como él, Julio era un huérfano de padre. Su celo evitó que fueran dos los niños sin estrella.

—Guardé el secreto —siguió él—. Así que la tardía revelación de mamá no fue una sorpresa. Ella me dijo que era inglés y no tenía más datos que su nombre, Charles. Por eso me puso Carlos. En guerra la gente vive momentos al límite. Pocos hablan de su pasado, sólo importa el presente. En 1955 me vino el deseo de buscar mi raíz, y no lo hice yendo a Londres, como parecía lógico, sino a París, donde parecía más fácil encontrar respuestas dado el ambiente intelectual, izquierdista y revolucionario que había en esos años entre exiliados de varios países. Así que una mañana de otoño, y aprovechando un permiso en el regimiento, me eché al camino antes de la amanecida porque pretendía hacer el viaje en autostop. Llevaba quinientas pesetas y la decisión de usarlas sólo en caso de necesidad. Caminé Castellana arriba, las calles refugiadas de sombras, hasta que Madrid cedió paso al pueblo de Fuencarral. Entonces ésa era la salida a Burgos. No había ni autopista ni autovía. La carretera era estrecha, de dos sentidos y sin arcén, como todas. Había pocos coches y muchos menos camiones. La circulación era escasa, ni imaginar el flujo constante de ahora. La clase obrera no tenía posibilidades de motorizarse y de la clase media pocos podían adquirir coches extranjeros, si acaso el Dauphine. Nadie paraba. El concepto de autostop, extendido en Estados Unidos y en la Europa transpirenaica, aquí no existía. No por temor a ser desvalijados o muertos, como ocurrió tiempo después, porque entonces no había delincuencia, sino porque nadie quería que le mancharan el coche, comprado para tenerlo muchos años como si fuera un piso. Así que seguí caminando con el frescor por esa carretera adoquinada que invadía el campo enorme cubierto de rocío. —Tenía la mirada añorante y le había desaparecido la impaciencia. Hablaba lentamente como si tuviera que pagar un impuesto por cada palabra—. Andar en soledad da ocasión a pensar mucho. Me preguntaba cuánto tiempo se tardaba en pavimentar una carretera. Ya el día clarificaba. A tramos veía a algunos obreros reparar partes y era penoso observarles con las carretillas trayendo masa hasta los colocadores que iban poniendo las filas de adoquines guiados por una cinta horizontal, agachados todo el día como segadores. Era lógico que hubiera malas carreteras si seguían con ese procedimiento antediluviano, despreciando la velocidad con que los americanos movieron tierras y asfalto cuando construyeron la base aérea de Torrejón de Ardoz. Nuestros ingenieros de caminos, entonces una clase aristocrática y encumbrada, se quedaron con la boca abierta. Pero el sistema siguió siendo el mismo durante años porque ellos eran los más listos. —Movió la cabeza—. La tarde apareció y luego, por el inmenso descampado, el este empezó a pintarse de negro. No había parado ni comido nada. Era buen andarín y tenía el propósito definido. Comenzó a lloviznar y en la lejanía estallaron los primeros truenos y relámpagos. La carretera se volvió incómoda, los camiones pegados al borde. Saqué una gorra y me puse el plexiglás. ¿Sabes lo que era eso?

—Supongo que algo que protege de la lluvia.

—Era como una gabardina pero de plástico transparente, aunque algunos eran de color oscuro; se enrollaba, apenas abultaba y casi no pesaba. La agorera lluvia arreció.

Todavía faltaba mucho para llegar a Somosierra. A unos cien metros vi una tapia. Me aparté del camino y anduve hacia ella sorteando el barro. Más allá la torre de una iglesia indicaba la presencia de un pueblo. Busqué una cubierta a lo largo del muro para resguardarme. Por el lado que daba al campo encontré un hueco producido por un derrumbe, posiblemente debido a las intensas lluvias habidas semanas antes en la región, y me introduje en él por entre los cascotes hasta encontrar un techado. Llovía fuertemente y todo estaba oscuro como al principio del mundo. Entré más al fondo, agachado, proyectando la linterna y me hice un hueco. Entre los cascotes y tierra removida vi cocos como los que venden en las fruterías: marrones, duros y con los pelos cortos, escasos y de punta. Pero no eran cocos. —Se tomó una pausa y su mirada se vació hacia el recuerdo—. Eran cráneos humanos. Estaba en un cementerio y cerca de la zona de nichos, pero las calaveras no procedían de ellos porque sus placas lucían enteras. Habían salido del suelo. Yo nunca había visto un cadáver, ni reciente ni en esqueleto. En el cine se mostraban los cráneos pelados pero aquellos tenían pelo, como si fueran momias. Cogí algunos, sus cuencas vacías, sus risas detenidas. ¿Cuánto hacía que fueron seres vivos, quiénes fueron, cuáles sus sueños, cuánto tiempo vivieron? Estuve un buen rato sopesándolos. Dos de ellos tenían un agujero. ¿Una bala? ¿Asesinados? ¿Qué se siente al quitar la vida? ¿Cuánto odio puede coleccionarse para dar ese paso?

—Son unas preguntas que comparto. Sin embargo, no siempre se mata por odio. Por ejemplo, en las guerras o cuando se hace por mandato, los profesionales de eso.

—Me refiero a las muertes por represión... o por venganza.

—No puedo responderte. Nunca he matado a nadie.

—Inmerso en ese escenario tan poco propicio pensé que cuando compusieran de nuevo las tumbas probablemente cambiarían unas calaveras por otras, lo que significaría que recibirían nombres y rezos no correspondientes. Recordé lo que había leído de la guerra civil sobre los muchos que fueron sepultados en fosas comunes y sin nombres. ¿Podía ser que esos cadáveres quisieran mezclarse solidariamente con aquéllos, suponiendo que éstos no fueron matados? O, yendo más lejos, ¿por qué no imaginar que el derrumbe lo provocaron esos cadáveres deseosos de salir afuera, como queriendo volver a la vida para dialogar con alguien del otro lado del misterio? —Me miró pero no le ofrecí ningún comentario—. La lluvia no tenía intención de marcharse. Me sentí a gusto, como si unas presencias invisibles me estuvieran cuidando. Me arrebujé y fui durmiéndome poco a poco mientras mis sueños se poblaban de imágenes como las de un niño en la noche de Reyes. O acaso me adormilé. Y entonces... ¿Sabes algo sobre espíritus?

—Concreta tu pregunta.

—Para algunos son las almas de quienes vivieron. Están por todos lados, dan vueltas por ahí pululando por doquier como microorganismos, comunicándose por ese espacio misterioso, invisible e ilimitado que es el éter. Nuestros pensamientos se independizan de nuestra mente y salen a ese mismo medio, donde son apresados por esos espíritus. De este modo ellos saben lo que nos aqueja y, si lo consideran, interfieren en nuestras vidas. Así que soñé, o quizá pensé, que dos de esos espíritus provocaron el derrumbe aprovechando la coyuntura de que yo pasaría por allí. Escogieron ese momento.

—¿Cómo iban a saber que pasarías por allí?

Me miró muy sorprendido.

—Son espíritus. Lo saben todo.

—¿Por qué iban a hacer eso?

—Para hablar conmigo.

—¿Crees conscientemente que esas almas te hablaron aquella noche? —dije, aceptando que a muchos, como Ishimi, puede parecerles real el hablar con seres del más allá.

—Sí y no, ya te he dicho que podía ser un sueño. Pero fue tan real...

—¿Qué era eso tan real?

—Estaba en 1937 batiéndome en el frente de guerra de la Universitaria como un brigadista, junto a mi padre y mi tío, codo con codo. Y luego hablamos. Y supe por qué luchaban y cómo murió mi padre.

Sesenta

*... Y si el infortunio abatiera mi fuerza
en la somera tumba,
recuerda todo lo bueno que puedas,
no olvides nunca mi amor...*

JOHN CORNFORD
En la última milla hasta Huesca

Marzo 1937

Antes de que amaneciera sonó el primer cañonazo en el
Cerro de Garabitas. La tarea de la guerra continuaba. Junto a Michael Goodman, John Sunshine miró por los prismáticos el humo encendido de las explosiones en la parte de la
ciudad más allá del Clínico. Luego vio oscilar una lámpara
de carburo al fondo de la atormentada biblioteca. Su hermano Charles había llegado y reptaba hacia él, con la cazadora a la espalda para no agredirla.

—Ha venido un enlace —dijo John—. El comisario
Luigi Longo nos reclama. Vendrán a buscarnos en un camión. Tenemos que reunirnos con nuestro batallón.

—¿Por dónde andan?

—En Guadalajara. Hay una ofensiva italiana en ciernes.
Debe ser parada. —Miró en torno—. Tardaré en olvidar este
lugar, a pesar del frío, el hambre y la muerte. Ha sido un

honor el haber luchado por tratar de conservar estos volúmenes.

—Yo pienso en la gente. En sus hogares destruidos, sus familiares muertos, sus vidas rotas.

—Así viene ocurriendo desde el principio de los tiempos. De esto quedará una lección, que alguien plasmará en bellos libros, como otros hicieron antes. Y eso lo leerán otras generaciones, que repetirán los mismos errores.

—Nunca te entenderé del todo. Hay que salvar vidas, no libros.

—Ambas cosas. Pero si tengo que elegir, me quedo con los libros. Ellos no hacen guerras. Del hombre sólo se salva su espíritu creativo, lo bello, el arte. Eso es lo que está en los libros, es parte de esa creatividad. Lo demás es barbarie. Tienes aquí una muestra, la estamos viviendo.

La luz del día aclaró el horizonte y volvió el paisaje repetido.

—No iré a Guadalajara. Voy a dejar la guerra —dijo Charles.

John le miró con sorpresa.

—¿Qué estás diciendo?

—Lo dejo. Estoy decidido.

—¿Desertas? ¿A qué viene eso? Pueden fusilarte.

—Procuraré que eso no ocurra. Necesito vivir.

—Ayer hablabas de luchar por este pueblo y no parecía que tu vida fuera más importante que ese objetivo.

—Ayer no tenía razones tan concretas.

Armas automáticas repiquetearon y una bandada de proyectiles entró en busca de carne. Desde el fondo los milicianos respondieron con fuego graneado y vigorosos juramentos. Por un momento el combate despejó el cansancio.

—Cuéntame —invitó John.

—Ella está embarazada. Tiene dentro algo mío. Debo cuidarla.

—No me has hablado de esa mujer. Debe de ser muy especial.

—Lo es, no sabes cuánto.

—¿Cómo piensas hacerlo?

—No sé. Me heriré en un pie, me esconderé en su casa... Se me ocurrirá algo. Pero la sacaré de aquí y la llevaré a Inglaterra.

—¿Y ella quiere irse?

—Ni lo piensa siquiera. Está de enfermera ayudando a salvar vidas y se siente totalmente comprometida con la resistencia. Pero el convencerla es un trabajo que debo hacer.

—¿No has calibrado la enormidad de lo que intentas?

—No más de lo que llevamos hecho hasta ahora desde que dejamos Newhaven, parece que hace un siglo —dijo Charles, incorporándose para ponerse la cazadora.

—Iré contigo. No puedo dejar solo al chico loco de la familia —dijo John. Oyó el golpe de algo al caer al suelo. Se volvió. Su hermano estaba tendido boca arriba. Se agachó rápido y le sujetó la cabeza. Vio sus ojos llenos de rabia y la sangre surgiendo a borbotones de su cuello. Sacó un pañuelo e intentó taponar la herida.

—¡Eh! —gritó Michael a los compañeros del fondo—. ¡Un enfermero, ambulancia! ¡Rápido, cojones!

Charles agarró la pechera de su hermano. Con la otra mano sacó una cartera, que dejó sobre su pecho extenuado. John la abrió, siguiendo lo que le indicaba su mirada. Debajo de la cartulina transparente una atractiva mujer de grandes ojos le sonrió. Charles incrementó la presión sobre la ropa de su hermano y lo atrajo hacia sí, acercando sus labios al oído.

—Búscala... protégela... Que pueda ver las rocas blancas de Dover.

John apartó la cabeza y miró los ojos de su hermano, que se volvieron opacos. Vinieron dos milicianos con presura portando una camilla. Cargaron el cuerpo. John caminó junto a ellos, apretando la mano de Charles mientras Michael le seguía con las armas. En ese momento oyeron el silbido. El obús estalló en el techo, que se derrumbó sobre el grupo. Bajo los cascotes, y antes de perder el sentido, John Sunshine oprimió contra sí la cartera de su hermano.

Sesenta y uno

Marzo 2003

Carlos capturó un nuevo silencio, que prolongó en demasía. Olga nos miró desde su mesa y señaló el reloj.

—No voy a describirte el resto del viaje donde en España únicamente me recogió un camión, y cuatro turismos en Francia. ¡Ah, aquellos GS-21, el *tiburón* de la Citroën! Tardé cinco días en llegar a París y empleé otros diez en mezclarme en esos ambientes de café genuinamente parisinos donde la política se mezcla con el arte y la filosofía, y las charlas se prolongan como si el tiempo no existiera. Encontré la gama completa de izquierdistas, todos grandes conversadores discutiendo en voz alta, implicados todavía emocionalmente en la guerra perdida. Se esforzaban en el convencimiento de que Franco sería derrocado. Muchos tuvieron cargos de relevancia en la República y habían sido perseguidos y encarcelados. Trabajaban de obreros, de porteros, en servicios; la mayoría excluidos del confort medio francés, salvo los que vivían de la pluma o la política.

»Dado que me presenté como hijo de un brigadista inglés que luchó en el frente de Madrid, me atendieron con suma alegría sin sospechar que era un militar franquista. Mi juventud inyectaba ánimos a su energía, pero, a decir verdad, navegaban en sueños. Me conmovieron por sus nostalgias, pero no cambiaron mi interpretación de la realidad objetiva. Creo que no hay lugar para una misma segunda oportunidad, por lo que la primera, aprovechada o no, es sólo un paso para seguir adelante. Además yo estaba en el otro lado de sus sufrimientos, con los míos propios, y me habían enseñado una versión de la historia diferente donde la República salía malparada. Así que en sus discursos no encontré argumentos para comulgar con ese mundo patético. Yo sólo buscaba mi identidad perdida, mi circunstancia y mi destino. —Se tomó un respiro y me miró—. ¿Sabes? Nunca he soltado un sermón tan largo. —Movió la cabeza—. En fin. Alguien me habló de Samuel Lamb. Fui a verle. De cuarenta y tantos años, su cabello era un estropajo, tenía el rostro como el asperón, narizotas y pies descomunales. El clásico corpachón británico desaconsejándose por el buen vino francés y la no menos buena comida. Nada que ver con el dios griego que unas fotografías mostraban prendidas en un panel. Sus manazas sugerían torpes contactos, pero acariciaban los libros como si fueran las de una madre a su bebé. Vivía en el bulevar Henri IV, cerca de la Bastilla, un piso pequeño lleno de libros que albergaba el taller de encuadernación, su tarea. «Así que eres hijo de un inglés sin apellido. Es raro. No fuimos tantos los ingleses y menos los de alcurnia, como parece que fue tu padre según tus datos. La mayoría éramos obreros. Quizá no sabes que había dos clases de ingleses, como dos razas distintas, aunque el Imperio proyectaba la imagen de una Inglaterra poderosa y feliz. Gente como yo, que pasábamos mucho tiempo en las largas colas ante las oficinas de empleo, y gentes como John Cornford, David Mackenzie o Julian Bell, por citarte a tres, pertenecientes a la realeza o a familias políticas y de prestigio, y cuyos nombres se mencionaban con frecuencia en el *Times*. Los pobres vivíamos peor que los otros de Europa. Al menos en el sur tenían el sol. Es cierto que algunos de esos chicos brigadistas procedentes de familias liberales y de colegios de élite estaban inmersos en la lucha de clases, pero otros vinieron más como curiosidad, apasionados por el sentido de la aventura que los impulsaba más allá de todos los horizontes. Sus abuelos estuvieron en la India, en África, en todo el orbe. No les movía la misma urgencia que a los ingleses plebeyos, aunque compartieran las mismas ideas. Los despreciábamos por su clase, pero ellos no eran exactamente culpables de pertenecer a ella ni de que nosotros fuéramos peor que las ratas para el Gobierno victoriano. Intentaban llevar a Inglaterra las ideas sociales y el reparto de las plusvalías del trabajo que en la Europa continental cuajaban, incluso en las dictaduras. En cualquier caso allí estaban, muriendo a diario en una tierra ajena entre hombres extraños, ellos que tanto tenían que perder. Cuando los recuerdo tan adolescentes como yo, charlando y riendo mientras bebían en la taberna, y cuando luego caminaban hacia el frente de la Universitaria con despreocupación como si fueran a las fábricas y oficinas que nunca pisaron, me siento culpable de haberlos odiado. No eran los más altos, ni los más fuertes, ni los más valientes. Pero eran magníficos. Murieron todos los que conocí. Ellos me hicieron sentirme orgulloso de ser inglés porque lo tenían todo y murieron como los que no teníamos nada.»

Olga y John se habían puesto de pie y nos miraban. La hora. Nos levantamos. El gesto de Carlos era tan inaprensible como el vaho.

—Comprendí entonces que me encontraba en el bando equivocado, que en realidad yo era un brigadista como mi padre y no el oficial franquista impuesto por una voluntad perversa que tanto los odió —añadió con voz obedecida de nostalgias—. Y que, aunque fuera del tiempo, también yo debía participar en aquella guerra y luchar contra aquellos enemigos que se subordinaron gustosamente a lo despiadado. Y luché cuando pude y a mi modo.

Epílogo 1

Dormirás muchas horas todavía
sobre la orilla vieja,
y encontrarás una mañana pura
amarrada tu barca a otra ribera.

Antonio Machado

Febrero 1956

El *Ciudad de Melilla* de la Compañía Transmediterránea hizo sonar la sirena. La escalerilla del barco fue retirada mientras algunos moros sin pasaje gesticulaban y expresaban su frustración ante los funcionarios y los empleados de la Marítima. Era una escena repetida. Sabían que el billete solo no bastaba y que debían mostrar un permiso de residencia en la Península, sin el cual los barcos se convertirían en un medio para la inmigración ilegal. Sin embargo, y a pesar de la vigilancia, algunos magrebíes lograban colarse y llenarse de esperanzas que sólo duraban lo que el viaje a Málaga, en cuya aduana eran interceptados y obligados a regresar. El vapor volvió a runflar y se despegó del muelle de Melilla bajo la mortecina iluminación y los gritos de los familiares y amigos.

Apoyado en la baranda y bien guarecido en su elegante trinchera, el coronel Ignacio Melgar, del Estado Mayor del

Ejército, miró la hora en su Bulova de esfera luminosa. Las doce de la noche. Puntual como siempre. Tenía ocho horas por delante y el sosiego del que ha cumplido con la misión encomendada. La ambulancia había quedado custodiada en el recinto del Tercio Gran Capitán en espera de la posterior actuación que otros llevarían a cabo. Lo que ocurriera a partir de ahora se desarrollaría por los cauces previstos. Miró el malecón, que parecía alejarse del barco y no al revés. Un rato después la oscuridad se había tragado la costa africana y la gente apostada en cubierta fue escabulléndose poco a poco.

Encendió un nuevo cigarrillo. Había cenado en el casino de oficiales y consiguió recuperar anécdotas, vicisitudes y alegrías con sus antiguos compañeros de armas. Resultó un día agradable y, en algunos momentos, emotivo. Puede que ésa fuese la última vez que hiciera ese recorrido, cubierto en cientos de ocasiones desde que llegara como teniente a la Legión treinta y tres años atrás, en plena guerra del Rif. Todo quedaría en el pasado y sabía que no le perseguiría la nostalgia, porque ahora, tras años de dura biografía, su vida adquiría una nueva perspectiva. Sintió el frescor del viento y juzgó que era hora de recogerse. El cielo estaba cubierto y el transbordador navegaba en silencio como si no lo impelieran motores, tajando limpiamente las aguas calmas e invisibles. Caminó unos pasos y se escurrió en el suelo mojado. Con rapidez se agarró a la barandilla y evitó la costalada. Se afianzó. Tiró la colilla abajo y trató de distinguir el mar invisible. Pensó lo que sería caer en esa fosa profunda.

Abandonó la cubierta y fue a su camarote de dos plazas aunque de uso para él solo. Se desvistió ordenadamente, colgando de una percha la trinchera y de otra la guerrera y el pantalón largo, los zapatos debajo, pareciendo que había un cuerpo de aire dentro del uniforme. Se enfundó el pijama y se acostó. No necesitaba despertador porque a las seis de la mañana su cuerpo escuchaba diana indefectiblemente.

Un momento después dormía. Tiempo más tarde oyó que llamaban quedamente a la puerta.

—¿Quién es?

—Una urgencia, coronel —dijo una voz irreconocible.

Encendió la luz y abrió. Un hombre alto y atlético lo empujó hacia dentro con fuerza, entró y cerró la puerta. Estaba encapuchado, se cubría con un plexiglás oscuro y su mano izquierda enguantada aferraba una linterna.

—Ni un grito —dijo, apagando la luz y encendiendo la linterna. La voz estaba distorsionada, imposible de situar—. Haga exactamente lo que le diga.

El coronel estaba acostumbrado a mandar y tenía pocos a quienes obedecer. Pasada la sorpresa inicial notó rebullirse dentro de sí el furor del aguerrido soldado que siempre fue.

—¿Sabes con quién te la juegas, fantoche? —dijo, abalanzándose sobre el extraño, que lo recibió con un potente puñetazo en el estómago. El militar se encogió y cayó de rodillas, perdido el resuello. El agresor le puso una navaja en el cuello.

—No se resista. Vístase, rápido.

El coronel procedió mientras intentaba ver a su captor, que permanecía en la oscuridad detrás del foco luminoso. Creyó reconocer algo familiar en sus maneras o acaso se lo pareció. Una impresión recurrente producto de haber visto miles de hombres, muchos de ellos con ademanes y facciones coincidentes. ¿Quién era? ¿Qué pretendía?

—Túmbese en la cama boca abajo.

Hizo lo indicado. El desconocido le ató las manos a la espalda y le puso una tira de esparadrapo en la boca. Luego recogió sus pertenencias y las metió en su maletín, incluso la gorra de plato. Lo cerró y se lo colgó de las manos.

—Agárrelo bien, no lo suelte. Ahora saldremos. Obedezca mis movimientos.

Entendió que era inútil oponer resistencia y esperó a que llegara su oportunidad. El intruso apagó la linterna, abrió la puerta y oteó el estrecho y apenas iluminado pasillo. Silencio. Le agarró del cuello y le puso el cuchillo en la nuca. Salieron del camarote y caminaron por un corredor distinto al utilizado por los pasajeros. Era claro que conocía bien el barco. Subieron a cubierta por una zona sin luces y fueron atrapados por una no muy densa niebla de gotas gruesas, que empezaron a barnizarles. No había nadie fuera. En el buen tiempo muchos pasaban la travesía durmiendo en el exterior, pero el gélido aire de esa noche invernal retenía dentro incluso a los más audaces. Debían de ser las cuatro de la madrugada, calculó el coronel. El barco parecía deslizarse por la nada, ausentes las referencias externas. Una apenas luminiscencia, producida por las luces de posición del barco al reflejarse en el agorero montón de nubes, intentaba perfilar los contornos cercanos. El coronel recordó su última colilla cayendo al abismo y se estremeció aunque no era hombre de temores. Apreció que caminaban hacia popa por sotavento. ¿Adónde le llevaba? ¿Qué querría de él? Parte del botín robado, concluyó de súbito. ¿Qué otra cosa podía ser? ¿Y cómo lo habría sabido si era un secreto a cuatro?

De repente el desconocido se detuvo y le miró. El coronel tenía la cara empapada. Sacudió la cabeza e intentó ver los ojos de su captor. ¿Por qué le miraba así? Pasados unos momentos expectantes el otro le tumbó en el suelo, sacó una pesada cadena de un escondite, la pasó por el asa del maletín y le ató fuertemente los pies con ella, asegurándola con un candado. Trabajaba rápido, con movimientos precisos. Luego enlazó una cuerda larga a la cadena y levantó el cuerpo por encima de la barandilla. Había escogido una zona de cubierta saliente y entre los ojos de buey de dos de los camarotes situados más abajo. El coronel entendió con ira lo que estaba sucediendo y el margen nulo de que disponía. Quiso zafarse pero el otro lo fue bajando cabeza abajo con la cuerda. El viento acuoso enegueció al militar. Su cabeza y su cuerpo entraron en el frío e invisible mar. Notó que giraba en el agua cuando la cuerda cayó entera y la cadena asumió la posición de tirar de él hacia las profundidades. Quiso creer que soñaba, que despertaría en el deslumbrante destino proyectado. ¿Acaso no lo merecía? Contuvo la respiración y puso intensidad en sus esfuerzos, sin darse por vencido. De pronto sintió *algo* y se aquietó. Era la presencia de tiempos lejanos, casi olvidada. Abrió los ojos. Desde el misterio, llena de luz y de amor, llegaba la más hermosa criatura jamás concebida. La novia fiel de los caballeros legionarios se colocó frente a él y le ofreció sus ojos inmensos, su sonrisa invitadora y su paz.

«Vengo a llevarte a un lugar mágico», oyó en su cerebro. «¿Crees que es el momento? Los tuviste mejores hace años.» «No puedo elegir. Acudo cuando es inevitable. Ven sin temor.»

El coronel dejó que el agua entrase por sus conductos nasales y le inundara los pulmones. Con los ojos abiertos se entregó sumiso al abrazo de su antigua compañera y descendió con ella hacia todos los silencios.

En el transbordador, el hombre se quitó la capucha y la arrojó abajo, mirando sin ver. Sintió que hacía las paces con su niñez excluida, con los brigadistas exterminados, su padre en esencia, y con las vejaciones que malograron quizá para siempre la vida de la única mujer que le importaba y de la que fue apartado durante muchos años: la que le dio el ser. Nadie sabría nunca lo ocurrido. El secreto se haría polvo como sus huesos. Y quizás algún día podría dormir sin sobresaltos y capturar algo de esa felicidad que, según algunos, existía. Quizás algún día.

Epílogo 2

Mayo 2003

La habitación era grande y daba a un jardín parterrado al que nunca permitían salir de día. Las mamparas de vidrio estaban abiertas y unas cortinas quitaban los brillos diseminados por el sol. Al fondo, un pequeño surtidor melodiaba el agua perezosa que invitaba, junto a una música apenas audible y a la fragancia de esencias, al ambiente intimista y sensual buscado.

El hombre estaba de pie junto a la cama, en bata, mirando cómo se acercaba. Era moreno, esbelto y su cara no estaba obligada de barba. Tonia se quitó el somero vestido y se mostró desnuda ante los ojos admirativos de su captor, que le tendió la mano e inició una sonrisa. Y en ese momento se produjo una convulsión inimaginable. Ruidos, golpeteo de pisadas, voces rompiendo los silencios establecidos. Y luego la irrupción de hombres y mujeres de paisano y de uniforme. Policías apresando sin forcejeos al árabe y sacándolo esposado tras un discurso breve. Dos mujeres de paisano se acercaron a ella, que permanecía en pie, sin cubrirse, maniatada por los acontecimientos.

—Soy la inspectora Jiménez, de la Policía de Marbella —dijo una de ellas con amabilidad—. Y ella —señaló— es la inspectora Velasco, del Grupo Especial de Secuestros del Cuerpo Nacional de Policía. Usted es Tonia Kuznet-sova, ¿verdad? —Asintió como en un sueño—. Está libre y a salvo.

El bullicio no cesaba en el atestado aeropuerto de Barajas. Estaban construyendo otra terminal pero tardaría algunos años en ponerse en servicio. Tonia era tal y como Mariano la describió el día que fue a la agencia, pero tenía huellas en su gesto que su belleza no lograba ahuyentar. A su lado, el joven industrial trataba de no acosarla con sus miradas rendidas. Estábamos en zona libre donde un mirador enorme permite ver el ir y venir de los aviones. La estimulante presencia de Rosa y la tranquilizante de Ramiro acentuaban lo especial de aquella soleada mañana.

Era la primera vez que veía entero a Mariano García. No mostraba huellas de la agresión. Tenía un aspecto agradable y regentaba el don de la simpatía, aunque no podía evitar el azoramiento del enamorado.

—Así que os vais a Moscú.

—Sí —dijo él—. Tomamos un vuelo a Frankfurt y desde allí cogeremos otro para Moscú. Tonia me ha permitido que la acompañe. No quiero que le ocurra nada en este viaje. Deseo dejarla a salvo con sus padres.

—¿Y después? —dijo Rosa, con no mucha curiosidad.

Él la miró y allí hubo un cortocircuito. Estaba claro que el hombre haría su trabajo en pos de conseguir una relación compartida pero a ella la veía algo distanciada de esas ilusiones, aunque su rostro mostraba su disposición a llenarse de vida. Era lógico que durante algún tiempo tuviera rechazo a admitir hombres en su vida.

—Quisiera que se quedara a vivir en España —dijo él.

Tonia se tomó un tiempo antes de contestar.

—Vendré a España a estar con mis abuelos y con mi bisabuela María. —Puso su pequeña mano sobre la venosa de

Ramiro y la imagen sugirió un pinzón fatigado descansando sobre un tocón. El gesto parecía una promesa de protección hacia su abuelo, pero en realidad era la búsqueda del remanso para su espíritu fragmentado. Luego dijo—: Pero antes tengo que terminar mis estudios en Alemania.

La miré. Al ser liberada mostró irrefrenables deseos de conocer a su salvador. Se abrazó a mí fuertemente, como si fuera su padre. El abrazo a Mariano fue más comedido, quizá por el recuerdo de que él había gozado de su cuerpo en situación de impotencia. Y, sin embargo, si no hubiera sido por aquel contacto puede que siguiera en cautividad.

—Ha sido un gran trabajo, Corazón —dijo Mariano—. No sólo por haber dado con ella sino por conseguirlo... estando viva. ¿Por qué no me cuentas cómo se te ocurrió dónde encontrarla?

—Es mi trabajo. Ya lo expliqué a todos después de que Tonia abrazara a sus abuelos y a su bisabuela.

—Algo me llegó pero de forma resumida. Me gustaría conocer los detalles y disfrutar de ellos. Repítelo por favor.

—Bien —decidí, mirándome en los ojos de Rosa—. No fue el instinto lo que apliqué, como me pedía mi profesor de kárate, sino el razonamiento deductivo. Porque, ¿qué podía sacarse de la información del asesino? No poco. Lo que ocurre es que no lo vimos. Esa visita del moro para examinar a Tonia era insólita y más tratándose de un árabe del Golfo, como creímos. Las redes de distribución para los países de la península arábiga, Oriente Medio y Europa funcionan desde Estambul. Es el gran centro receptor y distribuidor de las chicas rusas, ucranianas y de otros países del este. Un ricachón árabe no viene a España por mujeres. A estos sátrapas les llegan numerosas chicas tan bellas como Tonia. Y no tenía lógica que hubiera una triangulación Estambul-Madrid-Arabia. Por otro lado nuestro musulmán hablaba español, lo que permitía suponer que él y su jefe vivían en España. ¿Y en qué lugar de nuestro país se encuentran más a gusto los árabes? —Mariano sonrió—. Y allí, ¿dónde están las mejores residencias arábigas?

—En Marbella —concedió Mariano.

—Establecida la sospecha, necesitaba ayuda especial. No valía aventurarme con los muchachos del gimnasio. Eran necesarios los recursos de las Fuerzas de Seguridad. Así que hablé con un antiguo compañero que está en los GEO. Él me presentó al jefe del Grupo Especial de Secuestros. Me escuchó y tomó la iniciativa. No se limitó a hacer un informe. Previa conversación telefónica fuimos a Marbella, donde consiguió todo el interés del comisario jefe, aunque al principio éste mostró su escepticismo, porque la colonia árabe es ejemplar, no causa problemas y tiene una vida respetable y respetada. Un tipo así sería una excepción.

»Con el censo de residencias de musulmanes ricos proporcionado por el Ayuntamiento en todo su término, situamos tres palacios de los habitados todo el año. En ellos vivían tres hombres solteros pero sólo uno parecía no tener mujeres; al contrario que los otros, cuyas mujeres salían y entraban en ocasiones y según sus costumbres. Dos veces por semana llegaba una furgoneta de El Corte Inglés de Málaga a casa del sospechoso. Se investigaron esas compras. Además de alimentos había artículos indicativos: cremas, colonias, esencias, ropas íntimas, etcétera. Por tanto, debería de haber mujeres aunque no se las viera.

»Se extremó la vigilancia. Un palacio habitado necesita mantenimiento permanente. Se pidió testimonio discreto y comprometido a diversos profesionales que hacían servicios a la casa: jardineros, fontaneros, electricistas... Y de pronto encontramos rumores, cosas que nadie repara o comenta mientras no hay preguntas. La policía sobrevoló dos veces la finca, sin detenerse, utilizando un helicóptero del Servicio Contra Incendios para no levantar sospechas. Se hicieron fotografías. No se veían mujeres por los jardines, sólo hombres con aspecto de guardaespaldas. Entonces, ¿para quiénes eran esas compras evidentemente femeninas? Se recurrió a la fotografía nocturna con cámaras al efecto. En la primera incursión descubrieron a varias mujeres corriendo a resguardarse. No aparecieron en noches posteriores. Cuando las sospechas se condensaron en pruebas aparentes se pidió orden de registro al juez. La casa fue rodeada por la Policía y la Guardia Civil. Y allí acabó todo.

Más tarde, ya en la salida, miré los aviones que llegaban y salían rugiendo. Pensé en los miles de personas que circulaban, en sus sentimientos, en tanta felicidad demandada y tan mal repartida, en el movimiento interminable. Siempre recordaré ese día. Ramiro declinó nuestro ofrecimiento de llevarle a Madrid.

—Tomaré un taxi. Quiero estar solo un tiempo con mis pensamientos.

—Te he observado. Encajaste bien la peripecia de Tonia, tanto cuando estaba perdida como en su liberación. En realidad, todo lo cubres de serenidad. Quizá me gustaría ser como tú algún día.

Me miró como si me descubriera en ese momento.

—¿Lo crees de veras? —movió la cabeza—. ¿Sabes lo que es una efímera?

—Sí —me sorprendí—. Una cosa breve.

—Ése es el adjetivo que dio lugar al sustantivo. La efímera es un insecto neuróptero diminuto que vive a orillas del agua y su existencia es de un solo día.

Noté en los ojos de Rosa la misma incomprensión que yo sentía. Pero él volvió con otra pregunta sorpresiva.

—¿Estuviste alguna vez de noche en pleno campo, solo y a oscuras, mirando las estrellas?

Negué.

—Yo no estuve en el espacio pero durante mis años en Baikonur *oí*, *olí* y *sentí* la inmensidad del cielo. Adquirí conciencia de lo insignificante que es la Tierra y el sinsentido que supone la presencia humana. Morimos y todas nuestras obras van archivándose en el mundo, siglo tras siglo, inútilmente. Porque en realidad no existimos. Es un chispazo, una fantasía, como la mayoría de esas estrellas que vemos, extinguidas hace millones de años aunque ahora nos llega su luz. Nuestro planeta desaparecerá un día en el misterio del que surgió, y con él todo lo almacenado. En el devenir del tiempo infinito será como una Perseida y *nadie* contabilizará su pérdida.

Le di vueltas al asunto. ¿Existimos o estamos en una no-vida, una ilusión que algo indescriptible nos impuso colectivamente? Miré a Rosa y sentí su pulsión. Y tuve claro que mientras la tuviera, mi vida, o lo que fuera, sería una certeza impagable.

OTROS TÍTULOS DE LA COLECCIÓN

Saud, el leopardo

ALBERTO VÁZQUEZ-FIGUEROA

Ésta es la historia novelada de uno de los mayores héroes conocidos, Abdull-Aziz Ibn Saud, quien al frente de treinta hombres se lanzó, en la primavera de 1901, a la reconquista del reino que el omnipotente imperio otomano había arrebatado a su familia.

Sus hazañas resultarían increíbles de no ser porque se encuentran documentadas, ya que algunas de sus batallas fueron de las primeras que aparecieron en los noticieros cinematográficos de la época.

El presidente Roosewelt dijo de este increíble personaje que «de todos los políticos que he conocido, incluidos Churchill o Stalin, y de todos los grandes hombres con los que he tratado a lo largo de mi vida, ninguno me ha impresionado más que Saud de Arabia».

Una historia de aventuras y emboscadas en el corazón del desierto exigía que quien la escribiera demostrase que conocía muy bien dónde se desarrollaban tales acontecimientos.

Seis tumbas en Múnich

MARIO PUZO

Durante la Segunda Guerra Mundial, gracias a su prodigiosa memoria y a su talento para descifrar textos codificados, Mike Rogan ingresa en la Sección de Inteligencia del Ejército Americano, poco después de casarse con Christine. A raíz del desembarco de las tropas americanas en Francia, Rogan es enviado a Europa en misión de desciframiento de mensajes. Pero por un error cae, junto a Christine, en manos de la Gestapo para acabar en el Palacio de Justicia de Múnich, donde serán sometidos a una violencia extrema. Con tal de ahorrarle sufrimientos a su mujer, Rogan revela las claves de los códigos americanos. Aun así, sus siete verdugos, tras anunciarle la muerte de Christine, le disparan un tiro en la cabeza. Sin embargo, horas después, Rogan es encontrado vivo. Diez años después, en 1955, Rogan dará comienzo a su cacería...